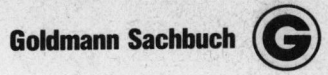

Brigitte Klump

Das rote Kloster

Eine deutsche Erziehung

Wilhelm Goldmann Verlag

Widmung

Wir leben in einem Zeitalter, in dem nicht nur Menschen, sondern auch Manuskripte entführt werden – aber zu ihrem Schutz, dank Karl de Corino.

»Du mußt dich stellen. Das kann dir niemand abnehmen. Wenn du das tust, haben wir einen exemplarischen Fall. Die Menschen werden wissen: Man kann sich wehren gegen den Staatssicherheitsdienst. Vielleicht wird das eine Lawine von Prozessen verursachen. Das ist besser als Flucht. Wir kriegen wieder Luft. Mach es!«

Helene Weigel

Erweiterte Ausgabe

Made in Germany · 12/80 · 1. Auflage · 118
Genehmigte Taschenbuchausgabe
© by Hoffmann und Campe Verlag, Hamburg, 1978
(Originaltitel: Das rote Kloster – Eine deutsche Erziehung)
Umschlaggestaltung: Atelier Adolf & Angelika Bachmann, München
Druck: Mohndruck, Graphische Betriebe GmbH, Gütersloh
Verlagsnummer: 11291
Lektorat: Renate Richter / Ria Schulte · Herstellung: Gisela Ernst
ISBN 3-442-11291-5

Inhalt

Vorwort 7
Das Buch der Antworten 9
Das Buch der Fragen 116
Das Buch des Schweigens 241
Anhang 337
  Personalien 344
  Literaturverzeichnis 368
  Ein Bürger hilft dem anderen:
  UNO-Methode 1503 376

»Wo stehe ich heute«

Mein literarisches Thema heißt Manipulation. Die Verführbarkeit des Menschen zum Zwecke von Machterlangung, Machterhaltung und Machtverteidigung.
Das rote Kloster ist mein erstes Zeugnis schriftlicher Art. Ich habe zwanzig Jahre gezögert, zu schreiben, um niemand Unrecht zu tun mit einem vorzeitigen Bericht. Nun, da die Personen meines Buches Hebel der Macht in den Händen halten, wird an ihnen gleichsam stellvertretend ablesbar, wohin das System führt, das als real existierender Sozialismus bezeichnet wird.
Für mich ist erkennbar, daß Sozialismus eine Aufgabe und eine Herausforderung für den einzelnen ist, aber leider eine Utopie für die Gesellschaft bleibt.
Der Realsozialismus führt vor, wie die Ziel- und Glücksvorstellungen des einzelnen verkommen sind zu Herrschaftsinteressen. In der Welt gilt, wer die Macht hat, hat recht; denn wer die Macht hat, verfügt über die Instrumente, Gesetze zu machen. Macht wird zum Recht. Und Macht bricht das Recht des einzelnen. An einem deutsch-deutschen Beispiel sei dies vorgeführt.
Die DDR hatte bei der Gründung im Jahr 1949 17 Millionen Einwohner. Die etwa zwei Millionen Mitglieder der SED haben bis zum Bau der Mauer 1961 mit Zwangsmaßnahmen 2,6 Millionen Menschen aus der DDR vertrieben.
Wäre millionenfacher Bruch der Rechte der Person nicht zwingend gewesen – für die Vereinten Nationen –, das Politbüro der SED vor der Weltöffentlichkeit anzuklagen wegen Bruchs der Menschenrechte? Hätte die Bundesrepublik nicht die DDR verklagen müssen?
Die hochkarätigen Juristen dieser Welt holen keine Kastanien aus dem Feuer. Sie geben, wenn es hart kommt, höchstens eine Erklärung ab. Aber Erklärungen sind Makulatur. Auch Erklärungen von Regierungen. Im Ernstfall gilt das Prinzip der Nichteinmischung – im Interesse des Friedens der Welt. Kein

Porträtaufnahme von Brigitte Klump
(Fotografin: Anne Kirchbach, Söcking)

Volk kann auf Hilfe von außen hoffen. Ein Volk kann sich nur selber helfen. Hilft es sich nicht, löst sich das Volk auf. Weltverbesserer meinen, man muß die kollektive Emanzipation von oben durchsetzen. Das ist im Ansatz falsch gedacht. Ein Kollektiv ist keine gesichtslose Masse. Viele einzelne bilden ein Kollektiv. Erst die Emanzipation der einzelnen bringt die kollektive Emanzipation zutage. Das ist meine Vorstellung von der optimalen Gesellschaft.
Ein Staat, in dem der einzelne sich realisieren kann, das ist der Staat, den ich begrüße. Heute und in Zukunft.

Frühjahr 1980

Anfang Januar 1976

Ich saß im Archiv der Publizisten der Freien Universität in Westberlin, um etwas nachzuschlagen.
Die Tür ging auf, ein Kommilitone kam herein mit abwesendem Blick, stützte sich vor mir auf den Tisch, ganz verwirrt: »Ich komme eben aus Leipzig. Ich hab mein altes Zimmer besucht, in dem ich vor Jahren lebte. Als ich die Tür öffnete, saß ich am Schreibtisch und war tot. Vertrocknet, eingeschrumpft saß ich da am Tisch und stand doch im Zimmer. Ich lebte, aber ich war tot, gleichzeitig.«
Das war ein Traum.
Er zeigte mir meine Situation:
Ich war seit neunzehn Jahren in der Bundesrepublik, lebte, wie es schien, im Glück, und war gleichzeitig tot – gestorben in Leipzig. Ich gab mir den Befehl, beschreibe die Leiche, die da sitzt, und du kriegst sie vielleicht von der Seele.

Das Buch
der
Antworten

Sommer 1953

Die Sonne knallte auf die Erde. Sonne! Und das Abitur in der Tasche, was für ein Sommer. Weitauf stand die Tür zum Leben. Ich würde studieren können. Kein Ärger mehr mit der blöden Chemie, vorbei mit Mathe. Nur noch lernen, was Spaß macht, was für ein Leben.
Ute, meine beste Freundin, hatte eine Idee: »Wir fahren mit Rädern nach Berlin, Abendroth gibt ein Konzert, wollen wir uns das anhören?«
Utes Vater versprach mir sein Rad. Meines war ramponiert, es würde die 120 km von Sandau nach Berlin nicht überstehen.
Wir lagen in der Nacht vor der Fahrt vergnügt in den Betten von Utes Butze. Ute warnte: »Das wird böse enden. Wir kommen hin und kriegen keine Karten mehr fürs Konzert.«
»Mach dir darüber keine Gedanken.«
»Aber wenn sie ausverkauft sind?«
»Was ich will, krieg ich. Du glaubst doch wohl nicht, daß ich an zwei lumpigen Theaterkarten scheitern werde?«
Ute blieb skeptisch: »Na ja, wenns nicht klappt, die Fahrt allein wird schon ein Spaß sein.«

Als wir früh, vor der großen Hitze, ins Frühstückszimmer kamen, kroch Utes Vater fast ins Radio. Er winkte uns, zu schweigen; auf Zehenspitzen näherten wir uns ihm. Bauarbeiter streikten in Berlin.
Streiken?

Verstand ich nicht. Arbeiter gegen unseren Staat?
Das gabs nicht. Das mußten Provokateure sein. Utes Vater sagte: »Das riecht nach Ausnahmezustand. Ich laß euch nicht nach Berlin.«
Es war der 17. Juni.

Die nächste Nachricht, die ich nicht verstand, kam mit der Post in unser Bauernhaus nach Glöwen.
Ein Ablehnung von der Universität Leipzig. Begründung: Die Unterlagen seien von der Oberschule nicht fristgerecht eingereicht worden.
Mein Zorn gegen den Direktor der Oberschule Havelberg nützte nichts – ich mußte ein Jahr warten, dann konnte ich mich wieder bewerben.
Ein verlorenes Jahr.
Nun wurde mir klar, man war nichts ohne Studienplatz, man konnte nichts, man hatte nichts gelernt, als Antworten zu geben. Damit ließ sich kein Geld verdienen. Der Stolz einer Abiturientin – wie hohl der war. Was war man? Ungelernt. Achtzehn Jahre alt. Unter dem praktischen Niveau eines Hilfsarbeiters.
Was tun?
In der Buchhaltung unserer LPG überwintern, wie mir mein Vater vorschlug? Nein.
»Dann laß dir von Sybille raten. Vielleicht weiß sie weiter.«
Ich fuhr nach Berlin zu meiner Schwester, die an der Humboldt-Universität Germanistik studierte. Heulend saß ich bei ihr im Zimmer.
»Was nun?«
Sybille mit ihrem wohlorganisierten Gehirn hatte eine Idee: »Wir gehen ganz einfach zum Staatssekretariat für das Hochschulwesen. Daß du nicht angenommen worden bist, liegt nicht an dir, das liegt an deinem schlampigen Direktor. Vielleicht läßt sich die Ablehnung aus Leipzig korrigieren.«
Sybille, langbezopft, mit runden Wangen, ein Grübchen am Kinn, Urmutter, die niemand fallenläßt, selbst erst zweiundzwanzig, nahm mich unter den Arm. Wir fanden im Staats-

sekretariat einen Herrn Vogel, der hörte sich meinen Kummer an.
»Wie sieht denn Ihr Zeugnis aus?«
»Fantastisch.«
Herr Vogel betrachtete die Noten und mokierte sich: »Ich hätte erwartet, jetzt ein Zeugnis mit Auszeichnung zu sehen, oder mindestens im Durchschnitt sehr gut. Dieses hier ist gut, nicht mehr, keineswegs fantastisch.«
»Es ist genau das, was ich brauche. Eine zwei im Abitur, dazu aus der Arbeiter- und Bauernklasse, damit kann ich studieren, was ich will, *das* finde ich fantastisch.«
»Was möchten Sie denn studieren?«
»Theaterwissenschaft.«
»Theaterwissenschaft? Sie? Ein Bauernkind? Ich könnte Sie ohne Schwierigkeiten an der Landwirtschaftlichen Fakultät unterbringen, da gibt es noch Plätze...«
»Ich will Theaterkritiker werden. Es gibt keine sozialistischen Kritiker, es gibt keine sozialistischen Stücke. Wenn wir solche Stücke haben werden, brauchen wir Kritiker, die sie dem Publikum erklären können.«
Herr Vogel lachte.
»Wo kommen Sie her? Aus *Havelberg*?«
Er ließ den Namen der Stadt genüßlich auf der Zunge zergehen.
»Gibt es da überhaupt ein Theater?«
»Im vorigen Jahr war das Hans-Otto-Theater aus Potsdam bei uns auf Tournee. Das bot billigste Unterhaltung, die auf Verklemmungen zielte.«
»Was wars denn?«
»Lysistrata.«
»Und was haben Sie gegen die ollen Griechen?«
»Nichts gegen Aristophanes, alles gegen den Regiestil des Hans-Otto-Theaters. Wir wollen die alten Stücke mit neuen Augen sehen. Man muß die gesellschaftlichen Gründe mitinszenieren, die Handlungen bestimmen. Aber die Leute vom Hans-Otto-Theater liefern platte Unterhaltung. So wird man den Griechen nicht gerecht und nicht dem Publikum.«

»Und was haben Sie gemacht? Ich habe das Gefühl, es drängt Sie zur Aktion?«
»Ich habe einen Wandzeitungsartikel geschrieben, einen Verriß, ihn in der Schule aufgehängt und den Durchschlag ans Theater geschickt.«
»Und die Reaktion?«
»Sie haben sich bei mir entschuldigt. Sie hätten gedacht, auf dem Lande wären die Leute noch nicht so weit. Von einer siebzehnjährigen Schülerin hätten sie solche Kritik nicht erwartet. Da war ich stolz.«
»Und Sie beschlossen, Theaterkritiker zu werden, ich verstehe.« Er schmunzelte. »Dann werde ich ja wohl etwas für Sie tun müssen. Professor Kuckhoff leitet die theaterwissenschaftliche Abteilung der Theaterhochschule in Leipzig. Ich gebe Ihnen ein Briefchen mit. Vielleicht kann er Sie doch noch aufnehmen.«
Er tippte und fragte zwischendurch: »Haben Sie genügend Geld für eine Fahrkarte nach Leipzig?«
»Nein, ich habe nur meine Rückfahrkarte. Kannst du mir was borgen, Bille?«
Meine Schwester wurde verlegen: »Es wird schon gehen...«
Herr Vogel winkte ab: »Das lassen wir über unser Amt laufen. Ich sag der Sekretärin Bescheid, Sie bekommen einen Fahrschein. Um alles übrige wird sich Armin G. Kuckhoff kümmern.«
Sybille spitzte die Ohren: »Armin G. Kuckhoff – hat der etwas mit Adam Kuckhoff zu tun, dem Schriftsteller?«
»Ja. Er ist sein Sohn.«
Sybille sah ihn erwartungsvoll an, hoffte auf eine weitere Erklärung. Mir sagte der Name Kuckhoff gar nichts. Vogel schmunzelte: »Also, der Adam hat zwei Söhne in die Welt gesetzt, Armin-Gerd ist der Älteste. Ule, der Jüngste, ist sein Sohn mit Greta. Ule ist ungefähr in Ihrem Alter, Fräulein Klump, kurz vorm Abi. Kennen Sie den Schwager von Adam Kuckhoff?«
»Nein?«
»Das war der Kommunist Hans Otto, dessen Name dieses

Theater in Potsdam trägt, über das sich Ihre Schwester so aufregt. Sie hat keine Ahnung von Querverbindungen, aber sie hat offensichtlich die Gabe, genau hinzusehen. Der Kommunist Hans Otto wurde 1933 von der Gestapo zu Tode gefoltert. Bertolt Brecht fragte damals in einem Offenen Brief den Schauspieler Heinrich George: Können Sie mir sagen, wo Ihr Kollege am Staatlichen Schauspielhaus Hans Otto ist?... Er ist ein Mann seltener Art, unkäuflich, wo ist er?«
»Woher wissen Sie diese ganzen Einzelheiten?«
»Tja... man hat so seine Querverbindungen.«

Bille brachte mich zum Zug nach Leipzig. Ich fragte sie: »Wer um alles in der Welt ist Adam Kuckhoff?«
»Ihr da in Havelberg – Ihr habt wohl überhaupt nichts gelernt?«
»Nee – ich bestehe bloß aus Bildungslücken.«
»Adam Kuckhoff war Schriftsteller und hat auch erkenntnistheoretisch gearbeitet. Er hat zum Beispiel gesagt, es gibt zwei Formen der Erkenntnis – Wissenschaft und Kunst. Kunst hat die Aufgabe, die Lebensvorgänge, die die Wissenschaft aus ihrer Natur nicht exakt zu erfassen vermag, durch exakte Gestaltung erkennbar zu machen. Kuckhoff wurde vom Reichsgericht verurteilt und 1943 in Plötzensee hingerichtet. Mit dem Fallbeil. Du kennst seine Frau, Greta Kuckhoff?«
»Unsere Notenbankpräsidentin?«
»Ja. Greta Kuckhoff wartete zwei Jahre lang auf die Vollstreckung ihres Todesurteils. Sie wurde 1945 von den Russen aus dem Zuchthaus Waldheim befreit.«
»Ist Greta Kuckhoff nicht auch die Gründerin des Demokratischen Frauenbundes Deutschland?«
»Mein Gott, sie weiß was!«
»Kein Wunder, in der neueren Geschichte kenne ich mich etwas aus, die habe ich ja miterlebt.«
»Mußt du erst erleben, um Bescheid zu wissen?«

Da stand ich nun, mit dem Brief von Vogel in der Hand, vor der Klingel an der Theaterhochschule in Leipzig, einer weißen

Villa im Garten, und versuchte, meine Scheu zu überwinden. Am liebsten wäre ich weggerannt, aber ich drückte auf die Klingel.
Mein Brief wirkte Wunder.
Professor Kuckhoff fand Zeit für mich. Die Kleine im roten Kräuselkrepp mit weißen Kullern, den Rock gebauscht, Rüschen um den weiten Ausschnitt, selbst eine Kuller im Babyspeck, fand er ganz offensichtlich lustig.
Grauhaarig im grauen Anzug, schlank, zurückhaltend, aber freundlich, ermunterte er mich, zu sprechen. Meine Schüchternheit verflog.
Ich erzählte ihm, was ich unternommen hatte, um nach Leipzig zu kommen. Er rief einen Assistenten ins Zimmer. Beide fragten mich alles mögliche, manchmal wußte ich Bescheid, manchmal nicht, es war ein fröhliches Gespräch.
»Haben Sie mal den Faust gelesen?«
»Ja. Zum ersten Mal mit zwölf.«
»Woher wissen Sie das so genau?«
»Es war in der sechsten Klasse. Die Lehrerin fragte uns, was wir so läsen. Ich sagte, den Faust. Sie glaubte es mir nicht. Ich hab dann den Inhalt erzählt.«
»Wie kamen Sie an den Faust in dem Alter? Immerhin – wo kommen Sie her?«
»Aus Glöwen.«
»Wieviel Einwohner hat der Ort?«
»So gute eintausendfünfhundert. Aber ich bin da nicht geboren. Ich stamme aus Hinterpommern. Im Winter ist der Pommer noch dommer als im Sommer.«
Sie lachten: »Und wie groß war das Dorf?«
»Achthundert Einwohner? Ich weiß es nicht. Ein ganz kleines Dorf. Kleiner als Glöwen.«
»Und Ihr Vater war da auch Bauer?«
»Ja.«
»Literatur im Schrank?«
»Natürlich.«
»Und wieso gerade der Faust mit zwölf Jahren?«
»Meine Schwester hat sich schon immer mit Literatur befaßt.

Sie studiert jetzt Germanistik. Der Faust lag mal rum in unserem Zimmer, da hab ich reingesehen und fand ihn spannend.«
»Haben Sie ihn später nochmal gelesen?«
»Natürlich.«
»Auch kritisch?«
»Meinen Sie etwas Bestimmtes?«
»Haben Sie vielleicht eine gesellschaftskritische Haltung entdeckt?«
»Natürlich.«
Kuckhoff lachte: »Ihr ist alles *natürlich*.«
»Ja. Zum Beispiel ist da eine antikapitalistische Haltung, wenn Gretchen sagt, am Gelde hängt, zum Gelde drängt doch alles, ach, wir Armen. Das beschreibt die gesellschaftliche Situation und liefert gleichzeitig die Kritik mit im ›ach, wir Armen‹.«
Kuckhoff schmunzelte: »Sie können den ganzen Faust auswendig?«
»Nee – nur die Stellen, die ich wichtig finde.«
»Und Sie finden wichtig, die gesellschaftliche Wahrheit auf der Bühne zu zeigen?«
»Ja.«
»Wie kann ein Schauspieler das machen?«
»Das kann kein Schauspieler allein, das kann nur das Ensemble insgesamt.«
»Womit wir bei Stanislawski wären und den hervorragenden Ensembleleistungen der sowjetischen Kollegen.«
»Bertolt Brecht hat doch auch ein Ensemble, das Berliner Ensemble.«
»Ein Ensemble schon, aber sonst ist er der Gegenpol zu Stanislawski. Auf welcher Seite stehen Sie übrigens in diesem Methodenstreit?«
»Methodenstreit? Keine Ahnung. In unserer Schule haben wir nichts von Stanislawski gehört und fast nichts von Brecht.«
»Sie haben auch nichts von unserer Stanislawski-Konferenz gelesen? Im April?«
Ich überlegte laut: »Im April? Da steckten wir im Abi. Nein, da habe ich in keine Zeitung gesehen.«
Kuckhoff legte die langen, schmalen Hände zusammen, es

waren schöne Hände, sensibel, aber nicht nervös, ruhig wie Hände eines Chirurgen. Sie zertrümmerten nicht mit überflüssigen Gesten die Konzentration des Zuhörers, sie sammelten sie auf ihn.
Kuckhoff erklärte mir: »Auf unserer Stanislawski-Konferenz schieden wir uns in zwei Lager, hier Brecht, da Stanislawski. Für Brecht lautet ein vernichtendes Urteil über einen Schauspieler: er spielte den Lear nicht, er war Lear. Für Stanislawski ist solch ein Urteil höchstes Lob. Für ihn gilt: Wenn ich Ihnen den Hamlet gebe, sind Sie Hamlet. Brecht will ein Theater des Schilderns, des Vorzeigens, überintellektualisiert, lehrhaft. Stanislawski will ein Theater des Erlebens, des Identifizierens mit der Rolle, blutvoll. Man könnte noch viel darüber sagen, aber das ist es in der Nußschale.«
»Bleibt beim Brecht die Psyche auf der Strecke?«
»Ja. Die klammert er aus. Für ihn gilt, der Mensch ist das Produkt der Verhältnisse.«
»Das wäre schön, wenn der Mensch nur das Produkt der gesellschaftlichen Verhältnisse wäre. Dann müßten wir hier in der DDR längst den neuen Menschen haben. In Massen. Andere Verhältnisse, andere Menschen – wenn das so einfach wäre, das wäre schön.«
Gerade hatte der Brecht angefangen, mich zu interessieren, aber nun war er für mich schon wieder gestorben. Ein Vereinfacher! Davon gingen zwölf auf ein Dutzend.

Kuckhoff fragte mich, sehr interessiert: »Sie sehen den neuen Menschen nicht?«
»In den Wörtern schon... in den Deklarationen und in den Zeitungen. Aber die meisten Erwachsenen reden offiziell anders als privat. Das finde ich ganz schrecklich.«
Der Assistent fragte: »Und wie halten Sie es selbst?«
»Och – ich sag einfach, was ich denke.«
»Gott erhalte Ihnen Ihre Unschuld.«
Kuckhoff lächelte mir zu: »Haben Sie keine Angst, etwas Falsches zu sagen?«
»Nein. Dann wird man mir sagen, wie es richtig ist, und ich

lerne aus meinen Fehlern. Was weiß ich denn schon. Ich will ja studieren, um mehr zu wissen.«
»Warum muß es ausgerechnet Theaterkritik sein? Das Fach gibt es noch gar nicht. Sie könnten hier doch auch Regisseur werden oder Dramaturg oder Schauspieler. Warum ausgerechnet Kritiker? Warum haben Sie sich so festgelegt?«
»Ich sehe auf der einen Seite die Regisseure, die die Stücke inszenieren, und auf der anderen Seite die Kritiker, die helfen müßten, sie zu erklären. Theater hat für mich keine illustrierende Funktion, sondern eine erzieherische. Auf der Bühne müßte kritisch dargestellt werden, was man verändern will, und der Kritiker müßte das unter die Leute bringen. Es werden mehr Zeitungen gelesen als Theater besucht. Der Kritiker müßte helfen, mit der Zeitung ein neues Bewußtsein bei unseren Bürgern zu entwickeln. Was der Regisseur in Bildern zeigt, müßte der Kritiker aussprechen.«
Der Assistent beugte sich vor, ganz Ohr: »Sie lehnen Theater als Stätte der Unterhaltung ab?«
»Nee – wieso? Ohne Unterhaltung geht nichts. Die Leute langweilen sich, wenn sie keinen Spaß haben. Ich sehe Unterhaltung als eine Methode, Spaß zu vermitteln. Nicht der Inhalt soll Spaß sein, sondern, *wie* man ihn zeigt, *das* müßte lustig sein.«
»Geben Sie doch mal ein Beispiel aus der Bühnenpraxis, damit wir wissen, wie Sie sich das konkret vorstellen.«
»Ein Beispiel... viel Theater habe ich noch nicht gesehen... also, mir fällt nichts ein... Darf ich es an einem lebenden Beispiel erklären?«
»Ja, aber bitte.«
»Also, ich stelle mir das komisch vor: ein neuer sozialistischer Mensch, klebend an Relikten der bürgerlichen Gesellschaft. Wie der Ernst Busch, Sänger der Revolution, auf seinem Plüschsofa sitzend mit Spitzenschonern.«
Kuckhoff schmunzelte: »Wo haben Sie das denn her?«
»Meine Schwester singt im Chor der Humboldt-Universität.«
Er beugte sich zu seinem Assistenten hinüber: »Was meinen Sie?«

»Sie ist goldrichtig.«
»Damit hätten Sie Ihre Prüfung bestanden. Gratuliere.«
Meine Verblüffung war groß: »Wieso Prüfung? Ich dachte, das wäre ein Vorgespräch?«
»Das wars. Sie haben Ihren Studienplatz. Allerdings mit einer Einschränkung, so leid es mir tut. In diesem Jahr sind wir ausgebucht. Wir haben nur neunzig Plätze, die sind belegt. Aber Sie haben einen Platz im nächsten Jahr. Sie brauchen nicht zur Prüfung zu erscheinen. Geben Sie Ihre Personalien im Sekretariat an.«
»Erst im nächsten Jahr... da bin ich auch nicht weiter als zuvor.«
»Das würde ich nicht sagen«, tröstete mich der Assistent. »Was glauben Sie, wieviele Bewerber wir jedes Jahr haben, vierhundert mindestens. Dieser Platz für Sie ist eine Rarität. Freuen Sie sich darüber!«
»Und was fang ich an in diesem Jahr? Ich kann doch nichts.«
Professor Kuckhoff überlegte: »Sie wollen Kritiker werden – wie wäre es da mit einem Volontariat an einer Zeitung?«
»Volontariat – was ist das?«
»Eine Lehrstelle. Das Zeitungsmachen will auch gelernt sein, nicht nur das Schreiben, beides lernt man als Volontär. Versuchen Sie, in Ihrer Gegend einen Vertrag zu bekommen für ein Jahr, danach kommen Sie zu uns. Übrigens, wo werden Sie schlafen, wo essen? Sie haben sicherlich kein Geld für ein Hotelzimmer?«
»Ich wollte gleich zurückfahren.«
»Sie ruhen sich erstmal aus.«
Professor Kuckhoff wies mich ins Internat der Theaterhochschule ein, in ein wunderschönes, halbrundes Zimmer mit Fenstern bis zum Parkettfußboden. Morgens bekam ich fast einen Schock, alle Mädchen waren nackt im Bad. Entschlossen zog ich mein Nachthemd aus. Sie sollten nicht merken, daß ich befangen war, nackt unter ihnen.
Ich sah auch, daß alle sich die Lippen anmalten. Das war offensichtlich der Stil des Hauses hier, ich würde mir auch einen Lippenstift kaufen. Man mußte mir ja nicht schon einen Kilo-

meter gegen den Wind ansehen, daß ich ein Landei war. Bis ich hier anfing, im nächsten Jahr, würde ich Übung haben im Lippenschminken.
Was würde mein Vater dazu sagen? Puritanisch bis auf die Knochen, wie er war.

Wie ein begossener Pudel kam ich zu Hause an. Kein Studienplatz. Meine Mutter, Knoten im Nacken, fünf Kinder, die Landwirtschaft, das Haus – Arbeit ohne Ende, aber niemals hysterisch, wenn sie nicht zu schaffen war – meine Mutter, unsere Klagemauer, die nie zusammenbrach, fragte mich: »Was jetzt, hast du eine Idee, was du tun willst?«
»Professor Kuckhoff meint, ich soll versuchen, hier in der Nähe bei einer Zeitung unterzukommen.«
Mein Vater schlug seine Zeitung auf, es war der ›Freie Bauer‹, Zentralorgan des VdgB, und sah im Impressum nach.
»Hier steht, Chefredakteur Walter Plitt. Ich ruf ihn mal an, ob sie eine Volontärin gebrauchen können, ich bin schließlich sein Leser.«
Der Atem stockte mir: »Einfach anrufen, in Berlin? Traust du dich, das zu tun?«
»Wenn man Dinge ändern will, mein Kind, muß man ran an die Leute, die ändern können. Fang oben an, mein Kind, ändern kann man nur von oben. Wenn sie dich in Berlin nicht haben wollen, wirst du vielleicht an eine Bezirksredaktion weitergereicht. Dann kommst du ganz von allein unten an.«
Bis die Voranmeldung nach Berlin funktionierte, war ich entnervt. Als endlich das Telefon schrillte, fiel mir ein Teller aus der Hand und zerbarst auf dem Terrazzo der Küche. Meine Mutter hielt mich fest: »Bleib hier, Papa macht das bißchen schon allein am Telefon.«
Als er in die Küche kam, lächelte er verschmitzt über die Brille: »Du sollst deinen Lebenslauf schreiben und dich in Berlin vorstellen. Sie suchen gerade einen Volontär. Für Berlin. Für die Zentralredaktion.«
Ich fiel meinem Vater um den Hals.
»Mal langsam, bis jetzt ist noch gar nichts entschieden.«

Am nächsten Tag kam meine Schwester aus Berlin. Zum Wochenende war sie oft zu Hause. »Was schreibst du denn da? Du hast ja rote Flecken im Gesicht. Warum regst du dich auf?«
»Lies mal meinen Lebenslauf. Kann ich den so abgeben?«
Sie las den Anfang laut vor:
»Ich, Brigitte Klump, die Tochter des Genossenschaftsbauern Richard Klump und seiner Ehefrau Elisabeth...« und lachte schallend.
»Was gibt es zu lachen?«
»Na, hör mal, was ist das schon, *Genossenschaftsbauer*, daß du das im ersten Satz anbringst!«
»Das ist... das ist... die kleinste Zelle des sozialistischen Lebens auf dem Lande. Sozialistisch, *das* ist was.«
»Sprüche!«
»Keine Sprüche. Die Wahrheit. Ich wende mich mit diesem Lebenslauf an den Chefredakteur des ›Freien Bauern‹, der wird das gut finden, wenn er liest, ich, die Tochter eines Genossenschaftsbauern. Schließlich hätte ich auch schreiben können: ich, die Tochter des Vorsitzenden der Landwirtschaftlichen Produktionsgenossenschaft ›Karl Marx‹... Aber so dick habe ich ja gar nicht aufgetragen, auch wenn es stimmt. Ich finde, ich, die Tochter eines Genossenschaftsbauern, das spricht für mein Selbstbewußtsein. Und es schließt ein, daß ich stolz darauf bin. Es zeigt meinen Klassenstandpunkt.«
Meine Schwester lehnte sich zurück, das hieß, sie holte zu einem Argument aus, nahm Abstand von der Sache. Wenn ich anfing, zu argumentieren, beugte ich mich vor, verlor erst mal die Übersicht, warf mich voll rein, verwickelte mich ins Gespräch schon in der ganzen Haltung. Ich habe nicht von vorneherein den Abstand zu den Dingen, die man schon in der Haltung dokumentieren kann. Sybille schüttelte den Kopf über mich: »Wenn du geschrieben hättest: Ich, eine Genossenschaftsbäuerin – das spräche von einem gesunden Selbstbewußtsein. Aber wenn du sagst, ich, die *Tochter* eines Genossenschaftsbauern... dann schmückst du dich mit Papas Federn. Und überhaupt, welcher Esel hat dir beigebracht, einen Lebenslauf mit ICH anzufangen?«

Ich nagte an einem Finger: »Irgend so ein Lehrer. Ich habe da ein Formblatt vor Augen – ein Produkt der deutschen Schule. Also, dann schreibe ich eben: Mein Vater ist Genossenschaftsbauer. Wir sind fünf Kinder...«
Meine Schwester verdeckte mit ihrer Hand meinen Schmierzettel: »Mich stören zwei Dinge an dir. Erstens, daß du nicht bereit bist, zu Ende zu denken. Zweitens, daß du nach Anweisungen denkst. Formblatt für einen Lebenslauf! Dein Stilgefühl müßte dich leiten.«
»Ich brauche Beispiele, um zu lernen, wie ich mich zu verhalten habe. Ich bin nicht so wahnsinnig intelligent wie du, wer macht schon sein Abitur in zwei Jahren.«
Meine Schwester warf trocken ein: »An der Arbeiter-und-Bauern-Fakultät.*«
»Ich brauche Beispiele, um mich zu orientieren. Mein Stilgefühl wird sich schon noch mit der Zeit einstellen. So was wird einem ja schließlich nicht angeboren, oder?«
»Wir wollen bei deinen Beispielen bleiben. Beispiele erfassen nicht die ganze Wirklichkeit, sie grenzen ein. Zur Orientierung reichen sie nicht aus. Die Wirklichkeit ist dem Beispiel überlegen. Aber du willst immer alles handhaben können, hast diese Art von praktischem Verstand, der Bauern auszeichnet. Das ist wohl das Erbe unserer bäuerlichen Vorfahren.«
»Erkläre.«
»Bauern sind im allgemeinen Pragmatiker. Wenn die Zeit kommt, den Weizen zu säen, dann wird gesät, und wenn es Zeit ist, zu ernten, dann wird geerntet. Bauern akzeptieren Sachzwänge, sie stellen sie nicht in Frage. Sie tun, was auf sie zukommt. Würden sie darüber diskutieren, was wann zu machen ist, verkäme das Korn auf dem Feld.«
»Und Leute wie du, die aus dem Intellekt leben, was zeichnet euch aus?«
»Auf einen Nenner gebracht, und das hast du ja so gern, wir stellen erstmal in Frage.«

*Die »ABF« wurde am 5. 5. 1946 für begabte Angehörige der Arbeiter- und Bauernschaft und für politisch Verfolgte in allen Ländern der SBZ eingerichtet; 1962 wieder aufgelöst, da die »historische Aufgabe erfüllt« war.

»Und wann *tut* ihr etwas?«
»Das ist die Frage.«
Sie lachte.
»Aber man kann doch nicht sein Leben damit verbringen, Denkmodelle zu entwickeln, die man dann wieder verwirft. Man muß sich doch einmal für eines entscheiden und ausprobieren, ob es anwendbar ist.«
»Das sind die Niederungen der Praxis.«
»Deinen Hohn kannst du dir sparen. Als Germanist mußt du auch Stellung nehmen, für unseren Staat, Sybille.«
»Du meinst, wir lernen Literaturgeschichte als Teil der marxistisch-leninistischen Wissenschaft?«
»Ja, so etwa. Wir haben in der Schule Geschichte als Geschichte der Kämpfe von Klassen gelernt. Da müßtet ihr die Literaturgeschichte als Literatur von den Kämpfen der Klassen auswerten.«
»Hör auf, Brigitte, deine Phrasen ärgern mich. Ich weiß nur eines, wenn die wissenschaftliche Arbeit unter den Erfordernissen der Praxis leiden würde, gäbe ich meinen Beruf auf.«
Das gefiel mir nicht. »Das ist Resignation. Wenn die Verhältnisse nicht so sind, wie sie sein sollen, dann mache ich das, was möglich ist unter den Verhältnissen.«
»Ach – die Verhältnisse änderst du nicht? Du bist mir der richtige Revolutionär. Aber da haben wir wieder den Beweis, du bist praxisorientiert, das ist dein Grundmuster. Mal ernsthaft, wie weit würdest du gehen mit deiner Bereitschaft, dich anzupassen?«
»Woher soll ich das wissen? Das muß ich erst ausprobieren.«
»Siehst du eine Grenze für dich?«
»Grenze – wieso? Nee. Ach so, du meinst das Gewissen.«
»Wie schön, daß du dich daran erinnerst.«
»Sag mal, Bille, versteh ich dich recht, du würdest, wenn du in einen Gewissenskonflikt kämst, lieber heiraten und Kinder kriegen?«
»Ja.«
»Das ist keine Alternative.«
»Das ist *meine* Alternative. Wir Frauen sind privilegiert, trotz

Gleichberechtigung. Wir können uns aufs Privatleben zurückziehen. Männer sind entschieden arm dran, sie tragen entweder ihre Konflikte aus oder gehen kaputt daran.«
»Ich... ich würde eher mit rauchenden Pistolen untergehen.«
»Probiers erst mal, dann reden wir weiter.«
»Also, im vollen Ernst, Sybille, mich kriegt keiner dazu, mich ins Privatleben zurückzuziehen. Rückzug ist beschissen. Man muß kämpfen. Mit Goethe: Hammer oder Amboß sein!«
Sybille wurde kühl: »Ich möchte dich bitten, Gossensprache aus deinem Vokabular zu streichen. *Beschissen*, das ist ja widerwärtig.«
»Das ist eindeutig. Und darauf kommt es mir an. Wenn das Wort die Situation trifft, dann ist das Wort richtig.«
»Bring du mir noch Stil bei.«
»Rette du dich nicht in Stilfragen.«
Mama riß die Tür auf: »Kinder, was ist das für eine Phonstärke!«
Sybille sagte, schon wieder ganz gelassen: »Sie benimmt sich aber auch, Gott, wie proletig. Aber wenn sie das mag, bitte.«
Sie zog den ›Sonntag‹ zu sich heran, die Zeitschrift des Kulturbunds, die im Aufbau-Verlag erschien, und ich saß da vor meinem Lebenslauf und kaute an meinem Finger.

Berlin! Ich fieberte der Abreise entgegen, voll von überströmender Freundlichkeit für jeden. Mein Vater, buschige Augenbrauen über blauen Augen, zog sich in der Küche vor dem Spiegel Härchen mit der Pinzette aus. Eigentlich war mir das verhaßt, er konnte das im Schlafzimmer tun, aber nun sagte ich, statt zu räsonnieren: »Warum machst du das? Ich finde es schön, wenn die Augenbrauen zusammenstoßen. Es wirkt so energisch.«
»Ich brauche nicht energisch zu wirken. Ich bin es.«
Er zupfte weiter und bequemte sich dann doch zu einer Erklärung: »Es ist eine Konzession an Mama. Sie möchte, daß ich wenigstens im Gesicht nicht ungepflegt aussehe, wenn ich schon die ältesten Klamotten trage.«

»Arm zu sein ist keine Schande.«
»Aber Schlampigkeit.«
»Meinst du mich damit?«
Mein Vater legte die Pinzette weg und setzte sich zu mir an den Küchentisch: »Ordentlich bist du keineswegs und auch nicht systematisch. Eigentlich dürfte ich dich noch gar nicht von zu Hause fortlassen. Aber ich kann dich nicht festnageln. Du mußt unter Menschen, die dich interessieren, dann bist du auch fähig zu Leistungen. Der Satz in deinem Zeugnis ist mir eine Warnung: Brigitte Klump ist nur bereit, mitzuarbeiten, wenn sie ein Fach interessiert. Also such dir das Fach, das dich interessiert, damit du deine Faulheit überwindest.«
»Berlin ist ja nicht aus der Welt. Ich komme nicht unter die Räder. Zum Wochenende komme ich nach Hause, wie Bille.«
»Mach dir nichts vor. Wenn du jetzt nach Berlin gehst, wird das ein Abschied für immer sein. Nach Berlin kommt Leipzig. Du wirst viel erleben und dabei erwachsen werden. Ich geb dir einen guten Rat, was immer dir widerfährt, mache es aktenkundig. Laß dir alles schriftlich geben. Hast du eine Auskunft bekommen, notiere sie, mit Datum. Du kannst nichts beweisen, was du nicht schriftlich hast. Schreib dir das hinter die Ohren. Du selbst bist verantwortlich für dein Leben – von jetzt an. Was du nicht für dich tust, wird keiner für dich tun. Wir hier, deine Eltern in Glöwen, werden dir nicht weiterhelfen können. Laß nicht über dich verfügen, wenn es dir nicht recht ist. Tu nur, was du vor dir selbst verantworten kannst. Tu nichts im Zorn. Denk nach, bevor du handelst. Ich weiß, wozu wir fähig sind im Zorn.«
»Hört sich ja dramatisch an.«
»Also gut, dann sollst du es hören. Einer deiner Vorfahren aus Polen erschlug seinen Großknecht, der ihm bei der Kleinmagd ins Gehege kam. Er war der Herr – seine Interessen galten. Er fand keinen Kläger. Der Knecht wurde hinter der Scheune verscharrt. Du kennst meinen Bruder Willy, der das Gut Lindenhöhe in Großküdde hatte. Als Willy 1945 um sich sah und den Niedergang der Familie Klump betrachtete, Lindenhöhe verloren, sein Schwager, Brennereibesitzer, mit der Familie von

Polen erschlagen, sah er darin die ausgleichende Hand der Gerechtigkeit. Er sagte, die Sünde der Väter würde bestraft an den Kindern bis ins dritte und vierte Glied – weihte sein Leben Gott und betete, daß ein weiterer Kelch an der Familie Klump vorübergehen möge. Er schloß sich der Pfingstgemeinde an und lebte ›in Gott‹ und von den Einkünften seiner Frau aus Mietshäusern.«
»Ihr wart reich in Polen?«
»Bauern sind nicht reich – sie haben Land.«
»Aber Oma sagt, Opa fuhr vierspännig zur Kirche.«
»Ja, das war so. Wenn er von Fünfeichen mit vier Rappen zur Kirche jagte, flog der Schaum von den Kruppen der Pferde und der Staub stand wie eine Wand hinter der Kutsche. Deinen Opa freute der Staub, der die Fußgänger demütigte, er hatte es geschafft. Er sah auf alle herab, die es nicht geschafft hatten. Er war stolz auf seine Fähigkeiten und auf seine Intelligenz, und er war stolz auf seine Frau, die nichts in die Ehe einbrachte, als ihre Schönheit und ihren Fleiß. Sie wollte beweisen, daß sie mit Tüchtigkeit das schaffte, was andere Frauen mit der Mitgift einbrachten.«
»Unsere Familie war deutsch in Polen?«
»Ja. Seit Jahrhunderten. Und arrogant gegen Polen, deren Land sie in Besitz nahmen.«
»Das schützte sie vor schlechtem Gewissen.«
»So ist es.«
»Papa, du sagtest, Opa war stolz, daß er es geschafft hatte. Was hatte er geschafft?«
»Sein Vater hatte seinen Hof heruntergewirtschaftet bis zum Konkurs. Als mein Vater dreizehn war, wurde er Vollwaise, und mußte bei seinem Onkel, einem Großbauern, als Knecht arbeiten. Eines Tages fuhr dieser Onkel auf dem Weg zur Kirche mit der Kutsche an ihm vorbei. Vorbei! Da tat mein Vater einen Schwur, er würde einmal mit vier Rappen zur Kirche fahren.«
»Und er hat es geschafft.«
»Wir tun immer, was wir uns vornehmen, seit Generationen.«
»Wie hat er es geschafft?«

»Als ich geboren wurde, 1899, war Vater bereits Wirtschaftsinspektor auf einem Gut, dann Verwalter. Alles, was er verdiente, steckte er in Land. 1902 kaufte er seinen ersten kleinen Hof in Bachwitz, 1910 zwei weitere Höfe im Kreis Bromberg Land.«

»Wenn es euch so gut ging in Polen, warum seid ihr dann nach Pommern gegangen?«

»Das war 1919. Mein Vater hatte sechs Söhne und eine Tochter. Er wurde gefragt, ob er für Polen optieren würde, also polnischer Staatsangehöriger werden wolle. Vater wollte nicht, verkaufte seinen Besitz und verteilte das Erbe. Jedes Kind sollte selbst entscheiden, wo es wohnen und was es werden wollte – wir waren alle über Zwanzig. Wir entschieden uns alle für Deutschland. Ich ging zur Landwirtschaftsschule und wollte von den Zinsen meines Kapitals leben. Das war dumm. Mein Geld verschwand in der Inflation. Meine Eltern und Geschwister überstanden alle unbeschadet die Inflation, weil sie ihr Geld in Grund und Boden investiert hatten oder in Geschäften. Keiner fand es tragisch, daß ich arm war, sie glaubten, ich würde eine reiche Heirat machen und mich wieder sanieren.«

»Und du hast Mama genommen, ohne Mitgift, wie damals Oma.«

»Als Vater deine Mutter sah, brauchte ich keine Erklärungen. Er machte mir einen Vorschlag: Du bekommst die Hälfte von dem, was ich noch besitze, dafür erwerbe ich das Recht, mit Mutter bis Lebensende bei dir zu wohnen. Also zog ich durch das Land und suchte einen Ort, der mir gefiel. Ich fand Groß-Linichen in Pommern, das Haus am See mit Landwirtschaft und Geschäft. Keine große Sache, aber wunderschön gelegen. Ohne Mama hätte ich es nach unserer Flucht aus Pommern nach 1945 nicht geschafft mit der Siedlung. Sie faßte zu und wurde mit allem fertig. Sieh sie an, sie blieb ein fröhlicher Mensch.«

»Du bist also froh, daß du sie damals genommen hast, arm wie eine Kirchenmaus?«

»Sie ist das Beste, was mir jemals zugestoßen ist. Merke dir

eins, mein Kind, nur wer du bist, zählt. Geld, Besitz, alles kann man dir nehmen, aber nicht das, was du bist. Entwickel deinen Verstand. Was du weißt, kann dir niemand nehmen. Nur auf Wissen ist Verlaß.«
»Auf Menschen nicht?«
»Wenn du Glück hast, auch auf Menschen. Aber Menschen können dich verlassen, und sie sind sterblich. Wissen kann dir niemand nehmen.«
»Sag mal, Papa, wie hast du das eigentlich geschafft, ein sozialistischer Bauer zu werden? Ihr habt doch anderen Bauern das Land weggenommen, nach 1945. Der Hof hier, auf dem wir leben, gehörte Seehaus, auch einem Bauern wie du.«
»1945 standen wir vor dem Nichts. Wir wollten leben. Ich hatte euch zu versorgen, Mama, Oma, und euch fünf Kinder. Ich bin durchaus nicht der Meinung, daß nur einige für den verlorenen Krieg zahlen müssen. Wir zahlten alle, auch Bauer Seehaus. Die Bodenreform für landarme Bauern und Flüchtlinge gab uns einen Platz zum Leben. Ich nahm ihn. Daß wir jetzt in einer Genossenschaft leben, finde ich richtig. Auch, wenn uns die Glöwener Bauern scheel ansehen. Ich bin an Großraum-Landwirtschaft gewöhnt, ich kann nicht arbeiten mit Handtuchfeldern. Also war es logisch, daß ich dankbar war für die Gelegenheit, die Felder zusammenzulegen, damit die Arbeitskraft und die Maschinen produktiv eingesetzt werden können. Ich unterstütze die Kollektivierung der Landwirtschaft von Anfang an und aus Überzeugung. Wenn ich Vorsitzender der LPG bin, dann aus dem Grund: ich weiß, wie man Arbeit in großem Maßstab organisiert, ich habe es gelernt. Ich bin richtig in dieser Funktion. Besser als ich kann es hier keiner in der LPG.«
»Du hättest es einfacher haben können. Onkel Hans Callsen in Schleswig-Holstein hatte dir ein Haus angeboten nach unserer Flucht. Du hättest Onkel Hans auf seinem Hof helfen können.«
Mein Vater zog unwillig die buschigen Brauen zusammen: »Ich als Knecht? Das ist nicht dein Ernst.«
»Nicht als Knecht – als Helfer. Onkel Hans war doch alt.«

»Ich hätte nach seinen Anweisungen arbeiten müssen, dafür bin ich nicht der Mann. Ich treffe meine Entscheidungen selbst. Bollingstedt kam für mich nicht in Frage.«
»Aber Mama wäre gern nach Schleswig gegangen, ihre Familie stammt doch von dort seit Generationen.«
»Lieber hier ein armer Siedler auf einem winzigen Hof, selbständig, als dort ein besserer Angestellter.«
»Na ja, nun hast du ja wieder deine Großraumwirtschaft, sozialistischer Art. Bist du zufrieden?«
»Sie hat einen Haken. Auf einem eigenen Hof kannst du die Arbeit einteilen, und es geschieht, was du sagst. Wer faulenzt, kriegt einen Tritt in den Hintern, notfalls kann er sein Bündel schnüren. Wenn ich hier morgens die Arbeit einteile, in unserer LPG, hoffe ich immer wieder von neuem, sie tun, was ich sage, denn sie arbeiten für sich. Aber was passiert? Ich muß hinter ihnen her sein wie der Teufel hinter der armen Seele. Sowie ich mich umdrehe, klappt nichts. Rausschmeißen geht nicht – wir alle zusammen besitzen den Hof. Ich hatte mir eingebildet, daß sozialistisches Eigentum bedeutet, alle sind gleichermaßen interessiert am Erhalten und Vermehren unseres gemeinsamen Eigentums. Aber das ist ein Irrtum. Sie sind nicht arbeitswillig. Sie liegen am liebsten auf der faulen Haut. Ich schrei mir die Stimme aus der Kehle – sie tun nichts, was für sie gut ist. Ich glaube, ich halte das nicht mehr lange aus, mag Vorsitzender sein, wer will, ich passe. Ich bin doch kein Idiot und ruiniere mir meine und Mamas Nerven. Wenn sie nicht einsehen wollen, daß sie für sich arbeiten, diese Genossenschaftsbauern, knall ich ihnen eines Tages den Kram vor die Füße. Ich seh schon den Tag.«
»Aber was dann?«
»Ich habe noch einen anderen Beruf, Kaufmann, ich muß mich nicht mit ihnen abschinden. Aber ich begreif es nicht, in hundert Jahren begreif ich nicht, warum es nicht klappt. Ich hab den Marx gelesen, der Sozialismus ist logisch, ist gut, so einleuchtend, so überzeugend. Aber wo sind die Menschen, die ihn machen? Warum funktioniert es nicht bei uns in Glöwen? Man liest so viel in der Zeitung, woanders geht es gut – warum

bei uns nicht? Ich, Sohn von Bauern, frei seit Generationen, habe in den Fingerspitzen mehr sozialistische Arbeitsmoral als diese landarmen Bauern und Häusler zusammen. Sie haben eine Knechtsmoral. Von sich aus tun sie nichts. Man muß sie schubsen. Ich glaube allmählich, dieses sozialistische Bewußtsein, von dem so viel geredet wird, ist ein Bewußtsein von Freien, in Generationen geübt. Nicht abhängig von der Zahl der Hektar. Es ist eine Verhaltensweise, nichts anderes, und die will gelernt sein. Vielleicht werden die Kinder dieser Genossenschaftsbauern begreifen, was sozialistisch arbeiten und leben heißt. Aber ich habe keine Geduld, auf die nächste Generation zu warten, und ich habe auch keine Zeit, dann bin ich alt. Wenn ich noch etwas haben will vom Leben, dann muß ich mir eine Arbeit suchen, die mich weniger schmerzt. Denn mich schmerzt, zu sehen, daß sie nichts begreifen, diese Bauern, die sich sozialistisch nennen, und die Knute brauchen, um zu arbeiten.«

Im Zug nach Berlin dachte ich über meinen Vater nach. Oft beendete er ein Gespräch mit den Worten: »Ich sehe, du verstehst nicht, was ich meine.«
»Laß mir Zeit.«
»Merkst dir meine Worte?«
»Irgendwann hole ich das Verstehen nach.«
Ein Bild stieg vor mir auf, schob sich vor die abgeernteten Felder, an denen der Zug vorbeirollte.
Raps blühte, gelbe Felder bis zum Horizont, duftend in der Sonne. Mein Vater hatte Urlaub, die Uniform hing im Schrank. Wir wanderten auf der Landstraße durch die Felder. Es war in Groß-Linichen in Pommern im Mai 1943.
Ich schob den Babywagen mit Hanno, meinem kleinen Bruder. Der Wagen quietschte leise vor sich hin. Die Bienen summten. Hinter mir erhoben sich die Stimmen wie im Streit. Ich hörte meinen Vater sagen: »Er darf nicht siegen. Denn er wird die Menschen unterdrücken oder ausrotten, wie immer es ihm in den Kram paßt. Er fühlt sich ja so überlegen.«
»Die germanische Rasse ist auch überlegen.«

»Einen Scheiß ist sie. Sie ist nicht besser als jede andere Rasse. Überhaupt, laß mich in Ruhe mit diesem Rassenschmarren. Das sind nur Ausreden, andere Völker zu unterjochen aus Profitinteressen. Und das wird dann übergossen mit der Soße vom Recht der germanischen Rasse. Solch ein Recht gibt es nicht, es ist angemaßt. Aber du wirst es erleben, der Hitler wird gestoppt werden, und ich sage dir, ich warte auf den Tag, an dem das geschieht. Ich kann nicht ertragen, was ich sehe, und ich bin an der Front und ich sehe und ich entsetze mich, was Menschen mit Menschen machen, weil sie glauben, sie seien die Herren der Welt.«
»Also du glaubst auch nicht, daß wir Deutschen Herrenmenschen sind?«
»Es gibt keine Herrenmenschen. Es gibt nur Menschen mit Privilegien, und die haben sie sich selbst verschafft.«
»Aber es lebt sich gut mit Privilegien.«
»Nur der lebt gut, der sie hat – und er lebt auf Kosten der anderen.«
»Gut, aber wenn ich jetzt mal zu Ende zu denken versuche, du willst, daß der Hitler gestoppt wird – das heißt doch dann, dir wäre es recht, wenn der Krieg verlorenginge?«
»Ob mir das recht ist oder nicht, das ist nicht die Frage. Der Krieg wird verlorengehen, sieh auf die Landkarte. Sieh die Welt, gegen die er aufsteht, das ist Wahnsinn. Und du bist auch nicht bei Trost, wenn du meinst, das geht gut aus.«
Meine Mutter sah meinen Vater an wie einen Feind: »Du meinst, lieber den Krieg verlieren als mit Hitler siegen? Willst du nicht auf der Seite der Sieger sein?«
»Nein. Nicht auf der Seite dieses ... Verbrechers.«
»Richard!«
Meine Mutter riß mich schützend in den Arm: »Nimm wenigstens Rücksicht auf das Kind, wenn du schon keine Rücksicht gegen meine Gefühle kennst. Und wenn du es zehnmal denkst, sprich es nicht aus! Nicht vor dem Kind!«
Mein Vater schwieg. Dann sagte er: »Einmal wird man ja mal aussprechen dürfen, was man denkt – hier zwischen den Feldern. Ich weiß, was ich sage, ich habe Hitlers ›Mein Kampf‹ ge-

lesen, ich weiß, was er will. Lies das Buch, dann weißt du es auch. Du betest ihn an, weil er der Sieger ist, aber er wird verlieren. Er muß verlieren. Meine Tochter soll wissen, so klein sie ist, wenn Vater den Mund hält und nichts gegen Hitler sagt, dann schweigt er, weil er überleben will. Ich hoffe, wir überleben den Völkermord. Ich hoffe, dann kommt eine Zeit, in der man sagen kann, was man denkt.«
»Und ich hoffe, deine Tochter vergißt, was du gesagt hast. Sie ist viel zu klein, um dich zu verstehen. Ich will, daß sie wie ich an Hitler glaubt.«
»Dann glaubt mal schön.«
Ich sagte: »Mein Lehrer sagt, ich kann am besten aus der Klasse Heil Hitler sagen. Und wir singen immer so ein Lied: ›Ja, wenn das Judenblut vom Messer spritzt, dann gehts nochmal so gut‹...«
Mein Vater legte seine Hand auf meinen Kopf: »Darüber sprechen wir, wenn du älter bist. Sing deine Lieder, wie der Lehrer es will, und grüße, denn es ist höflich zu grüßen.«
»Und ihr hört auf zu streiten, Papa, Mama, streitet euch doch nicht!«
Beide lächelten mir zu, Mama unter Tränen. Mein Vater wischte ihr die Tränen ab. Wir gingen weiter.
Der Wagen quietschte, der Raps duftete, es war wie vorher.

Ich stieg in Falkensee um in die S-Bahn. Hatte keine Ahnung von Berlin, wußte nur, Gesundbrunnen mußt du umsteigen, Bahnhof Friedrichstraße ist dein Ziel.
Am Bahnhof Gesundbrunnen sah es bunt aus, so fremd für mich. Ich unterbrach die Fahrt, wollte mal sehen, wie es in Westberlin aussah. Mit meinem schweren Koffer kam ich nur ein paar Häuser weit, da war ein Kino. Plakate hingen in Glaskästen, sie zeigten mir eine Welt, die ich noch nie gesehen hatte, mit Palmen und schönen Frauen, die aussahen, als hätten sie noch keine Minute gearbeitet.
Eine Dame sah sich nach mir um, wie ich versunken in die Glaskästen starrte, ich registrierte es im Unterbewußtsein. Mein Koffer war zu schwer, ich schleppte ihn wieder zurück

zur S-Bahn und fuhr zum Bahnhof Friedrichstraße.
Das war mein erster Blick in die westliche Welt. Wenn ich das
Volontariat im ›Freien Bauern‹ bekam, war ein zweiter Blick
wohl nicht mehr zulässig.
Nach einem Tee im Mitropa-Restaurant zog ich klopfenden
Herzens im Bauernverlag ein, einem langen Gebäude in der
Reinhardtstraße, direkt gegenüber dem Friedrichstadtpalast.
Im Chefsekretariat des ›Freien Bauern‹ stellte ich meinen Koffer ab. Wenn man mich akzeptierte, hatte ich gleich meine Sachen dabei, sonst fuhr ich eben wieder nach Hause. Meine Eltern hatten sich amüsiert, als ich den Koffer mitnahm. Aber ich
dachte, es muß klappen; ich ließ mir den Koffer nicht ausreden.
Die Sekretärin, blondgefärbt, Löckchen, weiße Bluse, dunkler
Rock, äußerlich angepaßt dem Sekretärinnen-Image, sah mich
entgeistert an: »*Sie* sind unsere neue Volontärin?«
»Ich hoffe, ich werde es sein.«
Ob sie meine Cordjeans unschicklich fand, in denen ich mich
vorstellte, oder meinen himmelblauen, rundausgeschnittenen
Pullover? Warum sah sie mich so entgeistert an?
Der stellvertretende Chefredakteur Herbert Linz empfing mich
in Vertretung von Walter Plitt, der krank war. Linz wirkte unzugänglich, glatt, wie er da hinter seinem Schreibtisch saß. Die
Sekretärin sagte nur einen Satz: »Das ist unsere neue Volontärin«, und schloß die Tür von außen. Herbert Linz erhob sich,
kam mir entgegen, reichte mir die Hand mit kräftigem Druck,
trat dann einen Schritt zurück, mich betrachtend: »So sieht sie
also aus, die Jugend von heute.«
»Ist an mir etwas falsch?«
Meine Hosen waren wohl doch daneben gegriffen. Aber Linz
lächelte wohlwollend: »Nein, nein. Aber wir müssen wohl
Vorurteile abbauen.«
»Vorurteile? Ich verstehe nicht.«
»Pferdeschwanz und Hosen – das gilt als westlich dekadent.
Aber warum eigentlich, sieht niedlich aus. Ich muß aber zugeben, *so* habe ich mir unseren Volontär nicht vorgestellt, vom
Lande, noch dazu von *Havelberg*. Ich dachte, da lebe man noch
hinterm Mond.«

Er amüsierte sich über meine Verlegenheit und engagierte mich auf der Stelle. Ich kam zu Dr. Heinrich Maier in die Rechtsredaktion. Im Zimmer von Fräulein Gohr, seiner Sekretärin, stand mein Schreibtisch mit Telefon. Eine Durchreiche verband die beiden Zimmer, durch die Artikel hinüber und herüber gegeben wurden. Fräulein Gohr brachte mir bei, was ich nicht wußte, und war außerordentlich hilfsbereit. Mit ihrer Hilfe überwand ich sogar meine Scheu vor dem Telefon. Jedenfalls so ziemlich.

Als wir vertrauter miteinander waren, erzählte sie mir: »Ich bin mit der Chefsekretärin befreundet, sie tratscht nicht, es weiß sonst keiner hier im Haus, was ich Ihnen jetzt verrate. Als Sie am ersten Tag in die Redaktion kamen, Klümpchen, waren Sie ihr gerade vorher am Bahnhof Gesundbrunnen aufgefallen. Sie standen vor einem Kino und betrachteten Plakate. Sie sah sich nach Ihnen um und dachte, eine richtige kleine Westmieze. Und dann geht hier die Tür auf zu unseren heiligen Hallen, und Sie kommen rein und sind die neue Volontärin.«

»Ach du liebe Zeit, einmal im Westen, und schon erwischt.«
Fräulein Gohr lächelte: »Seitdem haben Sie bei uns einen guten Stand. Weshalb, das wußten Sie nicht. Aber lassen Sie sich von niemandem erwischen bei einem Ausflug in den Westsektor, das gibt einen Minuspunkt in Ihren Kaderakten.«
»Kaderakten?«
»Personalpapiere. Die begleiten Sie bis zur Bahre.«
Vorsichtshalber fuhr ich nicht mehr in den Westen.

Walter Plitt, der Chefredakteur, erschien nur noch sporadisch in der Redaktion. Walter Plitt, Spanienkämpfer, hatte sich während des Krieges in der Schweiz verborgen. 1945 radelte er mit dem Fahrrad von Zürich nach Berlin und stellte sich zur Verfügung, den neuen Staat aufzubauen. Er hatte einen Sprachfehler, stotterte, wurde rot und platzte dann mit seinem Anliegen heraus. Einer seiner Redakteure gab ihm den gutgemeinten Rat: »Mußt Reden halten. Üb das!«
»Ich kann das doch nicht, gu-u-u-uck mich an.«
Rundlich mit rotem Gesicht, Halbglatze, litt er unter zu hohem

Blutdruck, bekam dann auch einen Schlaganfall und starb am 9.11.56.

Im ›Freien Bauern‹ fing der Tag mit Zeitungslesen an. Einer der Redakteure hatte sich angewöhnt, im Schnellverfahren in wenigen Minuten die Zeitungen zu überfliegen, ein paar Sätze mit Rotstift anzustreichen, wegzulegen. So sahen die Zeitungen gelesen aus. Plitt, auf seinem morgendlichen Rundgang, sah, daß dieser Redakteur mit anderen Dingen beschäftigt war.

»U-u-und die Zeitungen?«

Der Redakteur schob ihm den Stapel zu. Plitt sah die angestrichenen Stellen, borgte sich die Zeitungen aus und hielt sie in der Redaktionskonferenz hoch, als Beispiel intensiven und gründlichen Zeitungsstudiums.

In meiner Freizeit war ich ausgelastet. Ich hatte zum ersten Mal einen Freund, Karl Heilscher aus dem Bauernverlag, Jungredakteur. Wir hatten uns in FDJ-Versammlungen getroffen. Mir gefiel seine Art von Humor. Er übte keine Kritik, wenn ihm etwas mißfiel, er erzählte nur eine Geschichte, die sich absurd anhörte, aber genau das traf, was ihn störte. Diese Art, in Gleichnissen zu denken, fand ich, zeichnete Literaten aus. Warum wollte er nicht Literatur studieren?

»Ich werde Gärtner.«

Das ging über mein Begriffsvermögen.

Es gab da einen Kulturredakteur im ›Freien Bauern‹, Fritz Ulbricht, der schätzte meine Artikel, und Pause, der Kaderredakteur, fand, ich wäre auf dem besten Weg, ein sozialistischer Journalist zu werden. Sie beschlossen gemeinsam mit Linz, daß ich zur Fakultät für Journalistik zu delegieren sei.

»Unmöglich. Ich will zur Theaterhochschule im Herbst, da habe ich einen Studienplatz.«

Herbert Linz winkte ab: »Sie haben vor allen Dingen erstmal einen *zweijährigen* Volontärsvertrag, den werden Sie bis zur letzten Minute erfüllen, wenn Sie nicht zur Fak. Jour. wollen.«

»Aber ich will doch Theaterkritiker werden.«

»Kommt Zeit, kommt Rat. Zunächst einmal müssen Sie politisch geschult werden. Das kann niemand besser als die Fak.

Jour. Reden Sie mit Ihrem Dekan. Vielleicht dürfen Sie ein Zweitstudium an der Theaterhochschule belegen. Wir geben Sie nur nach Leipzig an die Fak. Jour., wenn Sie aus dem Volontärvertrag hinauswollen.«
Was blieb mir übrig?
Ich ließ mich an die Fak. Jour. delegieren und wurde in den Presseverband zitiert zu einem Aufnahmegespräch vor der Prüfungskommission. Dort sah ich zum erstenmal Prof. Dr. Hermann Budzislawski*, den Dekan der Fak. Jour. Ein Mann mit einem Gesicht aus Stein. Einen Querbinder um den Hals. Er fragte mich: »Worin sehen Sie die Aufgabe der Zeitung?« und erwartete, das hat er mir später erzählt, ich würde mit den Leninschen Begriffen operieren, die Zeitung habe kollektiver Agitator, Propagandist und Organisator zu sein, Sprachrohr der Partei. Die Pressetheorie war mir nicht geläufig. Ich überlegte kurz:
»Die Zeitung hat zu informieren. Das ist die eine Sache der Geschichte. Wie aber kommt die Information an? Ich bin ein Bauernkind und habe so meine Erfahrungen. Bauern lesen durchaus nicht die Zeitung, um über unsere Politik informiert zu sein, sie finden sie vielfach ärgerlich, weil sie die Kollektivierung befürchten. Trotzdem haben sie alle eine Zeitung. Warum? Sie lesen sie nicht, sie brauchen Papier, um beispielsweise die Brote einzuwickeln. Und da setzt jetzt die Funktion der Zeitung ein. Wenn sie am Feldrain sitzen und ins Brot beißen, sehen sie aus Langeweile das Papier an, in das die Brote gewickelt waren. Sie lesen und schlucken die Argumente, während sie das Brot verzehren. Das geschieht auch auf dem stillen Örtchen.«
Alles lachte.
Budzislawski sah auf einmal ganz väterlich aus. Die Strenge war aus seinem Gesicht gewischt, er wirkte gütig. Er lachte noch, als ich den Prüfungsraum verließ.

* 1901-78; 1935-38 Erster Vorsitzender des Volksfrontausschusses in Prag; Herausgeber der ›Neuen Weltbühne‹; 1948 Rückkehr nach Deutschland; Mitglied der SED und Prof. für Geschichte der dt. Presse in Leipzig. Seit 1967 emeritiert; Herausgeber der ›Weltbühne‹.

Das war ja wohl voll danebengegangen mit mir.
Werner Kuchenbäcker vom Bauernverlag, der auch an die Fak. Jour. delegiert werden sollte, fragte mich im schönsten Berlinisch: »Wat is'n da so komisch gewesen? Warum lachense denn da drin so irre?«
»Keine Ahnung.«
Ich hatte keine Ahnung, aber ich war aufgenommen an dieser Fakultät.

Meine Mutter in Glöwen packte meinen Koffer zum Studienantritt. Ich lief nach oben, um Oma Ade zu sagen. Sie hatte ein Stübchen mit Sonne, das sie nicht mehr verließ. Sie lag seit Monaten im Bett und wartete auf den Tod, das Herz gesund, aber der Körper nicht mehr fähig, zu sitzen. Meine Mutter pflegte sie mit unendlicher Geduld. Manchmal hörte man Omas zitternde Stimme im Haus, sie sang Kirchenlieder, manchmal betete sie, sonst war sie teilnahmslos, lebte in der Vergangenheit und brachte Ort, Zeit und Personen durcheinander.
Aber sie hatte für jeden einen freundlichen Blick, der ihr Zimmer betrat, dankbar für Abwechslung. Leicht wie eine Feder sah sie aus zwischen den Kissen, zart und zerbrechlich, mit großen blauen Augen unter dem dünnen Haar. Aber Mama klagte, sie wäre sehr schwer beim Umbetten, weil sie so unbeweglich war, neunundachtzig Jahre alt.
Kein freundlicher Blick traf mich, als ich an ihr Bett trat. Ihre Hände, gichtgekrümmt, tasteten unruhig über die Bettdecke. Ich hielt sie fest: »Ich will dir auf Wiedersehen sagen.«
Sie murmelte: »Bunte Wäsche, bunte Wäsche...«
»Was hast du, Oma?«
»Bunte Bettwäsche haben Dienstleute. Werd ich auf meine alten Tage wie eine Magd behandelt?« Das klang ganz kläglich.
»Aber Oma, die Bettwäsche ist neu. Dein Sohn Fritz hat sie dir aus Westberlin geschickt.«
Oma versteifte sich. Sie schloß die Augen. Tränen quollen unter ihren papierdünnen Lidern. Sie fuhr mit den gichtigen Fin-

gern das blaue Blumenmuster nach: »Nimm sie weg. Die Blumen gucken mich so an.«
Ich holte weiße Damastwäsche aus dem Schrank, brüchig vom vielen Waschen, und bezog das Bett neu.
Oma sprach kein Wort.
Onkel Fritz hatte sie verletzt, taktlos wie er war. Als er vor Jahren in Berlins Militärhierarchie einheiratete, hatte er seine Eltern nicht zur Hochzeit eingeladen. Oma kränkte sich für ihren Mann. Sie wäre sowieso nicht zur Hochzeit gefahren, sie hatte keine Zähne mehr und wollte kein Gebiß, dafür war sie zu sparsam. Aber Opa liebte Geselligkeit. Er war eine repräsentative Figur mit seinem weißen Vollbart, klug und witzig. Keiner hätte sich seiner zu schämen brauchen, und schon nicht in Berlin, wo jeder zweite seinen Fuß in einer Klitsche hatte. Opa war nicht beleidigt, er mokierte sich, das mußte ja eine feine Gesellschaft sein, in die Fritz da einheiratete. Sein abschließendes Urteil: hoffnungslos verklemmt.
Ich gab Oma zum Abschied einen Kuß auf die Stirn. Solch zärtliche Geste war sie von mir nicht gewöhnt. Sie tauchte auf aus ihrer Abwesenheit: »Wo gehst du hin? Gehst du weg?«
»Studieren.«
»So, studieren. Wer zahlt's denn?«
»Vater Staat.«
»Vater Staat, so, so, dein Vater ist zu arm. Bist Vater Staat dankbar?«
»Natürlich.«
»Treib's nicht zu weit mit deiner Dankbarkeit. Die Klumps haben seit dem 15. Jahrhundert studiert.«
»Damals schon? Wo?«
»In Freiburg.«
Sie bekam wieder ihren sinnenden Blick. Bevor sie wegglitt in ferne Zeiten, hakte ich nochmal nach: »Was waren denn das für Leute?«
Sie antwortete lange nicht. Dann sagte sie: »Sie hatten wohl immer Land.« Und es rastete bei mir ein: Bauern.
Als ich über ihre Hand zum Abschied streichelte, hielt sie mich fest.

»Werde nicht borniert durchs Studium. Einer meiner Söhne hat mir das angetan; er war nicht der Klügste, weiß Gott nicht.«
»Ja, Oma, ich weiß, kluge Menschen sind nicht borniert.«
Sie rief mich noch einmal an ihr Bett zurück, als ich schon fast aus der Tür war: »Weißt du, an wen du mich erinnerst?«
»Nee.«
»An meine Mutter.«
»Worin bin ich ihr ähnlich?«
»Sie war auch so blond, und das feine Näschen, da kommen wohl deine französischen Ahnen durch.«
»Franzosen in unserer Familie? Ich denke, wir sind deutsch von Anbeginn?«
Oma drehte sich zur Wand. Ich war für sie nicht mehr vorhanden. Mein Vater arbeitete im Büro. Ich setzte mich mitten zwischen seine Akten auf den Schreibtisch: »Sag mal, Papa, was ist das für eine französische Sippe, die in unsere Familie eingeheiratet haben soll?«
»Woher weißt du das?«
»Von Oma, aber sie spricht nicht weiter, ihre Gedanken sind schon wieder zerflattert.«
»Was kümmern dich die alten Geschichten.«
»Alte Geschichten sind interessant.«
»Aber ohne Bedeutung für dich. Nimm deinen Koffer, ich spanne die Lotte an und fahre dich zur Bahn.«
»Gleich. Aber sag mir, was waren das für Franzosen?«
»Was weiß ich? Ich lebe in der Gegenwart und versuche, das Richtige zu tun, das nimmt mich voll in Anspruch. Ich weiß nur, deine Urahne hieß Renaud. Der polnische Beamte trug ihren Namen falsch ein, als sie, zerlumpt nach einer langen Flucht durch halb Europa, vor ihm stand. Er schrieb nach Gehör Rinno statt Renaud, weil er nicht begriff, daß sich die französische Schreibweise von der Aussprache unterscheidet.«
»Warum Flucht?«
»Sie war Hugenottin. Wie man erzählt, soll sie nur ihre Schönheit gerettet haben vor dem Absturz ins Lumpenproletariat.«

»Hab ich mit ihr Ähnlichkeit?«
»Was weiß ich? Keiner hat ein Bild von ihr gesehen.«
»Wie kann Oma dann aber so etwas behaupten?«
»Du sollst wohl ihrer Mutter gleichen, und die soll wieder so ausgesehen haben wie die Urahne Renaud, aus der Linie Jean Renaud.«
»Gibt es keine Aufzeichnungen? Keine Dokumente?«
»Wenn du mal Zeit hast und die Grenzen nach Polen offen sind, kannst du ja in den alten Kirchenbüchern nachsehen, wenn sie nicht im Krieg vernichtet wurden. Die Klumps wohnten in Stol-Klein Slawsk, der preußische König hatte ihnen dort Land geschenkt. In Strelno soll es ein Kirchenregister geben, das der evangelische Pfarrer geführt hat. Soviel ich weiß, ist dein Französchen in Bussewo registriert worden, einem Nachbarort.«
»Wo kamen die Klumps her?«
»Aus Württemberg. Es ist ein uraltes, schwäbisches Geschlecht.«
»Aus Freiburg?«
»Aus Freiburg? Wie kommst du auf Freiburg?«
»Oma sagt, da haben welche studiert, schon im 15. Jahrhundert.«
»Ach so, das meint sie, aber wir Klumps stammen aus Radolfzell. Im Münster soll es Wappen und Grabplatten geben. Mehr weiß ich nicht. Ich habe es mir nicht angesehen, nie Zeit gehabt.«
»Wappen?«
»Bürgerwappen, mein Kind.«
Als er mein fragendes Gesicht sah, fügte er noch hinzu: »Hast keine Ahnung, wo Radolfzell liegt?«
»Nee.«
»Du und die Landkarte. Wie hast du bloß dein Abitur gemacht. Was hattest du in Erdkunde?«
»Eine drei.«
Mein Vater grinste: »Und was hast du verdient?«
»Eine fünf?«
»Du sagst es.«

Auf der Landkarte fand ich, daß Radolfzell am Bodensee liegt. Witzig, im Süden Deutschlands? Ich hatte mir eingebildet, wir wären uralte Preußen gewesen. Radolfzell gehörte zum Schwäbischen Städtebund, fand ich auch noch heraus, aber dann nahm mein Vater mir den Atlas weg.
»Ist dein Koffer gepackt? Wir müssen zur Bahn.«

Ich fuhr über Berlin nach Leipzig, ich wollte mich von Karl Heilscher verabschieden, wir hatten uns auf dem Bahnhof verabredet.
In Nauen mußte ich wieder umsteigen in den Vorortzug und in Falkensee in die S-Bahn nach Berlin. Wieder einmal diese Schlepperei mit dem Koffer. Der Tunnel vom Fernbahnsteig zum S-Bahnsteig war lang, es ging nur schrittweise vorwärts; wir drängten Kopf an Kopf. Da fühlte ich, wie eine Hand mir meinen Koffergriff entwand, ein junger Mann lächelte mir zu:
»Der Koffer ist viel zu schwer für Sie. Wo will denn der Koffer mit Ihnen hin?«
»Nach Leipzig.«
»Studium?«
»Ja.«
Er schleppte sich jetzt mit meinem Koffer ab, ich nahm seine Reisetasche. Es ging und ging nicht vorwärts. Die Menschen waren beladen mit Sack und Pack wie beim Auszug der Kinder Israels aus Ägypten. Ich sagte trocken: »Ich möchte nicht wissen, wieviele von denen abhauen wollen in den Westen.«
»Wenn sie sich nicht arrangieren wollen mit unserem Staat, dann haben sie selbst schuld.«
Meine Sprache, ich erkannte meine Sprache. Ich sah ihn mir genauer an: dichte, schwarze, leichtgewellte Haare, korrekter Anzug, nicht sehr groß – ein merkwürdig prüfender Blick. Das war der Blick, den ich kannte an Menschen mit überlegener Intelligenz, ein Blick, gleichsam mit Zwischenblick, der die Distanz abmaß zwischen dem Wort, und was davon ankam beim Partner.
»Studieren Sie noch oder sind Sie schon fertig?«
»Einen Moment verschnaufen. Mit Drängeln sind wir auch

nicht schneller im Zug. Ich kenne das, ich fahre hier öfter. Ich bin Jurist, ziemlich hohes Semester, komme einfach nicht zum Abschluß, hab zu viel anderes zu tun.«
»Und ich fange gerade an, Journalistik.«
»Ach – Journalistik? Da haben wir etwas gemeinsam, ich schreibe manchmal in der ›Neuen Zeit‹.«
»Ist das nicht diese CDU-Zeitung?«
»Ja. Das Zentralorgan. Wo kommen Sie her?«
»Aus Glöwen.«
»Aus Glöwen? Das gibt's nicht, noch was Gemeinsames, ich komme aus einem Nachbardorf.« Er nannte den Namen.
»Das Dorf kenne ich nicht, aber ich weiß, es liegt gleich in der Nähe.«
»Ich bin Horst Tannier. Von mir noch nichts gehört?«
»Nein.«
»Von meinem Vater auch nicht?«
»Nee – muß ich das?«
»Mein Vater ist Pastor. Der Rote Pastor, wirklich nie von ihm gehört?«
»Nein. Aber ich interessiere mich auch nicht für kirchliche Angelegenheiten. Warum heißt er *roter* Pastor?«
»Er ist für den Staat. Das ist gut. Aber leider ist nicht alles gut, was er tut. Er fiel mal bei einer Grabrede in die offene Grube, so betrunken war er. Davon haben Sie auch nichts gehört?«
»Nein. Aber was sind Sie für ein merkwürdiger Mensch. So etwas würde ich nicht erzählen. Wir sind uns doch fremd.«
»Ich will Sie doch kennenlernen. Warum soll ich Ihnen nichts Privates erzählen? Wollen Sie das lieber von anderen hören? Ich erzähle Ihnen lieber selbst, was man bei uns im Dorf klatscht.«
Wir schwatzten über Gott und die Welt und fühlten uns wie Nachbars Kinder. Kurz vor dem Bahnhof Friedrichstraße kramte er Ausweise vor: »Damit Sie wissen, wer ich bin.«
Er war eine prominente Person, nur bis Glöwen hatte sich das noch nicht herumgesprochen; er war Mitglied im Parteivor-

stand der CDU, im Zentralrat der FDJ und Volkskammerabgeordneter. Als er mich genügend beeindruckt hatte, versprach ich, ihm zu schreiben.
Aber so schnell war ich Tannier nicht los.
Er brachte mich zum Zug nach Leipzig, sah Heilscher, machte auf dem Absatz kehrt und verschwand ohne ein Wort. Merkwürdiges Benehmen. Als sich der Zug in Bewegung setzte und aus dem Bahnhof rollte, stand er auf einmal vor mir im Abteil und hielt mir eine Fahrkarte vor die Nase: »Ich begleite Sie nach Leipzig. Ich muß wissen, wo ich Sie wiederfinden kann.«
Als er mich samt Koffer im Internat ablieferte, drückte er mir seine Adresse in die Hand:
»Schreib mir. Ich schreib dir auch. In nächster Zeit wirst du Post aus der Bundesrepublik bekommen. Ich bin ein Wanderer zwischen Ost und West. Versuche, Kontakte zwischen der FDJ und dem Bundesjugendring herzustellen. Da müssen noch Berge von Mißtrauen versetzt werden. Wir wollen eine Aktionsgemeinschaft zwischen der FDJ und dem Bundesjugendring zustande bringen gegen die Einführung der Wehrpflicht in der Bundesrepublik. Wenn ich wieder in Berlin bin, besuchst du mich?«
Karten kamen von Tannier und Briefe von Heilscher und immer die Frage: besuchst du mich?
Mich hatte die Fakultät besetzt.

Ich wußte, die Fakultät für Journalistik war die einzige, akademische Ausbildungsstätte der DDR für Jounalisten.
Als ich anfing zu studieren, im Herbst 1954, war das Institut für Publizistik gerade zur selbständigen Fakultät erklärt worden – mit 49 Lehrern für insgesamt 357 Studenten.
Wir Studenten wohnten neben dem Fakultätsgebäude in Internaten, billig, bequem und komfortabel, in einem Jungenhaus und in einem Mädchenhaus voneinander getrennt. Eine vierte Villa war vorwiegend mit Fernstudenten belegt, aber allmählich beschlagnahmten wir auch dort Hörsäle und Zimmer und bekamen noch eine weitere Villa dazu, über der Straße, in der

die Krankenstation für unsere Fakultät eingerichtet wurde.
Um den ganzen Komplex waren Mauern gezogen, mit Glasscherben gespickt. Es waren ehemalige Fabrikantenvillen mit klassizistischem Dekor, den Eingang bewachten Pförtner. Sie hatten Tag- und Nachtdienst, wechselten einander ab und bewachten das Gelände rund um die Uhr. Ein drehbarer Scheinwerfer konnte auch den letzten Winkel des Gartens ausleuchten. Zwischen Blumenrabatten, Büschen und Rasenflächen lag ein Volleyballplatz. Über der Straße war in einem Haus ein kleiner Laden untergebracht, in dem wir in der Vorlesungspause Gebäck, belegte Brötchen und Joghurt kaufen konnten. Unsere Zimmer waren zweckmäßig eingerichtet, hell und freundlich. Jeder verfügte neben seinem Bett über ein Bücherregal, einen Tisch und einen Stuhl, in Limba furniert. Die Kleiderschränke waren eingebaut, zwei Studenten teilten sich einen Bücherschrank. Parkettfußböden, cremefarbene Vorhänge an großen Fenstern, unter der Decke ein Zimmerlautsprecher.
Wenn wir morgens hastig aus dem Internat stürzten, um in der Mensa vor Vorlesungsbeginn das Frühstück herunterzuschlingen, machten wir oft nicht unsere Betten. Die Zimmer waren tadellos in Ordnung gebracht, wenn wir nach den Vorlesungen nach Hause kamen. Bettwäsche, Handtücher, alles war da und wurde häufig gewechselt. Um nichts mußten wir uns kümmern. Wir zahlten dafür zehn Mark – im Monat. Und die Badezimmer funkelten.
Eine Teeküche gab es in jedem Internat. In unserem Mädchenhaus im 1. Stock, gegenüber dem Dekanat, war das Studienkabinett installiert. Behagliche Räume mit Einzeltischen und weichgepolsterten Sesseln, Leselampen an jedem Tisch. In der Handbibliothek standen die Standardwerke der Gesellschaftswissenschaft, der Historie und der Weltliteratur. Quellenmaterial aus der bürgerlichen und Arbeiterpresse Deutschlands sowie aus der bolschewistischen Pressegeschichte. Einer sorgfältig geführten Kartei war zu entnehmen, welche Materialien in der Deutschen Bücherei oder in der Universitätsbibliothek zu haben waren. Nicht vorhandene Bücher konnten

aus anderen wissenschaftlichen Zentren der DDR angefordert werden. Unser Studienkabinett erleichterte uns das Leben, denn es nahm uns das zeitraubende Herumstöbern in den einzelnen Bibliotheken ab.

Am Anfang war ich in einem der größten Zimmer untergebracht, wir wohnten darin zu fünft. Rita Kleinert und Bärbel Wielitzka waren die Mädchen, mit denen ich mich unterhielt, die beiden anderen erinnere ich nicht mehr.

Im Nachbarzimmer wohnte Tamara, zehn Jahre älter als wir, aber auch im ersten Studienjahr, unglaublich freundlich, deshalb fiel sie mir auf; sonst hatte sie an der Last ihrer Schönheit nicht schwer zu tragen. Ein Engelsgesicht mit runden Wangen, rosig und sommersprossig, braunlockige Haare. Klein, mit schlanken Beinen, aber einer dicken Taille. Es machte mich nervös, wenn sie im Turnanzug im Internat herumlief und das Hemd über ihrer Taille hochrutschte. Die schwarze, beutelige Satinhose war auch nicht figurfreundlich. Mal Turnanzug, mal FDJ-Uniform, das war ihre Standard-Ausrüstung. Mode fand sie überflüssig. Hin und wieder trug sie ein blaukariertes Kleid oder eine blaukarierte Bluse, Baumwolle, gestärkt, ziviler sah ich sie nie.

Tamara hatte mich vom ersten Tag an mit Beschlag belegt. Sie versuchte, mich zu überreden, in ihr Zimmer zu ziehen. Aber am Anfang meines Studiums war mir eine Studentin so recht wie die andere, ich blieb in Ritas Zimmer wohnen.

Rita nahm das Leben so furchtbar ernst. Sie amüsierte mich ein bißchen. Ich wollte sie nicht verstören mit meinem Auszug; sie hätte ihn als gegen sie gerichtet angesehen. Ich hatte aber nichts gegen sie. Rita war weitsichtig, ich kurzsichtig. Ritas Brille vergrößerte ihre Augen, verletzlich blickte sie in die Welt, eine kleine Eule. Sie rührte mich. Die Brille einer Kurzsichtigen verkleinert die Augen, macht unattraktiv, also blieb sie in meiner Kollegmappe verborgen; meine Eitelkeit siegte.

Bärbel Wielitzka, zierlich, schwarzgelockt, hatte Schwierigkeiten, warm zu werden an unserer Fakultät. In ihrem Dorf Klassenbeste, war sie gewöhnt, den Ton anzugeben. Hier, im Kollektiv, wo nur politische Überzeugungskraft zählte, hatte sie das Gefühl, samt

ihrer Individualität zu ertrinken.
Sie war nicht in der Partei. Niemand wollte ihre Ansichten wissen, wenn sie nicht der Linie entsprachen. Bärbel wurde immer stiller und beteiligte sich kaum noch an Diskussionen. Aus dem selbstbewußten Mädchen, sehr schön, gewöhnt, alle Welt um den Finger zu wickeln, wurde ein Mädchen, das anfing, sich zu vernachlässigen. Am Anfang ging sie noch häufig zum Friseur, bald fand sie nichts mehr wichtig, auch nicht die Frisur.
Tamara mochte Bärbel nicht. Sie kehrte ihr gegenüber bei jeder Gelegenheit die Genossin heraus und versuchte, sie einzuschüchtern. Das gelang ihr auch. Je unsicherer Bärbel wurde, desto mehr Oberwasser bekam Tamara, sie schimpfte sie Modepuppe, affektiert, oberflächlich und neidete ihr ganz offensichtlich die Schönheit. Bärbel verteidigte sich nicht, sie ließ sich in Grund und Boden rammen, die langen Wimpern niedergeschlagen.
Wenn ich Bärbels Partei nahm, wurde Tamara sofort zahm. Aber ich konnte Bärbel nicht immer verteidigen, ich war nicht immer dabei, wenn Tamara ausfallend wurde.
»Laß es dir nicht gefallen, Bärbel, wehr dich!«
Sie zuckte die Schultern: »Laß sie doch. Ich kann sie nicht ändern, vielleicht gehöre ich wirklich nicht hierher an diese Fakultät.«
Das Selbstbewußtsein war ihr abhanden gekommen. Sie sah nicht nur zerbrechlich aus, sie war es.
Tamara klopfte an unsere Tür: »Brigitte, kommst du mit, Stipendium abholen?«
Zum ersten Mal Stipendium.
Wir gingen hinüber zum Fakultätsgebäude.
In den unteren Räumen war die Mensa eingerichtet. Morgens, mittags, abends stellte man sich am Küchenschalter an und empfing gegen Essenmarken seinen Teller.
Morgens Brötchen und Butter. Kaffee und Marmelade standen auf dem Tisch, natürlich auch Milch und Zucker.
Mittags gab es schmackhafte Gerichte, gut gewürzt, abwechslungsreich. Dazu Kompott oder Obst, manchmal auch Südfrüchte. Abends Aufschnitt zu Tee, Brot und Butter. Da in der DDR sonst fast nur Margarine gegessen wurde, empfanden wir unsere Butter als Privileg. Es war auch eins.

In den hinteren Räumen standen lange Schlangen, alphabetisch geordnet, gemustert von den älteren Semestern, die wohlgefällig ein Auge auf uns Neulinge warfen. Ich stellte mich an die Schlange K, präsentierte meinen taufrischen Fakultätsausweis, wurde in einer Liste abgehakt und bekam einen Briefumschlag mit Stipendium. Ein paar Scheine, ein paar Silbermünzen, genug für ein sorgenfreies Studium.
Tamara legte ihren Arm um meine Schulter, sie hatte ihr Geld schon bekommen: »Freust du dich?«
»Natürlich – aber warum im Briefumschlag?«
»Na ja, der eine kriegt mehr, der andere weniger. Manche sind hier mit Sonderreifeprüfung, von ihren Betrieben delegiert wie unser Heinz Raue. Die Betriebe zahlen das Stipendium, das unterscheidet sich kaum von ihrem Gehalt; sie sollen sich ja durch das Studium nicht finanziell verschlechtern. Es ist ja keine Bestrafung, sondern eine Auszeichnung. Manche haben auch Familie, die muß weiterernährt werden, solange sie studieren. Der Briefumschlag verbirgt, was jeder einzelne bekommt, es soll kein Neid entstehen.«
Der Stipendiensatz für Arbeiter- und Bauernkinder war 180 Mark. Gute Zensuren in der Zwischenprüfung konnten das Stipendium auf 220 Mark steigern, Belohnung für Fleiß und gute gesellschaftliche Arbeit. Aber 180 Mark reichten sicherlich auch aus bei den 10 Mark Abzug fürs Internat und den paar Groschen, die das Mensaessen kostete. Übrigbehalten würde ich aber nichts, das war mir klar, als Volontär hatte ich 250 Mark verdient, die waren auch immer wie weggeweht.
Jemand sagte: »Was haben wir denn da für ein Püppchen?«
Ich drehte mich neugierig um, das Püppchen wollte ich auch sehen, und blickte in ein olivbraunes Gesicht mit schneeweißen Zähnen, ein Bild von einem Mann. Er strahlte mich an, siegesgewiß.
»Meinen Sie mich?«
»Wen sonst?«
»Also – ein Püppchen bin ich nicht.«
Im Vorbeigehen klopfte ihm jemand auf die Schulter:
»Na, Sepp, eine neue Flamme gefunden? Du gehst ja ran.«

War das hier der Casanova der Fakultät? Ich ging sofort auf Distanz, steckte meinen Briefumschlag in die Kollegmappe und ging. Aber Sepp ließ sich nicht abhängen wie Tamara. Er hielt mir die schwere Haustür auf, gegen die man sich stemmen mußte, und schlenderte neben mir den Weg entlang durch die Grünanlagen hinüber zum Internat. Am Volleyballplatz flog mir ein Ball vor die Füße. Ich knallte dagegen, um ihn zurückzuschießen, meine Pantolette segelte mit dem Ball davon – alles lachte. Verlegen stand ich am Spielfeld auf einem Fuß. Sepp, ganz Kavalier, holte meinen Schuh zurück. Nett war er schon. Nun hatte ich auch ein paar Worte für ihn übrig, er hatte die ganze Zeit allein geredet.
»Sagen Sie, Sie sprechen etwas ungewöhnlich. Nicht die Wortwahl, der Tonfall. Wo kommen Sie her, Sepp?«
»Aus Bayern.«
Ein Süddeutscher. Ob meine süddeutschen Ahnen so ähnlich ausgesehen hatten, groß, brauner Teint, schwarzhaarig? In diesem Radolfzell gab es vielleicht noch Ahnenbilder? Ich mußte da mal hin, nachfragen. Irgendwann würde sich schon eine Gelegenheit finden.
»Sind Sie immer so braun? Man könnte ja neidisch werden.«
»Kunststück bei unserer Sonne in Bayern. Ich habe zu Hause beim Heuen geholfen.«
»Bauernsohn?«
»Ja. Ich stamme aus dem bayerischen Wald von einem winzigen Hof. Ein Studium zu finanzieren, wäre für meinen Vater nicht drin gewesen.«
»Berlinisch sprechen Sie auch, nicht ›drin‹ gewesen.«
»Ich hab mein Abitur in Berlin an der ABF gemacht.«
»Und Sie studieren hier wegen des Stipendiums?«
»Das auch. Aber nicht nur. Auch aus Überzeugung.«
»In welchem Studienjahr sind Sie?«
»Im letzten. Staatsexamenskandidat. Im Frühling das Diplom, dann hab ichs geschafft, dann gehts zurück nach Hause.«
»Nach Bayern?«
»Jedenfalls zurück in die Bundesrepublik.«
Wir standen vor dem Mädcheninternat. Ein kleines Mäuer-

chen mit einer Pforte führte zum nächsten Haus, dem Jungeninternat.
»Sie wohnen drüben?«
»Nein. Im letzten Studienjahr darf man privat wohnen, wenn man will. Dann ist die Erziehung abgeschlossen. Man darf sich eine eigene Bude suchen.«
Tamara hängte sich bei mir ein, wir gingen nach oben in unser Zimmer. Ich fragte Tamara: »Was meint der wohl mit Erziehung?«
»Erziehung zum sozialistischen Journalisten.«
»Ach so.«
Tamara wußte alles.

An unserer Fakultät gab es einen Studenten im letzten Studienjahr, dessen profilierte Meinung mir schon in Berlin aufgefallen war. Er ritt im Juliheft 54 der ›neuen Deutschen Presse‹ eine Attacke gegen das Ausbildungsziel der Fakultät, Journalisten zu Parteiideologen zu erziehen.
Reiner Kunze* schrieb, wenn wir keine Fachjournalisten an unserer Fakultät ausbilden, können wir »weder in das Musikleben, in das Theaterleben, in das gesamte Kunstleben unserer Bezirke mit unserer Presse lenkend und helfend eingreifen, noch in landwirtschaftlichen oder in anderen Fachproblemen mitreden.«
Er stand mit seiner Meinung allein auf weiter Flur – zumindest in der Zeitschrift des Presseverbandes – und wurde außerdem scharf gerügt von Wilhelm Eildermann, Professor an unserer Fakultät. Eildermann polemisierte, die Erfahrung habe bewiesen, »daß das Studium der Jounalistik mit der gleichzeitigen Ausbildung als Spezialfachmann nicht verbunden werden kann. Die Journalistik an sich ist schon enzyklopädische Fachwissenschaft, die ein tiefes Eindringen in die Grundlagen des Marxismus-Leninismus, die Geschichte der Presse (besonders

---

*Lyriker der DDR; sein Prosaband ›Die wunderbaren Jahre‹, der nur in der Bundesrepublik erschien (1976), löste interne Diskussion aus und führte schließlich zu Kunzes Aussiedlung im April 1977.

der Arbeiterpresse), in die Theorie der Journalistik, die sprachlich-literarischen Gebiete benötigt, wozu eine gute Allgemeinbildung kommen muß. Die umfassende Ausbildung nach dieser Richtung hin befähigt den Journalisten, sich in jene Fächer, die sein spezielles Interesse erwecken oder die in seinem Aufgabengebiet liegen, einzuarbeiten... Ein Redakteur muß und kann sich ein sehr umfassendes Fachwissen auf den verschiedensten Gebieten aneignen, er muß jedoch immer der leitende politische Funktionär bleiben und darf sich nicht einbilden, er wäre ein guter Kulturpolitiker, wenn er nichts von den landwirtschaftlichen Problemen versteht. Darin liegt eben die Besonderheit und Größe des wissenschaftlich gebildeten, d. h. schöpferisch befähigten Politikers, daß er nicht zu einem Ressortmenschen und Nur-Fachspezialisten herabsinkt, der in der Politik leicht dazu neigt, mit Scheuklappen einherzugehen. Die Besonderheit des wissenschaftlich gebildeten Redakteurs hebt ihn in dieser Beziehung über das Niveau des einseitig orientierten Fachmannes...« Als ich feststellte, daß Reiner Kunze an unserer Fakultät Assistent wurde, freute ich mich. Mit solch einer Meinung konnte man also auch Karriere machen in der DDR. Ich sah Land in Sicht für meinen Wunsch, Theaterkritiker zu werden.
Reiner Kunze war einer der ersten an der Fak. Jour., die mir über den Weg liefen – in meiner Seminargruppe.
Er war mit Inge verheiratet, unserer Parteigruppensekretärin. Sie mußte ein vernünftiges Mädchen sein, schloß ich messerscharf aus der Tatsache, daß sie seine Frau war.
Unsere Seminargruppe bestand aus 21 Studenten und war gleichzeitig eine Parteigruppe der SED und eine FDJ-Grundeinheit. Ich war parteilos, aber in der FDJ, wie alle Studenten unserer Fakultät, ausnahmslos. Es gab wenige, die parteilos waren. Einige gehörten den Blockparteien an (CDU, LDP, DBD, NDP); aber alle zusammen brachten keine eigene Parteigruppe zustande.
Inge Kunze war ein zartes Mädchen, blond, biegsam wie eine Birke im Wind. Unansprechbar, still, verschreckt. Die rosafarbenen Lippen vorschiebend wie ein Baby, dem man das Fläsch-

chen weggenommen hatte, erlaubte sie sich keine eigene Meinung. Vier Jahre in derselben Seminargruppe und kein einziges privates Wort, das war eine reife Leistung. Vier Jahre lang verschreckt.
Ihr Halt war Reiner. In den Pausen zwischen den Vorlesungen stand er mit ihr in einer Ecke, beschützend, zärtlich. Manchmal schwatzte er mit uns. Sein Gesicht, weich in den Zügen, war noch nicht aufgewacht. Großzügig geschnitten der Mund, sensibel, blau die Augen unter dem störrischen Haar, das in alle Richtungen stand. Seine Meinungen formulierte er viel weniger profiliert, als ich erwartet hatte, er hielt manchmal zurück, was er dachte, er hatte schon Prügel bezogen; ungefragt gab er seine Meinung nicht mehr preis. Manchmal antwortete er gar nicht, grinste überlegen und zeigte Zähne wie ein Raubtier, stark, weiß, zupackend, behandelte uns wie Würstchen, nicht denkfähig, machte dann aber doch eine Anmerkung im Abgehen, die weiterhalf.
Er hatte einen Sonderstatus, er schrieb Gedichte und las sie uns vor. Lyrische Empfindungen über seine Inge. Gedichte, gut. Aber sonst? Was war mit ihm los? Warum war Inge so verschreckt? Warum änderte sich das nicht – vier Jahre lang?
Gefühle zu beschreiben war ungewöhnlich an unserer Fakultät, wir wurden erzogen, sie zu handhaben, nicht, ihnen nachzugeben. Was aber war mit den Gefühlen seiner Inge? Sie dichtete nicht, sie litt, wenn auch mit freundlichem Gesicht. Ging da ein Mensch neben ihm kaputt, und er sah zu, zärtlich interessiert an ihren Gefühlen, aber unberührt? Ich begriff ihn nicht, und ich wußte nichts von Inge. Mir schien, Reiner wollte menschlich werden durch zuschauen. Wenn ihn das nur nicht eines Tages zerriß.
Die Post wurde in der zweiten großen Pause ausgeteilt, von Irmgard Heppner, unserer Seminargruppensekretärin und gleichzeitig FDJ-Gruppenleiterin. Sie holte die Briefe ab aus der Poststelle im oberen Stockwerk des Fakultätsgebäudes, direkt neben dem Zeitungsleseraum. Irmgard händigte jeden Brief persönlich aus. Der Postbote konnte nicht hinter jedem Studenten herlaufen, das erschien mir logisch.

Wir saßen im Seminarraum zusammen, als Irmgard einen Brief vor mich hinlegte. Irmgard war auch ein schweigsames Mädchen, aber nicht verstört, sie war ein Mädchen hinter einer Stahlwand. Gertenschlank, groß, sportgestählt, ein gleichmäßig schönes Gesicht, ein gleichmäßiges Verhalten. Ihre Probleme zerbrachen nie ihr Betragen. Ihre Antworten waren ohne Tadel. Sie kassierte die besten Noten in der Gruppe, blieb aber fair, erhob sich über niemanden. Ich hatte überhaupt keinen Zugang zu ihr. Ich kenne keinen, dem es gelang, ihre Reserve zu durchbrechen, die ihr Privatleben abriegelte. Ich stieß an ihr Schweigen, mir blieb sie fremd, und ich wohnte – später – fast drei Jahre mit ihr in einem Zimmer.
Tamara nahm mir meinen Brief aus der Hand und las den Absender: »Sag mal, wer ist das, dieser *Heilscher*? Der schreibt so oft.«
Einige Köpfe hoben sich, warfen einen Blick auf mich und Tamara, senkten sich aber wieder über Notizen und Bücher, als fände unser Gespräch gar nicht statt.
»Er studiert an der gärtnerisch-landwirtschaftlichen Fakultät in Berlin.«
»Ach – an dem reaktionären Saftladen?«
»Reaktionär – woher weißt du das?«
»Wie man das so weiß. Wer ist das also, dieser Heilscher?«
»Ein Freund. Übrigens mein erster, falls dich das interessiert.«
»Das gibts nicht. Dein erster? Mit neunzehn Jahren?«
»Ich bin eben ein Spätentwickler. Aber kein Mensch nimmt einen für voll, wenn man nicht mal einen Freund hat.«
»Das scheint ja nicht die große Liebe zu sein?«
»Große Liebe – sag mal, glaubst du daran? Das ist doch ein Ammenmärchen. Wenn ich ganz ehrlich bin, ich mag den Heilscher nicht mehr als... als dich... oder meine Schwester... oder Budzislawski – das ist mehr so eine Art Sympathie, auf Leute verteilt, wenn sie mich interessieren. Liebe – das ist nur ein Wort. Für mich steckt nichts dahinter. Sympathie finde ich treffender, das besagt mehr.«
»Und wie sieht sie aus, ganz konkret, diese Beziehung zu Heilscher?«

»Witzig – hier so in der Öffentlichkeit!«
»Quatsch. Ich meine, willst du ihn heiraten?«
»Er will. Ich... eigentlich habe ich gar keine Lust, ich glaube, das lenkt ab, wenn man sich zu sehr mit *einem* Menschen befaßt, ich will lieber eine gute Journalistin werden.«
»Wo steht er denn politisch?«
»So genau weiß ich das nicht. Er nimmt nicht Stellung. Er redet in Gleichnissen, da kann man sichs aussuchen.«
»Also indifferent. Ich kann mich ja mal nach ihm erkundigen. Wenn er indifferent ist, läßt du ihn sausen.«
»Du liebe Zeit, bei wem willst du dich erkundigen?«
»Keine Angst, er erfährt es nicht, es gibt da Mittel und Wege... ich finde es jedenfalls nicht verantwortlich, wenn du Kontakt hast mit einem Indifferenten. Und das sage ich dir hier vor unserer Seminargruppe, so einen Typ kannst du nicht gebrauchen.«
»Tamara, und ich sage dir hier vor unserer Seminargruppe, ich lasse mir meine Freunde nicht vorschreiben.«
»Siehst du einen hier, der dir das vorschreiben will?«
Ich sah mich um, einige sahen betont uninteressiert in ihre Aufzeichnungen, andere lasen ihre Briefe. Irmgard, unsere Seminargruppensekretärin, fair wie immer, war die einzige, die ihre langen Ohren zugab: »Na, Tamara hat dich in der Zange?« Sie lächelte mir zu. Tamara appellierte an sie: »Irmgard, wie ist es, müssen wir nicht sorgfältig sein in der Auswahl unserer Freunde? Gehört das nicht zum Abc unserer Ausbildung? Ob Genosse oder Nicht-Genosse?«
»Du sagst es. Aber ich bin sicher, Brigitte hätte das auch allein festgestellt.«
Tamara ließ sich nicht aufhalten: »Brigitte, du solltest abstreifen, was du noch an Eierschalen aus deiner Vergangenheit mitschleppst.«
»Ich werde darüber nachdenken. Das muß ja nicht gleich heute entschieden sein, oder?«

Der nächste Brief von Karl Heilscher war dick. Er brachte Kabarett-Texte. Ich hatte ihm geschrieben, daß wir an der Fakultät

ein Kabarett hätten, »Den Rat der Spötter«, er sollte ein paar Texte dazu beisteuern.
Tamara kam ins Zimmer, als ich kopfschüttelnd die Texte las; so ging das nicht, das Positive blieb auf der Strecke.
Tamara nahm mir die Texte aus der Hand und las: »Ich bitte dich, Brigitte. Ist dir jetzt klar, daß der Junge untragbar für dich ist? Aber es sind interessante Aufschlüsse über sogenannte ›Unpolitische‹. Ich gebs weiter.«
»Kommt nicht in Frage. Gib her.«
Tamara steckte die Texte ein: »Ist doch nur informativ.«
»Wehe, du machst ihm Schwierigkeiten.«
»Quatsch. Aber ich rate dir: Hände weg von Heilscher. Das ist kein Mann, der dich in deiner Entwicklung weiterbringt. So ein Mann ist ein Klotz am Bein. Ich habe mich übrigens nach ihm erkundigt und gebe dir den freundschaftlichen Rat, mach Schluß.«
»Tamara, sei ehrlich – wer gibt mir den Rat?«
»Die Partei.«
»Genauer gehts nicht?«
»Nein.«
»Na gut... ich häng ja nicht an diesem Menschen. Schreib ich eben einen Abschiedsbrief. Du kannst ihn dann lesen, damit du berichten kannst, sie hat sich von ihm getrennt. Du mußt wohl berichten, was ich tue?«
Tamara gab mir einen Klaps: »Prima, Brigitte, du bist richtig dufte.«
Tamara lief nach oben in die Küche, um mir einen Tee zu kochen, während ich schrieb. Sehr rauh. Das war mein erster Axthieb gegen meine Gefühle, kurzentschlossen kappte ich, was mich mit Karl verband.
Er verstand die Welt nicht mehr. Er hatte Gefühle investiert und bekam eisige Luft zurück. Er schrieb meiner Mutter und bat sie um Auskunft. Ob sie nicht auf mich einwirken könne. Er war zu Hause vorgestellt als mein Verlobter. Meine Mutter auf mich einwirken? Was für eine merkwürdige Idee. Sie war nicht mehr für meine Erziehung zuständig. Ich fühlte eine Regung von Mitleid für Karl Heilscher. Die Welt, in der ich lebte,

war ihm offensichtlich ein Buch mit sieben Siegeln. Ich würde es ihm nicht aufschließen.
Das Groteske passierte: Auch meine späteren Freunde, die in die Welt paßten, in der ich lebte, griffen zu diesem letzten Mittel, wenn ich ihnen entglitt, zu einem Brief an meine Mutter. Wenn es um Gefühle ging, unterlagen die qualifiziertesten Sozialisten aus einem Grund, ihnen fehlte die Übung, damit fertig zu werden. Nun sollte meine Mutter helfen. Meine Mutter konnte nicht helfen, sie hatte keinen Einfluß mehr auf mich, aber sie zerfloß vor Mitleid mit jedem, der litt.

Zu Tanniers Karten aus Stuttgart und Düsseldorf kam nun auch noch ein langer Brief vom Petersberg mit vielen Fragen:
1. Wann kommst Du das nächste Mal nach Berlin?
2. Wann könntest Du kommen?
3. Bist Du Weihnachten in Glöwen?
4. Fährst Du nach Hause über Berlin?
5. Wann?
6. Ein Tag Aufenthalt!
7. Hast Du in Leipzig jemanden entdeckt, mit dem Du Dich *sehr* genau unterhältst?
8. Oder interessierst Du Dich noch für Odysseus-Erzählungen?
9. Hast Du heute Abend Zeit? – Dann antworte mir gleich...
So wie Du ein Bild von mir, möchte ich auch ein Bild von Dir haben; leider kann ich noch keines irgendwo ausschneiden! Ist der Hinweis auf meinen Geburtstag erlaubt?«
Ich kam gar nicht dazu, ihn in Berlin zu besuchen, er kam selbst ins Internat gestürzt, hastig, etwas entnervt, und beklagte sich, die Klinke noch in der Hand: »Was seid ihr denn hier für ein Verein?«
»Wieso Verein?«
»Der Pförtner wollte mich nicht ins Internat reinlassen. Ich mußte ihm meinen Volkskammerausweis zeigen und angeben, zu wem ich wollte. Er hat trotzdem noch nachgefragt, ob ich herein dürfe. Das darf ja wohl nicht wahr sein, das hab ich noch

nirgendwo erlebt, daß ich wo nicht reinkomme.«
Rita Kleinert erhob sich von ihrem Bett, auf dem sie saß und Zeitung las, stellte sich vor Tannier hin und sagte: »Das finde ich gar nicht beeindruckend, einen Volkskammerausweis. Wir sind hier wachsam.« Sprachs, machte auf dem Absatz kehrt und marschierte hinaus.
Horst sah ihr nach: »Was ist denn das für eine kleine Kruke? Habt ihr noch mehr von dieser Sorte?«
Er packte einige Broschüren aus: »Ich muß gleich wieder weg, hatte nur kurz in Leipzig zu tun. Ich wollte mich nur mit dir verabreden. Wenn du das nächstemal in Berlin bist, besuchst du mich? Ich habe eine Menge erlebt inzwischen, interessantes Zeugs, hast du Zeit für mich? Bald?«
Wir verabredeten einen Termin, gleich nach Weihnachten.
»Was sind das denn für Zeitschriften?« Ich nahm sie mit spitzen Fingern hoch. »Die sehen aber westlich aus.«
»Von Studentenorganisationen aus der Bundesrepublik, ich hab da Kontakte hergestellt. Kannst mal lesen, worüber die reflektieren.«
»Westzeitschriften dürfen wir nicht lesen.«
»So gefährdet wirst du nicht sein, daß du dich nicht mal über andere Argumente informieren darfst. Das hier ist der ›Standpunkt‹, die Studentenzeitschrift des Sozialistischen Deutschen Studentenbundes. Wenn du den liest, wirst du merken, wie gut wir es in der DDR haben mit unserem Studium ohne finanzielle Sorgen. Wenn du das Zeugs gelesen hast, wirfst du es einfach in den Papierkorb. Sag mal, wer entscheidet denn hier, was ihr lesen dürft?«
Ich zählte einige Professoren auf, nannte Professor Bruhn.
»Bruhn – Heinrich Bruhn?«
»Professor Heinrich Bruhn, stimmt, er ist hier stellvertretender Direktor des Instituts für Pressegeschichte.«
»Nicht möglich, der Bruhn. Wie hat der sich denn eine Professur erschlichen?«
»Erschlichen? Wie meinst du das? Eine Professur erwirbt man sich doch nur auf dem ordentlichen Weg über die Universität?«

»Den Weg ist der Bruhn nicht gegangen, das weiß ich definitiv. Wer weiß, WAS IHM DEN Professor einbrachte.«
»Gibts das – nichtakademische Professoren?«
»Die nichtakademischen erkennst du ganz einfach, es steht kein Dr. hinter dem Prof.«
»Aber der Bruhn, nein, dem traue ich nicht zu, sich eine Professur zu erschleichen, der hat bei den Nazis im Gefängnis gesessen, wegen Hochverrat, der macht keinen Hehl aus seiner Meinung, der erschleicht sich nichts, der hat seinen Professor wahrscheinlich für hervorragende wissenschaftliche Arbeit bekommen. Man muß ja nicht Akademiker sein, um wissenschaftliche Methoden beim Arbeiten anwenden zu können, manche lernen das auch ohne den Umweg über die Universitäten. Du mit deinen Geschichten!«
»Na, wenn ich dir meine Geschichten vom Bruhn zum besten gebe, dann legst du dich hin.«
»Das hättest du wohl gern, daß ich mich hinlege?«
Tannier kriegte voll die Kurve, er kam sofort zu mir, ich saß auf dem Bett: »Darf man das, hier in eurem bewachten Internat?«
»Untersteh dich, dann könntest du das auch gleich in der Öffentlichkeit tun.«
Tannier verabschiedete sich, ich versprach, zu kommen.

Am nächsten Tag wurde ich von der Sekretärin Budzislawskis ins Dekanat gerufen, einen Stock tiefer.
Prof. Dr. (ich kannte jetzt die feineren Unterschiede!) Hermann Budzislawski deutete auf den Sessel in der Fensternische: »Ich habe Sie zu einem privaten Gespräch gebeten, um Ihnen einen Rat zu geben. Wie ich höre, haben Sie gestern Besuch gehabt, den ich nicht goutieren kann. Wie ich weiter höre, hat dieser Besuch Zeitschriften aus der Bundesrepublik zurückgelassen. Ich möchte Sie bitten, diese Zeitschriften bei meiner Sekretärin abzuliefern. Horst Tannier hat verantwortungslos gehandelt. Er ist nicht befugt, solche Schriften ins Internat einzuschleppen. Mir gefällt nicht, was er tut, mir gefällt nicht, was er sagt. Ich würde Ihnen empfehlen, diese Beziehung nicht fortzusetzen, er übt keinen guten Einfluß aus. Ich

möchte nicht, daß er in unsere Erziehungsarbeit eingreift. Wir gehen schrittweise vor, er ist schon ganz oben, viele Stufen trennen Sie von dem, was er macht. Sie können sie nicht überspringen. Sie sind noch sehr jung und kennen sich nicht aus, ich sehe diesen Kontakt mit Besorgnis. Lassen Sie sich von einem alten erfahrenen Mann beraten, brechen Sie den Kontakt zu Tannier ab. Am besten auf der Stelle.«
»Ich habe mich mit ihm in Berlin verabredet.«
»Dann lassen Sie das Ihre letzte Verabredung sein. Ich möchte Ihnen nicht näher erklären, weshalb ich Ihnen diesen Rat gebe. Glauben Sie mir einfach, ich weiß, was ich sage.«
Ich nickte, sagte dankeschön und war entlassen.

Oben packte ich die Zeitschriften zusammen, schade, ich war nicht zum Lesen gekommen. Rita Kleinert stand um mich herum und betrachtete mich vorwurfsvoll durch ihre runden Brillengläser: »Wo bringst du die hin? Ich wollte sie lesen.«
»Budzi will nicht, daß sie einer liest, ich bringe sie zu seiner Sekretärin.«
»Was ist das für einer, der Tannier? Warum hat er solche Zeitschriften?«
»Er war gerade im Auftrag des Zentralrats der FDJ in der Bundesrepublik wegen Kontakten zum Bundesjugendring. Hier an der Fakultät ist er wohl nicht sehr beliebt, scheint aber gegenseitig zu sein. Tannier schimpft über Bruhn, und Budzi über Tannier, was weiß ich, was anliegt.«
Neugierig fragte Rita: »Was hat Tannier denn gegen Bruhn?«
Kurzangebunden, weil sie mich beim Zusammenkramen störte, sagte ich nur: »Tannier meint, der Bruhn hätte seine Professur auf nichtakademischem Weg gekriegt, mehr weiß ich auch nicht. Interessiert mich auch nicht.«
Schon war ich auf dem Weg ins Dekanat die Treppe hinunter.

Ein paar Tage später war Seminargruppenversammlung. Große Aufregung. Ich hätte gesagt, Bruhn habe sich seine Professur erschlichen, ich hätte seine Ehre angetastet. Empört

stand ich auf: »Kein Wort davon ist wahr. Ich habe zu Rita Kleinert nur einen einzigen Satz gesagt: Bruhn hätte seine Professur auf nichtakademischem Weg bekommen. Ich kann nichts dafür, wenn Rita nicht mal den Inhalt von einem Satz ordentlich wiedergeben kann.«
Nach längerer Diskussion beschloß die Seminargruppe: Ein Gerücht ginge an der Fakultät um, dessen Quelle Brigitte Klump sein soll. Brigitte Klump soll gesagt haben, Professor Bruhn habe sich seine Professur erschlichen. Brigitte Klump bestreitet, das jemals behauptet zu haben. Sie wird von der Seminargruppe beauftragt, zu Professor Bruhn zu gehen und sich zu entschuldigen, dabei könne sie die Angelegenheit klarstellen. Meine Empörung war groß, ich sollte mich für Tanniers Worte entschuldigen. Wer aber hatte Tanniers Worte verbreitet? Ich dachte nach. Niemand war im Zimmer – nur wir beide. Und der Lautsprecher. War da eine Abhöranlage installiert? Er hing direkt unter der Decke, ohne Leiter kam man nicht heran, die Decke war bestimmt drei Meter hoch. Der Lautsprecher war ausgeschaltet, als Tannier da war. Ich rekonstruierte die Situation. Das Zimmer war ohne Wörter, ohne Musik, wenn wir beide schwiegen.
Der Lautsprecher – ausgeschaltet – war das die Quelle des Gerüchts? War im Lautsprecher etwa eine Abhöranlage installiert? Mein Blick blieb am Schalter hängen, nicht sehr fest eingelassen. Ich zerrte solange daran, bis er halb heraushing. Dann nahm ich mein Kopfkissen und bombardierte den Lautsprecher. Die Abhöranlage mußte doch kaputtzukriegen sein. Da der Lautsprecher ohnehin abgeschaltet war, wußte ich nicht, ob meine Aktion Erfolg gehabt hatte. Technisch war ich eine Niete, das sah ich mal wieder.
Am nächsten Tag war der Elektriker da und reparierte den Schalter, gerade, als wir zur Vorlesung mußten. Er hatte auch eine Leiter dabei. Wenn mir mal mein Plätteisen kaputtging, konnte ich tagelang warten, bis ein Handwerker kam.
Später entdeckte ich, daß es ein Internatssport war, die Lautsprecher kaputtzumachen. Sie sagten zwar alle, daß sie die Musik störe, wenn sie mit Volleybällen, Kopfkissen, manchmal

mit Büchern die Lautsprecher bombardierten, aber das war natürlich Blödsinn. Man brauchte die Musik ja nur abzuschalten. Es ging ums Kaputtmachen. Jeder Schuß ein Treffer. Die Elektriker gingen aus und ein und reparierten mit Langmut, während wir in den Vorlesungen saßen. Das Spiel hörte nie auf, solange ich im Internat lebte.
Die Abhöranlage beruhigte mich in diesem Fall. Wenn sie wirklich existierte, wußte Bruhn, daß ich nicht von der Titelerschleicherei gesprochen hatte. Innerlich etwas gestärkt, ging ich zu Bruhn, die Sache aus der Welt zu räumen.
Professor Bruhn saß im braunen Anzug hinter seinem Schreibtisch. Braun bevorzugte er. Freundlich, ohne spürbare Aggressionen, verbindlich lächelnd, wies er mir einen Stuhl zu. Ich blieb stehen.
»Herr Professor, ich soll mich bei Ihnen entschuldigen für etwas, das ich nicht gesagt habe. Aber ich entschuldige mich trotzdem, denn mein Gespräch mit Tannier war die Ursache des Gerüchts.«
Bruhn winkte ab: »Diese Entschuldigung brauche ich nicht, ich habe sie auch nicht verlangt. Das Porzellan ist zerschlagen. Ich bin kein Akademiker, das ist wahr. Aber um mal festzustellen, was gesagt werden muß: Ich habe mir meine Professur nicht erschlichen. Ich habe sie für Verdienste in der Arbeiterbewegung bekommen. Aber wie ich sehe, kann man sich nicht auf Verdiensten ausruhen. Ich werde meine Qualifikation nachholen, sonst stehe ich eines Tages wieder vor solchen Anwürfen. Ich werde mich in die Sowjetunion delegieren lassen und dort mein Abitur nachmachen, sagen Sie das Ihrem Freund Tannier. Vielleicht hat das Gerücht so doch etwas Gutes: Ein Professor ohne Abitur, das ist wirklich nicht das Wahre. Ich setze mich auf die Schulbank und lerne.«
»Sie sind nicht beleidigt?«
»Sie haben mich nicht beleidigt. Sie sind nichts als ein Auslöser, sehen Sie das ganz einfach als positive Rolle in der Geschichte.«
Ich dankte ihm. Mit Tannier würde ich noch ein Hühnchen zu rupfen haben, so ging das nicht.

Dieses Zimmer mit Rita – das war mir suspekt. War es der Lautsprecher? War es Rita? Ich wollte nicht gern abgehört werden. Tamara hatte es geschafft, ich zog in ihr Zimmer. Wir waren zu viert: Irmgard Heppner, Lucie Schweda, Tamara Ritzmann und ich. Lucie war Irmgards Freundin, soweit Irmgard das zuließ.
In diesem Zimmer hing auch ein Lautsprecher an der Decke, wie in jedem anderen des Internats und der Fakultät.
Tag für Tag wurden wir mit ein und demselben Lied geweckt, und dies über Jahre:
»Die Partei, die Partei, die hat immer recht...«
Am Anfang ließen wir es noch abdudeln, aber dann sprang eine von uns schon bei den ersten Takten aus dem Bett und stellte den Kasten ab. Das Lied fing mit dem Refrain an.
Louis Fürnberg hatte es zum III. Parteitag der SED im Juli 1950 geschrieben: Der vollständige Text unseres Weckliedes hieß:

»Sie hat uns alles gegeben.
Sonne und Wind. Und sie geizte nie.
Wo sie war, war das Leben.
Was wir sind, sind wir durch sie.
Sie hat uns niemals verlassen,
Fror auch die Welt, uns war warm.
Uns schützte die Mutter der Massen,
Uns trägt ihr mächtiger Arm.

Die Partei, die Partei, die hat immer recht!
Und, Genossen, es bleibe dabei;
Denn wer kämpft für das Recht
Der hat immer recht
Gegen Lüge und Ausbeuterei.

Wer das Leben beleidigt,
Ist dumm oder schlecht,
Wer die Menschheit verteidigt,
Hat immer recht.
So, aus Leninschem Geist,

Wächst, von Stalin geschweißt,
Die Partei – die Partei – die Partei.«

Nach dem XX. Parteitag der KPdSU im Februar 1956 wurde der Text geändert. Jetzt heißt es statt
»uns schützte die Mutter der Massen«...
»uns *führte* die Mutter der Massen«...
und statt:
»aus Leninschem Geist wächst, von Stalin geschweißt«...
»aus Leninschem Geist wächst, von Lenin geschweißt...«

Tamara war stets zur Stelle mit Rat und Tat. Wenn ich hilflos in der Teeküche stand, um mir einen Tee zu brühen, zündete sie die Gasflamme an, tat die richtige Menge Tee in die Kanne, setzte den Wasserkessel auf. Sie machte, was zu erledigen war, auf der Stelle. Ein Loch im Strumpf – sie stopfte meinen Strumpf. Ein abgetrennter Saum – schon nahm sie die Nadel. Einen Knopf verloren – schon hatte sie einen neuen besorgt, ohne zu fragen. Sie war mir unentbehrlich.
»Tamara, es ist blödsinnig. Du tust so viel für mich, ich kann mich nicht revanchieren. Wenn mir in der Penne jemand half, hab ich dafür den Hausaufsatz geschrieben, aber schreiben kannst du selbst. Sag mir, wie ich mich revanchieren kann.«
»Das tust du doch!«
»Wieso? Versteh ich nicht.«
»Du revanchierst dich damit, daß es dich gibt.«
»Wie bequem für mich.«
».Wirklich, ich wäre gern ein Mädchen geworden wie du. Aus einer heilen Familie. Mit Eltern, Geschwistern, wie du.«
»Hast du niemand?«
»Ich hab niemand, von dem zu erzählen sich lohnt. Meine Mutter, na ja, mein Vater jagte sie aus dem Haus. Und mein Verlobter? Den nenne ich Schnaps, weil er so viel säuft. Ich fürchte, er betrügt mich auch.«
»Dann trenne dich von ihm.«
»Er hat mich zur Partei gebracht. Er gilt als politisch zuverlässig. Ich bin ihm dankbar. Ich hatte gar keinen Halt im Leben.

Die Partei ersetzt mir alles, Vater, Mutter, Geschwister. Unser Wecklied stimmt auf den Punkt – sie schützt mich. Ohne die Partei wäre ich in der Gosse verkommen.«
»Warst du in der Gosse? Tamara, du übertreibst.«
»Meine Mutter ist Russin, mein Vater ein thüringischer Zimmermann. Als er eingezogen wurde, verdiente meine Mutter nebenbei Geld mit Liebe. Das wäre nicht nötig gewesen, sie hatte den Sold, aber sie saß gern in Kneipen, da spann sich was an. Als sie anfing, mich in Kneipen mitzunehmen, ich war gerade vierzehn, aber vollentwickelt, da wurde es kriminell, sie fing an, mich zu verkuppeln und machte mir Szenen, als ich später mit ihren Liebhabern ins Bett ging.
Mein Vater kam nicht gleich aus dem Krieg zurück, er war in Gefangenschaft. Als er dann sah, was zu Hause los war, jagte er meine Mutter aus dem Haus und prügelte mich auf eine Baustelle. Ich wurde Maurerlehrling. Mein Meister kümmerte sich um mich, ich fing an zu schreiben. Traf auf Schnaps bei einem Interview im Ministerium, wurde Genossin und hierher zum Studium delegiert. Ich glaube, Schreiben ist die einzige Sache auf der Welt, die mich freut.«
»Du kannst auch zeichnen.«
»Ja, aber ich bin nicht ausgebildet«
»Das mit deinem Schnaps, das gefällt mir nicht, du brauchst dich doch nicht an einen Trinker zu hängen.«
»Du hast gut reden. Wen hab ich denn, außer ihm? Nur Schnaps und die Partei.«
»Klammerst du dich an die Partei, Tamara? Die Partei besteht auch nur aus Menschen. Wenn die Partei sich irrt – was dann?«
»Die Partei irrt sich nie. Der einzelne Genosse kann irren, aber nicht die Partei.«
»Aber wenn... was dann? Wo bleibt dann dein Halt? Versuche, deinen Halt in dir zu finden, Tamara. Klammere dich nicht an andere. Geh deinen Weg, zusammen mit der Partei, zusammen mit Schnaps, zusammen mit mir, aber such nicht deinen Halt woanders, such ihn in dir.«
»Du hast gut reden – du mit deiner Sicherheit. Wo nimmst du die bloß her?«

»Sicherheit – das stimmt nicht. Ich bin einer Sache nur solange sicher, bis ich sie besser weiß, dann habe ich wieder eine neue Sicherheit. Wie der Frosch in der Sahne, ich paddele, bis sie zusammenfließt und Butter wird, dann kann ich darauf sitzen. Ich bin nicht hier, um mich irgendwo anzuklammern, ich bin hier, um Wissen zu sammeln. Ich will ein guter Journalist werden und das Handwerkszeug beherrschen lernen.«
»Aber das Wissen richtig zu ordnen, hilft die Partei.«
»Ist ja gut, Tamara, darüber brauchen wir nicht zu reden. Ich fragte dich, wie ich mich revanchieren kann für deine täglichen Hilfen.«
»Und ich sagte dir, du revanchierst dich damit, daß du meine Freundin bist. Wen hab ich sonst außer dir?«
Tamara war, abgesehen vom Engelsgesicht, keinen zweiten Blick wert. Das wußte sie und das kränkte sie, denn sie sah keine Chance, aus der Verbindung mit Schnaps herauszukommen, weil keiner sie näher ansah. Aber sie war als Kumpel beliebt. Schnaps behandelte sie auch so, das verletzte sie, für ihn wollte sie die einzige sein, die zählte. Sie trug seinen Verlobungsring, aber er hatte Sekretärinnen.
Wenn Tamara ein Wochenende in Berlin verbracht hatte, kam sie meistens verstört zurück, von Eifersucht geplagt, und stürzte sich auf ihre Bücher.
Wenn sie schrieb, schrieb sie voller Anteilnahme. Selbst Phrasen hörten sich von ihr an wie lautere Wahrheit, sie war ein Naturtalent der Agitation. An mir erprobte sie die Stichhaltigkeit ihrer Argumente. Ich bezog eine feindliche Position und versuchte, sie in die Enge zu treiben. Am Schluß ließ ich mich überzeugen. Manchmal war es ein Spiel, manchmal war es mir bitter ernst mit meinen Argumenten. Aber Tamara legte keines meiner Argumente auf die Goldwaage. Ich war ihre Freundin. Mir billigte sie Narrenfreiheit zu und nagelte mich auch nicht in der Seminargruppe auf eine Meinung fest, wie sie es gern mit anderen tat, die dann Selbstkritik üben mußten. Mit mir war sie tolerant.

Das Fakultätsgebäude war überheizt.
Als ich aus dem Haus trat, um ins Internat hinüberzugehen, pfiff der Wind in meine am Hals offenstehende FDJ-Bluse. Ich rannte, um schnell wieder ins Warme zu kommen, da stellte sich mir Horst Pehnert* in den Weg, aus meinem Studienjahr.
»Warte. Ich muß was mit dir besprechen.«
»Aber schnell, mir ist kalt.«
»Mir auch.«
Wir gingen hinüber zum Internat. Horst grinste wie ein Teufel, er war überhaupt der Tausendsassa des ersten Studienjahres, kaum zu bremsen, seine Gefühle auszuleben, und ließ sich von niemandem an den Wagen fahren. Er war drei Jahre älter als ich und kam von der ›Jungen Welt‹, dem Zentralorgan der FDJ, zu uns zum Studium. Er hatte sich als Redakteur bewährt. Ich betrachtete ihn mit einem Gefühl von Zuneigung und Zurückhaltung. Ob das gut gehen würde mit ihm an unserer disziplinierten Fakultät? Horst war nicht der Mann, der etwas tat, was er nicht wollte. Ohne seine Zustimmung ließ er sich nicht handhaben, er machte über alles seine Witze.
»Wir haben den Sepp auf der Latte, im Kabarett. Sag mal, hast du was mit ihm im Sinn?«
»Nee – wieso?«
»Wir wollen dir helfen, ihn loszuwerden. Er bedrängt dich doch ziemlich. Du kannst keinen Schritt machen, schon ist er da – seh ich das richtig? Neuerdings steht er ja sogar schon in den Vorlesungspausen in unserem Hörsaal herum. Also, das fällt langsam jedem auf.«
Wir waren am Mädcheninternat angekommen und blieben vor der Haustür stehen. Horst fror auch, ich überlegte kurz, sollte ich ihn mit ins Zimmer nehmen? Aber dann würde gleich ein neues Gequatsche beginnen, hat der Pehnert Absichten auf Brigitte? Das nicht auch noch. Lieber blieb ich mit ihm im Wind vor der Tür stehen.
»Wir haben einen Schlager auf Sepp umgeschrieben, den wir auf dem Ball zum besten geben wollen. Ich frag dich nur, um

---

* Heute: Stellvertretender Minister für Kultur.

dir nicht in den Rücken zu fallen, falls da doch was ist...«
»Sepp ist mir schnuppe. Macht, was ihr wollt.«

Das war der Startschuß für ein Lied, das auf dem Fakultätsball
von der Bühne tönte, gerade, als Sepp – wie der Zufall dank
Pehnert so spielt – mich zum Tanz geholt hatte.

> »Ach Sepp, wie machste denn das bloß,
> im Tango bist du groß,
> Du hast so einen Rhythmus,
> das ein jeder mit muß...«

Sepp tanzte, als wäre er gar nicht gemeint, aber ich bemerkte,
wie er sich versteifte.

> »Leise, wie auf Gummisohlen,
> sieht man ihn schon
> das schönste Mädchen holen...«

Sepp grinste, zog mich an sich und zischte zwischen den Zähnen: »Diese Schweine!«

> Ach Sepp, was bist du fürn Apoll,
> im Tango bist du toll...

Lächelnd brachten wir den Tanz zu Ende. Alles klatschte, wir
klatschten mit, wie sich das gehörte. An meinem Tisch erwartete mich Erwin Reiser, auch aus dem vierten Studienjahr. Ich
kannte ihn vom Sehen, und weil er mir im Studienkabinett
immer Bonbons auf meinen Platz legte. Kleine rosa und weiße
Hütchen aus Pfefferminz. Im Studienkabinett durfte man
nicht miteinander sprechen. Ich hatte ihm bisher nur lächelnd
gedankt und die Bonbons gegessen. Kein Wort mit ihm gesprochen. Als wir zur Tanzfläche gingen, fragte er mich: »Wie fandest du das Spottlied?«
»Nicht schön für Sepp.«
»Das erste Studienjahr gegen das vierte – das hatten wir noch

nicht. Ihr seid verdammt weit.«
»Wir?«
»Zumindest euer Kabarett.«
»Ach, der Pehnert, der ist einfach nur nett. Er will mir nur gegen Sepp helfen. Langsam klatscht ja schon die ganze Fakultät darüber, daß ich keinen Schritt mehr ohne Sepp machen kann. Das hier hilft vielleicht.«
»Ich weiß nicht, ich bin nicht so sicher. Sepp ist eitel. Wenn ihn das mal nicht in seiner Eitelkeit bestärkt, er im Mittelpunkt des Interesses – kann sein, das war ganz falsch vom Pehnert.«
Ich dachte an Sepps Mund beim mühsam aufrechterhaltenen Lächeln und ahnte, das Lied hatte ihn getroffen. Die Lippen, schmal und verkrampft, hatten die weißen Zähne bloßgelegt bis zum Zahnfleisch, so sah kein Lächeln aus, das war Maske. Ich sagte forsch: »Falsch oder richtig – Sepp interessiert mich nicht. Wenn er ein Casanova ist, bitte, das ist sein Hut. Ich lasse mir den nicht aufsetzen. Du bist mit ihm in einer Seminargruppe. Sag ihm, er soll seine Bemühungen einstellen, er interessiert mich nicht, und jetzt schon gar nicht mehr.«
»Wer interessiert dich denn?«
»Keiner.«
»Das glaub ich nicht.«
»Dann glaubst du es eben nicht.«
»Du hast doch sicher einen Freund.«
»Nee, hatte. Ich werde hier scharf beobachtet, was die Wahl meiner Freunde betrifft. Den ersten hat Tamara auf dem Gewissen – oder die Partei? Was weiß ich. Den zweiten unser Dekan. Budzi hat mir geraten, Horst Tannier laufen zu lassen. Das wäre nicht der richtige Umgang für mich. Tannier von der Volkskammer. Ich frage mich jetzt wirklich, wer ist eigentlich der richtige Umgang für mich? Ein Volkskammerabgeordneter – und was bin ich? Ich bin nur ein bescheidenes Mitglied der FDJ, für mich ist allein eine Funktion im Zentralrat der FDJ schon etwas bedeutendes, und erstmals Parteivorstand. Das sind doch Entscheidungsgremien der Macht. Ob CDU oder SED – wo ist da der Unterschied? Wir betonen immer die Zusammenarbeit mit den Blockparteien. Was ist gegen Tannier

einzuwenden? Nur, daß er nicht in der SED ist? Ich habe eher den Eindruck, er ist ein Fuß der SED in der CDU.«
Wir waren mitten zwischen den Tanzenden stehengeblieben. Ich war zornig. Erwin Reiser versuchte, mich zu dämpfen: »Budzislawski wird schon wissen, warum er sagt, er sähe den Umgang mit Tannier nicht gern.«
»*Ich* weiß es aber nicht. Er hat es mir nicht verraten. Was soll ein Mensch tun wie ich? Ich werde Tannier fragen, warum ich auf Budzis Rat mit ihm Schluß machen muß.«
»Das wirst du nicht.«
»Doch, ich werde fragen.«
»Laß das. Der Budzislawski weiß, was er sagt. Es wird ein guter Rat sein, er kennt Tannier.«
»Hier scheint jeder jeden zu kennen. Nur ich, nicht in der Partei, tappe herum unter Menschen wie blind.«
»Was wirst du tun? Trennst du dich von Tannier?«
»Natürlich. Budzislawski hat die Übersicht und weiß offensichtlich, was gut für mich ist. Über Bord mit Tannier!«
Erwin Reiser war sichtlich betroffen: »Das sagst du so leichthin, das klingt aber ganz schön oberflächlich.«
»Soll ich auch noch leiden?«
Blödsinnige Situation, nun war ich bereit, zu tun, was ich sollte, und nun mußte ich auch noch mein Verhalten erklären. Aber bitte, es gab für mich nur eine Erklärung, und die sagte ich ihm: »Ich bin nicht bereit, mich hier beim Studium durch Gefühle zu belasten. Gefühle interessieren mich nicht sonderlich, meine nicht, die von anderen auch nicht. Man soll mich mit Gefühlen in Ruhe lassen.«
»Dann hattest du noch nicht die richtigen. *Die* lassen dich nämlich nicht in Ruhe.«
»So was werde ich wohl nie reinkriegen.«
»Warum bist du so sicher?«
Während wir uns an den Tisch zurückschieben ließen, erklärte ich ihm das auch noch: »Ich sehe mir die Leute an, wie sie Bäumchen wechsle dich spielen, und ich sage mir, Liebe gibt es nicht, das ist Gefühlskitsch. Nichts weiter. Wenn man Gefühle hat, dann muß man was dagegen tun, oder sie beherrschen ler-

nen. Das ist doch ganz einfach.«
Er setzte sich zu mir an den Tisch: »Sag mal, deine Erfahrungen, stammen die aus deiner Familie?«
»Nee. Meine Mutter ist eine ganz sentimentale Person, die glaubt an Liebe und an lauter Glaubenssachen. Und wenn sie Musik hört, dann schwimmt sie davon. Meine Mutter nehm ich aus, die ist die reine Liebe, sie lebt das und weiß nicht, daß es das nicht gibt. Sie ist ein richtiges, wundervolles Museumsstück. So etwas gibt es eigentlich gar nicht mehr und paßt auch nicht rein in die Welt.«
»Und dein Vater?«
»Der kennt nur meine Mutter – und sie gefällt ihm so, wie sie ist. Sie findet ihn auch gut – sie sind sich einig. Sie sind miteinander glücklich. Bescheiden und glücklich – das ist ihr Leben. Aber ich bin nicht bescheiden und genügsam schon gar nicht. Und ich bin auch nicht sentimental, ich werde nicht satt von Gefühlen. Ich will die Welt begreifen. Ich will wissen. Ich hab einen schrecklichen Hunger auf Wissen, der hat sich wohl in Generationen von Bauern aufgestaut. Übrigens, ich gehe jetzt. Und dem Tannier sage ich doch Bescheid.«
Ich nickte ihm zu, ganz abrupt, raffte mein seidenes Abendkleid zusammen, eine rosa Wolke, und verschwand. Erwin Reiser sah mir nach, ich fühlte, wie sein Blick an mir hängenblieb. War er belustigt? War er entsetzt? Egal.

Tamara nähte gerade einen Knopf an meinen FDJ-Rock, als Rita Kleinert ins Zimmer kam: »Kommst du mit, Brigitte? Da ist heute abend ein Vortrag über Brecht. Jemand aus dem Berliner Ensemble spricht im Haus der Deutsch-Sowjetischen Freundschaft. Ich glaube, es ist eine Veranstaltung vom Kulturbund. Ich will mir das mal anhören.«
Tamara wollte auch mit, wir gingen zu dritt.
In der vorletzten Reihe war noch Platz, ziemlich an der Wand. Wir zwängten uns an den Stühlen vorbei, lauter alte Leute. Wohl Anhänger von Brecht, die in der Emigration sein Andenken bewahrten oder im Nazideutschland im inneren Wider-

stand verharrt hatten. Sie trafen sich hier, um zu hören, wie machte der Brecht das, der sich arrangiert hatte mit dem Staat Ulbrichts.
Jugendliche sah ich nicht im Saal. Außer Tamara, Rita und mir war da nur eine alte Garde. Neben mir saß eine Dame mit Lorgnon, so richtig schön bürgerlich. Das einzige, was mir auffiel, so weit mich meine Blicke trugen, ohne Brille: die Leute hier sahen durchaus nicht fett aus, sie wirkten so, als hätten sie sich ihr ganzes Leben lang mit Problemen herumgeschlagen. Rita flüsterte mir ins Ohr:
»Der Kulturbund ist ein richtiges Altersheim.«
Ob der Vortragende auch ein alter Mann war? Ich tastete nach meiner Brille – vergessen.
Der Vortrag verwunderte mich. Was war das? Der Redner sprach von der Notwendigkeit, sich nicht zufriedenzugeben mit Lehrsätzen, er sprach von der Pflicht, sie zu überprüfen. Er sprach von der Unsitte, die Antworten zu lernen, statt die Fragen zu stellen.
»Nichts hinnehmen – immer fragen: warum!«
Der Satz verhakte sich in mir. Was war das für einer, der Brecht? Der ging ja gegen das Dogma vor!
Als wir uns aus dem Saal schoben, sagte Tamara nachdenklich: »Der Brecht ist ja ein gefährlicher Mann, so zersetzend. Kein Wunder, daß man nichts von ihm kaufen kann.«
Gegenüber lag im Dunkel ein massiver Gebäudekomplex mit einem kleinen Stern darüber.
»Was ist das für ein Stern?«
»Das ist die Lampe an der Funkantenne. Der Staatssicherheitsdienst von Leipzig sitzt in dem Haus, weißt du das nicht?«
»Keine Ahnung.«
Rita lachte, ihr fiel was ein: »Wenn die Genossen vom Stasi wüßten, was wir hier heute abend zu hören gekriegt haben, die würden Hand an Bunge legen.«
»Bunge? Wer ist Bunge?«
Rita sah mich über ihre Brille an, kopfschüttelnd: »So hieß doch der Referent vom Berliner Ensemble. Hast du das nicht gelesen?«

»Wo denn?«
»Auf den Plakaten.«
»Ich habe keine Plakate gesehen.«
»Dann setz doch deine Brille auf!«
»Liegt im Internat. Vergessen.«
Tamara sagte: »Demnächst werde ich dir auch noch deine Brille nachtragen. Kannst du denn deine Gedanken nie zusammenhaben? Wirst du überhaupt nie selbständig?«
Ich merkte mir Bunges Namen. Wenn ich mal Fragen hätte über Brecht, würde ich ihn fragen. Erst mußte ich mal was von Brecht lesen. War das keiner, der rühmte?
Ich hatte bisher nur von ihm die ›Erziehung der Hirse‹ gelesen, Pflichtlektüre in der Schule, und wie das mit Pflichtlektüre ist, sie wird in die Ecke geknallt, vergessen, sobald das Thema erledigt ist. Ich hatte damals nur begriffen, es war ein Loblied auf Kolchosen in Gedichtform.
Rühmen konnten wir selber, darin wurden wir täglich geübt, dafür brauchten wir nicht auch noch Herrn Brecht.
Ich war niemals in seinem Theater, als ich noch beim ›Freien Bauern‹ war; das Berliner Ensemble lag fast gegenüber. Zwischen dem FB und dem BE lag nur der Friedrichstadtpalast. Brecht interessierte mich nicht. Wen interessierte schon Brecht aus meiner Generation? Wir hatten alle die ›Erziehung der Hirse‹ gelesen, und die hatte uns gegen ihn eingenommen. Wir fanden die Kollektivierung notwendig, aber sie deshalb zu verherrlichen? Das ging haarscharf an der Realität vorbei. Den ›Neuen Menschen‹ den er in seiner ›Erziehung der Hirse‹ pries, den hatte ich unter Bauern nicht gefunden. Meinen Vater ausgenommen. Aber der war kein Produkt einer Erziehung, der erkannte Entwicklungsgesetze und richtete sich danach.
Im Studienkabinett unserer Fakultät fand ich nichts von Brecht, nur die ›Erziehung der Hirse‹ und die ›Hundert Gedichte‹. In den ›Hundert Gedichten‹ fand ich ein Nachwort von Wieland Herzfelde, engagiert für Brecht. Herzfelde war an unserer Fakultät Professor für Weltliteratur, er hatte auch mal eine Vorlesung über Brecht gehalten, ich registrierte, daß Brecht ein produktiver Mann war. Wo waren seine Bücher?

In der Deutschen Bücherei mußten sie doch wohl auszuleihen sein?
Ich fuhr in die Deutsche Bücherei, um an Ort und Stelle festzustellen, was ausleihbar war. Ich bekam die
Kalendergeschichten
Hundert Gedichte
Erziehung der Hirse.
Das war alles. Kein einziges Stück. Nur Gedichte. Die Dame am Schalter sagte achselzuckend: »Die Stücke, die in der DDR verlegt worden sind, müssen Sie vorbestellen, aber das dauert, sie sind ständig ausgeliehen. Es sind auch nur wenig Stücke in der DDR verlegt worden. Wenn Sie unbedingt Literatur von Brecht benötigen, müssen Sie versuchen, von Ihrem Seminarleiter eine Bescheinigung zu bekommen, daß Sie die Literatur des kapitalistischen Auslandes zu wissenschaftlichen Zwecken brauchen. Bei Suhrkamp in Westdeutschland sind wesentlich mehr Brecht-Bände erschienen, die könnten Sie dann ausleihen. Unser Aufbau-Verlag hinkt hinterher mit der Brecht-Produktion. Zur Frühjahrsmesse sind ein paar Stücke angekündigt, in vier Bänden. Gehen Sie zu einem Buchhändler, vielleicht kann der Ihnen helfen. Aber ich sags Ihnen gleich, die Auflagen sind sehr klein, schnell vergriffen. Sie müßten schon einen guten Draht zum Buchhandel haben, sonst kommen Sie gar nicht ran an die Bücher.«
In Leipzig hatte ich noch kein Buch gekauft, weil in unserem Studienkabinett alles ausleihbar war, was wir zum Studium brauchten. Ich hatte also keinen ›guten Draht‹ zu einem Buchhändler, um an Raritäten heranzukommen. Aber so einen Draht konnte man ja vielleicht herstellen? Ich machte mich auf den Weg.

In der Innenstadt fand ich eine Buchhandlung, die vertrauenerweckend aussah. In einem engen Gang zwischen Bücherwänden sortierte ein alter Herr Bücher ohne Hilfskraft. Ich hatte meine Brille aufgesetzt, sie gab mir einen intellektuellen Anstrich, fand ich, ich wollte überzeugend wirken.
Der alte Herr tappte die Leiter hinauf, einen Stapel Bücher im

Arm, vorsichtig, aber nicht auf die Stufen sehend; er hatte es schon so oft gemacht, er sah gar nicht mehr hin. Ich wartete an der Tür im schmalen Raum, bis er sich mir zuwandte. Er musterte mich abweisend. Der Mann wollte Bücher verkaufen – warum war er so distanziert?
Er wartete am Regal, bis ich zu ihm kam, sparsam in seinen Bewegungen. Als ich näher bei ihm stand, sah ich, er hing nur noch in seinem Anzug, fast vertrocknet, aber mit lebendigen Augen hinter der silbergefaßten Brille, und sein weißes Haar leuchtete. Als ich mit ihm sprach, registrierte ich, es waren nicht nur seine Haare, der ganze Mann leuchtete von innen.
»Ich habe in der DB gehört, Stücke von Brecht sollen zur Frühjahrsmesse erscheinen? Warum erfährt man das so unter der Hand? Werden die Neuerscheinungen nicht in der Presse angekündigt? Ich habe noch niemals eine Besprechung über Brechts Bücher gelesen, nicht im ›Neuen Deutschland‹, nicht im ›Sonntag‹, nicht im ›Forum‹, nicht in der ›Jungen Welt‹.«
»Der Brecht findet schon statt – aber unter Ausschluß der Öffentlichkeit.«
»Warum das?«
»Das wissen Sie nicht?«
»Keine Ahnung.«
»Was studieren Sie?«
»Journalistik.«
»Darum!«
»Was heißt das?«
»Ihr Journalisten schweigt den Mann doch tot.«
»Sie meinen – das geschieht methodisch?«
»Ja. Methodisch. Fragen Sie mal Ihren Budzislawski, was die Genossen gegen Brecht haben.«
»Wieso – ist Brecht kein Genosse?«
»Nein – das ist kein Mann dieser Art.«
»Hat er was gegen unseren Staat? Er lebt doch hier...«
»Der Brecht ist hier richtig. Der hat nichts gegen die DDR, solchen Staat hat er sich ja gewünscht. Nein, das müssen Sie anders sehen: Die Genossen haben etwas gegen ihn, sie finden ihn... gefährlich. Deshalb verschweigen sie ihn.«

»Wieso gefährlich?«
»Kindchen – der Mann ruft zum *Denken* auf. Lernt ihr nachdenken an eurer Fakultät? Ihr seid doch alle bloß Nachplapperer.«
»Ich kenne von Brecht nur die ›Erziehung der Hirse‹, diese Lizenzausgabe für den Schulgebrauch. Die hat mich gegen Brecht eingenommen, das ist eine Verherrlichung der Kollektivierung in der Sowjetunion. Ich bin ein Bauernkind und sah täglich, daß die LPG* unrentabel arbeiteten – was sollte ich mit solchen Lobgesängen auf Kolchosen anfangen?«
»Seither haben Sie nichts mehr von Brecht gelesen?«
»Ja.«
»Na sehen Sie, wie das wirkt? Sie kriegen die Lobpreisung auf den Schultisch und sind nicht mehr weiter interessiert an Brecht, so macht man das mit der Jugend. Mit der ›Erziehung der Hirse‹ hat man Sie gegen Brecht abgeriegelt – ich nehme an, nicht nur Sie, Ihre ganze Generation. Wir Alten laufen seinen Büchern nach und ein paar Literaturbeflissene. Ich sehe es hier in meinem Laden, die Jugend will nichts von Brecht wissen, das war also die ›Erziehung der Hirse‹. Das habe ich nicht gewußt. Lustig, lustig.«
Er tappte wieder die Stiege hinauf und räumte Bücher ein. Über die Schulter fragte er zurück: »Wie kommt es eigentlich, daß Sie nun doch was von Brecht lesen wollen?«
»Ich war zufällig in einem Vortrag vom Kulturbund.«
»Ach? – Ich war auch da.«
Ich hatte meinen guten Draht zu einem Buchhändler.

Mir gelang es erst im April 1957 an eine Bescheinigung zu kommen, die mir an der Deutschen Bücherei den Zugang zu Brecht-Büchern ermöglichte, verlegt in der Bundesrepublik, in der DDR nicht erhältlich.
Ich hatte längst meinen guten Draht zu Brecht, ich brauchte diese Bescheinigung nicht, aber ich bestand darauf, jahrelang. Es klappte nach drei Jahren.

* Landwirtschaftliche Produktionsgenossenschaft.

Die Abriegelung der Jugend der DDR von Brecht klappt auch heute noch. Sie lesen ihn nicht, sie wollen nichts von ihm im Theater sehen.

In einem Studiogespräch mit Manfred Wekwerth und Ekkehard Schall, Schwiegersohn Brechts, am 24. August 1976 im Fernsehen der DDR, Sendung Kulturmagazin, nannte Professor Manfred Wekwerth, Direktor des Instituts für Schauspielregie, Ostberlin, den Hauptgrund für diese Verweigerungshaltung:

»Es ist eine Tatsache, daß Brecht an unseren Theatern weniger gespielt wird. Erstaunlicherweise zu einer Zeit, da er in der Sowjetunion an führender Stelle aller Theaterschriftsteller steht. Und daß er aus dem Spielplan mehr und mehr verschwindet – in der nächsten Spielzeit haben von sechsundfünfzig Theatern sechs Brecht-Aufführungen gemeldet, das ist nicht beängstigend, sondern bedenkenswert. Vielleicht führt uns das zu einer neuen Überlegung über Brecht. Hauptargument für das rückläufige Interesse ist, Brecht sei zu bekannt. Er würde in der Schule gelehrt, die Kinder befaßten sich mit ihm wie mit einem Klassiker: Goethe, Schiller, Brecht usw. Also die Bekanntheit sei der Grund des Desinteresses. Hegel antwortet auf solche Behauptungen: Das Bekannte ist darum, weil es bekannt ist, nicht erkannt. Und wir müssen uns tatsächlich Brecht immer wieder neu stellen, so wie es Brecht selber vorschlägt, nämlich abgeleitet von den Bedürfnissen und vom Klassenkampf unserer Zeit, und da wird Brecht sicher Antworten liefern... Für Brecht war die Revolution ein tägliches Verhalten, und nun zu finden, wie unter unseren scheinbar friedlichen, geordneten, geregelten, geplanten Verhältnissen weiterhin der Klassenkampf stattfindet, dazu ist die Verfremdung, die ja im Gewöhnlichen das Ungewöhnliche aufdeckt, in der Ruhe die Bewegung, ein außerordentliches Mittel, und nicht umsonst hat Brecht seinen Entwurf für Theater nicht etwa für ein Theater gegen den Kapitalismus gemacht, sondern ein Theater unter sozialistischen Verhältnissen, das er uns sozusagen als Zukunftsentwurf überlassen hat.«

Zwei weitere Auskünfte liegen mir vor, die die Situation

Brechts in der DDR beleuchten:
Vom Aufbau-Verlag Ostberlin ein Schreiben, daß die Gesamtauflage Brechts im Aufbau-Verlag 1,8 Millionen Bände umfasse, gegenwärtig. Vorhanden ist Brecht also längst in jeder Bibliothek und privat für jeden verfügbar. Aber wie ist es mit den Lesegewohnheiten? Ich habe das in einer mittleren Industriestadt der DDR überprüft, in der vorwiegend Arbeiter leben. Also ein Publikum, das Brecht erreichen wollte.
In der Stadtbibliothek wurden Brechts Stücke insgesamt ausgeliehen: (die ›Versuche‹ des Aufbau-Verlags)
Im Jahr 1962 zweimal
im Jahr 1963 einmal
im Jahr 1964 viermal
im Jahr 1965 zweimal
im Jahr 1966 zweimal
im Jahr 1967 einmal
im Jahr 1968 einmal
im Jahr 1969 keinmal
im Jahr 1970 keinmal
im Jahr 1971 keinmal
im Jahr 1972 keinmal
im Jahr 1973 keinmal
im Jahr 1974 keinmal
im Jahr 1975 einmal
Das ›Leben des Galilei‹, bei Reclam erschienen, hat folgende Ausleihzahlen in dieser Stadtbibliothek:
Von 1969 bis 1975 einmal jährlich.
Die Ausleihquote bezieht sich auf die durchschnittliche Einwohnerzahl von 36 000. (Diese Ausleihquote ist allerdings nicht absolut zu sehen, da es am Ort noch eine größere Zahl von betriebseigenen Gewerkschaftsbibliotheken gibt.)

Als ich endlich in Berlin bei Tannier auftauchte, nahm er mich glücklich in den Arm: »War das eine Arbeit, dich in meinen Bau zu locken.«
Der Bau war eineinhalb Zimmer groß, seit gut einem Jahr seine

eigene, kleine Wohnung. Ganz allmählich rückte ich mit der Sprache heraus: »Budzi will nicht, daß wir befreundet sind. Ich soll dir den Stuhl vor die Tür setzen. Keine Chance für dich – ich tu nichts gegen meinen Dekan.«
Tannier wollte nicht glauben, daß ich so gehorsam war. Er mußte es glauben.
»Mein Gott, Brigitte, laß es nicht zu, daß Budzislawski uns trennt. Ich habe mich hundertprozentig in dich verliebt.«
»Dann verdräng das wieder, hundertprozentig.«
»Was geht hier vor – ich begreif das nicht. Ich weiß nicht, wessen mich Budzislawski verdächtigt, aber das krieg ich noch raus, und dann gnade ihm Gott. Es kann ihn doch wohl nicht stören, daß ich für den Staatssicherheitsdienst arbeite?«
»Für den Stasi? Du machst Witze.«
Er lächelte nur.
Als ich allen seinen Vorschlägen, uns offiziell zu trennen, aber heimlich zu treffen, ein glattes Nein entgegensetzte, produzierte er eine letzte Idee.
»Wenn es privat nichts wird mit uns beiden, dann werden wir eben politisch zusammenarbeiten.«
»In welcher Form?«
»Ich geb dir gleich mal Anschauungsunterricht. Begleite mich zum Zoo. Ich muß zu einem Westberliner Kontaktmann, nur auf einen Sprung. In Begleitung bin ich der Westberliner Polizei weniger verdächtig. Warte im Kranzler auf mich, ich bring nur schnell Material ins gegenüberliegende Haus. Danach werde ich dir erklären, was ich meine mit Zusammenarbeit. Du bleibst heute nacht bei mir?«
Ich schüttelte den Kopf. Er verschwand auf der anderen Straßenseite.
Wenn er mich im Kranzler sitzen ließ, ohne Geld, so wie ich ihn sitzen lassen wollte? Zögernd ging ich über weiche Teppiche zu einem kleinen Fenstertisch. Das wäre eine miese Retourkutsche, das traute ich ihm nicht zu.
Zum ersten Mal im Kranzler, Berliner Café mit Tradition. Ich wußte, es war 1951 am Kudamm wieder aufgebaut worden. Das Café Unter den Linden kannte noch mein Vater. Mit gro-

ßen Augen sah ich zu, wie man in der westlichen Welt appetitlich Kuchen servierte, in schwarzen Kleidern, rosa Tändelschürzen und rosa Schleifen, ins Haar gesteckt. Ich bestellte einen Erdbeerflip, er sah auch rosa aus.
Tannier holte mich ab. »Alles gelaufen. Kommst du mit ins Kino?«
Er zahlte mit Westmark als sei das für ihn die selbstverständlichste Sache der Welt.
»Hast du das in einer Wechselstube umgetauscht?«
»I wo, ich hab doch Devisen.«
Im Kino am Steinplatz spielten sie den ›Fall Oberst Redl‹, eine Spionagegeschichte, die Egon Erwin Kisch aufgedeckt hatte. Nach dem Kino fragte mich Tannier: »Hast du keine Lust, solch ein interessantes Leben zu führen?«
»Was für ein interessantes Leben?«
»So wie ich, als Wanderer zwischen Ost und West, ich nehm dich an die Hand. Du wärst der Idealfall einer Agentin.«
Ich lachte ihn aus.
»Du denkst, ich mach dir was vor mit meinem Stasi?«
Ich nickte. Er zog ein Zeitungsfoto aus der Tasche: »Das ist der Bundestagsabgeordnete M. von der SPD. Er hat gerade einen Prozeß gegen Adenauer gewonnen, der ihn beschuldigte, Ostkontakte zu haben. Adenauer konnte das nicht beweisen. Sieh mich an, ich bin der Kontaktmann.«
»Du spinnst.«
»Und wenn ich es dir beweise?«
Er nahm ein rotes Notizbuch aus der Brieftasche, handgroß, ganz flach, mit einer Unmenge Adressen in Winzschrift gefüllt.
»Das Notizbuch haben schon oft Polizisten mißtrauisch durchblättert, an der Grenze, sie begriffen nicht, worin der Code liegt. Sieh mal, hier der M. da steht er, der Vorname vertauscht mit einem anderen Namen, ganz systematisch, die Adressen auch vertauscht. Das systematisch durcheinanderzubringen, das ist die ganze Kunst, dann kannst du es auch wieder entschlüsseln. Der Code ist auf meinem Mist gewachsen, den hat noch keiner geknackt, weil er so simpel ist. Na ja, Code –

das Wort ist reichlich anspruchsvoll. Sieh mal, so baue ich die Adresse zusammen, und das ist sie im Klartext, dufte, was? Glaubst du mir nun?«
»Wenn du das jedem Mädchen erzählst, das du kennst, fliegst du eines Tages voll auf die Nase.«
Tannier wurde nachdenklich: »Du hast recht, ich quatsch zu viel, das ist mein Problem, ich stell mir noch mal selbst ein Bein. Müssen wir uns wirklich trennen? Laß mich nicht allein.«
»Was heißt allein – du hast bestimmt genügend Freunde.«
»In meiner Position hat man kaum Freunde.«
»Du bist doch immer mit dem Dings zusammen und mit dem Dings – sind das nicht deine Freunde?«
Ich nannte Namen von Personen, die längst zur Regierung der DDR gehören.
»Doch. Auch.«
»Das klingt aber nicht sehr überzeugend.«
»Natürlich sind das meine Freunde. Aber sie haben denselben Hintergrund wie ich.«
»Welchen Hintergrund?«
»Sie arbeiten für den Staatssicherheitsdienst. Wir können uns aufeinander verlassen – bis zu einem gewissen Punkt.«
»Was ist der Punkt?«
»Du denkst, du hast einen Freund, aber der arbeitet bereits gegen dich, weil ihm irgend etwas an dir nicht gefällt...«
»Siehst du, das ist es, deshalb werde ich niemals bereit sein, Auskünfte zu geben. Wenn ich einen Freund habe, dann steht das, was er mir anvertraut, unter meinem Schutz. Und ihr nehmt das, was er denkt, und gebt es weiter zur Besichtigung. Das ist doch eine schöne Scheiße.«
»Du sagst es.«
»Warum machst du das?«
Er antwortete mir nicht.
Wir verschoben die Trennung um eine Nacht. Als ich gehen wollte, ließ er mich nicht los. Er sah mich lange an.
»Ich werde wahnsinnig.«
Er sagte das ganz ruhig, wie unbeteiligt: »Penelope, ich werde wahnsinnig.«

Dann schob er mich zur Tür.
»Laß mich jetzt allein. Ich muß nachdenken. Wenn schon Wahnsinn, soll er doch methodisch sein.«
Über das Treppengeländer gebeugt, rief er mir nach:
»Grüß deinen Dekan. Die Hölle ist zu gut für ihn.«
Ich hielt mir die Ohren zu.

Horst Tannier kam noch einmal zu mir ins Internat, wieder gehetzt.
»Ich will dir nur sagen, Brigitte, ich hab mich gerächt, ein kleines bißchen, an deinem Dekan. Das war ein Anfang.«
»Was hast du gemacht?«
»Ich habe dafür gesorgt, daß Otto Nuschke den Ehrendoktor eurer Fakultät bekam. Budzislawski sträubte sich mit Händen und Füßen dagegen, die Würde eures ersten Ehrendoktors an den CDU-Vorsitzenden zu vergeben. Wir haben ihn zum Parteivorstand gebeten, und dann habe ich deinen Dekan fast eine Stunde lang in meinem Vorzimmer schmoren lassen. Als er eintreten durfte, habe ich ihm mitgeteilt, daß wir es als bösen Affront gegen die CDU betrachten würden, wenn man uns den Wunsch versagte, den greisen Nuschke zu ehren. Außerdem würde es sich gut machen in der Öffentlichkeit, wenn die Fakultät nicht als reines SED-Institut gelten würde. Das sei Schaufenster-Politik.«
»Was hat Budzi dazu gesagt?«
»Er kroch zu Kreuze. Das wird er mir nie vergeben.«
»Ach Horst, was soll das. Geh doch nicht auf Konfrontationskurs mit Budzislawski. Du machst dir einen Feind.«
»Auf einen mehr oder weniger kommt es mir nicht an. Aber mit Budzislawski nehm ichs gern auf. Ich lasse mir nicht ungestraft meine Penelope wegnehmen. Ich hab noch mehr Pfeile im Köcher.«
Bärbel Wielitzka hatte unserem Gespräch zugehört. Sie war von Tannier beeindruckt.
»Sie sind ein Mann von unwahrscheinlicher Durchsetzungskraft – kann ich davon profitieren?«
»Ich habe keine Zeit.«

Bärbel insistierte: »Es geht ganz schnell, nur eine Frage. Mein Vater ist noch in sowjetischer Kriegsgefangenschaft, dazu krank, das habe ich gerade erfahren. Krank in Sibirien – gibt es einen Weg, ihn nach Hause zu holen?«
Tannier sah auf die Uhr: »Tut mir leid, ich bin wirklich in Eile. Sie wenden sich am besten ans Rote Kreuz. Ich habe dem Pförtner versprochen, ich bleibe nur eine Minute, er wollte mich nicht ins Internat lassen, er müßte erst im Dekanat nachfragen, ich habe ihn beschwatzt. Wenn ich hier nicht gleich wieder verschwinde, ruft er doch noch bei Budzislawski an, und ich werde an die Luft gesetzt. Den Spaß gönne ich ihm nicht.«
Bärbel war enttäuscht: »Sie *wollen* nichts für mich tun.«
Ihre großen Augen, veilchenblau, schwammen in Tränen.
»Also gut, kommen Sie mit, wir setzen uns irgendwo zusammen.«

Im April 1956 war Bärbels Vater frei. Im Zuge der Rückführung der Gefangenen aus der Sowjetunion. Bärbel war schon von der Fakultät geflogen.
Sie haßte Krieg und war entschlossen, gegen unsere Aufnahme in die Armee zu stimmen. Vor Walter Ulbricht.
Eine Stimme dagegen – nur 99,7 Prozent für den Eintritt in die Armee? Ein beschämendes Ergebnis. Die 100 Prozent waren leicht herzustellen: Bärbel wurde auf die Straße gesetzt wegen Mangel an proletarischem Bewußtsein. Eine Eintragung in ihre Uniakte verwehrte ihr den Zutritt zu einer anderen Fakultät. Bei uns erhielt sie Hausverbot.

Zappelig saß ich in Ritas Zimmer auf dem Fensterbrett.
»Die erste Prüfung, ich bin so aufgeregt, ich glaube, ich werde morgen früh in Ohnmacht fallen.«
Rita Kleinert sah mich interessiert durch ihre runden Gläser an: »Du fällst in Ohnmacht, wenn du dich aufregst?«
»Ist mir schon oft passiert.«
»Dann mußt du was dagegen einnehmen.«
»Aber was?«

»Es gibt da eine Tablette, die wirkt dämpfend.«
»O je, von wem bekomme ich dafür ein Rezept. Ich kenne keinen Arzt.«
»Ich kenne jemanden, der kennt einen Apotheker, der rückt sie raus, gegen Geld.«
Sofort zückte ich mein Portemonnaie.
»Wir haben vier Prüfungen. Hier hast du fünf Tabletten, nimm jedesmal eine. Die fünfte ist zusätzlich, damit du sie vorher ausprobierst.«
»Sie helfen wirklich?«
»Also, wenn ichs dir sage.«
Am Morgen der Prüfung hatte ich keine Tablette ausprobiert, ich hatte sie gehortet und schluckte sie alle zusammen, ich wollte absolut ruhig sein. Rita würde mir für die nächste Prüfung schon wieder neue besorgen.
Ich spürte gar nichts. Ging hinüber zum Frühstück.
In der Mensa stand auf den weißgedeckten Tischen das Porzellan, weiß, mit blauen Schriftzügen Karl-Marx-Universität Leipzig. Was für dickwandige Tassen. Die Kanne war hoch, so hoch, das war mir bisher noch gar nicht aufgefallen.
Wir frühstückten in FDJ-Uniform, das war selbstverständlich: heute war Prüfung. Noch dazu in Marxismus-Leninismus.
Erwin Reiser ließ sich auf einen Stuhl fallen.
»Ihr könnt mir gratulieren. Ich hab gerade mit sehr gut abgeschlossen.«
Tamara bewunderte ihn: »Mensch, sehr gut im Staatsexamen, das ist schon was.«
Erwin streckte seine Beine bequem von sich. Lucie Schweda sagte zimperlich: »Deine Seminargruppe sollte mal mit dir eine Debatte über den guten Ton führen. Vorbildlich bewegen und benehmen!«
»Was hast du an mir auszusetzen?«
»Also, so lümmelt man sich nicht hin.«
Erwin hob eine Braue und grinste, er setzte sich keineswegs ordentlich hin. Er hatte Mühe, seine langen Beine unter dem Tisch zu verstauen.
Lucie kaute hastig weiter, rot bis zu den Haarwurzeln. Mit

ihren Löckchen im dünnen Haar, braun, und dem harten Gesicht war sie kein Mädchen, von dem Notiz genommen wurde, auch nicht, wenn sie mit solchen Ausfällen aufzufallen versuchte. Sie wurde glatt übersehen. Von klein auf eingeengt auf engstem Wohnraum, schien sie auch eng im Denken. Nur Musik trug sie hinaus.
Irmgard Heppner strich sich ein Brötchen und fragte Erwin: »Wirst du hier Assistent?«
»Anzunehmen. Aber eins nach dem anderen, erst das Diplom, dann werden wir weitersehen, wohin Marianne Kennecke mich steckt. Ich möchte schon gern hierbleiben...« Er warf unter halben Lidern einen Blick zu mir herüber, lächelnd. Was er für helle Wimpern hatte. Sie fielen mir auf vor dem Blau der halbgeschlossenen Augen.
Marianne Kennecke war die Kaderleiterin der Fak. Jour. Dirndlkleider unterstrichen ihre Rundlichkeit. Sie sah aus, als habe sie nicht nur Blümchen auf dem Kleid, sondern auch Blümchen im Gemüt. Liebenswürdig lächelnd erweckte sie Vertrauen.
In ihren Händen lagen unsere Karrieren. Nach Beratung mit der Fakultätsleitung schlug sie dem Zentralkomitee der SED vor, wer besonders geeignet war für diese oder jene Funktion. Unsere Einsatzpläne wurden vom ZK bestätigt. Sie war eine Vertrauensperson der ZK. Nicht nur des ZK.
Assistent Ulbricht öffnete die Tür zum Seminarraum und rief gedämpft in die Mensa: »Brigitte Klump.«
Was war das? Der Raum kam mir entgegen. Ich machte einen Schritt, die Erde bog sich, der Fußboden war rund.
»Die Tabletten. Ich glaube, jetzt wirken sie doch, ich bin ganz wackelig.«
Erwin sprang auf und stützte mich: »Was für Tabletten?«
»Rita hat mir welche gegeben. Ich hab alle auf einmal aufgegessen.«
»Dann geh nicht zur Prüfung, ich entschuldige dich.«
»Natürlich mach ich die Prüfung. Die Wirkung ist fantastisch. Ich hab gar keine Angst, nur der Fußboden, der wölbt sich so.«
Erwin ließ mich los. Ich ging mit sorgfältigen Schritten zur Tür

und kam auch bis zu meinem Stuhl im Seminarraum, ohne hinzufallen. Er stand vor zwei zusammengeschobenen Tischen. Dahinter saßen Ulbricht, der Assistent, und ein Prüfungsbeisitzer der SED-Bezirksleitung Leipzig. Fischgrätenmuster über dicken Bäuchen. Ich registrierte alles, was unwichtig war. Rote Krawatten.
In einem Zettelkasten lagen die Prüfungsthemen. Ulbricht schob den Kasten zu mir hin.
»Wählen Sie ein Thema.«
Ich griff hinein.
»Lesen Sie bitte vor.«
»Warum ist der Sozialismus unbesiegbar?«
Ich kicherte, was für eine alberne Frage, natürlich war er unbesiegbar. Das wußten wir doch alle. Ich hatte keine Lust, den ganzen Urschleim herunterzubeten. Rosen rankten um das Fenster, Wespen summten, eine dicke Fliege kroch mit hängenden Flügeln durch eine Lache. Eine Flasche war umgefallen. Eine Bierflasche. Eine Batterie von Flaschen stand halbverborgen unter dem Tisch. Der Beisitzer hatte die Arme über dem Bauch gefaltet und beobachtete seine Fußspitzen, jetzt sah er hoch: »Sind Sie mit Ihrer Vorbereitung fertig?«
Ich lächelte und schwieg. Assistent Ulbricht beugte sich vor: »Also, Brigitte, warum ist der Sozialismus unbesiegbar. Sagen Sie es uns schon!«
»Weil er unbesiegbar ist.«
Die Zunge lag mir schwer im Mund. Der Satz traf die Sache, warum weitere Worte machen. Ulbricht bohrte: »Weiter? Und?«
Ich lächelte und schwieg.
»Möchten Sie eine andere Frage?«
Ulbricht schob mir hilfreich den Kasten zu. Ich griff hinein, erstmal daneben, aber dann fischte ich einen Zettel heraus, nachdem ich die Zettel mit dem Finger herumgerührt hatte wie einen Kuchenteig. Ulbricht zog den Kasten aus meiner Reichweite. Ich strahlte ihn an und las vor: »Erklären Sie den Unterschied zwischen Strategie und Tiktak.« Ich stolperte über die Wörter und lachte, war das komisch, ich konnte nicht mal

mehr richtig lesen.
Ulbricht beugte sich über den Tisch, um mir den Zettel abzunehmen, und stieß dabei an eine Bierflasche. Die Batterie unter dem Tisch kam ins Wanken. Eine nach der anderen neigte sich mit sanftem Klirren wie in Zeitlupe. Bier floß aus den beiden geöffneten Flaschen auf mich zu, vergrößerte sich zur Pfütze, floß durch den Raum. Meine Prüfer starrten auf die Pfütze. Ich stand auf, stieg über die Pfütze, winkte ihnen zu und verließ den Raum, lächelnd und uninteressiert, die da mit ihrem Bier. Der Beisitzer sagte hinter mir her, sich räuspernd: »Danke, das wärs.«
Tamara wartete am Tisch auf mich: »Das ging ja schnell mit dir. Erwin sagt, du möchtest auf ihn warten, er ist rüber zu Rita Kleinert wegen der Tabletten.«
»Na gut.«
Ich setzte mich auf den Stuhl, der kam mir fast entgegen. Eine Hand legte sich fest auf meine Schulter: »Ich möchte spazierengehen. Kommst du mit?«
Sepp. Warum auch nicht. Ich stand bereitwillig auf und hängte mich bei ihm ein, sein Arm war mir gerade recht. Tamara blieb verblüfft zurück.
Wir schlenderten zur Pleiße hinüber. Süßlicher Gestank hing in der Luft. Die Abwässeranlagen der Textilbetriebe verseuchten die Pleiße. Im trägen Wasser türmten sich rote Schaumberge. Chemiedreck, Detergentien, die nicht biologisch abgebaut wurden. Mit zügigen Ruderschlägen zerteilten Sportler vom BSG-Leipzig, so stand auf den Trainingsjacken geschrieben, die übelriechende Schaumdecke, die sich hinter den Booten sofort wieder schloß. »Daß die da nicht die Lust verlieren am Training unter solchen Bedingungen. Ich war auch im Ruderclub in Havelberg. Als ich mich hier anmeldete und zum ersten Mal auf der Pleiße ruderte, hab ich gleich aufgegeben.«
»Mit Recht. Wenn ich da an unsere sauberen Flüsse denke. Am Arber, da hats Fische!«
Meine Stimme gehorchte mir wieder, ich atmete tief durch und füllte meine Lungen mit Stinkluft, besser als diese verbrauchte Stubenluft.

»Bald bist du wieder zu Hause, Sepp.«
»Sag mal, wie kommts, daß du heut mir mir sprichst?«
»Ich hab Lust.«
Er drückte meinen Arm: »Wird ja auch langsam Zeit. Ich lauf schon ein halbes Jahr hinter dir her. Wie kann man nur so widerspenstig sein.«
Wir schlenderten durch den Park, entfernten uns von der Pleiße, es roch jetzt nach Blumen und frischumgrabener Erde.
»Ich wohne ganz in der Nähe.«
Auf dem Ohr war ich taub.
»Weißt du, wo du nach dem Diplom eingesetzt wirst?«
»In der Bundesrepublik.«
»KPD-Zeitung?«
»Natürlich nicht. An einer bürgerlichen Zeitung. Je konservativer, desto besser. Glaubst du, ich gehe zu einer kommunistischen Zeitung, die demnächst sowieso auffliegt? Dazu bin ich zu gut ausgebildet, daß wir uns solche Scherze erlauben können. Wir hier von der Fakultät, wir gehen alle in den Untergrund bei der bürgerlichen Presse. Wir machen die Bundesrepublik von innen reif für den Sozialismus. Die haben ja keine Ahnung, wer da alles in ihren Redaktionen sitzt. Und wir sind Elite, ist ja klar.«
»Sepp, erzähl keine Märchen. Wer von uns wird in die Bundesrepublik geschickt? Ich kenne keinen.«
»Du kennst mich, und du kennst noch andere hier, die aus der Bundesrepublik stammen, wir gehen nach unserem Studium zurück.«
»Mit deinem Ausweis, Sepp, kriegst du doch drüben kein Bein auf den Boden. Mach dir nichts vor.«
»Na gut, dann erkläre ich dir das. Mach davon aber keinen Gebrauch. Das ist geheim.«
Ich fand es ganz komisch, Mitwisser zu sein.
»Du weißt, ich habe mein Abitur an der ABF gemacht. In Berlin.«
»Ja.«
»Ich hab aber einen Westberliner Ausweis mit einem Zimmer in Westberlin. Der Ausweis existiert, das Zimmer existiert, ich

habe also einen lückenlosen Nachweis über meinen Aufenthalt in Westberlin, mit allem was dazu gehört.«
»Und dein Abiturzeugnis?«
»Alles so, wie es sich gehört für einen Westberliner.«
Bewundernd sagte ich: »Das ist aber raffiniert.«
»Und für die DDR hab ich auch einen Ausweis.« Er zeigte ihn mir. Ich las seinen Namen: »Was, du heißt gar nicht Sepp? Aber das ist dein Foto.«
»Wußtest du das nicht?«
»Keine Ahnung. Tragen alle westdeutschen Studenten hier bei uns einen falschen Namen?«
»Nicht, daß ich wüßte. Ich werde Sepp genannt, weil ich Bundhosen und Janker trage, Spitzname, aber praktisch. Kaum einer hier weiß meinen richtigen Namen.«
»Hör mal, wenn einer von euch drüben quatscht, was dann? Der kann euch alle reinreißen.«
»Wir sind Kommunisten, was hältst du von uns.«
»Vorsicht wäre besser. Aber die Leute, die euch einsetzen, die werden schon wissen, was sie tun. Ich hab keine Lust, mir ihren Kopf zu zerbrechen. Können wir uns auf eine Bank setzen, mir wird ein bißchen schlecht.«
»Ich wohne da drüben.«
»Na gut.«
»Aber wir müssen uns in die Wohnung schleichen, ich habe eine dußlige Wirtin, die regt sich auf, wenn ich Mädchen mitbringe.«
»Siehst du, ich habs ja gewußt, du schleppst Mädchen mit auf dein Zimmer.«
»Quäl mich nicht auch noch zusätzlich, du hast mich schon genug geärgert.«

»Was mach ich hier eigentlich?«
Ich saß auf Sepps Bett.
Sag mal, bin ich wahnsinnig?«
»Wahnsinnig? Mein Gott – wahnsinnig? Das hab ich mir ein halbes Jahr gewünscht, jedesmal, wenn ich dich sah, dich hier zu haben, hier bei mir.«

»Ich glaube, das waren die Tabletten.«
»Was für Tabletten?«
»Rita Kleinert hat mir heute morgen Tabletten gegeben, damit ich mich nicht aufrege in der Prüfung. Ich hab dagesessen und gegrinst, saß da, grinste, und antwortete nicht. Das waren die Tabletten.«
Sepp schüttelte mich:
»Was für Tabletten, um Gottes Willen, was hast du für Tabletten geschluckt?«
»Ein Beruhigungsmittel. Rita kennt jemand, der kennt einen Apotheker, und der rückt sie raus, unter der Hand.«
»Was ist das für Zeugs?«
»Keine Ahnung. Hätte ich bloß eine vorher ausprobiert.«
»Wieviele hast du geschluckt?«
»Fünf. Alle auf einmal.«
»Fünf – warum so viel?«
»Ich wollte ganz gelassen an die Prüfung herangehen...«
Langsam wurde mir klar, daß heute alles schieflief.
Sepp fuhr mich an: »Hör auf, von dieser dämlichen Prüfung zu reden, ich rede jetzt von uns. Warum bist du hier, Brigitte?«
»Wegen der Tabletten.«
»Sag das nicht.«
Er bohrte seinen Kopf in meinen Schoß.
»Bitte, sag das nicht, wir lieben uns.«
»Ich will nichts von Liebe hören. Gefühle machen Pläne kaputt. Du machst dein Examen und gehst weg. Soll ich hier sitzen und dir nachtrauern? Oder meinst du, ich mach dir ein paar schöne Stunden, solange du noch in der DDR bist? Dafür mußt du dir eine andere suchen. Diese blöden Tabletten, jetzt hab ich die Komplikationen.«
»Nun hör doch mal zu, ich liebe dich. Das schafft für dich alle Probleme aus der Welt. Du heiratest mich und kommst mit mir in die Bundesrepublik, als meine Frau. Dann bist du weg von dieser verdammten Fakultät. Sie ist nicht gut für dich. Sie ist für niemanden gut. Sie macht uns kaputt, stückchenweise. Du wirst abgetragen und wieder neu zusammengesetzt. Und ich warne dich: was du dann von dir vorfindest, das gefällt dir

nicht. Aber dann ist es zu spät. Komm mit mir in die Bundesrepublik, ich klau dich ihnen weg. Ich brauch eine Frau, eine richtige Frau, keinen Funktionärsbesen. Ich schenk dir meine Verlobte.«
Er zog den breiten Goldring vom Finger und legte ihn mir in den Schoß.
»Sie studiert Geschichte der Diplomatie in Moskau. Ich will sie nicht mehr, ich will dich.«
Ich stand auf, der Ring rollte auf den Fußboden.
»Behalte deinen Ring, behalte deine Verlobte, ich will nicht heiraten. Und ich will auch nicht in die Bundesrepublik. Was soll ich da – Hausfrau sein? Ich will Journalist werden, hier, in der DDR. Rechne nicht mit mir. Heute, das tut mir leid. Einmal der Verstand geschlafen, gleich Gefühlsverwirrungen. Laß mich gehen.«
»Du kommst nicht wieder?«
»Nein.«
»Brigitte, gib zu, es war schön. Warum willst du es nicht wahrhaben?«
»Es verwirrt mich. Was mich verwirrt, kann nicht schön sein. Laß mich gehen.«
»Es verwirrt sie! Fast ein menschliches Wort. Es verwirrt sie. Was glaubst du, wie verwirrt ich bin? Ich denke ernsthaft darüber nach, mein Studium in die Ecke zu knallen!«
»Du bist verrückt, mitten im Staatsexamen, das ist nicht dein Ernst!«
»Es ist mir Ernst – aber ob ich den Mut finde?«
»Was hast du eigentlich gegen diese Fakultät? Ehrlich, ich versteh es nicht.«
»Scheißfakultät.«
»Bitte, was ist mit dieser Fakultät?«
»Mein Gott, ich biete dir die einmalige Chance, komm mit mir in die Bundesrepublik. Ich hol dich hier raus. Wenn du wüßtest, was ich weiß, du würdest mir um den Hals fallen für diese Chance.«
»Mit deinen Andeutungen kann ich nichts anfangen. Was soll ich in der Bundesrepublik? Ich kann nichts, ich bin nichts. Was

soll ich unter Menschen, die Sozialisten nicht verstehen? Du spinnst.«
»Sozialisten gibt es überall. Und vielleicht bessere als in der DDR.«
»Du meinst die da mit ihrem menschlichen Sozialismus?«
»Ja.«
»Das sind Phrasen von Leuten, die keine Macht haben. Sollten die mal Macht ausüben, dann werden auch ihnen die Wörter von der Menschlichkeit im Munde gerinnen. Menschlicher Sozialismus – klingt gut. Aber wie ihn realisieren?«
»Du redest wie ein Blinder von der Farbe. Du weißt noch nichts von Konsequenzen.«
»Ich bin bereit zu Konsequenzen.«
»Verbal, mein Kind, verbal.«
»Was nötig ist, muß gemacht werden, ich akzeptiere das. Ich bin hier richtig in der DDR.«
»Mein Gott, Brigitte, man muß dich ja vor dir selber retten. Bleib bei mir. Ich liebe dich. Du mußt mir gehören.«
»Siehst du, da liegt dein Fehler – ich gehöre mir.«
»Nein. Du gehörst bereits dieser verdammten Fakultät, du weißt es nur noch nicht.«
Er warf sich über das Bett: »Laß mich nicht allein.«
Ich ließ ihn in seinem Elend zurück, schlich durch den dunklen Korridor und stand in der Nacht – auch ich allein.
Sollte ich zurückgehen, ihn trösten? *Einmal* menschlich sein? Noch einmal menschlich sein? Und dann?
Hausfrau?
Oder Journalistin?
Ich drängte mein Mitleid zurück, bevor es mich überflutete, und stieg in die Straßenbahn. Bloß weg. Liebe – was für ein fürchterliches Wort, einmal ausgesprochen, machte es den Menschen kaputt, wenn keine Antwort kam. Niemals, niemals würde ich zulassen, daß dieses Wort in meinen Sprachschatz eindrang.

Als ich von Sepp zurückkam zur Fakultät, war es schon ziemlich spät am Abend. Der drehbare Scheinwerfer auf der Pfört-

nerloge beleuchtete das Fakultätsgebäude bis zu den Internaten taghell. Auch nachts war der Zutritt unbefugter Personen verboten und überwacht.
Der Pförtner klopfte an die Scheibe, als ich ihm zunickte, und winkte mich hinein in sein Kabüffchen.
»Ein Brief von Erwin Reiser, er muß dich dringend sprechen. Dringend dreimal unterstrichen.«
Er gab mir den nicht zugeklebten Brief. Der Pförtner war eine Kontaktstelle, man stellte einen Brief in sein Fenster, wenn man jemanden sprechen wollte. Jeder ging beim Pförtner vorbei, jeder sah in sein Fenster.
Ungefragt gab er mir einen Rat, ganz väterlich:
»Den Erwin halt dir mal warm, das ist ein guter Mensch, nicht son Karrieretyp, wie viele hier, auf den kann man sich verlassen.«
»Was heißt warmhalten, ich kenne ihn kaum.«
»Dem sieht man doch an der Nasenspitze an, daß der wat will von dir. N'juter Genosse es det, zu dem kann man mit allet kommen. Der erklärt dir det so jenau, dat de det och vastehst mit dem Kapital und die Ausbeuter und so, brauchst nich mal mehrn Buch zu lesen. Nu bin ick ja nu schon so manchet Jährchen bei die Partei, det hätt mir mal vorher ener sajen sollen: ick bei die Roten! Und dabei stamm ick vom Wedding. Mittendrin in die Mischpoke hab ick jewohnt, und nu erst bin ick stolz druff auf meine proletarische Vergangenheit. Früher konnt ick mir dafür nicht koofen. Mönsch, früher, da hat doch son Pförtner nischt zu melden jehabt. Aber jetzt! Wenn wir sajen, bitte Ihren Ausweis, dann jibts nischt, und wenns einer von die Volkskammer is, son feiner Pinkel. Wenn der hier nich seinen Ausweis präsentiert, is er Neese, da jibts nischt dran zu tippen, und wenns n' Minister is, bei mir herrscht Ordnung, det laß ick mir nich nachsajen, det ick undemokratisch bin, nee, hier hat keener wat zu melden – außer mir.«
»Nett, daß Sie den Tannier neulich hochgelassen haben, ohne Budzi zu fragen!«
»Na ja, er war ja gleich wieder unten, sowat nehm ick schon mal uff meene Kappe, man war ja auch mal jung, Meechen!«

»In welchem Zimmer wohnt Erwin denn?«
»In der zwei, aber rasch, bald is es zehn, um zehn schließ ick det Jungenhaus ab, dat de Bescheid weißt, bis zehn is Besuchszeit. Länger is gegen die Vorschrift. Mach ma Beene, denn schaffste det noch, der Erwin hat schon so lange gewartet.«

Erwin bewohnte ein Einzelzimmer. Ein Bett, ein Bücherregal, ein Tisch, Stuhl und Schrank, die Standardausrüstung unserer Zimmer, und unter der Decke der Zimmerlautsprecher in Aktion.
Erwin zog mich ins Zimmer, ich hielt mir die Ohren zu.
»Schalt ab. Was für laute Musik!«
»Willst du, daß man unser Gespräch mithört?«
Er zeigte auf den Zimmerlautsprecher.
»Also doch.«
»Ja. In den Zimmerlautsprechern sind Abhöranlagen eingebaut, also paß auf dich auf, abgeschaltet sind sie gefährlich.«
»Wecken sie uns deshalb morgens mit Getöse, damit wir gleich abschalten? Wenn sie ein anderes Lied spielen würden als das von der Partei, die immer recht hat, würden wir ja vielleicht den Apparat laufen lassen. Aber so drücken wir alle auf Aus.«
»In dem Augenblick ist das ganze Haus auf Sendung geschaltet.«
Ich war sprachlos.
»Bei mir kannst du reden, wie dir der Schnabel gewachsen ist, Brigitte, ich leg nichts auf die Goldwaage. Aber die Geräuschkulisse, die lassen wir besser an.«
Er nahm mich in den Arm: »Ich möchte dir helfen, ich werde dir Tips geben, erklären, was du nicht verstehst. Ich tue alles für dich, wenn du willst. Du brauchst eine starke Hand, die dich führt.«
»Danke«
»Nur danke? Komm, wir bilden ein Kollektiv. Die kleinste Einheit eines Kollektivs sind zwei Menschen.«

Wir lagen im Garten des Internats auf Decken und büffelten für die Prüfung. Die Rasenfläche war von Büschen und Blu-

menrabatten eingefaßt, ein Rasensprenger drehte seine Runden. Wir trugen alle Badeanzüge, ich meinen himmelblauen Bikini mit weißen Kullern, ein Geschenk von Verwandten aus Hamburg. Tamara hatte wie immer ihre dicke Taille im Turnhemd versteckt. Sie stellte sich breitbeinig vor Annekathrin Meyer auf, die neben mir auf der Decke lag, eine Studentin aus dem vierten Studienjahr.
»Anne, ist das wahr?«
»Was wahr?«
»Du fliegst?«
Anne setzte sich auf. Tamara fuhr fort:
»Eine Moraldebatte läuft deinetwegen.«
Ich setzte mich auch auf: »Was ist denn los mit dir, Annekathrin?«
Tamara sagte verächtlich: »Sie ist ein Malermodell.«
Sie drängte sich neben mich auf die Decke: »Sie treibt sich mit Medizinern und Kunsterziehern rum, Typen ohne sozialistische Erziehung, das schadet dem Ansehen unserer Fakultät.«
Anne stand auf: »Ich weiß, ich habe als Genossin versagt.«
»Du liebst ihn, Annekathrin?«
»Nicht mal das weiß ich, aber bevor ich seine Liebe verrate, halte ich zu ihm.«
»Verraten!« Tamara lachte hämisch: »Deine Liebe ist ein Verrat an unserer Fakultät. Liebe, was ist das schon. Angst vor Einsamkeit, Ablenkung, Ausrede, Trost in Traurigkeit. Du kannst eine Menge Wörter dafür einsetzen. Liebe – verdammte Ausrede!«
Anne sagte leise, aber bestimmt: »Ich verrate ihn nicht.«
Ich fragte sie: »Was wirst du tun?«
»Alles, was man beschließt.«
»Wirst dich wohl als Buchhalter in einer LPG bewähren müssen, hab ich gehört. Na, dann bewähr dich mal schön!«
Tamara lachte sie aus.
Ich verstand nicht das Gerede von Verrat und Bewährung, ich war ja keine Genossin, für mich blieben die Sätze Hieroglyphen. Aber ich merkte sie mir, wie alles, was ich nicht verstand.

»Ist ja gut, Tamara.« Annekathrin Meyer schüttelte die Gänseblümchen von ihrem kornblumenblauen Popelinrock, ein halbvollendeter Kranz sank hernieder. Ein Gänseblümchen blieb in ihrem schulterlangen Haar hängen. Nachtschwarz umrahmte es ihr liebliches Gesicht, eine Glaskirschenmadonna. Sepp, der gerade vorbeikam, nahm das Gänseblümchen heraus. Er warf sich auf die Decke neben mich: »Tag, ihr Hübschen, ich hab noch fünf Minuten Zeit bis zur nächsten Prüfung.«
Er zerrupfte das Gänseblümchen, mich dabei fixierend:
»Sie liebt mich,
von Herzen,
mit Schmerzen,
ein wenig,
fast gar nicht,
sie liebt mich nicht... kommst du trotzdem bei der Nacht zu mir?«
»Ich glaube, du spinnst!« Ich funkelte ihn an, wirklich empört, hörte denn das nie auf mit Sepp? Tamara lief zum Rasensprenger und lenkte mit flacher Hand den Strahl auf Sepp: »Du brauchst eine Abkühlung!«
Er sprang ärgerlich auf: »Z'widerne Henne, z'widerne!« und brachte sich vor dem Strahl in Sicherheit. Ich rief: »Tamara, mehr!« und erfrischte mich unter der Dusche. Dann lief ich an Sepp vorbei, wollte ins Internat, um mich abzutrocknen, aber Sepp hielt mich fest.
»Bin ich ein räudiger Köter, daß du mich so stehenläßt?«
Horst Pehnert, der auf einer anderen Decke lag und aufmerksam dieses Intermezzo verfolgt hatte, stimmte ein Lied an, seine Freunde vom Kabarett, Jochen Petersdorf auch, sangen mit:
»Ami, Ami, Ami go home,
spalte für den Frieden dein Atom,
sag good bye dem Vater Rhein,
rühr nicht an sein Töchterlein,
Loreley, solang du singst,
wird Deutschland sein!«

Immer hatten sie's mit meinen langen Haaren, und den Sepp
als Ami zu verspotten, war auch nicht gerade nett, der Pehnert
mit seinen Liedern... Sepp ließ mich los, schrie Horst an:
»Verflucht sollt ihr sein, alle miteinander!«
machte auf dem Absatz kehrt und ging hinüber zum Fakultätsgebäude.
Tamara sagte spöttisch hinter ihm her:
»Was soll der Fluch? Ich denke, Sepp ist Marxist?«

Tagelang standen Briefe beim Pförtner hinter der Glasscheibe.
Briefe für mich. Ich nahm keinen mit. Der Pförtner klopfte an
die Scheibe und deutete mit dem Finger auf die Briefe, ich
schüttelte den Kopf, wollte sie nicht haben. Sepp mußte doch
begreifen, mit uns war es aus.
Erwin kam mit mir aus dem Vorlesungsgebäude, Sonnabend
vor Pfingsten. Der Pförtner klopfte wieder an die Scheibe. Da
machte ich entschlossen die Tür zum Pförtnerhaus auf: »Ge-
ben Sie schon den Quatsch!« nahm die Briefe, zerriß sie und
warf die Schnipsel in den Drahtkorb am Pförtnerhaus.
Erwin brachte mich hinüber zum Internat: »Hör mal, was geht
hier eigentlich vor? Was hast du mit dem Sepp gemacht?«
»Nichts.«
»Warum schreibt er dir immer? Warum nimmst du seine
Briefe nicht an?«
»Woher soll ich wissen, was er schreibt, ich lese seine Briefe
nicht.«
»Dann lies sie.«
»Nein.«
»Sag mal, ist da was?«
»Was soll sein?«
»So verrückt hat er sich noch nie angestellt. Da muß doch was
sein. Seinen Ring trägt er auch nicht mehr.«
»Sepp ist an Erfolg gewöhnt. Daß es mit mir nicht klappt, das
ärgert ihn.«
»Das stimmt doch nicht, Brigitte, da ist noch was anderes im
Busch.«
»Frag ihn.«

»Mit mir spricht er nicht. Er spricht überhaupt mit niemand mehr, bloß mit dir.«
»Mit mir auch nicht. Ich lese seine Briefe nicht.«

Pfingstsonntag, Zeit zum Ausschlafen. Eine Hand auf meiner Schulter holte mich aus dem Schlaf. Sepp. Er setzte sich auf den Rand meines Bettes. »Ich muß dich sprechen.«
Wo waren die anderen? Keiner im Zimmer. Ich wollte aus dem Bett springen, sein Gesicht war in Aufruhr, ich fürchtete mich. Sepp hielt mich fest: »Du wirst mir nicht davonlaufen. Jetzt reichts. Ich warte hier im Zimmer, bis du dich angezogen hast, dann gehen wir spazieren.«
»Doch nicht mit nüchternem Magen.«
»Mit nüchternem Magen!«
Lucie, Tamara und Irmgard kamen schwatzend aus dem Bad, sie schlugen die Tür von außen wieder zu, halbbekleidet, wie sie waren.
Sepp ließ sie draußen stehen.
»Ich warte hier im Zimmer, bis du dich angezogen hast, beeil dich, dann können die anderen herein.«
»Läßt du mich wenigstens ins Bad?«
»Nein. Ich kenn dich, du läufst mir weg.«
Ich zog mich an, Sepp starrte in eine andere Ecke. Hinter der Tür wurde getuschelt, dann erhob sich Tamaras Stimme: »Soll ich Erwin holen? Macht er dir Schwierigkeiten?«
Sepp wandte sich mir finster zu: »Tamara ist also mit Erwin im Bunde. Ist sie seine Aufpasserin?«
Tamara rief wieder: »Brigitte, antworte, soll ich Erwin holen – ich lauf rüber.«
»Du bist doch gar nicht angezogen.«
»Ich borg mir ein Kleid.«
Sepp hielt mir seine Faust vors Gesicht, schweigend.
»Nein, geht schon in Ordnung.«
Mit fliegenden Händen zog ich mich an.
Wir gingen hinüber zum Scheibenholz. Pferde wurden an der Longe geführt, der Rennplatz lag am Weg. Pfingstrosen blühten, die Morgensonne fiel in breiten Streifen über den Weg. Ich

lächelte Sepp von der Seite an, ein bißchen spöttisch. Da küßte er mich. Seine Leidenschaft erschreckte mich. Um ihn zu dämpfen, sagte ich kühl: »Ich hab mir noch nicht die Zähne geputzt.«
»Mehr hast du mir nicht zu sagen?«
Schweigend ging ich neben ihm her.
»Warum hast du meine Briefe zerrissen?«
Ich antwortete nicht.
»Hast dich jetzt mit Erwin zusammengetan? Was ist besser an ihm?«
»Zum Beispiel – er bleibt hier.«
»Du kannst mit mir kommen.«
»Ich will nicht.«
»Was muß ich tun, um dir zu gefallen?«
»Nichts – du gefällst mir ja. Zu sehr. Ich geb mich auf bei dir.«
»Brigitte.«
Mit Tränen sah ich ihn an.
»Also – warum dann Erwin? Warum nicht ich?«
»Weil... weil... weil... Du bist verwirrt, er denkt klar.«
»Das ist idiotisch. Ich denk genau so klar, nur jetzt nicht.«
Ich ließ ihn stehen.
Mit drei Schritten war er hinter mir, holte mich ein, faßte mich so fest am Arm, daß es schmerzte: »Du, wenn du mir wieder wegläufst, ich vergesse mich.«
Wir wanderten stundenlang ums ganze Scheibenholz, schweigend. Als wir wieder am Internat angekommen waren und in unsere kleine Straße einbogen, sagte er: »Jetzt komme, was will, mir ist alles egal. Scheiß auf das Staatsexamen.« Und ging weg.

Als ich aus dem Hörsaal kam, ein paar Tage später, hielten mich Ulli Makosch* und Günter Fiedler auf. »Komm bitte mit uns.«
»Wohin?«

---

*Heute: Stellvertretender Chefredakteur der Chefredaktion Außenpolitik beim Fernsehen der DDR.

»Unsere Parteigruppe möchte sich mit dir unterhalten.«
»Was habe ich mit eurer Parteigruppe zu tun?«
»Du wirst schon sehen.«
Im zweiten Stock im Halbdunkel, das Licht fiel nur durch die breite Glastür des Vorzimmers zum Prodekanat, saßen an zusammengeschobenen Tischen Studenten aus dem vierten Studienjahr. Auch Erwin und Klaus Raddatz*. Sie baten mich, Platz zu nehmen. Wenn Erwin dabei war, konnte es ja nichts Schlimmes sein, es geschah mit seiner Zustimmung.
Ulli Makosch rückte mir den Stuhl zurecht.
Der Parteisekretär nahm das Wort.
»Wir sind hier zusammengekommen, um eine etwas peinliche Angelegenheit zu beraten, nicht nur peinlich für dich, Brigitte, peinlich für uns alle. Wir haben lange in der Parteigruppe diskutiert und keinen anderen Weg gefunden, als dich zu bitten, hilf uns.«
»Ja gern, wenn ich helfen kann.«
Erwin spielte nervös mit dem Kugelschreiber, warum sah er mich nicht an?
»Also, kommen wir zur Sache. Mit Sepp steht es schlecht. Er hat die letzte Prüfung total verhauen, versagt völlig im mündlichen, spricht mit keinem Menschen, auch nicht mit uns, seiner Parteigruppe.«
Klaus Raddatz warf ein: »Du kannst dir denken, warum?«
»Nein.«
Das ging mir glatt von den Lippen, aber sie nahmen es mir nicht ab.
»Wir wissen, woran das liegt. Du weißt es auch.«
Der Parteisekretär nahm wieder das Wort: »Wir haben beschlossen, dich zu bitten, kümmere dich um Sepp. Sei nett zu ihm.«
Klaus Raddatz sagte: »Es braucht ja nicht gleich das Letzte zu sein, aber zeig ihm, daß du ihn magst. Mach ihm Hoffnung. Dann fängt er sich vielleicht wieder.«
»Nein.«

---

* Heute: Chefredakteur des Zentralorgans der FDJ ›Junge Welt‹.

Der Parteisekretär drängte: »Versteh doch, mach es uns nicht so schwer.«
Ich sagte ganz kühl: »Sagt doch gleich, daß ihr meint, ich soll mit ihm ins Bett gehen, damit er seine Prüfung schafft.«
Alles schwieg.
Der Parteisekretär sagte begütigend: »Du mußt uns nicht mißverstehen. Das hat nicht einer von uns beschlossen, das hat die ganze Gruppe beschlossen, das ist ein Parteiauftrag. Nur du kannst helfen, damit Sepp seine Prüfung besteht. Schließlich bist du die Ursache seiner schlechten Leistungen. Du mußt das wieder in Ordnung bringen.«
Ich stand auf: »Ihr habt sicher recht, theoretisch. Nur es funktioniert nicht bei mir – ich bin keine Genossin. Ihr könnt mir keinen Parteiauftrag geben. Sepp muß selbst sehen, wie er klarkommt, er hat ja euch, die Partei.«
Ich ging.
Unten in der Mensa stand Sepp vor dem Schwarzen Brett und starrte vor sich hin. Ich trat zu ihm, legte ihm eine Hand auf die Schulter. Er wandte sich mir zu, wie mir schien, hoffnungsvoll. Ich sagte brutal: »Deine Parteigruppe hat beschlossen, mit Erwin, daß ich mit dir ins Bett gehen soll, damit du dein Staatsexamen bestehst.«
Er zuckte nicht einmal, er wandte sich nur um und ging. Das Mitleid würgte mich fast ab. Erwin packte mich am Arm, er mußte sofort nachgekommen sein.
»Das hast du wirklich sehr taktisch gemacht.«
Was wollte dieser Mensch eigentlich noch? Ich grinste ihn an: »Freu dich doch.«
»Ich freue mich auch – auch wenn ich das nicht zugeben darf. Was bist du für eine unmögliche Person.«
Er nahm mich liebevoll unter den Arm und ging mit mir auf sein Zimmer.
»Brigitte, du mußt mich verstehen. Wenn du die einzige bist, die Sepp helfen kann, dann muß ich zurückstecken. Meine Gefühle interessieren nicht, wenn ein anderer zugrunde geht. Du mußt das kollektiv sehen. Wir sind ein sozialistisches Kollektiv. Gut im marxistischen Sinne muß nicht angenehm für das

Individuum sein, gut ist das für die Gesellschaft Nützliche. Die marxistische Ethik ist eine gesellschaftliche Ethik, sie unterscheidet nicht in Pflichten gegen sich selbst und die Gesellschaft, denn alle Pflicht, die gegen uns besteht, ist eine Pflicht gegenüber der Gesellschaft. Und die Pflicht unseres Kollektivs gegenüber der Gesellschaft ist, die Steuergelder, die wir in Form von Stipendien erhalten, nicht zu vergeuden. Also hilf Sepp durchs Staatsexamen.«
»Quatsch.«
»Hör mal, ich erkläre dir unsere sozialistische Ethik, das ist kein Quatsch.«
»Das hat man dir aber schön eingebleut, diese Begründung, warum du mich an einen anderen übergibst.«
»Das hat man mir nicht eingebleut, davon bin ich überzeugt. Es ist ja nur für eine kurze Zeit, nach dem Staatsexamen ist er weg, ich bleibe hier, das hat man mir versprochen, ich werde Assistent an dieser Fakultät.«
»Ach, Erwin.«
»Also – gehst du mit Sepp?« Er sah zu Boden.
»Idiot. Natürlich nicht.«
Er küßte mich wie erlöst.
»Was wird jetzt aus Sepp, Erwin?«
»Beim Bett wird es wohl bleiben. Schlafkur.«
»Was ist das?«
»Unser Fakultätsarzt wird wohl mit Sepp eine Schlafkur machen. Ein-zwei Wochen Tiefschlaf. Wenn er aufwacht, hat er keine Probleme mehr, ist bestens erholt und sein Bewußtsein ist wieder auf Zack.«
»Warum nicht gleich so?«
»Hör mal, so eine Kur ist teuer. Außerdem wollten wir mal ausprobieren, wie weit man sich auf dich verlassen kann.«
»Da seh ich jetzt aber schön aus.«
»Nicht vor mir.«

Ein halbes Jahr später las ich von der Schlafkur im ›Neuen Deutschland‹ auf Seite eins »Präsident Wilhelm Pieck besuchte Forschungsanstalt für Schlaftherapie« in Berlin-Buch.

»Nach sechsjähriger mühevoller Arbeit des Kollektivs der Wissenschaftler, Techniker und des Pflegepersonals konnte die Forschungsanstalt vor etwa drei Wochen der Öffentlichkeit übergeben werden...«
Bei uns wurde die Schlafkur längst praktiziert. Gott, waren wir fortschrittlich, das Neueste war gerade gut genug für uns. Oder waren wir Versuchskaninchen?
Am 5. November 1955 stand auf Seite fünf im ›Neuen Deutschland‹ ein längerer Artikel über die Schlafkur, begründet von dem sowjetischen Physiologen I. P. Pawlow:
»Bekanntlich gelang es Pawlow, das Wesen des Schlafs als Ergebnis der Ausbreitung eines Hemmungsprozesses über das gesamte Nervensystem zu erklären. Er wies die Identität des Schlafs mit der Hemmung nach, die eine der beiden Funktionsäußerungen der Nervenzellen darstellt. Auf die ständige Wechselwirkung dieser Nervenprozesse – die Erregung und die Hemmung – ist unsere gesamte höhere Nerventätigkeit zurückzuführen. Die von Pawlow gewonnene Einsicht in die biologische Schutzfunktion des Schlafs veranlaßte ihn zur Einführung der sogenannten Dauerschlafbehandlung als neue Therapieform in der Medizin... Eine wichtige Besonderheit des Forschungsinstituts besteht darin, daß es über Räume verfügt, in denen die Schlaftherapie störungsfrei durchgeführt werden kann. Dies ist um so wichtiger, als wir im Verlauf der letzten Jahre mehr und mehr von der rein medikamentösen Schlaftherapie Abstand genommen haben und zu ihrer bedingt-reflektorischen Form unter Anwendung monotoner akustischer Reize, die in der Hirnrinde eine Schlafhemmung ausüben, übergegangen sind. Hierfür ist die Ausschaltung aller, vor allem akustischer Störungsfaktoren des äußeren Milieus notwendig.
Dazu sind in den Patientenräumen Wände, Fußböden und Zimmerdecken mit schallschluckenden Materialien ausgestattet worden, die in Verbindung mit geräuschverhütenden Maßnahmen in der Umgebung des Instituts und innerhalb des Stationsbetriebes diese wichtige Voraussetzung gewährleisten.
Bei der Einrichtung der Krankenzimmer haben wir uns bewußt

von dem bisher üblichen ›Krankenhausstil‹ abgewandt und einen Raumcharakter geschaffen, der alle, den Patienten möglicherweise erregenden oder beruhigenden Eindrücke ausschaltet und sich völlig einem normalen Wohn- bzw. Schlafraumstil anpaßt.
Zur Beschallung der Patientenzimmer mit geeigneten unterschwelligen und monotonen Reizen steht eine Sendeanlage zur Verfügung. Drei verschiedene Tonbandmaschinen unserer Anlage erlauben uns, unterschiedliche Geräusche in die verschiedenen Zimmer zu leiten und so den Besonderheiten jedes einzelnen Kranken anzupassen.«
Ich ging hinüber in die Krankenstation, als Rita Kleinert gerade eine Schlafkur machte, nach dem XX. Parteitag, der viele Genossen in Verzweiflung stürzte.
Ich sah mich in ihrem Zimmer um, es sah genau so aus wie eines unserer Internatszimmer, nur die Wände und die Decken schallisoliert, man merkte es beim Sprechen, die Akkustik war verändert. »Und wo sind die komischen Geräte, mit deren Hilfe sie dein Bewußtsein wieder hinbiegen, Rita? Ich seh hier nichts.«
Sie wies mit ihrem Finger auf eine abgeschlossene Kabine, die ins Zimmer hineinragte, gleich neben der Eingangstür.
Ob Sepp am Ende seine Probleme ausgeschlafen hat, weiß ich nicht, er erhielt jedenfalls sein Diplom und ging in den Westen.

Alle anderen Prüfungen schloß ich mit gut ab, aber da prangte die vier in meinem Studienbuch, das gab Ärger. Ich wurde ins Dekanat zu einer Konferenz gerufen.
Vierzehn Dozenten saßen in dunklen Anzügen, mit Schlips oder Fliege, um den grünbespannten Konferenztisch, oval inmitten des Zimmers von Dekan Budzislawski.
Sie erhoben sich, als ich den Raum betrat. Wir setzten uns gemeinsam. Auf gute Umgangsformen wurde sehr geachtet an unserer Fakultät. Budzislawski eröffnete die Sitzung.
»Wir haben Sie zu uns gebeten, weil uns eine Ihrer Zensuren nicht gefällt. Wir wollen heute überprüfen, ob Sie für das Studium der Journalistik geeignet sind.«

Die Sekretärin saß im Erker und stenografierte mit.
»Auch Ihr Verhalten steht zur Diskussion. Wir wollen feststellen, ob Sie weiterhin tragbar sind für unsere Fakultät. Aus Kreisen der Assistentenschaft wird der Vorwurf erhoben, daß Sie nicht grüßen, daß Sie überhaupt nicht bereit sind, sich anzupassen, und das mit Ihrer Frisur dokumentieren.
Wie stellen Sie sich dazu?«
Ich warf meine langen Haare zurück und wurde rot vor Zorn, der gab mir den Antrieb, mich aufzulehnen mit aller Vehemenz. In die ablehnenden Gesichter, die mich beobachteten, sagte ich aggressiv: »Meine Frisur ist meine Sache. Ich finde, sie steht mir. Das habe ich selbst herausgefunden über einen Umweg. Als ich zur Oberschule ging, hieß es, was, Sie machen Abitur? Das gibts nicht, Sie sind ja noch ein Kind, Sie mit Ihren Zöpfen. Ich wollte ernstgenommen werden, also ließ ich mir die Zöpfe abschneiden. Mein Vater sah meinen Lockenkopf und war entsetzt. Solch ein Dutzendgesicht ist nicht meine Tochter.
Dieses Dutzendgesicht war das Ergebnis des Geschmacks anderer Leute!
An der Meinung meines Vaters lag mir viel, ich versprach unter Tränen, ich lasse mir die Haare wieder wachsen. Jetzt habe ich wieder lange Haare, jetzt sagt man hier an dieser Fakultät, sie will damit demonstrieren, daß sie ein Individualist ist. Was für eine Unterstellung. Kurz stand mir nicht, also trag ich die Haare lang, das ist alles. Ich will niemanden provozieren. Immer sind Leute da, die sagen, das steht dir, das steht dir nicht. Mal sind meine Hosen zu kurz, mal sind meine Haare zu lang. Wer ist der Beckmesser des guten Geschmacks? Ich habe den Verdacht, das kommt immer aus derselben Haltung – der Prüderie. Ich bin nicht bereit, andere Meinungen zu akzeptieren, nur weil es Meinungen von anderen sind. Auch nicht, wenn sie massiert auftreten. Ein einziges, überzeugendes Argument – und ich bin belehrbar. Ich bin aber nicht bereit, weil andere Vorurteile haben, mich auf das Niveau der Verurteiler zu begeben, schon gar nicht, wenn man mir Gründe unterschiebt, die für mich keine Gründe sind. Mich interessiert Mode. Ich

nehme gern Anregungen auf. Ich warte nicht, bis sich herumgesprochen hat, was zulässig ist. Mode ist für mich keine Frage von Mut. Sie macht mir Spaß. Ich trage, was mir steht, und wenn ich es mir kaufen kann. Ich lasse aber nicht zu, daß man aus langen Haaren Fragen des Bewußtseins konstruiert. Es gibt so viele Sachen, worüber aufzuregen sich lohnt, aber nicht über Mode.«
Mein Rundschlag saß. Prüde zu sein, das schluckte keiner gern. Sie starrten betreten auf den Konferenztisch. Nur einer schmunzelte, Budzislawski.
»Damit wäre wohl die Luft raus aus den Vorhaltungen, meine Herren, Sie haben es gehört. Warten Sie einen Augenblick im Vorraum, Fräulein Klump, wir werden Ihnen das Ergebnis des Gesprächs sofort mitteilen.«
Das hörte sich ganz gut an. Wegen einer vier und langer Haare würde man doch wohl nicht gleich von der Fakultät fliegen? Zwischen Bangen und Hoffen saß ich auf der Stuhlkante, bis die Sekretärin mich wieder hineinrief. Wieder ging das Stühlerücken los, diesmal blieben aber alle stehen, während Budzislawski das Wort ergriff:
»Fassen wir noch einmal zusammen. Sie fallen zu sehr aus dem Rahmen. Das lange Haar nicht aufgesteckt, Sie grüßen nicht. Sie sind unkonzentriert, oberflächlich, überheblich, zu wenig ernsthaft. Und das im Rahmen unserer Fakultät, die vorbildliche, ernsthafte, sozialistische Journalisten heranbildet, die einmal Menschen erziehen sollen, Menschen lenken und leiten. Sie stehen abseits vom Kollektiv und beugen sich nicht seinen Entscheidungen. Aber wir wollen Ihnen eine Chance geben. Der Fakultätsrat hat beschlossen, wir geben Ihnen drei Monate Zeit, diese Vorwürfe auszuräumen. Wandeln Sie sich. Werden Sie ein sozialistischer Journalist.
Zu der Beschwerde, daß sich Genossen von Ihrer Frisur provoziert fühlen, kann ich selbst nur privat anmerken: Genossen, da habt ihr selber Schuld. Laßt dem Mädchen seine Haare. Die Frisur wollen wir nicht auch noch reglementieren.«

Gegen Abend ließ mich Budzislawski noch einmal rufen. Er saß

an seinem Erkerfenster und winkte mich auf den Sessel gegenüber.
»Ich wollte Ihnen nur sagen, fühlen Sie sich nicht unter Druck gesetzt. Wir müssen manchmal etwas hart durchgreifen, aber Sie sollen wissen, Sie haben mein volles Verständnis. Diese eine vier werden Sie leicht ausräumen, das ist mir klar. Und das mit der Frisur, das finde ich eher komisch. Wissen Sie, ich habe mit meiner Tochter in Amerika Ähnliches erlebt, sie trennte sich nicht von ihren Jeans, so viel ich redete, sie fand sie gut. Mach was dagegen! Sie erinnern mich wirklich sehr an meine Tochter.
Von Erwin Reiser hörte ich übrigens, daß Sie befreundet sind. Zu dieser Wahl möchte ich Ihnen gratulieren. Sie sind auf dem richtigen Weg. Mit seiner Hilfe werden Sie die Klippen des Studiums umschiffen. Den Tannier haben Sie sich aus dem Kopf geschlagen?«
»Längst.«
Ich erhob mich: »Ich werde nie wieder eine vier bekommen. Das verspreche ich.« (Ich bekam nie wieder eine vier.)
Budzislawski lächelte väterlich: »Ganz im Vertrauen, ich weiß die Geschichte mit den Pillen. Ich war neugierig, ob Sie sie zu Ihrer Verteidigung anführen würden. Aber Sie haben Rita Kleinert nicht hineingerissen. Das ist eine Haltung, die mir gefällt.«
Ich war in Gnaden entlassen. Budzislawski stand für mich auf einem hohen Podest.

Marianne Kennecke, befreundet mit Erwin, sorgte dafür, daß ich das beste Praktikum bekam, das zu haben war für einen Studenten des ersten Studienjahres, in der Setzerei des ›Neuen Deutschland‹ in der Mauerstraße 39/40, nahe am Brandenburger Tor. Die Genossen aus meiner Seminargruppe blickten scheel, sie fanden, das ND hätte ihnen besser zu Gesicht gestanden. Ich beklagte mich in der Setzerei: »In den Ferien muß ich zur Schießausbildung nach Rügen, mit der ganzen Fakultät. Ich, ein Pazifist. Aber bei uns sagen sie, Pazifisten sind Schleimscheißer.«

»So, Schleimscheißer.«
»Wie sieht es denn hier aus mit der Werbung für die Volkspolizei?«
»Nischt geht. Wir sind Spezialisten. Wir werden in der Setzerei gebraucht. Aber wenn man sich so umsieht, in der Zeitung tönen wir gegen die Remilitarisierung Westdeutschlands, und unter der Hand machen sie uns zu einem Volk in Waffen. Die Waffen nach Dienstschluß schön unter Verschluß, sonst gehen sie mal nach hinten los. Aber das ist auch so eine Hoffnung, die können wir begraben seit 1953, wir können unseren Staat nicht selber ausmisten, so schön das wäre. Unsere Bonzen haben Rückendeckung bei der SU. Rückendeckung vorm Volk. Wir kuschen vor den Panzern.«
»Hören Sie mal, so dürfen Sie doch nicht reden, Sie als Genosse.«
Er fing an zu berlinern im Eifer: »Als Genosse bin ick ein kleiner Popel. Sie fragen mich ja nicht offiziell nach meiner Meinung, dann lob ick natürlich. So sieht det aus. Wenn ick hier ne Lippe riskier, ganz unter uns zwee beede, dann globen Sie ma nich, det is die Regel. Det mach ick bloß, weil, festnageln geht nich, Aussage steht gegen Aussage, det is son Rechtsprinzip, det funktioniert noch.«
Er verzog sich hinter seinen Metteurkasten.
Wenn schon ausgesuchte, qualifizierte Arbeiter in der Setzerei des ND so dachten, Genossen dazu, wie mochte es dann in anderen Betrieben aussehen?
Schwer angeschlagen stützte ich mich auf einen Setzkasten. Schöne Meinungen, die ich da zu hören bekam, besser gleich wieder vergessen. Ein Metteur blickte auf, legte seinen Winkelhaken beiseite. »Hier herrscht ein bißchen ein anderer Ton, als Sie dachten?«
Ich lächelte matt: »Aber ein ehrlicher... oder sollte ich provoziert werden?«
»Ach watt. Wir werden doch nich son kleenet Meechen provozieren, dat vergiß mal.«
Schlager dudelten durch den Raum, das fiel mir jetzt erst auf.
»Warum stellen Sie denn die Musik nicht ab? Das ist ja fürch-

terlich. Musik und Maschinenlärm, das ist ja nicht zum Aushalten.«
»Och, da haben wir uns dran gewöhnt, hören wir gar nicht mehr. Ist auch son Einfall des Hauses. Musik am Arbeitsplatz soll die Arbeitsfreude heben. Gar nicht hinhören tun wir.«
»Die Musik verstärkt den Lärm. Ich möchte sie abstellen.«
»Nee, laß ma, Meechen. Die von ganz oben werden schon noch von selber draufkommen, dat det Quatsch is. Dann gibts ne schöne Selbstkritik, den Spaß wollen wir ihnen nich vermasseln.«
»Wer ist hier eigentlich Chefredakteur?«
Die beiden Metteure neben mir grinsten sich an: »Ja, wer ist hier eigentlich Chefredakteur?«
»Sie wollen mich wohl auf den Arm nehmen. Sie müssen doch wissen, wer hier Chefredakteur ist. Wenn ich das nicht weiß, ist das kein Wunder, im Impressum steht das ja nicht, da steht immer nur ›Redaktionskollegium‹. Aber bis zu Ihnen hat sich doch bestimmt herumgesprochen, wer hier Chefredakteur ist!«
»Tja!«
»Was heißt ›tja‹?«
»Tja, die hohen Herren, die haben auch so ihre Probleme...«
Einer fing an, in einem Stapel Zeitungen zu kramen.
»Was für Probleme?«
»Na, denn guck ma, Meechen.«
Er hielt mir eine Zeitung vor die Nase: »Fällt dir was auf bei der Bildunterschrift?«
»Die ist politisch nicht in Ordnung. So was stand im ND? Hab ich gar nicht mitgekriegt.«
»Na ja, sind ja auch nicht alle ausgeliefert worden... Als ich die Unterschrift las, im Satz, dachte ich, Mensch, mich laust der Affe. Ich hab die Kollegen gerufen, und wir haben uns gefragt, melden wir das? Aber die hohen Herren, die sitzen da auf ihrem hohen Roß und meinen, sie ganz allein hätten die Weisheit mit Löffeln gefressen. Sollten die doch mal ausfressen, was sie sich da eingebrockt hatten. Wir hielten die Klappe und warteten ab.«

»Ja... und? Was war dann?«
Sie grinsten wie Teufel.
»Die Zeitung erschien so, ungeändert.«
»Und was passierte?«
»Och – nichts. Wir haben bloß einen neuen Chefredakteur.«
Sprachlos sah ich in die grinsenden Gesichter.
Von da an wußte ich, stell dich gut mit Metteuren. Es sind meistens gescheite Teufel. Und ich fuhr gut damit. Eine Lage zum Einstand und Sinn für Humor, schon hatte man fast gewonnen.
Da ich kurzsichtig bin, konnte ich den Drucksatz nicht auf dem Kopf lesen, wenn er im Rahmen stand. Sie nahmen mir das ab, wenn ich verantwortlich für eine Seite war. Bevor meine Seite abgezogen wurde, warfen sie einen Blick darauf, und wenn sie einen Fehler fanden, dann sagten sie: »Mensch, wat haste denn da jemacht!« und ich änderte meinen Schnitzer. Einmal war es zu spät zum Ändern, der Chefredakteur tauchte auf. Der Chefmetteur übersah die Lage: »Moment, das ham wa gleich, da ticken wir ganz einfach mit dem Hammer drauf.«
Ein Hammerschlag machte mein Wort kaputt, das sah ganz zufällig aus, so ein Hammerschlag ist eine fabelhafte Zensur. Das Wort ist hin, man kann die Zeile in Ruhe neusetzen.

In der Frühstückspause saßen wir in der Mettage des ›Neuen Deutschland‹ und klönten. Stullen und Thermosflaschen wurden aus den Aktentaschen ausgepackt, ich bekam ein Brot ab, obwohl ich nichts wollte wegen meiner Linie, aber damit kam ich nicht durch.
»Du mußt essen, mußt was zuzusetzen haben, kommen auch mal schlechte Tage, und dann machste schlapp, wenn du nichts zuzusetzen hast.«
»Gott – wie meine Mutter.«
»Recht hat sie, die Dame. Wirklich recht. Wenn du mal einen politischen Fehler machst und sie haben dich in der Mangel, laß dich nicht in die Produktion abschieben. Da machen sie dich kaputt, so wie du aussiehst. Wir geben dir einen guten Rat, und den schreibste dir hinter die Ohren: Mach lieber was ganz Be-

scheuertes. Steig meinswegen auf einen Tisch, halte eine Rede gegen die Partei oder mach sonst was Beknalltes, dann denken die, du tickst nicht mehr richtig und stecken dich in eine Irrenanstalt. Das ist besser als diese Erziehung in der Produktion.«
»Das ist doch nicht euer Ernst. Körperliche Arbeit ist doch eine bessere Alternative als eine Irrenanstalt.«
»Sag das nich, Meechen, für dich is das keine Alternative. Wir haben unseren Lex Ende vor Augen, wenn wir das sagen.«
»Lex Ende – da war doch mal was?«
»Ende der zwanziger Jahre war der Chefredakteur der Roten Post, des Wochenblatts der KPD, er saß auch für die KPD im Reichstag. Du müßtest ihn eigentlich kennen, er hat doch deinen ›Freien Bauern‹ gegründet, danach wurde er Chefredakteur von unserem ND. Vor Herrnstadt. Dufter Kumpel. Aber den haben sie fertiggemacht wegen seiner Westkontakte. Er wollte zum Beispiel, daß von Möllendorff und Kossatz für das ND zeichnen. Erst haben sie ihn weggelobt auf eine Rundreise durch die Sowjetunion, und hier eifrig Material gegen ihn gesammelt. Dann durfte er noch eine Wochenzeitung gründen, die ›Friedenspost‹ und dann haben sie zugeschlagen. Sie hatten da einen Grund konstruiert, über den lachen die Hühner, Lex Ende hätte dem Klassenfeind in die Hand gearbeitet. Mit ihm sind noch andere Genossen gekippt worden, auch der Hans Teubner, ein anderer dufter Kumpel von der KPD. Kennste den wenigstens?«
»Nee.«
»Schrecklich, die Jugend von heute, die weeß nischt. Teubner ist in der Versenkung verschwunden und Lex Ende tot, und ihr wißt nichts.«
»Lex Ende tot?«
»Ja. Sie haben ihn zur Erziehung in die Produktion gesteckt. Erziehung. Der Mann war ein gestandener Kommunist und einundfünfzig Jahre alt. Seine Gesundheit war schlecht, aber das hat die nicht interessiert. Er ging ein wie'ne Primel. Erziehung in der Produktion, das ist so ein Schlagwort. Wenn einer das nicht körperlich aushält, dann ist das sein Todesurteil.«
»Na ja, aber ein Genickschuß ist schlimmer.«

»Drei Monate genau hat er die Erziehung ausgehalten, dann war er tot. Weeßte, wat dat für'n Mann war? Der Telegraf in Westberlin hatte ihm einen Job angeboten, als er in die Pedrouille kam, er hat ihn nicht genommen. Er hat lieber den Kopf hingehalten. Das war ein Mann! Aber – wat hat er nu davon?«
»Der Ende tot, der Herrnstatt im Gefängnis – jetzt wieder einer weg vom Fenster. Ihr habt ja einen ganz schönen Verschleiß an Chefredakteuren.«
»Der Rudi Herrnstatt im Knast? Nee, Meechen, das erste, was ich höre. Der lebt als Archivmaus in Merseburg. Den haben sie zwar aus dem ZK und der Partei rausgeschmissen, aber ansonsten ist er gesund. Wat meenste, Genosse, irgendwann taucht der doch wieder aus der Versenkung auf, wie Phönix aus der Asche. Der war doch brauchbar.«
Sie packten die Frühstücksreste zusammen, verschraubten die Thermosflaschen.
»Übrigens, daß der Chefredakteur nicht im Impressum steht, das ist Absicht. Alle Neese lang nen neuen, wat macht dat für'n Eindruck uff die Leser. Da ist es schon besser, es steht da nur lakonisch ›Redaktionskollegium‹. Unsere Schwierigkeiten müssen ja nicht in der Öffentlichkeit diskutiert werden.«
»Ach – da seid ihr solidarisch?«
»Aber immer – als Genossen.«
Sie gingen pfeifend an die Arbeit. Ich hielt einen der Metteure auf. »Warum erzählt ihr mir das? Ihr kennt mich nicht, warum vertraut ihr mir? Ich könnte euch doch alle in die Pfanne hauen.«
»Du nich, wir haben doch Augen im Koppe. Aber weißt du, wir hier, wir sind alte Kommunisten, und von unseren Idealen ist nicht mehr viel übriggeblieben. Man kann euch nur weitergeben – ihr seid doch unsere Jugend – gebt acht auf den einzelnen! Und gib acht auf dich, solange es noch nicht gut aussieht für den Menschen in unserer Ordnung. Lern an uns. Wir kommen durch. Und wir haben die Hoffnung, irgendwann wird es besser. Vielleicht dann, wenn ihr die Macht habt, ihr, unsere Jugend.«

Er machte sich über seinen Setzkasten her. Ich stand da, mühsam um Fassung ringend. Er sah auf: »Nu heul ma nich. Der Orje hat mir meinen Winkelhaken geklaut, hau ihm eins auf die Pfoten.«

Diese Bundesrepublik, mein Schreckgespenst, was war das für ein Land? Horst Tannier hatte auf der 5. Vollsitzung der Volkskammer erklärt: »Nutzt alle Möglichkeiten der Aufklärung, nutzt alle Verbindungen über die Zonengrenzen hinweg, hinüber und herüber, verstärkt den Briefverkehr...«
Ich würde ihn beim Wort nehmen und Menschen aus der Bundesrepublik kennenlernen.
Horst Tannier meinte die Verständigung der Jugend untereinander, um sich gegen die drohende Rekrutierung zur Wehr zu setzen – in der Bundesrepublik. Von der Rekrutierung unserer Jugendlichen in die Volkspolizei sprach keiner. Aber die »freiwillige« Rekrutierung für die Kasernierte Volkspolizei vermehrte den Anteil der Altersgruppen der 18- bis 25jährigen DDR-Flüchtlinge von 16 Prozent auf 48,5 Prozent im Jahr 1955. Insgesamt flüchteten in diesem Jahr 252 870 Einwohner der DDR.
Zwei Monate nach Horst Tanniers Rede wurde auf der Warschauer Konferenz am 11. Mai 1955 ein Vereinigtes Kommando der Streitkräfte geschaffen, von langer Hand vorbereitet.
Nur einer nahm sich der Werber an, Bertolt Brecht.
In seiner Bearbeitung (mit Elisabeth Hauptmann und Benno Besson) der Komödie von George Farquhar »Der Werbeoffizier« wird die Handlung verlegt in die Zeit des Unabhängigkeitskampfes von Amerika. Der neue Titel hieß »Pauken und Trompeten«, eine Satire auf das Anwerben von Soldaten im historischen Gewand, gemeint waren auch die Probleme der DDR, denn Brecht war ein Mann dieser Art: eine Epoche zu beschreiben und Tagespolitik zu meinen, nicht in irgendeinem Land der westlichen Welt, sondern in dem Land, in dem er lebte, der DDR.

Die Kritik der Premiere vom 19. September 1955 war schon neun Tage später im Neuen Deutschland zu finden, fast eine Sensation damals, so schnell, nicht erst nach einem Jahr! Oder nie! Denn Brechts Premieren wurden in der Presse der DDR in der Regel nicht erwähnt. Aber nun mußte nachdrücklich erklärt werden, daß Pauken und Trompeten »warnend für alle Söldner-Wirtschaft bei Raubunternehmungen stehen soll.«
Als der Zentralrat der FDJ die Jugend der DDR aufrief: »Festigt und erweitert alle Verbindungen mit der westdeutschen Jugend. Nutzt jede Gelegenheit über die Zonengrenzen hinweg, die Verständigung der Jugend zu verbreitern und zu vertiefen...« Da beschloß ich, im Herbst fährst du nach Hamburg, um Verwandte zu besuchen. Die Fakultät war damit einverstanden.
Hamburg war niederschmetternd. In den Köpfen meiner Verwandten ging nichts vor. Sie starrten auf ihre Vorurteile und dachten, mich zu amüsieren mit Torte und Kaffeehausmusik. Ich floh nach drei Tagen, besorgte mir einen Jugendherbergsausweis und trampte, zum Entsetzen meiner Tante, mit zehn Mark bar quer durch die Bundesrepublik, Generalrichtung Radolfzell. Auf meinem Weg ergab sich kein Gespräch, das mich interessierte, ich langweilte mich fürchterlich, außer schönen Landschaften nichts.
In Bamberg saß ich heulend in der Straßenbahn, es war nach zehn Uhr abends, ich hatte die Stadt zu spät erreicht, die Jugendherberge war geschlossen. Wo sollte ich hin mit meinen paar Mark?
Eine Dame sprach mich ganz besorgt an, Erna Stenglein, sie war die Frau eines Bamberger Stadtrats.
Sie nahm mich mit nach Hause und gab mir ein Bett und eine Badewanne. Ich genoß die Freuden der Zivilisation und beschloß, morgen geht es nach Hause.
Radolfzell? Es versank als Fata Morgana.
Zum Frühstück verwöhnte Frau Stenglein mich mit Sahnekäse, den ich zuvor niemals gegessen hatte. Aber ich glaube, meine Meinungen schmeckten ihr nicht.
Ich trampte zurück, in einem Rutsch bis Hamburg. Ein ameri-

kanischer Soldat mit einem riesigen weißen Schlitten war unterwegs zu seiner Verlobten nach Stockholm. Er fütterte mich in einem Autobahnrestaurant und setzte mich in Hamburg ab vor der Haustür meiner Verwandten. Ich hatte immer noch fünf Mark in der Tasche und zeigte sie stolz meiner Tante. Sie konnte es nicht fassen. Lauter nette Menschen, die mich ernährt hatten unterwegs, aber für den Kopf hatte ich keinen gefunden.
Der nächste Zug brachte mich nach Leipzig. Erwin war froh, als ich zurückkam, *nicht* westlich infiziert.
Ich bedankte mich später bei Frau Stenglein mit einem Buch über chinesische Kunst, einem Prachtband. Wie sich das für einen Studenten der Fak. Jour. gehörte, ging der Kontakt mit der westlichen Welt nur über den Friedensrat der Fakultät.
Frau Stenglein antwortete mir nicht.
Der merkwürdige Vogel, der ihr nachts in die Wohnung geflogen war, erschien ihr wohl nachträglich verdächtig rot. Ich konnte es ihr nicht verdenken. Und dazu auch noch eine Institution, die Bücher verschickte...
Ich war wieder so schlau wie zuvor, ich kannte niemanden näher aus der Bundesrepublik, ich kannte immer noch keine Denkweisen, außer konventionellen, die mich nicht interessierten. Was nun?

Zur Messe mußten wir Studenten nach Hause fahren, weil die Internate gebraucht wurden für Messegäste. Nur in einem der Häuser standen einige Zimmer den Studenten zur Verfügung, die kein zu Hause hatten. Ich beschlagnahmte ein Bett mit einer sicherlich dramatischen Ausrede und blieb im Internat.
Ich hatte schon wieder einen Plan: ich wollte einen Bundesbürger kennenlernen, mit dem man sich unterhalten konnte. Diesmal ging ich methodisch vor.
Wer kommt zur Messe nach Leipzig?
Auf jeden Fall jemand, den auch die DDR interessiert, das war, fand ich, ein guter Ansatzpunkt. Ein Sieb müßte das Ringmessehaus sein, dort wurden Bücher ausgestellt. Leute, die sich für

Bücher interessierten, waren für mich schon eine positive Auslese. Aber Leute, die auch englisch sprachen, hatten ihren Verstand wenigstens etwas trainiert – also wandte ich mich zum Stand mit den englischen Lehrbüchern, nahm eins in die Hand, blätterte darin und hatte die Antennen ausgefahren. Mal sehen, wer mich ansprach.
Es waren zwei. Ein Inder, älteres Semester, und ein junger Mann, Typ Student, offensichtlich miteinander befreundet. Der Student gefiel mir auf den ersten Blick, auf den zweiten bemerkte ich, es paßte überhaupt nicht zu ihm, ein Mädchen anzusprechen. Reserviert, distanziert, ein Intellektueller aus dem Bilderbuch – ob es bei ihm auch ein Vorsatz war, jemanden kennenzulernen, aus der DDR? Keineswegs spontan?
Wir unterhielten uns über das Lehrbuch und ich gestand, daß mein Englisch miserabel sei, Oberschulenglisch, nie angewandt. Er dolmetschte für R. K. Das, Kalkutta, Professor für Ökonomie. Klaus Kampe, so hieß der Bundesbürger, studierte am Osteuropa-Institut in Westberlin Geschichte und Russisch und gehörte zum Sozialistischen Deutschen Studentenbund. Wir schlenderten durch die Hallen, den ganzen Tag. Er war beschlagen in Ostpolitik und sah in mir einen Dogmatiker, die Lippen ironisch verzogen. Sprechlippen mit scharfgezeichnetem Innenbogen, dir mir manchmal bei Rednern auffielen oder Schauspielern mit auffallend klarer Modulation der Sprache, beweglich wie ein Handwerkszeug und mimisch variabel, selbst schweigend ausdrucksvoller Kommentar.
»Reflektieren Sie nie über Ihre Situation?«
»Nee... wieso? Was ist an meiner Situation unklar? Ich will Journalist werden und studiere Marxismus-Leninismus, um zu lernen, wie man Massen führt, als Journalist mit der Zeitung. *Das* ist meine Situation.«
Wir diskutierten bis in die Nacht hinein. Im Taxi tauschten wir unsere Adressen aus. Klaus Kampe sah den Pförtner, der unsere Häuser bewachte, der Scheinwerfer brannte, wir standen im Licht. »Sie können gern auf einen Sprung mit ins Internat hineinkommen, um zehn müssen Sie sowieso gehen.«
»Mich interessieren keine Hausbesichtigungen, mich interes-

sieren Menschen. Wenn ich Ihnen schreibe – werden die Briefe kontrolliert?«
»Kontrolliert? Unsinn. Der Postbote bringt sie zu unserer Poststelle, dort holt sie unsere Seminargruppensekretärin ab und verteilt sie eigenhändig.«
»Warum eine Poststelle?«
»Soll der Postbote jedem Studenten nachlaufen?«
»Warum keine Briefkästen? So viele Studenten wohnen doch gar nicht hier.«
»Doch, alle. Wir sind knapp 400.«
»Vielleicht ist Ihre Poststelle eine Kontrollinstanz?«
»Natürlich nicht. Wir sind hier alle zuverlässig. Warum sollten wir kontrolliert werden. Das wäre ja absurd.«
»Ich schreibe Ihnen, aber ich werde dabei Ihre Poststelle bedenken. Sie sollten auch bei allem, was Sie tun, nachdenken, und es dann bewußt tun – oder nicht tun. Die eigene Lage ist Ausgangspunkt für das Bewußtsein. Erkennen Sie Ihre Situation, haben Sie einen großen Schritt gemacht zum selbständigen Denken. Mir scheint, außer positiven Gefühlen für die DDR haben Sie Ihre kritische Denkfähigkeit noch nicht entwickelt? Ich schreibe Ihnen, vielleicht kann ich Ihnen Denkanstöße geben.«
»Und ich Ihnen.«

Klaus Kampe gehörte zum SDS, ich zur FDJ, als wir uns trafen. Wir waren beide in Übereinstimmung mit der politischen Linie unserer Verbände:
Offensive Ost-West-Arbeit
Aktive Kontaktaufnahme.
Der Sozialistische Deutsche Studentenbund (SDS) beschloß auf seiner X. Delegiertenkonferenz in Göttingen vom 21. bis 23. Oktober 1955 eine Grundsatzerklärung, die ich damals nicht kannte.
»Solange die Spaltung Deutschlands andauert, sieht es der SDS als seine Aufgabe an, die Verbindung zwischen den Menschen in beiden Teilen Deutschlands zu erhalten, zu verstärken und zu erweitern und seine sozialistische Auffassung sowie seine

Vorstellung eines in Freiheit wiedervereinigten Deutschlands den Menschen in Mitteldeutschland nahezubringen.
Um diese Konzeption eines wiedervereinigten Deutschlands so realistisch wie möglich zu gestalten, hält es der SDS für notwendig, daß sich alle Sozialisten konkrete Kenntnisse über die gesellschaftliche, wirtschaftliche und geistige Situation in der SBZ anzueignen und sich kritisch mit den dort geschaffenen Verhältnissen auseinanderzusetzen. Sozialistische Politik geht vom Menschen aus. Oberstes Ziel sozialistischer Politik ist, den Menschen von allen Formen geistiger und politischer Bevormundung und Unterdrückung sowie ökonomischer Abhängigkeit zu befreien...«*

* Standpunkt, Bundesorgan des SDS, Nr. 11/12 1955.

Das Buch der Fragen

Im Januar 1956 bekam ich den Auftrag, eine Seminararbeit anzufertigen mit dem Thema: »Die Vulgarisierung der Literatur durch Bertolt Brecht.«
Wieland Herzfelde hatte in seinem Nachwort zu den »Hundert Gedichten« gerade Brechts Sprache als besonders präzise gerühmt. Was er wohl von diesem Thema hielt?
Ich hatte manchen Abend bei ihm zu Hause verbracht, in einem kleinen Zirkel mit einigen anderen Studenten. Wir hatten über Stilfragen diskutiert und kleine Übungen angefertigt, das war unser Privatvergnügen. Herzfelde war ein Mann, von dem man lernen konnte, ich ging gern zu ihm.
Helga Novak war auch dabei aus meinem Studienjahr. Eine Schönheit mit einem kühnen Gesicht, fast ausschließlich in schwarz, mal Rock, mal Hose mit Pulli, wie die Existentialistinnen in Paris. Mir schien, ihre Kleidung war Ausdruck ihrer inneren Haltung, Behauptung gegen unsere Funktionäre, die auch gern unsere Kleidung reglementiert hätten, durch täglich getragene FDJ-Uniform.
Ich war gern in Herzfeldes Haus, so viele Bücher, die ich nicht kannte, auf einem geschnitzten Schemel das Prunkstück, eine handgemalte Gutenbergbibel, aufgeschlagen, ich glaube, von 1450. Ehrfürchtig stand ich davor. Herzfelde war ein umfassend gebildeter Mann, so schien es mir, ohne Scheuklappen. Ich verehrte ihn, weil er wußte, was ich nicht wußte, bereit, sein Wissen weiterzugeben. Ein vorzüglicher Lehrer: »Fragt mich, ich erkläre euch, was ihr nicht versteht, ich habe ein paar Jährchen mehr auf dem Buckel.«
Fragen?

Ich wußte keine Fragen. Ich hörte zu, lerngierig.
Aber nun war ich glücklich, endlich hatte ich auch mal eine Frage an Wieland Herzfelde.
»Wo finde ich Material, um die These zu belegen, daß Brecht die Literatur vulgarisiert?«
»Ich bin der erste Verleger von Brechts gesammelten Werken. In meinem Malik-Verlag erschienen seine Bücher. Sie wußten das nicht?«
»Keine Ahnung.«
Er zeigte auf die deckenhohen Regalwände.
»Hier finden Sie alles von Brecht versammelt, was gedruckt worden ist. Sie können von mir haben, was Sie wollen. Aber ich weiß etwas Besseres, fahren Sie zu Brecht. Fragen Sie ihn selbst. Wer weiß besser über Brecht Bescheid als Brecht?«
»Wenn ich mit diesem Thema komme, schmeißt er mich raus.«
Herzfelde lachte: »Warum sollte er? Tragen Sie ihm diese These vor, sie wird ihn sicherlich interessieren. Fragen Sie nicht mich, fragen Sie Brecht, Sie müssen den direkten Weg wählen, wenn Sie etwas wissen wollen. Sie wollen doch Journalist werden. Also ran an die Menschen.«

Ich fuhr zum Berliner Ensemble.
Mit der Garderobenfrage hatte ich mich nicht lange aufgehalten. Dicker Pullover unterm Trainingsanzug, bloß nicht hübsch machen. Hübsche Mädchen gab es an jedem Theater. Ich wollte was rauskriegen. Die langen Haare seitlich zum Zopf zusammengeflochten, stand ich beim Pförtner des Berliner Ensembles. Ich wollte nach Brecht fragen. Aber dann fragte ich nach Bunge.
»Gehen Sie hoch in die Dramaturgie, da finden Sie ihn.«
»Wo ist das?«
»Über den Hof, das Haus da hinten, die Steintreppe hoch, Sie können die Dramaturgie gar nicht verfehlen.«
Eine Dame fragte mich im Treppenhaus: »Zu wem möchten Sie?«
»Zu Herrn Bunge.«
Sie öffnete eine Tür am Ende des Korridors: »Da sitzt er.«

Wieso, das war doch gar kein alter Mann, das konnte er gar nicht sein. »Das ist doch nicht Herr Bunge.«
»Haben Sie jemand anderen erwartet?«
»Ich dachte, es wäre ein alter Mann,« platzte ich heraus.
Er sah auf: »Was bin ich – ein alter Mann?«
Ich stotterte: »Ja, im Kulturbund in Leipzig, das waren doch alles Greise...«
War das peinlich. Alles grinste, es waren noch mehr Personen im Raum. Ich registrierte, er hatte gelbbraune Augen, warmblickend, in einem bräunlichen Gesicht, dunkle Haare. Ein Mann, der aussah wie ein Sportler, aber mit einem differenzierten Gesicht, nicht viel über dreißig, schätzte ich.
Um meine Verlegenheit zu überwinden, ging ich frontal vor. »Ich komme von der Fakultät für Journalistik aus Leipzig. Ich habe eine Seminararbeit anzufertigen mit dem Thema, die Vulgarisierung der Literatur durch Bertolt Brecht. Deshalb bin ich hier. Ich brauche Material.«
Ein Moment des Schweigens, dann klang Gelächter auf, erst ein Glucksen, dann lachten alle im Raum. Bunge stützte den Kopf auf seine Hände und beobachtete mich, blutrot, einen Pummel im Trainingsanzug.
Unter all den Blicken fühlte ich mich jämmerlich häßlich.
Jemand sagte: »Hören Sie mal, das stand doch gerade erst im ND, werten Sie so schnell das ›Neue Deutschland‹ aus?«
»Das ND auswerten? Wie meinen Sie das?«
»Na, dieses Thema liegt doch knallhart auf der Linie des Literaturkongresses.«
»Also – davon weiß ich nichts. Unsere Themen entnehmen wir nicht dem ND, das bietet nur Argumentationshilfe, unsere Themen bekommen wir direkt vom ZK gestellt, die sind nicht dem Zufall überlassen.«
»Aua.«
Das kam von einem Schrank. Darauf hockte ein langer Schlaks, die Beine unter sich verschränkt, sonst sagte keiner etwas. Sie schweigen alle.
Ich zog den Zettel mit meinem Thema aus der Tasche und legte ihn vor mich hin auf den Schreibtisch. Der Zettel wanderte von

Hand zu Hand.
»Haben Sie das ND gelesen? Die Rede Bechers?«
»Überflogen.«
»Ihnen ist nichts aufgefallen?«
»Ich wüßte nichts.«
»Die Verdammung Brechts auf dem Literaturkongreß – ist die Ihnen nicht aufgefallen? Haben Sie nicht bemerkt, in welche Ecke Becher zielte?«
»Keine Ahnung. Er nannte doch keinen Namen.«
»Dann lesen Sie noch einmal und setzen Sie Brechts Namen ein, dann wissen Sie mehr.«
Käthe Rülicke, so hieß die Dame, die mich in die Dramaturgie geführt hatte, kam mit einem Stapel Bücher ins Zimmer.
»Hier ist Material für Ihr Thema. Bilden Sie sich selbst Ihr Urteil. Brecht würde sicher gern mit Ihnen sprechen, aber er ist krank, erkältet, er kommt nur stundenweise ins Theater.«
»Ob er mal zu uns nach Leipzig kommen würde? Kaum einer von uns kennt Brecht. Ich bin in der FDJ-Klubleitung der Karl-Marx-Universität, wir sind verantwortlich für das Kulturleben der Studenten. Wir könnten eine Aussprache zwischen Brecht und den Studenten organisieren, wenn ihm das recht wäre.«
Das war eine blitzartige Idee, im Augenblick entstanden.
»Brecht ist kein Redner. Da sehe ich schwarz. Andererseits leidet er darunter, daß die Jugend nicht zu ihm kommt. Könnten wir nicht den Spieß umdrehen: Sie kommen zu uns ins Theater? Mit den Studenten aus Leipzig. Sehen sich ein Stück von ihm an und sprechen dann mit ihm darüber? Ein Stück von Brecht wäre eine Basis für ein Gespräch…«
»Wie viele dürften kommen?«
Sie lachte: »Wir freuen uns über jeden. Aber das Theater faßt gut 700.«
Als ich mich verabschiedete und ringsum Hände schüttelte, etwas verschwitzt in meinem dicken Pullover unter dem Trainingsanzug, verspottete ich mich selbst: »Nächstesmal werde ich hier wohl in Uniform aufkreuzen.«
»Was für Uniform?«

»Wir sollen als Offiziersanwärter vereidigt werden, die ganze Fakultät, wie in Greifswald die Mediziner.«
»Freiwillig?«
»Na ja – hundertprozentig.«
»Also Wehrpflicht?«
»Ich glaube. Sieht so aus.«

Bunge brachte mich zur Straße hinunter, als ein klappriger Volkswagen an uns vorbei auf den Hof rollte.
»Das ist Brecht.«
Einen Schal um den Hals gewickelt, hing Brecht blaß und kümmerlich im Sitz. Bunge gab mir einen Handkuß zum Abschied. Verwirrt sah ich auf meine Hand. Der zweite Handkuß meines Lebens.
Den ersten hatte ich mit einer Backpfeife quittiert. Eberhard Block gratulierte mir morgens in der Klasse zum Geburtstag mit Handkuß. Wir waren siebzehn. Das war mir zu intim. Ich knallte ihm eine. Sein Freund Ischak feixte. Sonst war niemand im Raum. Eberhard sprach nie wieder ein Wort mit mir.
Als ich mich nach Monaten durchgerungen hatte, mich zu entschuldigen, blieb Eberhards Platz leer. Für immer. Er war geflüchtet. Seine Familie, Bauern aus Nitzöw, wollte nicht in die LPG eintreten, ließ Haus und Hof im Stich, alten Familienbesitz, und ging in den Westen. Ich blieb auf meiner Entschuldigung sitzen. Den Handkuß von Bunge, nicht ganz korrekt, da er voll meine Hand traf, auf dem Hof und noch dazu im Angesicht von Brecht, ließ ich durchgehen. Und nicht nur das, er freute mich. Auf einmal fühlte ich mich nicht mehr häßlich.

Jürgen Arndt, Klubleiter der Karl-Marx-Universität, sagte zu mir: »Also der Brecht, der ist ja ein ganz heißes Eisen. Mach doch mal einen Test an deiner Fakultät. Frage, wer Lust hat, mit Brecht zu sprechen. Wenn ihr mitfahrt, können wir das verantworten vor der Parteileitung der Universität. Ihr seid ja schließlich tonangebend in Fragen der Ideologie unter uns Leipziger Studenten. Wenn ihr den Anfang macht, können wir nachziehen.«

Ich funktionierte mein Referat um und nannte es
»Eine Verteidigung der Brechtschen Vulgarismen.«
Unser Seminarleiter war verblüfft, erhob aber keinen Einspruch. Die Seminargruppe lauschte. Es war so still, man hätte eine Stecknadel auf den Boden fallen hören können.
»Zusammenfassend möchte ich sagen, und das kann ich nicht besser als Wieland Herzfelde in seinem Nachwort zu Brechts Hundert Gedichten: Bert Brechts Sprache ist ohne Pathos und Sentimentalität, sie ist prägnant und kein Wort ohne Absicht. Er verstößt vielleicht gegen die Normen dessen, was sich gehört, weil er die reale Welt nicht mit Bildern unrealer Schönheit umschreibt, und gibt damit dem, wie Majakowski es nennt, öffentlichen Geschmack eine Ohrfeige. Er zerfetzt mit Hilfe der Dialektik die sogenannten ewigen Wahrheiten, indem er ihre Widersprüchlichkeiten aufdeckt und sie lächerlich macht; aber Ziel ist immer, humanistische Kritik an einer die Kritik herausfordernden Welt zu üben und zu zeigen, daß sie verändert werden muß.«
Als ich abschließend die Testfrage stellte, auf die es mir ankam: »Wer hat Lust, mit nach Berlin zu fahren zu Brecht? Wir sehen uns eine Vorstellung an, danach spricht er mit uns«, da meldeten sich alle. Und nicht nur das, auch unser Seminarleiter machte einen Rückzug auf der ganzen Linie und sagte: »Also gut – ich komme auch mit.«
Ich sagte Jürgen Arndt Bescheid. Er gab das Signal für eine Umfrage bei den Studenten anderer Fakultäten. Das Echo war überwältigend. 700 Studenten? Wir hätten das Theater ein paarmal füllen können. Die Antwort des Berliner Ensembles: Brecht wolle kostenlos für uns ein Stück aufführen lassen. Am nächsten Vormittag würde er mit uns im Theater diskutieren. Der 21. April 1956 wurde als Termin gebucht und eine Matinee am nächsten Tag.
Nun gingen wir daran, einen Sonderzug zu organisieren, Unterkunft im Studentenheim Biesdorf, einen Vertrag mit einer Großküche, tausend Sachen mußten geklärt werden. Bei der Parteileitung mußten wir eine Garantie abgeben, für je drei Teilnehmer einen Betreuer verantwortlich zu machen, wegen

der Grenze nach Westberlin, niemand sollte die Grenze übertreten. Unsere Fakultät stellte die Betreuer. Als ich endlich eine ruhige Minute fand, ließ ich mir im Studienkabinett das ›Neue Deutschland‹ vom Januar heraussuchen.
Kulturminister Becher hatte ein Scherbengericht über Brecht gehalten. Am 10. Januar 1956 heißt es auf Seite drei:
»Von der Größe unserer Literatur: Aus der Rede von Johannes R. Becher zur Eröffnung des IV. Schriftstellerkongresses«
»... Die Große Sozialistische Oktoberrevolution war die eigentliche Geburtsstunde unserer Literatur... das war keine Literatur für Feinschmecker und Snobs, nichts für Saturierte und Sensationslüsterne. Das war aber auch keine Literatur der gähnenden Langeweile, nichts für Mucker und Zimperliche. Das war eine Pionierliteratur, eine Literatur der aufgekrempelten Hemdsärmel, eine Literatur großartiger, vernichtender Attakken gegen die herrschende Klasse, eine Literatur, Dickichte von Aberglauben, Urwaldhaftes rodend und den Dschungel der kapitalistischen Anarchie lichtend mit dem literarischen Buschmesser... Man kann sich nirgendwo im Leben, auf keinem Gebiet, auf einer Errungenschaft ausruhen, keine Errungenschaft ist eine Ruhebank, auf der man verschnaufen könnte. Wer eine solche Auffassung von den Errungenschaften des Lebens hat als einer Ruhebank, die für ihn an der Straße, die in die Zukunft führt, hingestellt sei, dem muß diese Sitzgelegenheit von denen, die vorübergehen und die weiterwollen, weggezogen werden, und man muß solch einen Sitzungsbesessenen in aller Höflichkeit dazu einladen, sich an dem Marsch in die Zukunft zu beteiligen.
Aber man kann nicht nur auf einer Bank am Wege sitzen, sondern man kann auch am Wege stehen. Auch einer, der bisher vorangegangen ist und entschieden die Richtung eingeschlagen hat, muß auch weiterhin vorangehen, damit er nicht im Wege steht, die anderen aufhält und von denen, die nach ihm kommen, auf die Seite gestellt werden muß, je nachdem, vielleicht auch als Statue. Wer sich also weigert, all das seine zu tun, mit besten Kräften dabei mitzuhelfen, daß neue Errungenschaften entstehen und auf diese Weise die alten lebendig bleiben, der

bringt all das, was wir unter solch großen Schwierigkeiten und unter solch bitteren Mühen errungen haben, in Gefahr. Dieses Merkmal der Zurückgebliebenheit, des Spießertums, der Kleinbürgerlichkeit, diese Rentierpsychologie kann keine Literatur dulden, die etwas Neues will und der die Zukunft gehört. Und in jeden Stillstand, jedes Vakuum schiebt sich der Gegner ein...
Es ist mit ein schönes Zeichen für die Größe unserer Literatur, daß in der DDR wie in keinem anderen Lande der Welt drei Schriftsteller mit Internationalen Stalin-Friedenspreisen ausgezeichnet wurden. Aber auch diese stolze Errungenschaft muß durch neue Errungenschaften verteidigt und ergänzt werden. Zu den Literaturgattungen, wie sie eine Zeitlang verkümmert und abgestorben sind, möchte ich auch die Kunst der Rede rechnen, und auch diese Kunst muß geübt und ausgeübt werden, wenn eine Literaturgesellschaft sich vervollkommnen und eine ganze werden soll...
Alle großen Künstler dieser Erde waren engagiert, haben im Auftrag, teils im innern, teils im äußern, ihre unsterblichen Werke geschaffen, die um so bedeutender waren, je vollendeter sie den Auftrag der Klasse, der sie dienten, ausführten. Was wären die großen griechischen Tragiker ohne Parteilichkeit, was wäre ein Shakespeare, der in den geschichtlichen Kämpfen seiner Zeit nicht Stellung genommen hätte, was ein Dante, der nicht in den Streitruf ›Hie Ghibellinen, hie Guelfen‹ und mit einer gewaltigen, alles übertönenden Stimme zu seiner Partei sich bekannt hätte...
Wir wissen, daß in der Kunst Überzeugung not tut und kein Befehlsempfang. Wir wissen sehr wohl zu unterscheiden zwischen Fragen erster und zweiter Ordnung, und wo eine Einigkeit in den Grundfragen besteht, in der Frage Krieg oder Frieden, da sollte und müßte auch eine Verständigung in spezifisch künstlerischen Fragen möglich sein...«
Im ›Neuen Deutschland‹ vom 19. Januar 1956 heißt es:
»Bekenntnis zur deutschen Sprache, Schlußwort Johannes R. Bechers auf dem IV. Deutschen Schriftstellerkongreß«
»... Es war einmal eine ›Fruchtbringende Gesellschaft‹. Wie Sie

wissen, wurde diese ›Fruchtbringende Gesellschaft‹ während des Dreißigjährigen Krieges gegründet, und es war ihre Aufgabe, die deutsche Sprache zu reinigen von all dem Unrat, von welchem sie in jenen dreißigjährigen Kriegswirren überwältigt wurde.
Diese ›Fruchtbringende Gesellschaft‹ erfüllte in ihrer Bemühung um die Reinerhaltung der deutschen Sprache eine hohe vaterländische Sendung... Auch heute, scheint es mir, muß es unser dringliches Anliegen sein, die deutsche Sprache, wie Goethe später gefordert hat, zu reinigen und zu bereichern. Denn unserer deutschen Sprache, unserer herrlichen deutschen Muttersprache, ist es gegeben, nach wie vor, gestern, heute und für alle Zeit, uns Deutsche, wenn wir nur richtig zu sprechen wissen und auf sie zu hören verstehen, miteinander fühlen, gemeinsam handeln zu lassen. Mehr denn je müssen wir heute dieses kostbare Gut unserer Nation, das deutsche Sprachgut, vor Mißbrauch und Verfall bewahren. Begriffsverwirrung hat Sprachverwilderung zur Folge und umgekehrt. Vom deutschen Dichter wird verlangt, daß er mehr denn je ein Sprachbildner, ein Sprachlehrer, ein Sprachführer sei. Mehr denn je muß wieder ein entscheidender Wert darauf gelegt werden, in unserer Schriftsprache ein künstlerisches Deutsch zu sprechen, Sätze, Perioden zu bauen, unablässig an der deutschen Sprache zu *arbeiten*.
›Le style c'est l'homme‹ heißt es, der Stil ist der Mensch, und das bedeutet, daß sich in dem Stil eines Menschen sein Charakter offenbart (bis in die Art und Weise hinein, wie er die Interpunktion setzt)...«

Irmgard Heppner hatte eine Bitte.
»Du kennst doch alle möglichen Leute. Hast du eine Idee, wie wir an Kostüme für unseren Faschingsball kommen können? Rolf soll der Prinz sein, ich die Prinzessin, und ich dachte mir, es wäre hübsch, wir hätten auch noch Pagen dabei, Lucie und dich.«
Kostüme? Die mußten leicht zu beschaffen sein.
Ich suchte mir einen Dramaturgen der Städtischen Bühnen

Leipzig und fragte, ob wir uns aus dem Fundus Kostüme borgen dürften.
»Was braucht ihr denn?«
Er schloß mir bereitwillig den Fundus auf. Ich kramte zwischen den Gewändern, fasziniert von der Pracht der Garderoben. Der Dramaturg saß auf einem Stühlchen und wartete, bis ich mir einen Überblick verschafft hatte, was für uns brauchbar war.
»Also, dann kommt mal alle vier vorbei und macht eine Anprobe, passen müssen die Gewänder ja schließlich.«
Bevor ich ging, wagte ich eine Frage: »Würden Sie mir verraten, warum in Leipzig kein Brecht aufgeführt wird? In Rostock haben sie sich schon getraut, zum ersten Mal in der Provinz, und in Erfurt basteln sie am Kaukasischen Kreidekreis, habe ich gehört, warum geschieht nichts bei uns in Leipzig?«
»Na ja, so großartig war der Mut in Rostock gar nicht. Besson vom Berliner Ensemble hat das in Gastregie gemacht. Besson ist ja ein Brechtschüler. Hoffen läßt mich Erfurt, da ist zum ersten Mal ein Regisseur *nicht* vom BE, der sich traut.«
»Warum ist das eigentlich eine Frage von Mut, Brecht aufzuführen?«
»Ach, wissen Sie, der Mut ist ganz einfach ein Rechenexempel. Wenn ich hier in Leipzig Brecht aufführen will, muß ich achtzehn Instanzen befragen. Ich muß achtzehnmal meine Meinung verteidigen vor Bezirks-, Stadt-, Partei- und Gewerkschaftsinstitutionen – ich halte das nicht durch. Kein Mensch hält das durch.«
»Das ist ja nicht zu fassen. Schreiben Sie doch mal darüber.«
»Meinen Sie, das sollte man öffentlich aussprechen?«
»Natürlich. Ran an die Öffentlichkeit, vielleicht bringt das eine Änderung.«
»Sie bringen mich da auf eine Idee.«
Im ›Neuen Deutschland‹ vom 4. Mai 1956 fand ich Monate später folgenden Artikel:
»Eine Aussprache mit Theaterintendanten. Zu einigen Problemen der Theaterarbeit an Bühnen der DDR«
»... (die am Theater tätigen Genossen) wissen, was wir nicht wußten, und was wohl auch das Ministerium für Kultur nicht

weiß, daß an dem Spielplan der Städtischen Theater Leipzig beispielsweise 18 Bezirks-, Stadt-, Partei- und Gewerkschaftsinstitutionen ernsthaft mitzureden wünschen. Wobei dieses Mitreden zwangsläufig nichts weiter zur Folge hat, als daß die verantwortlichen Genossen Künstler ihre sachkundig nach bestem Wissen getroffene Stückauswahl 18mal mit allem Aufwand vertreten und verteidigen müssen...
In der Vergangenheit war es oft das Bestreben der an der Theaterarbeit Beteiligten, nur nicht in irgendeiner Weise aufzufallen, den Spielplan der nächsten Nachbarstadt mit einigen unverfänglichen Umstellungen zu kopieren, das Risiko eines auch nur im geringsten problematischen Stückes zu vermeiden und das junge Theatervolk, das wider die Langeweile im Theater murrt, in die zweite Reihe abzuschieben. Die künstlerische und politische Verantwortung für ein Theater trägt ein Intendant...
Die Regisseure und die Schauspieler, die Genossen und parteilosen Kollegen sind der Intendantentagungen müde, wo nach dem Referat auf irgendein hochtrabendes Thema der Sachverhalt als klar gilt, während die wirklichen Probleme im Bereich privater Gespräche verborgen bleiben. Tatsächlich ist man bisher in den schöpferischen Fragen immer wie eine Katze um den heißen Brei herumgegangen in der Furcht, ob irgendeines eigenwilligen Standpunktes willen vielleicht als ›ideologisch unklar‹ oder als Formalist zu gelten – zwei Schlagworte, die in den Bereichen des Theaters gelegentlich bis zur Brandmarkung einer künstlerischen Existenz mißbraucht worden sind...«

Der nächste Paukenschlag kam gleich nach dem Schriftstellerkongreß: Walter Ulbricht erschien mit seinem Stab aus dem ZK der SED bei uns an der Fakultät, um uns den Fahneneid in einer Feierstunde abzunehmen.
Seit Monaten waren wir Studenten in Diskussionen darauf vorbereitet worden, daß wir in die Nationale Volksarmee einzutreten hätten, sobald sie gegründet werden würde. Seit Mai 1955 gehörte die DDR zu den Unterzeichnern des Warschauer Pakts. Während die Sowjetunion, Albanien, Bulgarien, Polen, Rumänien, die Tschechoslowakei und Ungarn ihre Truppen

sofort unter ein gemeinsames Oberkommando stellten, folgte die DDR erst am 18. Januar 1956, als sie ihre Streitkräfte in die »Nationale Volksarmee« (NVA) umbenannte und gleichzeitig ein Ministerium für Nationale Verteidigung gründete.
Auf einer feierlichen Versammlung mit Blumen und Fahnen und Ansprachen erklärte Walter Ulbricht vor unserer versammelten Fakultät: »Ihr seid ein leuchtendes Beispiel dafür, daß die Jugend der DDR die Einführung der Wehrpflicht wünscht, ihr und die militärärztliche Akademie in Greifswald. Ihr seid Vorbild der studentischen Jugend der DDR.«
Wir klatschten stehend Beifall.
Als der Fahneneid verlesen wurde, sprachen wir ihn Satz für Satz nach; er hatte etwa folgenden Wortlaut:
»Ich schwöre, wenn der Staat mich ruft, bereit zu sein, das Lehrbuch mit der Waffe zu vertauschen, um meine Heimat, die Deutsche Demokratische Republik, und die Errungenschaften des Sozialismus gegen jeden Feind zu schützen und zu verteidigen.«
In den folgenden Jahren wurden nur noch Studenten an der Fak. Jour. immatrikuliert, die vor Studienbeginn eine Verpflichtungserklärung unterschrieben:
»Hierdurch verpflichte ich mich, wenn die Regierung der DDR oder die Partei es von mir verlangen, das Lehrbuch mit der Waffe zu vertauschen und damit den Frieden in Deutschland und der gesamten Welt zu sichern.«
Mit diesem Eid wurden wir zu Soldaten der Nationalen Volksarmee: Offiziersanwärter. Die korrekte Bezeichnung lautete »Reserveoffiziersbewerber«.
Wir Journalistik-Studenten sollten Beispiel sein für alle Studenten der DDR, zusammen mit den Greifswalder Medizinern, und Auslöser sein für eine publizistische Kampagne zur Einführung der Wehrpflicht.
Aber nichts stand in den Zeitungen.
Verwundert fragten wir uns: Warum fand diese Pressekampagne nicht statt? Wer hatte sie gestoppt? Warum wurden wir mit unserer hundertprozentigen Verpflichtung zur Volksarmee unter den Teppich gekehrt – genau wie die Greifswalder?

Wir verstanden es nicht. Wir erhielten keinerlei Informationen.

Durch die Klubleitung der Universität hatte ich Kontakt zur medizinischen Fakultät und Berichte gehört, die nicht in den Zeitungen standen. Berichte von Vorlesungsstreiks, Demonstrationen, Krawallen und Brandstiftungen in Greifswald – Protesthaltung der Studenten, die sich wehrten gegen die Umwandlung ihrer Fakultät in eine Militärakademie.

Mehr als 200 Studenten wurden verhaftet, relegiert oder an andere Fakultäten abgeschoben, wie Magdeburg, Erfurt, Dresden, Halle und Leipzig. Fünfzehn Studenten wurde der Prozeß gemacht.

Ab 1. September 1955 wurden an der med. Fak. Greifswald nur noch Studenten immatrikuliert, die sich für die Kasernierte Volkspolizei registrieren ließen. Der neue Name der Fakultät hieß »Medizinische Sektion der Kasernierten Volkspolizei«. Ab 1. September 1956 führte die medizinische Sektion den neuen Namen »Militärisch-medizinische Sektion der Nationalen Volksarmee«.

Das 1. und 2. Studienjahr im Unteroffiziersrang bekam ein Stipendium von 350–370 Mark. Das dritte Studienjahr im Unteroffiziersrang 450 Mark, das vierte und fünfte Studienjahr im Leutnantsrang 500 Mark (nachzulesen in der Dokumentation des schwedischen studentischen Nationalverbandes SFS in englischer Sprache im Reichsmuseum, Stockholm, aus dem Jahr 1955) bei freier Verpflegung und freier Kleidung (Uniform).

Greifswald, med. Fak. und Leipzig, Jour. Fak., sollten die Vorreiter sein für eine Jugend in Waffen. In Greifswald wurde es ablesbar an den Uniformen, die getragen wurden, wir in Leipzig hatten unseren Fahneneid – Abschluß unserer vormilitärischen Ausbildung in Breege. Im Sommer 1955 waren wir in einem Zeltlager militärisch gedrillt worden. Das Ostseebad Juliusruh / Breege liegt in der Bucht zwischen Kap Arkona und Stubbenkammer auf der Insel Rügen. Unweit davon stand unser riesiges Zeltlager, Jungen und Mädchen sorgfältig voneinander getrennt, auch bei den militärischen Übungen. Essen gab es aus Gulasch-Kanonen. Am Tag, als wir Mädchen an der Kalaschnikow ausgebildet werden sollten, einer sowjetischen Maschinenpistole, kam eine telefonische Entscheidung vom Politbüro des ZK, daß uns Mädchen diese Ausbildung erlassen werden sollte aus anatomischen Gründen – wegen des Rückstoßes. Wir wurden nur am KK (Kleinkaliber) ausgebildet und einer gewaltigen Handfeuerwaffe aus Heeresrestbeständen, der Radom. Bevor ich Kimme und Korn in Übereinstimmung gebracht hatte beim Anvisieren des Ziels, zitterte bereits mein Arm von der Schwere des langläufigen Pistols, und ich setzte die Schüsse neben die Scheibe. Das gefährdete fast mein Mehrkampfabzeichen in Gold.

Mit Bajonettattrappen und Handgranaten aus Holz erstürmten wir feindliche Schützengräben und metzelten unter Gebrüll – um die eigene Angst zu besiegen und den Feind das Fürchten zu lehren – die kapitalistischen Gegner nieder. Und bei Angriffen verbargen wir unseren Kopf in schnellgeschaufelten Schützenmulden.

Ein 25-km-Gepäckmarsch durch die Dünen und das Bewachen des Meeres gehörten auch dazu, Anschläge gegen unsere Staatsgrenze zu vereiteln. Aber wir sahen keinen Feind über das Wasser kommen, nur unsere Küstenschutzboote kreuzten am Horizont im Sonnenglast. In der Regel schliefen wir ein zwischen blühender Erika und Moos am Waldrand vor den Dünen, vergaßen unseren Kampfauftrag und vergaßen, daß wir lernten, Krieg zu spielen.

Zurück aus Breege, beschäftigten wir uns in der Folgezeit hauptsächlich mit nachrichtentechnischen Übungen, Kabelverlegen im Leipziger Stadtpark für telefonische Übermittlungen und dem Erlernen des Morse-Alphabets. Aber die Ausbildung wurde lax gehandhabt, im Rahmen der GST, und ohne Betonung unserer Ausbildung als Soldaten.

Der 6. April brachte einen Brief von Klaus Kampe, er war längere Zeit in England gewesen. Als er begriff, daß der Kontakt zu ihm über den Friedensrat der Fakultät lief, schrieb er mir:

»Liebe Brigitte,
bitte entschuldigen Sie die unpersönliche Schreibmaschinenschrift, aber ich verbinde gerne das Angenehme – einen Brief an Sie zu schreiben – mit dem Nützlichen, einer kleinen Tippübung.
Außerdem habe ich mir vorgenommen, es umgekehrt wie Sie zu machen, also nicht einen unpersönlichen Inhalt in eine persönliche Form zu bringen, sondern trotz der notwendig steifen Form von Dingen zu schreiben, die uns persönlich, unmittelbar und nicht erst auf dem Umweg über gewisse Richtlinien und Beschlüsse angehen.
Und da gleich der erste Punkt meiner Kritik – denn Ironie und Zynismus will ich mir sparen – zu Ihrem Brief, über den ich mich aufrichtig gefreut habe, ohne allerdings seinen Inhalt besonders schätzen zu können. Denn was sollen Institutionen, die Bücher verschicken oder angeblich ›persönliche‹ Kontakte anknüpfen sollen, wenn doch nur eins nötig ist: ein wirklich persönliches Gespräch, das dem spontanen Bedürfnis nach Verständigung und nicht gesteuerten Aktionen entspringt – das allerdings gewisse Bedingungen voraussetzt. Zu diesen Bedingungen zähle ich den Verzicht auf jeden Missionseifer, auf das Bestreben, eine für allein richtig gehaltene Ansicht starr zu verteidigen und den anderen, der sich natürlich notwendig im Irrtum befinden muß, möglichst schnell und gründlich zu bekehren. Diese Haltung bringt kein Gespräch zustande, sondern kann bestenfalls dazu führen, eine sattsam bekannte Propagandawalze abrollen zu lassen.
Die äußeren Vorbedingungen zu einem wirklich aufrichtigen Gespräch sind meiner Ansicht nach mancherorts nicht gegeben, deshalb würde ich es begrüßen, Sie hier in Berlin... sprechen zu können. Sie haben natürlich völlig recht: auf den Straßen von Leipzig waren nur kleine Bemerkungen möglich, die kein Weltbild erschüttern oder aufbauen konnten und das auch gar nicht bezweckten. Sie sollten nur ein wenig nachdenklich machen und eine falsche Sicherheit erschüttern, die eine wahre Verständigung von vornherein ausschließen. Deshalb ohne Umschweife: schreiben Sie mir privat, in Ihrem eigenen Na-

men und in eigener Sache, und besuchen Sie mich hier so bald wie möglich...«
Als ich Klaus Kampe näher kennenlernte, stellte ich fest, er war eine verblüffende Mischung von St. Just, Danton und deutschem Jungen. Leidenschaftlich engagiert, wenn es um revolutionäre Veränderungen ging, sonst unterkühlt. Endlich ein Mensch, der mich nicht ins Bett zu diskutieren versuchte, ein Freund, am Gespräch interessiert, sachlich, präzis, unerbittlich nachfassend, wenn er auf Phrasen stieß. Ich begriff im Verlaufe unserer Freundschaft, daß Klaus akribisch Unterdrückungsmechanismen analysierte, immer auf der Suche nach exemplarischen Fällen, sie selbst ausgrabend, wenn sie sich der Analyse entzogen. Engagiert für die Sache, aber den Überblick behaltend, entschlossen, die Welt zu erkennen – nicht nur die DDR, nicht nur Europa – um zu helfen, sie einst menschlich einzurichten. Ein revolutionäres Programm. Klaus Kampe sah den einzelnen. Sein Sozialismus, der nicht über den Menschen hinwegging, war für mich faszinierend – und stellte in Frage, was bei uns an der Fakultät gelehrt wurde: den Menschen nur in seiner Funktion als Kollektivwesen gelten zu lassen.

Dieser Brief von Klaus Kampe setzte einen Apparat in Bewegung, von dem ich nichts geahnt hatte.

Klaus Höpcke[*] kam zu mir ins Internat, Assistent für Theorie und Praxis der Pressearbeit, lehrbeauftragt. Schlank, dunkelhaarig, diszipliniert, argumentierte er mit eisiger Klinge. Ich bewunderte seine perfekte Gefühlsverdrängung, das erschien mir erstrebenswert, sich nicht von Emotionen hinreißen zu lassen beim Argumentieren.
Klaus Höpcke holte mich aus meinem Zimmer.
»Da sind Genossen vom Staatssicherheitsdienst. Sie wollen dich sprechen.«
»O Gott – warum? Hab ich was ausgefressen?«
Klaus Höpcke beruhigte mich: »Mußt dich nicht erschrecken,

---

[*] Heute: Stellvertretender Kulturminister der DDR.

früher oder später trifft das hier jeden. Wir werden einmal die führenden Kader der Nation sein, da werden wir natürlich kontrolliert, das ist doch selbstverständlich.«
Wir gingen hinüber zum Fakultätsgebäude.
»Gibt es einen Anlaß, daß ich kontrolliert werden muß?«
»Ja. Kennst du einen Dr. Maier?«
»Das war mein Chef beim ›Freien Bauern‹, ich war seine Volontärin.«
»Bedank dich bei dem. Er ist am 5. April verhaftet worden.«
»Das gibts nicht, der Maier?«
»Er hat für den RIAS gearbeitet. Im ›Freien Bauern‹ gelobhudelt, und das, was ihn störte, unter der Hand an den RIAS weitergegeben.«
»Nicht zu fassen.«
Höpcke sah mich prüfend von der Seite an.
»Du hast überhaupt merkwürdige Bekannte.«
»Ach?«
Er sagte nichts weiter. Vor der Tür von Marianne Kennecke, unserer Kaderleiterin, blieb er stehen: »Da mußt du rein.«
Ich klopfte.
Marianne Kennecke sagte: »Danke, Klaus«, und zu mir: »Sie werden erwartet.«
Im Nebenzimmer, einem handtuchschmalen Raum, saßen ein Mann und eine Frau an einem kleinen Tischchen mit Resopalplatte. Die Frau so um die Vierzig, schätzte ich, der Mann nicht viel älter als ich, Typ Student.
Marianne Kennecke schloß die Tür von außen. Ich sagte offensiv: »Erst mal die Ausweise.«
»Das ist Ihr gutes Recht.«
Die Ausweise waren ausgestellt vom Ministerium für Staatssicherheit in Berlin.
»Wir sind verantwortlich für Ihre Fakultät hier in Leipzig. Wir wollen mit Ihnen reden.«
»Für unsere Fakultät verantwortlich – ist das abendfüllend?«
»Bei 400 Studenten?«
»Ich dachte, wir sind ausgesuchte Leute, politisch einwandfrei?«

»Es geht nicht darum, was Sie einmal waren, sondern darum, was Sie einmal sein werden. Wir sind Kontrollorgane. Ohne uns geht nichts.«
»Sie arbeiten mit der Kaderabteilung zusammen?«
»Selbstverständlich. Wir arbeiten Hand in Hand, das ist gar keine Frage. Sie erfahren das etwas früher als andere Studenten in Ihrem Studienjahr, weil wir es wichtig finden, uns *jetzt* schon um Sie zu kümmern. Normalerweise kümmern wir uns erst in den letzten Semestern um die Studenten. Bei Ihnen läuft das anders, weil Dr. Maier verhaftet worden ist – das ist das eine. Das andere ist, Sie haben einen Freund in Westberlin, der uns interessiert.«
Die Genossin blätterte in einem Schnellhefter.
»Einen Klaus Kampe.«
»Ist das meine Kaderakte?«
»Ja.«
»Versteh ich nicht. Von mir gibts solche dicke Kaderakte? Ich fange doch erst an zu leben.«
»Finden Sie die dick?«
Ich nahm sie ihr ganz einfach aus der Hand und sah hinein. Sie schaltete gar nicht so schnell. Ich machte das auch gänzlich nebenbei. Mit einem Blick notierte ich: mein Foto. Das hatte ich Tannier geschenkt. Wie kam das hier in diese Akte. Und da waren Briefe, in Schreibmaschinenschrift, mal in Handschrift, ich erkannte die Handschrift von Klaus. Sie nahm mir die Akte wieder aus der Hand, immer noch freundlich, als hätte ich ganz unabsichtlich hineingesehen, nicht von Bedeutung.
»Ihre Akte ist nicht dicker als andere, sie hat das übliche Format.«
»Wie kommen Sie an diese Briefe von Klaus?«
»Sie haben sie gesehen?«
»Ja.«
»Ihnen war doch sicher klar, daß der Briefwechsel mit Kampe nicht unbemerkt bleiben würde?«
»Ich habe ihn offiziell beim Friedensrat unserer Fakultät angemeldet, außerdem werden die Antworten gezählt, auch für den Friedensrat. Wir haben doch diesen Wettbewerb: Briefverkehr

mit dem westlichen Ausland. Eine Agitationsangelegenheit.«
»Und in unseren Akten sind die Fotokopien dieser Briefe. Regen Sie sich nicht auf. Wir haben nichts gegen den Kontakt, im Gegenteil, Sie sollen ihn pflegen. Aber nun zu Dr. Maier: Haben Sie bemerkt, daß er Informationen sammelte und weiterverkaufte?«
»Keine Ahnung. Trau ich ihm auch nicht zu.«
»Ist Ihnen nie etwas Ungewöhnliches aufgefallen?«
»Nein – nur, daß er sehr fleißig war. Wenn abends alles nach Hause ging, saß er immer noch in seinem Kabäuschen und schrieb. Ich konnte das sehen. Da ist so eine Durchreiche ins Zimmer, in dem Fräulein Gohr und ich saßen. Fräulein Gohr ist seine Sekretärin.«
»Und negative Bemerkungen über unseren Staat?«
»Keine einzige. Absolut loyal. Doch, er stöhnte, je mehr man verdiene, je mehr gäbe man aus, man käme mit dem Geld nie zu Rande. Aber wer stöhnt nicht über Geld, das ihm fehlt. Ich stöhne auch immer.«
»Er hat uns jahrelang reingelegt und Artikel an den RIAS verkauft, wir können gar nicht genug aufpassen. Wie war das mit seiner Moral?«
»Weiß ich nicht. Ich glaube, er ist verheiratet und hat Kinder. Privates haben wir nie besprochen. Er hat gute Umgangsformen. Fräulein Gohr bekam oft einen Blumenstrauß, er wollte sie nicht bezirzen, sondern ihr nur danke sagen, weil sie so eine fabelhafte Sekretärin ist. Ich habe mir vorgenommen, wenn ich mal Redakteurin bin, werbe ich sie glatt ab.«
Die Stasi-Leute lachten.
»Sie haben keine Angst vor uns?«
»Angst – wieso? Ich finde es nicht schön, daß ich kontrolliert werde, aber wenn ich keine Ausnahme bin, bitte, dann schluck ich das. Aber schön finde ich das natürlich nicht.«
»Sie sehen an Maier, der Klassenfeind sitzt uns im Nacken. Leute entpuppen sich als Feinde, denen man jahrelang vertraut hat. Wir müssen aufpassen, daß wir nicht reingelegt werden. Deshalb sind wir hier. Wir wollen aufpassen, daß Sie nicht reingelegt werden von Kampe.«

»Kampe ist ein Freund.«
»Er wohnt im Westen. Würden Sie die Hand für ihn ins Feuer legen?«
»Muß ja wohl nicht sein?«
»Haben Sie überprüft, ob er Ihrer Freundschaft würdig ist?«
»Wie könnte ich.«
»Sehen Sie, das wollen wir für Sie tun. Sie geben uns die Informationen, wir prüfen sie nach. Eine Bagatelle. Wenn er standhält, soll er Ihr Freund bleiben. Wenn er aber Ihre Freundschaft sucht, um unsere Fakultät auszukundschaften, dann werden wir ihm das vermasseln.«
»Wie soll ich ihn denn kontrollieren?«
»Sie fahren in unserem Auftrag nach Westberlin und verstärken den privaten Kontakt.«
»Wenn ich ihn aushorchen soll, breche ich sofort den Kontakt ab. Es ist seine Sache, was er denkt.«
»Es ist unsere Sache, wenn seine Gedanken auf Sie einwirken. Es können zerstörende Gedanken sein. Teilen Sie uns seine Gedanken mit.«
»Nein. Es macht mir nichts aus, mich von ihm zu trennen. Ich hab mich von einem Freund getrennt auf Wunsch der Partei, ich hab den Tannier in den Wind schießen lassen, weil der Dekan es wollte, nun trenne ich mich von Klaus, weil ich es will. Mal was Neues.«
»Überlegen Sie sich das. Wir kommen wieder. Das heute war nur ein Kennenlernen. Ach ja, da wäre noch was, mit wem sind Sie hier an der Fakultät befreundet?«
»Mit Erwin Reiser.«
»Nein, wir meinen, aus Ihrem Studienjahr.«
»Tja... befreundet eigentlich nur mit Tamara. Zeit fehlt, wir haben kaum Zeit für Gespräche.«
»Wie stehen Sie zu Horst Pehnert?«
»Wir machen Russisch zusammen.«
»Und wie ist der persönliche Zugang?«
»Zugang? Was für ein Zugang? Wir machen Russisch zusammen, das ist alles. Ich geb ihm Nachhilfeunterricht.«
»Wir wissen das, und wir finden das gut. Uns interessiert an

Horst Pehnert, wie argumentiert er mit Nichtgenossen. Können Sie uns darüber berichten?«
»Wir argumentieren nicht, wir lernen Russisch.«
»Aber es gibt doch immer Anknüpfungspunkte für ein privates Gespräch. Wir wollen Pehnert nichts am Zeuge flicken, wir wollen nur seine Argumentationsweise überprüfen, wie denkt er privat.«
»Fragen Sie seine Freundinnen, nicht mich. Aber sagen Sie mal, da kommt mir ein finsterer Verdacht. Haben Sie das initiiert, daß ich Horst Nachhilfeunterricht gebe? Mir fällt gerade auf, so viel besser bin ich auch nicht als er. Soll ich ihm Unterricht geben, weil Horst auf einigermaßen ansehnliche Mädchen fliegt? Das ist ja ein ganz finsterer Plan. Haben Sie den mit Simon ausgeschmort, unserem Russischlehrer?«
»Die Idee stammt nicht von uns.«
»Sind Sie sicher?« Sie lachten.
Ich lachte auch. Aber während ich noch lachte, beschloß ich, Horst zu fragen, hatte man uns reingelegt?

Wir saßen uns im Jungenhaus im Aufenthaltsraum gegenüber, Horst und ich. Während ich die Grammatik aufschlug, fragte ich leichthin: »Warum gebe ich dir eigentlich Nachhilfeunterricht? Du bist doch gar nicht schlechter als ich. Die Zeit könnten wir uns sparen.«
»Ich hab nichts gegen den Nachhilfeunterricht. Und mit dir macht mir sogar Russisch Spaß.«
»Danke für die Blumen. Aber wer ist eigentlich auf die Idee gekommen, uns zusammenzuspannen?«
»Nicht der Simon?«
»Mir fällt es auch nicht mehr ein.«
»Ist auch gleichgültig. Ich mußte meine Zensur verbessern, zusammen mit dir lern ich auch was.«
»Ich will aufhören.«
»Warum? Laß uns doch weitermachen.«
Ich druckste herum, und brachte einen ganz verbogenen Satz zustande: »Also, ich habe das Gefühl, daß es mir mißfallen könnte, dich näher kennenzulernen.«

»Wieso näher kennenlernen – steige ich dir nach?«
»Nee.«
»Bin ich dir unsympathisch?«
»Ich finde dich sogar sehr sympathisch, *deshalb* will ich dich nicht näher kennenlernen. Genauer kann ichs dir nicht sagen.«
Horst betrachtete mich nachdenklich, fuhr durch seine dunkle, wellige Mähne, kaute auf seinem Bleistift, und hatte dann begriffen. »Ich nehme an, daß ich dich richtig verstehe. Kocht da wieder einer ein trübes Süppchen?«
Ich nickte.
»Also gut, lassen wirs, Brigitte.«
Wir packten unsere Russischbücher zusammen und vermieden hinfort so ziemlich jedes Gespräch. Der Stasi erfuhr von mir kein Wort von Horst Pehnert. Er stieß rundum auf Granit, ich gab keine Auskünfte über Studenten unserer Fakultät. Zu jedem Vorschlag sagte ich nein. Nur einer blieb übrig, Klaus Kampe, da ließen sie nicht mit sich handeln.
»Warum schreibt er immer an Brigitte von Klump?«
»Das war eine blitzartige Eingebung. Er fragte nach meiner Anschrift, ich schrieb *von* Klump auf den Zettel. Ich dachte, dieses von würde mich interessant machen für einen Westdeutschen. Eine Adlige an unserer SED-Fakultät, das ist wie... wie ein weißer Elefant im Roten Kloster, ein Monstrum.«
»Sind Sie öfter so intuitiv.«
Ich nickte.
»Dann leben Sie riskant.«
»Ich mache, was wirkt. Und Sie sehen, es hat gewirkt. Der Kampe wollte sich diese Person näher ansehen – ich hab den Kontakt.«
Der junge Mann lachte: »Vielleicht hätte das auch ohne v.-Punkt geklappt?«
»Was weiß ich – ich wollte sichergehen.«
»Wir könnten Ihnen selbstverständlich einen Ausweis beschaffen auf diesen Namen für Ihren Westeinsatz. Kommen Sie morgen ins Polizeipräsidium, wir werden das für Sie regeln.«
Eine Alarmklingel schrillte in mir. Ein Ausweis vom Staatssicherheitsdienst? Lieber nicht. Lächelnd lehnte ich ab. »Das ist

nicht nötig. Klaus wird meinen Ausweis nicht nachkontrollieren.«
»Und wenn doch?«
»Dann wird mir schon ein neues Märchen einfallen.«
Nachdenklich sagte die Stasi-Frau: »Dieser v.-Punkt paßt uns ganz gut in den Kram. Wir wollen mit offenen Karten spielen. In den Augen der Bundesrepublik bedeutet das Führen eines falschen Namens eine Straftat. Das wird Sie vielleicht hindern, die Fronten zu wechseln, wenn Ihnen einer unserer Aufträge nicht paßt.«
»Was meinen Sie mit Fronten wechseln?«
»Na abhauen, in den Westen türmen. Wir haben schon Pferde kotzen sehen. Aber mit einem falschen Namen – das dürfte Ihnen schwerfallen.«
»Wenn ich Leute aus dem Westen kennenlernen will, dann heißt das nicht, daß ich mir ihre Denkweisen aneignen will. Ich will nur über sie informiert sein – das sind doch auch Deutsche. Aber drüben leben – nie. Ich laufe nicht über zum Klassenfeind.«
»Gut. Wir wollten Sie ja auch nur auf eine mögliche Konsequenz hinweisen. Für uns ist dieser v.-Punkt eine Hilfe im Klassenkampf, für drüben ist das eine kriminelle Tat.«
Sie gaben mir ihre Telefonnummer.
»Das ist eine Direktleitung zu Ihrer Fakultät. Wenn Sie in Ihre Telefonzentrale gehen, werden Sie kostenlos und direkt zu uns durchgestellt. Die Telefonistin ist eine Vertrauensperson.«
Eine Direktleitung zum Staatssicherheitsdienst – fein hatten wirs hier.
»Wann fahren Sie das nächste Mal zu Kampe?«
»Das weiß ich nicht.«
»Denken Sie daran, Kampe ist Ihre Bewährungsaufgabe. Kein Diplom ohne Bewährung.«
»Bis zum Diplom ist noch viel Zeit. Versuchen Sie, mich zu überzeugen. Aber zwingen Sie mich nicht. Ich kenne mich, dann höre ich ganz einfach auf zu studieren.«
»Sie werden doch nicht Ihren Traumberuf in den Wind schießen lassen?«

»Ach – kennen Sie den?«
»Sie wollen doch Theaterkritiker werden?«
»Ja.«
»Haben Sie eine besondere Zeitung im Auge?«
»Den ›Sonntag‹.«
»Nicht doch den ›Sonntag‹.«
»Warum nicht den ›Sonntag‹?«
»Das ist ein Sauladen, den müssen wir erst noch aufräumen. Gibts denn nichts anderes für Sie als den ›Sonntag‹?«
»Nein. Ich bestehe darauf.«
»Na ja... wann sind Sie fertig? Im Frühjahr 1958?«
»Ja.«
»Bis dahin könnte es klappen, bis dahin haben wir auch den ›Sonntag‹ sauber.«
»Warum fragen Sie mich überhaupt?«
Der junge Mann erklärte mir: »Wir geben die Empfehlungen an die Kaderleitung. Wenn Sie gute Ergebnisse bringen, unterstützen wir Ihre Berufswünsche, selbst beim ›Sonntag‹. Allerdings, bis jetzt haben wir da noch kein Bein auf dem Boden, ich sags Ihnen gleich. Aber was nicht ist, kann noch werden.«
Der ›Sonntag‹ ist längst angepaßt.
1957 wurde der Chefredakteur Heinz Zöger wegen seiner ›oppositionellen Haltung‹ zur DDR zu zweieinhalb Jahren Zuchthaus verurteilt. Seitdem ist der ›Sonntag‹ steril.
Im Kabarett-Programm der ›Distel‹, Ostberlin, von 1976 »Alles Rummel« heißt es über den sauberen ›Sonntag‹:
»Schon Goethe sprach zu Frau von Stein,
mir fällt kein Wort zum Sonntag ein.«
Ich saß in der zweiten Reihe und schrieb mit.
Stückrath auf der Bühne sah, daß ich schrieb, und pflaumte mich an: »Da schreibt einer mit!«
Ich hielt meinen Kugelschreiber hoch: »Weil Sie so gut sind!«
In der nächsten Woche saß ich wieder auf demselben Platz, es war ein anderes Programm, vom letzten Jahr.
Stückrath grinste, als er mich erkannte. Er hielt mich sicher für eine bedeutende Person. Wer sonst bekam Karten für die über Monate hinaus ausverkaufte Distel?

Er wußte nicht, ich hatte in der DDR gelernt, wie man in der DDR zu Privilegien kommt. Gewußt wie, das ist die Lösung, die alles einfach macht.

Erwin wohnte privat, er war schließlich Assistent bei uns für bolschewistische Presse und ein gestandener Sozialist. Sein Zimmer lag dem Internat gegenüber, ich stürmte zu ihm hinein.
»Hast du gewußt, daß unsere Fakultät einen direkten Draht zum Staatssicherheitsdienst hat?«
»Wer weiß das nicht.«
»Ich zum Beispiel. Ich hab das nicht gewußt.«
»Dann weißt du es jetzt.«
»Das mache ich nicht mit. Ich bin hier auf der Universität. Was hat die Universität mit dem Staatssicherheitsdienst zu tun? Wieso läßt Budzislawski das zu?«
»Jeder muß hier seine Zuverlässigkeit beweisen.«
»Aber doch nicht vor dem Stasi.«
»Gerade vor dem Stasi.«
»Das mach ich nicht mit.«
»Brigitte. Ein loyales Parteimitglied muß alles lieben, was die Partei liebt, und alles hassen, was die Partei haßt. Wenn die Partei es für notwendig hält, daß wir unsere Zuverlässigkeit vor dem Staatssicherheitsdienst beweisen, dann ist das notwendig. Wir werden einmal selbst Kontrolleure sein, also müssen wir zulassen, daß wir kontrolliert werden. Darin besteht der Unterschied zwischen uns und den bürgerlichen Individualisten – für sie ist es eine Schande, sich der völligen Kontrolle der Partei unterzuordnen, während das für uns eine Frage der höchsten Ehre und des Ruhmes ist. Du wirst das lernen.«
»Ich bin nicht in der Partei. Mit mir könnt ihr so etwas nicht machen.«
»Wenn du ein sozialistischer Sozialist werden willst, mußt du diese Konsequenz akzeptieren. Es ist eine Konsequenz unseres Berufes. Wenn du schon jetzt, gerade erst im zweiten Studienjahr und *nicht* in der Partei, den Auftrag bekommst, einen Menschen zu kontrollieren, ist das ein Vertrauensbeweis, den

du hoch einschätzen kannst.«
»Ein Vertrauensbeweis. Ich verzichte.«
»Du wirst lernen, es einzusehen, wir werden dich nicht zwingen.«
»Wir? Was willst du damit sagen?«
»Lock nichts aus mir heraus, was ich nicht sagen will.«
»Du sagst *wir* – das ist verdächtig. Bist du auch ein Mitarbeiter des Staatssicherheitsdienstes?«
»Du kannst dieses *wir* auch so interpretieren: wir als Partei.«
»Erwin!«
»Lassen wir für heute dieses Thema.«

Die Theaterplakate des Berliner Ensembles erschienen mit dem Aufdruck: »Sonnabend geschlossene Vorstellung.«
Die notwendigen Gelder waren vom Kulturfonds der Universität abgezweigt, mit dem Biesdorfer Studentenheim bestand ein Unterkunfts- und Verpflegungsvertrag.
Ein Telegramm kündigte an, daß Brecht trotz seiner Krankheit mit uns sprechen wollte. Das Telegramm kam von Helene Weigel, seiner Frau, Intendantin des Berliner Ensembles. Alles war so gut wie gelaufen. Das war am Mittwoch.
Am Donnerstag kam ein Anruf vom persönlichen Referenten Walter Ulbrichts, alle weiteren Vorbereitungen hätten zu unterbleiben. Jürgen Arndt wurde nach Berlin zitiert.
Abends traf ein Telegramm ein vom Ministerium für Verkehr, der Sonderzug könne wegen einer Schienenverlegung im Raum Halle-Leipzig nicht fahren. Ich weigerte mich, das Telegramm bekanntzugeben. Der Parteisekretär der Fakultät informierte uns nach der Vorlesung, daß die Fahrt zu Brecht ausfallen müsse. Er verlas das Telegramm. Die Studenten standen diskutierend im Hörsaal.
Ich wanderte zur Tafel und schrieb mit großen Buchstaben: Das ZK hat verboten, dass wir zu Brecht fahren. Horst Pehnert gab mir einen freundschaftlichen Rippenstoß. »Mensch, wisch das aus, mach dir doch keinen unnötigen Ärger.« Ich stand stocksteif vor der Tafel. Die Wahrheit sollte ans

Licht. Reiner Kunze, der zu seiner Inge in den Hörsaal kam, grinste und schüttelte den Kopf. Typisch Reiner, da läuft einer ins Messer, und das amüsiert ihn. Es ist ja nicht sein Bauch. Die Studenten stellten die Gespräche ein, betrachteten mich und die Tafel, verblüfft. Seit wann war Brigitte aufsässig? Schweigen lag über dem Raum.
Da nahm Horst Pehnert den großen Schwamm und löschte meine Schrift aus.
Die Gespräche brandeten wieder auf, als hätte nichts stattgefunden. Keiner fragte mich. Ich hörte niemals einen Vorwurf. Erwin verbürgte sich für mich vor unserer Kaderleitung, so etwas würde nicht mehr vorkommen. Man hatte Verständnis für meine Situation.
Zwei Tage später, am Sonntag, dem 22. April 1956, stand im ›Neuen Deutschland‹ folgende Notiz:
»Streckengleiserneuerung«
»Berlin. Gegenwärtig sind über tausend Eisenbahner des Gleisbaus damit beschäftigt, die Strecke Weißenfeld–Jüterbog zu erneuern. Dabei werden auch Linienverbesserungen vorgenommen, größere Bogenhalbmesser eingelegt und Signalanlagen in ihren Standorten den höheren Geschwindigkeiten angepaßt. Erstmalig werden bei diesem Bau moderne Maschinen, angefangen von der Vibrationswalze über den Bettungsbandfertiger, das Verlegegerät, die fahrbaren Entladeportale bis zur fahrbaren Gleisstopfmaschine in größerem Umfange angewandt. (Eig. Ber.)«
Ich sah später das ›Neue Deutschland‹ durch, von 1954 bis 1958, von einer Gleisverlegung war nur noch ein einziges Mal im ND die Rede, am 26. Juli 1956, drei Monate später, da erschien quasi eine Alibi-Spalte »Rund um die Schienenstränge«, in der auch von der Auswechslung von zehn Weicheneinheiten in Halle berichtet wurde. Sonst fanden Gleisverlegungen im ND nicht statt.
Die Gleisverlegung am 20. April 1956 war eine politische Entscheidung gegen Brecht, das bestätigte mir Jürgen Arndt, unser Klubleiter, ein paar Tage später.
»Walter Ulbrichts persönlicher Referent hat mich zur Brust

genommen. Die Fahrt zu Brecht sei eine Brüskierung der Partei. Sie könne nur als eine Demonstration für Brecht aufgefaßt werden, so kurz nach seiner Verurteilung auf dem Schriftstellerkongreß.«
»Du lieber Gott, du mußtest ins ZK deswegen?«
»Ich war im Vorzimmer von Ulbricht. Da sind sie über mich hergefallen, als sei ich ein Verbrecher, als habe ich den Umsturz der Regierung geplant. Das lasse ich nicht auf mir sitzen, ich informiere Frau Weigel über die Haltung Ulbrichts und die Ausrede mit der Schienenverlegung. Ich schreibe ihr einen Brief. Überbringst du ihn?«
Wir beschlossen, daß ich die FDJ-Uniform anziehen sollte, damit ich auf die Zugkontrolleure einen guten Eindruck machte, den unbotmäßigen Brief in der Tasche.
Im Sekretariat von Frau Weigel mußte ich eine Barriere überwinden, die Sekretärin.
»Sie wollen nur einen Brief abgeben?«
»Ja.«
»Den können Sie auch bei mir hinterlegen, deshalb brauchen Sie nicht Frau Weigel zu stören.«
»Tut mir leid. Den Brief werde ich selbst übergeben. Ich komme extra deshalb aus Leipzig von der Klubkommission der Karl-Marx-Universität.«
»Warten Sie einen Augenblick.«
Sie ging ins Nebenzimmer.
Frau Weigel erschien in der Tür, klein von Statur, schmal. Mit sparsamer, weitausholender Geste wies sie auf ihr Zimmer: »Kommen Sie rein zu mir.«
Ihre dunkle Stimme, wienerisch gefärbt, klang angenehm, sympathisch.
Frau Weigel beherrschte das Zimmer und löschte es aus, kein Detail blieb haften, kein Möbelstück, nur ihr Gesicht. Ganz anders, als auf dem Foto, das ich erinnerte: weiche Wangen im ovalen Gesicht, zart, mit klugen, lebhaften Augen unter einer hohen Stirn, eine Schauspielerin, zum Verlieben schön. Die Wangen und die Stirn durchfurcht von Linien, hart in der Kontur, graugesträhnt das Haar, gütig nur die Augen, groß und

warm. Sie sah so aus, als hätte sie nie eine Auseinandersetzung gescheut, als habe sie Spaß daran, zu kämpfen wie ein Mann. Später hörte ich, sie kämpfte besser als ein Mann, unschlagbar, weil sie auch die Tränen einsetzte und das ganze Repertoire eines Weibes und einer Schauspielerin von hohen Graden, für ihr Theater und die Menschen, die sie kannte. Brecht nannte ihre beste Eigenschaft. »Sie weiß, daß sie nur mit den Menschen rechnen kann, die da sind – nicht mit solchen, wie man sie sich wünscht.«
»Sie haben einen Brief für mich?«
»Ja. Ich bin Brigitte Klump von der Fak. Jour. aus Leipzig.«
»Sie sind das also – kommen Sie her, lassen Sie sich anschauen.«
Sie schob mich in das Licht des Fensters. Ich stand vor ihr in meiner FDJ-Uniform. Meiner spontanen Zuneigung zu ihr entsprach meine Frage:
»Wie hat Brecht die Geschichte mit dem Zug aufgenommen?«
Sie antwortete mir ebenso spontan:
»Er hat gesagt, acht Jahre lang habe ich darauf gewartet, daß die Jugend von selbst zu mir findet, nicht nur ein paar fachlich Interessierte. Nun hat man das verboten. Mein Stern geht unter.«
Ich gab ihr den Brief.
Helene Weigel betrachtete den Umschlag von allen Seiten. Es war ein Umschlag ohne Aufschrift. Ich hatte ihn nicht so abgeliefert, wie ihn mir Jürgen Arndt übergeben hatte, ich hatte ihn geöffnet und in einen neuen Umschlag getan, unbeschriftet. Helene Weigel begriff.
»Sie sind der Briefbote. Aber Sie kennen den Text?«
Ich nickte.
Sie las, lehnte sich weit zurück im Sessel.
»So also stellt sich der Fall dar, in Einzelheiten. Der Ulbricht soll mir bluten, der zahlt mir jeden Pfennig.«
Sie dachte nach.
»Ich mach euch eine Rechnung auf, ganz offiziell. Aber sag dem... wie heißt er?«
»Jürgen Arndt.«

»Also sag ihm, er soll mit der Rechnung zur Bezirksleitung der SED gehen. Ihr sollt nicht zahlen. Der Ulbricht soll zahlen. Jeden Pfennig. Ha. Den Brief nehm ich zu meinen Akten, das ist ein wundervolles Dokument. Sag dem Jürgen Arndt meinen Dank.«
Ich wollte gehen. Sie hielt mich auf.
»Warten Sie. Bleiben Sie sitzen. Ich möchte was von Ihnen wissen. Sie haben den ganzen Zauber angerührt, und nun ist nichts. Enttäuscht?«
Ich nickte.
»Ich hörte, Sie studieren Journalistik bei Budzislawski?«
»Ja.«
»Wir kennen uns aus der Emigration... Sie wollen Journalist werden?«
»Theaterkritiker.«
»Also daher weht der Wind. Haben Sie praktische Erfahrung mit dem Theater?«
»Nein. Nur praktische Erfahrung mit Theater im Leben.«
Sie lachte laut.
Ich fügte hinzu: »Ich habe auch keine theoretische Erfahrung mit dem Theater. Ich bin ein Bauernkind. Ich wollte Theaterwissenschaft studieren, bei Kuckhoff, hatte auch die Aufnahmeprüfung in der Tasche, wurde dann aber zum Studium der Journalistik delegiert. Budzi läßt nicht zu, daß wir uns spezialisieren. Er sagt, er will keine Spezialisten, sondern politische Journalisten erziehen. Die Spezialisierung sollen wir uns später in den Redaktionen erwerben.«
»Haben Sie das mal Kuckhoff erzählt?«
»Nein.«
»Dann gehen Sie zu ihm, bestellen ihm einen schönen Gruß von mir und fragen ihn, ob er nicht einen Weg sieht...«
»Gegen Budzis Willen?«
»Wollen Sie nun Theaterkritiker werden oder nicht?«
»Ja.«
»Dann machen Sie, was Ihnen weiterhilft. Übrigens, wenn Sie praktische Erfahrungen haben wollen, melden Sie sich bei mir. Ich bring Sie unter an meinem Theater. Wie wärs denn mal mit

einem Praktikum?«
»Das müssen wir in Redaktionen machen.«
»Was machen Sie in Ihren Ferien?«
»Wir machen zehn Wochen lang ein Redaktionspraktikum in einer Dorfzeitung, es beginnt in ein paar Tagen, am 11. Mai.«
»Und im nächsten Jahr?«
Ich sah sie voller Hoffnung an. Sie erhob sich.
»Ich hoffe, ich sehe Sie wieder, hier an meinem Theater. Wir brauchen Kritiker mit einer soliden Ausbildung, lassen Sie sich nicht abbringen von Ihrem Weg.«
»Ich bin aber nicht in der Partei. Die Kaderabteilungen arbeiten zusammen – wie soll ich einen Fuß in Ihr Theater bekommen, ohne Zustimmung der Partei?«
»Ich bin Intendantin.«
»Heißt das, Sie sind frei in Ihren Entscheidungen gegenüber Kaderabteilungen?«
»Ja. Wir haben Gott sei Dank ein Intendantengesetz, das mir die Entscheidungsfreiheit beläßt. Wen ich haben will an meinem Theater, das bestimme ich. Den möcht ich sehen, der mich hindert.«
Als ich ging, rief sie mir nach: »Grüßen Sie mir den Jürgen Arndt.«

Frau Weigels Angebot, mir zu helfen, war ein Licht in der Dunkelheit. Es machte mir den Rücken stark gegenüber dem Staatssicherheitsdienst. Mit Hilfe des Stasi zum ›Sonntag‹, das wollte ich nicht. Ich wollte auf saubere Art Theaterkritiker werden, jetzt zeigte sich mir ein Weg.
Die ganze Sache mit dem Stasi mußte doch abzublocken sein?
Ich überlegte hin und her. Freund Tannier fiel mir ein.
Ich rief ihn an, er meldete sich nicht.
Abends war ich mit einem Verwandten in der »Melodie« verabredet, einer kleinen Bar am Friedrichstadtpalast, auf ein Glas Wein. Ich hörte kaum zu, was er sagte, ich dachte nur an Horst Tannier. Würde er mir helfen?
Ich rief ihn wieder an, er war am Apparat.
»Hör zu, ich möchte dich sofort sprechen. Ich bin hier in der

Melodie, wo können wir uns treffen?«
»Im Presseclub, das ist nur ein Sprung für dich, ich bin in wenigen Minuten da.«
Der Verwandte beschwerte sich: »Was ist denn los? Du rennst einfach weg. Was hast du zu telefonieren? Ich denke, wir sind verabredet?«
»Warte einen Augenblick, ich hab was vergessen, das muß ich erledigen, fang an mit dem Wein, ich bin gleich zurück.«
Bevor er aufgestanden war, hatte ich den Tisch bereits verlassen, lief über die Weidendammbrücke zum Presseclub im Haus des Journalistenverbandes, dem Raum unter der Distel, dem Kabarett. Es war, wie damals üblich, Ausweiszwang. Ich zeigte meinen Mitgliedsausweis vom Presseverband. Dann die nächste Frage,
»Hatten Sie einen Tisch bestellt?«
Darauf gab es, wie üblich, nur die Antwort: »Selbstverständlich«
Der Saalchef hatte es noch immer gerichtet, ob Tisch bestellt oder nicht. Horst Tannier saß schon im Raum. Er kam mir entgegen.
»Endlich sieht man dich wieder. Du bist so aufgeregt?«
»Ich bin gerannt. Willst du mir helfen?«
»Deshalb bin ich hier.«
Der Ober trat an den Tisch. »Was möchten Sie trinken?«
»Einen Saft, aber bitte schnell.«
»Warum diese Eile? Hast du nicht ein bißchen Zeit für mich mitgebracht – ich hab doch auch Zeit für dich.«
»Ich soll dich doch nicht sehen. Und hier, unter Journalisten, ist das nicht gerade unauffällig. Paß auf, ich möchte, daß du weißt, daß ich dir nicht traue, daß ich dich aber trotzdem um Hilfe bitte.«
Er legte seine Hand auf meine Hand.
»Warum traust du mir nicht, Brigitte? Was hab ich *dir* getan?«
»Ich hab Ärger mit dem Stasi an unserer Fakultät. In ihren Akten hab ich das Foto gesehen, das ich dir zum Geburtstag geschenkt habe. Mein Foto für dich – in ihren Akten.«
Horst Tannier wurde bleich, seine Züge verkrampften sich.

»Das ist nicht wahr.«
»Es ist wahr.«
»Wann hast du das Foto gesehen?«
»Als sie mich zum erstenmal befragten, vor kurzer Zeit.«
»Das ist nicht mein Foto.«
Er schüttelte den Kopf.
»Streit es nicht ab. Ich habe keine Zeit, mir Ausreden anzuhören. Ich sag dir nur eines, wenn du mir die Leute nicht vom Hals schaffst, bring ich mich um.«
Der Saft kam, ich trank ihn nicht, ging am Ober vorbei zur Tür und sah mit einem halben Blick zurück, Horst Tannier blieb sitzen, gänzlich erstarrt.
Der Verwandte wartete auf mich mit Ungeduld, er hatte die Flasche Wein fast ausgetrunken. Ich setzte mich für einen Augenblick.
»Tut mir leid für dich. Ich habe keine Zeit mehr, mein Zug nach Leipzig fährt gleich.«
»Nimm den nächsten Zug.«
»Nein. Ich will jetzt nach Leipzig.«
Auf dem Bahnsteig stand Horst. Er lehnte an einem Pfeiler, als hätte er sich auf ein langes Warten eingestellt. Er kam zu uns und übersah meinen Verwandten.
»Gut, daß du kommst, ich muß dich sprechen, Brigitte.«
Wir gingen zur Seite.
Mein Verwandter sah uns nach, verblüfft über die Mißachtung. Er kannte Tannier, ich sah ihm an, daß er sich ärgerte. Aber das war jetzt nicht wichtig.
»Was du auch von mir glaubst, Brigitte, ich bin nicht schuld, daß der Stasi dich aufs Korn genommen hat. Das liegt an eurer Fakultät. Das liegt an Budzislawski.«
»Aber das Bild – das ist von dir.«
»Ich hab dein Bild zu Hause, glaube mir. Sie müssen sich das Negativ beschafft haben.«
»Das Negativ?«
»Wo hast du das?«
»Keine Ahnung.«
»Denk nach.«

»Komm, das können wir jetzt nicht klären. Hilf mir heraus aus der Scheiße, dann werde ich es vergessen.«
»Ich werde tun, was ich kann. Aber ich kann nichts versprechen.«
Ich sah ihn an, mit Tränen. Er küßte mich auf die Stirn.
»Seh ich dich wieder? Wann?«
»Das kann ich nicht versprechen.«
Der Zug lief ein. Tannier ging. Mein Verwandter trat zu mir, sehr ärgerlich.
»Mit mir verabreden und mit Tannier treffen – das hab ich gern. Ich hoffe, daß ich das erste und das letzte Mal in deiner Begleitung auf Tannier stoßen mußte. Was hast du für merkwürdige Bekannte.«
»Du hast ganz offensichtlich die gleichen Bekannten.«
»Laß mich mit Tannier in Ruhe.«
»Er wollte nichts von dir, ist das klar? Er will auch nichts von mir. Wir haben uns nur ganz zufällig getroffen.«
Mein Verwandter beklagte dann leider auch noch in einem Brief dieses Treffen mit Tannier. Der Brief ging, wie üblich, durch die Zensur. Man konnte das an dem gelben Kleister am Falz erkennen. Sie gaben sich nicht mal die Mühe, einen klaren Klebstoff zu verwenden. Von diesem Tag an wußte Budzislawski, der Fall Tannier war noch nicht ganz ausgestanden. Ich war nicht ganz so brav, wie er dachte. Und ich wußte, daß er wußte.
Von Frau Weigel zurück, meldete ich mich bei Professor Kuckhoff an. Ich bekam einen Termin und wurde sofort vorgelassen. Kuckhoff erinnerte sich an mich.
»Ja, sagen Sie mal, wo haben Sie gesteckt? Warum hat man nichts mehr von Ihnen gehört? Sie wollten doch Theaterwissenschaft studieren, um jeden Preis. Was ist denn in Sie gefahren, daß Sie sich nicht meldeten?«
»Ich habe volontiert beim ›Freien Bauern‹ in Berlin und wurde zum Studium an die Journalistische Fakultät delegiert.«
»Ach – da sind Sie gelandet? Seit wann sind Sie denn in Leipzig?«
»Seit Herbst 1954.«

Er hob einen Aktendeckel hoch: »Hier ruht der Vorgang Brigitte Klump. Ich habe mich gefragt, was los ist. Erst unbedingt Theaterkritik, und dann Funkstille. Gibts denn kein Telefon? Sie hätten doch auch mal vorbeikommen können...«
»Ich dachte, Sie erinnern sich nicht mehr an mich, bei den vielen Bewerbern.«
»Sie sehen, das war ein Irrtum. Aber was führt Sie heute her?«
»Gibt es vielleicht doch einen Weg, Journalistik und Theaterwissenschaft zu kombinieren? Frau Weigel sagt, ich soll Sie fragen, ob Sie einen Weg wüßten...«
»Woher kennen Sie Frau Weigel?«
»Ich bin einfach zu ihr hingefahren.«
»Na ja, zu mir wären es ja auch nur ein paar Schritte gewesen, warum einfach, wenn es kompliziert geht?«
Ich wurde rot. Er lachte.
»Wollen mal sehen, was wir tun können – also der Budzislawski ist dagegen?«
»Ja.«
»Ich ruf ihn an. Mir wird er ja wohl keinen Wunsch abschlagen.«
»Er ist prinzipiell dagegen.«
»Und ich bin prinzipiell dafür. Warten Sies ab. Alles läßt sich regeln – unter Dekanen.«
»Das würden Sie wirklich für mich tun?«
»Was bleibt mir übrig. Sie geben ja nicht auf. Nächstens schleppen Sie mir auch noch den Brecht ins Haus, zur Unterstützung Ihrer Wünsche. Sie sind vielleicht hartnäckig, das muß man Ihnen lassen. 1953 saßen Sie vor mir, jetzt haben wir 1956, und Sie sitzen schon wieder hier. Aber das mit der Kommunikation, das müssen Sie noch lernen. Merken Sie sich, es gibt Telefone!«

Jürgen Arndt wurde vor Kummer krank.
Für Frau Weigels Rechnung hatte er nur ein müdes Lächeln. Sie verlangte rund 7800 Mark von uns, trieb sie dann aber selbst ein beim Verkehrsministerium und ZK. Den Rest, der noch verblieb, sollten wir zahlen, aber diese Forderung landete

bei der Bezirksleitung der Partei, wie Frau Weigel es uns geraten hatte.
Walter Ulbricht war es wert gewesen, lieber 1000 Arbeiter bei einer Schienenverlegung einzusetzen und knapp 8000 Mark für die ausgefallene Vorstellung zu zahlen, als zuzulassen, daß 700 Studenten mit Brecht sprachen.
Ulbricht hatte richtig taktiert, seine Investition zahlte sich aus. Brecht wurde nicht mehr gesund, er starb knapp vier Monate später. Die Begegnung der Jugend mit Brecht fand nicht statt in der DDR.
Meine Prüfungen waren glänzend verlaufen, ich erhielt ein Leistungsstipendium, 220 Mark. Bevor wir von unserer Fakultät abreisten, um in der Provinz Dorfzeitungen zu gründen oder zu unterstützen, rief mich Professor Kuckhoff an.
»Es hat geklappt.«
»Wirklich?«
»Sie können im Herbst bei uns studieren. Ich hab bei Budzislawski ein Zweitstudium für Sie durchgesetzt.«
»Nicht zu fassen. Danke.«
»Noch etwas. Wir wollen ein Brecht-Seminar einrichten. Werden Sie teilnehmen?«
»Natürlich. Das ist ja fabelhaft. Also dann bis zum Herbst.«

Unser Dorfzeitungspraktikum begann am 11. Mai in Berlin im Zentralkomitee der SED mit Ansprachen und Instruktionen. Dann wurden wir 150 Journalistik-Studenten des dritten und vierten Studienjahres mit Omnibussen zu den MTS* der Bezirke Neubrandenburg und Schwerin gefahren, begleitet von Genossen der Abteilung Agitation, Presse, Rundfunk im ZK, die uns in unsere Aufgaben einführten. Wir sollten die Dorfzeitungen in den MTS-Stationen weiterentwickeln und praktische Redaktionsarbeit leisten. Der größte Teil der Dorfzeitungen erschien unregelmäßig und in langen Abständen, das sollten wir ändern. Außerdem bekamen wir den Auftrag, polemi-

---

* Maschinen- und Traktorstation

sche Artikel zu schreiben, humorvoll, statt mit dem Holzhammer, und Arbeiter- und Bauernkorrespondenten zu werben, die selbst ihre Meinung in der Zeitung sagten. Ein Schwerpunkt unseres Auftrages war, Mitglieder für die SED zu werben. In der Kreisleitung der SED bekamen wir die letzten Anweisungen, dann bestiegen Tamara und ich einen Lastwagen, der uns nach Blesewitz brachte, einer abgelegenen MTS-Station.
Eine Ziegelkate wurde unsere Herberge für die nächsten zehn Wochen. Im weißgekalkten Hauptraum standen ein roh zusammengeschlagener Schrank, ein Tisch, an dem man sich Splitter einriß, und zwei Stühle neben den Betten. Im Vorraum ein einsames Drahtgestell mit einer blechernen Waschschüssel, ein Zinkeimer daneben. Wasser war nicht vorhanden, die Pumpe gut 100 Meter entfernt, und Strom auch nicht.
»Wo ist die Toilette?«
Verlegenes Achselzucken.
»Keine Toilette?«
Der Instrukteur der MTS-Blesewitz grinste: »Wir sind ja froh, daß wir dieses Häuschen für euch haben. Darin wohnen sonst unsere Traktoristen. Komfort können wir euch nicht bieten. Ihr seid hier im unterentwickelten Mecklenburg.«
»Ja – aber wohin?«
Er zeigte mit dem Finger ins Gebüsch vor dem Fenster. Tamara nahms mit Humor: »Gehen wir eben in die Büsche.«
Das war fast ein Problem, denn ständig lungerten Halbwüchsige um unser Häuschen herum, die einen Blick auf uns werfen wollten.
Die Dorfzeitung Blesewitz war nichts weiter als ein Mitteilungsblatt der Partei, auf Matrizen abgezogen. Wir machten als erstes einen Druckvertrag mit einer kleinen Druckerei in Anklam und nannten unsere Zeitung ›Zum Licht empor‹.
»Hört sich ja an wie eine Beschwörung, Tamara: ›Zum Licht empor‹. Ist das nicht ein bißchen dick?«
»Also, schlimmer kann es nicht mehr werden in diesem Hinterindien, höchstens besser. Helfen wir, damit es besser wird.«
Und sie zeichnete den Titel unserer Zeitung. Wir fingen an,

mit Hilfe unserer Dorfzeitung das Leben in Blesewitz zu organisieren. Übergingen die örtlichen Kompetenzen, um schnell zum Zuge zu kommen, und stellten direkten Kontakt mit Berlin her. Einer von uns hing immer am Telefon im Bürohaus der MTS. Wir organisierten elektrischen Weidezaun für die Rinderhaltung, trieben Kunstdünger auf und hunderterlei andere Dinge, die dringend gebraucht wurden, und die Türen der Bauern gingen vor uns auf, als sie begriffen, daß wir ein offenes Ohr für ihren alltäglichen Kleinkrieg mit den Behörden hatten. Als Gegenleistung ließen sie sich geduldig interviewen und unterzeichneten unsere Artikel mit ihrem Namen, als Autoren. So präsentierten wir bald eine ganze Liste von Bauernkorrespondenten, für die wir ein dickes Lob von der Abteilung Agit. Prop. bekamen.
Als sich gegen Ende unseres Praktikums sogar noch 21 Arbeiter und Bauern verpflichteten, Mitglied der SED zu werden, galten wir als beispielhaft erfolgreich und wurden im »Handbuch der Dorfzeitungsredakteure«, herausgegeben vom ZK der SED, als Musterdorfzeitung präsentiert.
In unserer Zeitung gab es eine Spalte »Dorfgeflüster«, in der wir Dinge aussprachen, die uns zugetragen wurden. Der örtliche Lehrer mißverstand diese Spalte gründlich. In einer Besprechung mit der Parteileitung der MTS bot er uns seine Schützenhilfe an: »Ich habe 47 kleine Radios in meiner Klasse, ich weiß alles, was zu Hause gesprochen wird, ich brauche nur das richtige Knöpfchen zu drücken, die Kinder plaudern alles aus.«
Tamara fand das gut.
Im stillen Kämmerlein explodierte ich: »So nicht, Tamara, Gesinnungsschnüffelei mach ich nicht mit. Das ist für mich die Grenze des Journalismus. Meinungen können sich ändern, man muß sie nicht gleich weitertragen, noch dazu halbverstanden von den Kindern.«
»Wir müssen über diese Meinungen informiert sein, es könnten feindliche Meinungen sein.«
»So nicht, Tamara, wir werden sie nicht ausschnüffeln. Wir wollen nicht die Leute reinlegen, wir wollen ihnen helfen. Von

diesem Lehrer nehme ich keine Informationen.«
Tamara gab nach.
Ich war froh, gerade mit Tamara in Blesewitz zu sein, sie kannte sich aus mit allen praktischen Dingen des Lebens und drucktechnischen Details, und lockerte die Zeitung graphisch mit ihren Zeichnungen auf. Sie war froh, mich zu haben, weil ich mich auskannte in landwirtschaftlichen Belangen und überall die richtigen Leute wußte, die an Drähten ziehen konnten, damit es bei uns besser funktionierte.
Aber im Spiegel mochte ich mich nicht mehr betrachten. Ich war übersät mit roten, juckenden Quaddeln.
»Tamara, keine Mücke sticht dich, alle stürzen sich auf mich in der Nacht, aber ich höre nie eine summen. Ich geh noch kaputt an diesen Mückenstichen.«
»Du hast eben süßes Blut.«
Mit dem Schnack war für Tamara der Fall erledigt.
Nachts war ein Gewitter. Tamara schlief seelenruhig weiter. Ich saß ängstlich im Bett. Blitze erleuchteten taghell das Zimmer. Ein schwarzer Fleck kroch über mein Kopfkissen, noch einer, ein ganzer Schwarm von schwarzen Flecken.
»Tamara!« Ich schrie entsetzt. »In meinem Bett sind lauter Käfer.«
Sie warf sich auf die Seite: »Du spinnst. Laß mich schlafen!«
»Tamara, wirklich!«
Die Bettdecke um mich gerafft, stand ich im Bett.
Entnervt sprang sie auf: »Also zeig schon deine Käfer!«
Beim nächsten Blitz sah auch sie die Bescherung.
Elektrisches Licht gab es nicht in unserer Kate, aber eine Kerze. Tamara tastete nach Streichhölzern. Als das Licht aufflammte, verschwanden die Käfer blitzschnell.
»O Gott, Brigitte!«
Sie nahm ihren Schuh und schlug den oberen Rand der Bettleiste ab, darunter wimmelte es.
»Wanzen. Die Biester kenne ich. Das sind Wanzen.«
»Was!«
»Auf mich gehen sie nicht, ich weiß nicht, warum. Wanzen. Daß ich da nicht früher dran gedacht hab.«

Sie schlug mit dem Schuh auf die Wanzen ein, sie rannten wild auseinander, verbargen sich. Tamara warf ihren Schuh weg:
»Am besten, wir lassen die Kerze brennen. Wanzen scheuen das Licht. Sie werden dich in Ruhe lassen, solange es hell im Raum ist. Schlaf. Morgen mach ich Stunk in der MTS. Sie mußten doch wissen, daß diese Bude hier verwanzt ist.«
Instrukteur Splettstößer zuckte die Achseln.
»Also wirklich. Kein Wort weiß ich davon. Aber ich hab mich die ganze Zeit gewundert, daß die Traktoristen kommentarlos ihr Häuschen zur Verfügung gestellt haben. Sie wollten euch wohl eins auswischen, euch Hundertprozentigen.«
»Ich schlaf da keine Nacht mehr.«
»Der Kammerjäger aus Anklam muß her, die Bude ausräuchern. Erstmal schlaft ihr in meinem Büro.«
Die Wanzen waren vernichtet, aber auf meinen Lippen bildete sich ein dicker Schorf, vor Ekel. Der Arzt verschrieb Creme, aber die Lippen heilten nicht, solange wir in unserer Kate hausten. Erst, als wir nach Leipzig zurückkehrten, verschwand auch der Schorf.
Das Herbstsemester fing mit einer kleinen Sensation an. Nicht nur ich durfte mich spezialisieren, Budzislawski hatte sich durchgerungen, es generell zu erlauben. Wir durften zum ersten Mal in der Geschichte der Fakultät Vorlesungen an anderen Fakultäten belegen. Das war auch bei uns ein frischer Wind, vom XX. Parteitag der KPdSU direkt bis in unsere Fakultät geblasen.
Helga Novak ging zu Bloch, ich zu Kuckhoff, das waren zwei Entwicklungen, erlaubt, aber nicht gern gesehen.
Erwin hatte sich vor mich gestellt, der Stasi ließ mich aus. War man bereit, mir zu vertrauen? Wurde mir die Bewährungsaufgabe erlassen?
»Also, Erwin, wenn du das geschafft hast, daß der Stasi mich in Ruhe läßt, dann heirate ich dich.«
»Da bau ich kein Haus drauf.«
Nicht auf den Stasi? Oder auf mich? Zu einer weiteren Erklärung ließ er sich nicht herbei, aber er fing an, Pläne zu schmieden. Sein Einkommen und meines, nach dem Studium zu-

sammengeschmissen, würde vielleicht bald ausreichen, ein Auto zu kaufen.
»Aber du mußt ein bißchen haushalten lernen, Brigitte. Wenn du Geld hast, fliegt es zum Fenster hinaus. Am besten wäre, ich übernähme die Finanzplanung, später.«
Ein Auto? Das war mir wurscht. Aber gut, wenn er so daran hing, warum kein Auto? Hauptsache, ich mußte keinen Führerschein machen. Die Technik war mir ein Buch mit sieben Siegeln, mehr, unheimlich, weil ich nicht verstand, wie sie funktionierte. Mich interessierten Menschen, keine Maschinen. Mit Maschinen wollte ich nichts zu tun haben. Mitfahren? Gut. Gern. Wenn ein anderer fuhr.
Erwin brachte mir meinen Wandzeitungsartikel, den ich gerade in der Fakultät angeheftet hatte, zurück. Ein Aufruf, die Kritik zuzulassen, frei nach Brecht »Nun macht doch, was hilft!«
»Sag mal, bist du wahnsinnig! Springst in den Strom der Miesmacher. Was soll der Appell? Willst du von der Fakultät fliegen? Immer muß man hinter dir her sein und aufpassen, daß du keinen Quatsch machst.«
»Versteh ich nicht, Erwin – wieso ist das Quatsch? Ihr sagt mit Mao-tse Tung Lasst alle Blumen blühen, das heißt, laßt alle Meinungen blühen. In allen Zeitungen kann man das nachlesen.«*
»Verstehst du denn keine taktischen Losungen? Ist dir nicht klar, wohin das zielt?«
»Nein.«
»Damit wir zwischen den Blumen die Sumpfblüten entdecken und ausreißen können, mit Stumpf und Stiel, ausrotten die Sippschaft.«
»Ich weiß nichts von solcher Taktik. Ich weiß nur, diese Losung kommt an. Überall Artikel, überall Diskussionen. Leute schreiben, die jahrelang die Klappe hielten, es ist wie ein Auf-

---

* Mao hatte am 2.5.1956 erklärt, daß in Wissenschaft und Kultur »hundert Schulen wetteifern und hundert Blumen blühen« sollten. Dieser Spruch leitete die sogenannte Hundert-Blumen-Kampagne 1956/57 ein – zur Aufspürung der Feinde des Sozialismus.

atmen. Hast du gestern den Zwerenz* gelesen im ›Sonntag‹?«
»Dem werden wir noch die Leviten lesen, darauf kann er sich freuen. Aber Zwerenz ist ein gutes Beispiel, an dem siehst du, wie unsere Taktik wirkt. Wir erfahren die Gedanken dieser intellektuellen Spinner, und wir notieren uns ihre Namen. Warten auf die Zeit der Abrechnung. Ich will aber nicht, daß man sich deinen Namen notiert, deshalb hab ich den Wandzeitungsartikel abgemacht.«
»Du schützt mich – wer schützt die anderen? Das sind doch gar keine Feinde, das sind Menschen, die anfangen, kritisch zu denken, das sehe ich an mir. Und es sind Menschen mit Zivilcourage, die die Sache über ihre persönliche Sicherheit stellen. Und ihr wollt zuschlagen?«
»Jawohl. Runter von der Fakultät, rein in die Produktion, rein ins Gefängnis.«
»Warum macht ihr das! Ihr schlagt doch für Jahre die Initiative der Menschen tot. Wollt ihr nur angepaßte Personen? Dann gibts doch hier eine Friedhofsstille. Das könnt ihr nicht vorhaben.«
»Lieber eine Friedhofsstille, als einen Klassenfeind, der sich ins Fäustchen lacht.«
»Erwin, diese schöne Losung Lasst alle Blumen blühen ist nichts als Taktik? Keine neue Haltung des Politbüros?«
»Die Losung dient der Abgrenzung. Wir müssen wissen, gegen welche Gedanken wir uns abzugrenzen haben, also müssen wir sie erstmal herauslocken. Wir müssen neue Strategien entwickeln in unserem Kampf gegen den Klassenfeind, der auch bei uns noch im Trüben fischt. Vor allen Dingen müssen wir uns abgrenzen gegen bürgerliche Intellektuelle, die sich Sozialisten nennen. Sie sitzen noch immer an unseren Universitäten und vergiften die Jugend. Dieser Bloch, dieser Hans Mayer – wir kriegen sie alle an ihre Hammelbeine und jagen sie zum Teufel. Glaubst du, wir wollen hier Studentenrevolten wie in Greifswald im vorigen Jahr? Wir schlagen vorher zu, du wirst sehen.«

* Gemeint ist der Artikel »Leipziger Allerlei« vom 21. 10. 1956.

»Sagtest du eben Bloch, Erwin, oder hab ich mich verhört?«
»Du hast dich durchaus nicht verhört.«
»Vor einem Jahr habt ihr ihn doch noch mit einem Nationalpreis geehrt, jetzt wollt ihr ihn rausdrängen aus unserem Staat?«
»Ja. Er hat sich demaskiert als Verräter.«
»Sag mal, ist das nicht verbrecherisch, so eine Taktik, erst die Meinung aus den Leuten herauszulocken, um sie dann totzuschlagen?«
»Brigitte, wir schlagen niemanden tot. Sie können ja in den Westen gehen.«
»Aber sie kritisieren doch nur, um zu helfen. Sie wollen doch gar nicht in den Westen. Sie wollen doch hier bei uns den Sozialismus aufbauen. Keiner wird gehen, der am Sozialismus hängt.«
»Dann soll er sich mit uns arrangieren.«
»Ich höre das Donnern der Räder der Geschichte, die einmal über euch hinwegrollen werden.«
»Richtig. Das ist eine historische Haltung, die wir jetzt einnehmen. Sie wird einmal historisch sein. Wir nehmen sie ein, weil sie *jetzt* notwendig ist, jetzt ist sie richtig.«
»Das ist eine Ausrede, Erwin. Jede Haltung wäre historisch, wenn ihr sie als eine solche kennzeichnen würdet. Wenn ihr aber eine *menschliche* Haltung einnehmen würdet, wäre sie gültig, auch vor der Geschichte. Und die Geschichte brauchte euch nicht abzuservieren.«
»Nicht wir werden abserviert, Haltungen werden abserviert. Wenn die Zeit menschlicher ist, werden auch unsere Haltungen menschlicher. Wir haben jetzt die Zeit ideologischer Konfrontation, *hier* Arbeiter- und Bauernmacht, *da* Bourgeoisie. Der Klassenfeind sitzt uns im Nacken. Wir müssen kämpfen, um nicht unterzugehen. Unsere Haltungen werden von unserem Kampf bestimmt, nicht von Sentimentalität, Brigitte.«
»Ich lebe heute, ich lebe nicht in der Zukunft. Mein Leben ist nicht wiederholbar. Wenn ich heute nicht menschlich sein darf, werde ich vielleicht keine Chance haben, jemals menschlich zu sein. Wie soll ich wissen, was menschlich ist, wenn ich

nicht geübt bin in Menschlichkeit? Wenn wir solche Übungen auf die lange Bank schieben – wer wird sich dann erinnern, wenn die Zeit dafür gekommen ist? Kann man Menschlichkeit aus der Tasche zaubern, eines Tages, wenn sie erlaubt ist? Hat man sie, wenn man sie haben möchte? Oder geht sie verloren auf dem langen Weg in die Zukunft? Sie nicht auszuüben heißt vielleicht, auf sie zu verzichten?«
Erwin sagte nachdenklich: »Du meinst doch schon wieder diesen Kampe.«
»Gut, also konkret. Verrate ich einen Freund, der mir vertraut, an den Staatssicherheitsdienst – aus Gründen unseres Kampfes –, dann bin ich ein Verräter an meinem Freund, ich spucke auf mich. Verrate ich ihn nicht, erscheine ich euch als Verräter an der Idee. Ihr spuckt auf mich. Wie ich mich auch entscheide, ich sitze in der Falle, es bleibt Verrat. Mal an Klaus, mal an der Idee. Aber ich weiß eine Hintertür. Wenn ihr mich wieder unter Druck setzt, erzähle ich einfach Klaus, was ich für einen Auftrag habe, dann ist er gewarnt und als Kontakt wertlos.«
Erwin war ganz fassungslos.
»Soll ich das so verstehen, du würdest eher die Idee verraten als *solch* einen Menschen? Komm zu dir.«
Gleich würde er argumentieren, das sei doch nur eine Frage des richtigen Klassenstandpunktes, zu wissen, auf welche Seite man gehöre, aber das half mir nicht weiter. Ich wurde aggressiv: »Wenn die Idee keinen Platz läßt für Menschlichkeit, dann muß die Idee korrigiert werden.«
»Und das alles wegen Kampe. Du warst auf einem so guten Weg, Brigitte. Begreife doch die Besonderheiten unseres Kampfes. Alles ist so gradlinig, so überschaubar, warum mußt du alles komplizieren. Ich sehe hier uns, Vertreter der proletarischen Klasse, und ich sehe drüben deinen Klaus, Vertreter des Bürgertums, ein bürgerlicher Intellektueller. Nichts verbindet uns mit ihm.«
»Ich sehe das anders. Ich sehe uns, Sozialisten, und ich sehe drüben Klaus, auch einen Sozialisten. Wie kann ich, ein Sozialist, einem anderen Sozialisten ein Bein stellen?«

»Bein stellen, Quatsch. Überprüfen sollst du ihn, Brigitte, überprüf seinen Sozialismus, und du wirst sehen, es ist nur dieser scheiß-sozialistische Habitus, der drüben modern ist und zu keinen Konsequenzen führt. Gestalten sie etwa die Gesellschaft um, diese Bürgersöhnchen? Was tun sie denn? Quatschen.«
»Sie verständigen sich. Bevor man was tut, muß man sich verständigen. Das ist hier so wie drüben. Du kennst ihn nicht, also verurteile ihn nicht.«
»Dann beurteile du ihn, damit wir ihn kennenlernen. Du brauchst nicht in persönlichem Kontakt zu sein mit dem Stasi, ich nehm dir das ab, soweit hab ich sie. Du brauchst nur mich zu informieren, ich gebs weiter. Mehr Entgegenkommen geht nicht. Also nun sei auch du bereit und bewähre dich.«
»Erwin, ich kann es nicht.«
»Du meine Güte, du wirst ihn doch wohl noch beurteilen können.«
»Wenn ich ausführe, was ihr von mir verlangt, dann bin ich ein liebes Mädchen, brauchbar, und darf Karriere machen. Vielleicht wollt ihr mich dann sogar als Genossin. Aber mir scheint, ich will gar kein liebes Mädchen sein, mir liegt auch gar nichts mehr an einer Karriere. Der Preis ist mir zu hoch.«
»Hör mal, das ist idiotisch. Was ist ein Mensch, wenn es um die Sache geht?«
»Nichts... nur ein Mensch zu viel, der geopfert wird.«
Erwin empörte sich: »Mir mißfällt deine spontane Solidarität mit Kampe. Spontaneität ist überhaupt etwas, was wir mit Mißtrauen sehen, Spontaneität ist gefühlsmäßig. Einsichten in die Notwendigkeiten sind Denkzwänge, die die Gefühle kanalisieren. Du neigst zu diesen spontanen Sympathiebezeugungen. Mal ist es der Brecht, mal ist es der Kampe, es ist immer dieselbe Sorte Mensch, Intellektuelle, die sich nie voll mit einer Sache identifizieren.«
»Ich finde ihre Haltungen interessant, anders als unsere, kritisch, aber loyal – was will man mehr.«
»Wir wollen die Identifizierung, Brigitte.«
»Das ist ein Griff in die Sterne.«

»Wir holen die Sterne vom Himmel.«
»So einen langen Arm hab ich nicht.«
»So einen langen Arm hat nicht der einzelne, den hat die Partei, Brigitte.«
»Womit wir wieder beim Thema wären.«
»Komm, vertagen wir das Gespräch, du bist zu erregt. Kein Mensch verlangt, daß du dich heute entscheidest, Brigitte. Du hast Zeit, nichts wird übers Knie gebrochen. Du wirst schon zur Vernunft kommen, wenn du die Alternativen bedenkst. Abgeschoben zu einer Dorfzeitung oder Theaterkritiker in Berlin beim ›Sonntag‹. Das ist deine reale Perspektive. Du kennst sie. Und ich kenne dich. Denk an die Flöhe in Anklam.«
»Wanzen.«
»Also gut, Wanzen. Alles mögliche kann man dir nachsagen, du bist provokant, launisch, fipsig, unlogisch – aber sentimental, das bist du nicht, das läßt mich hoffen. Wegen dieser Zuneigung zu Klaus wirst du nicht auf deinen Sonntag verzichten, das ist mir so klar wie das Amen in der Kirche. Du wirst dich nicht von Wanzen piesacken lassen, wenn du statt dessen im Theater sitzen kannst, mach dir nichts vor. Das heute, das sind Gespräche, die wichtig sind, damit man herausfindet, wie man sich verhalten muß. Unsere Erziehungsarbeit an dir wird schon nicht vergeblich gewesen sein. Du wirst schon noch über deinen eigenen Schatten springen. Solch ein Problem hat hier noch jeder bewältigt. Warum du nicht? Warum gerade du nicht? Auch du wirst es schaffen. Aber dein Ringen darf nicht öffentlich werden, deshalb habe ich deinen Wandzeitungsartikel wieder mitgebracht. Du mußt privat mit deinen Nöten fertigwerden, dazu hast du doch mich. Aber ich bin sicher, eines Tages wirst du an unserer Seite sein und die Zwänge der Tagespolitik akzeptieren.«
Ich grinste: »Du triffst den Nagel auf den Kopf. Wenn ich einmal eine solche Hürde genommen habe, werde ich bereit sein für jede andere Hürde. Und jede weitere Hürde würde mich weniger Überwindung kosten, das ist genau das, was ich fürchte. Und eine schlimme Konsequenz drängt sich mir auf, stelle ich bereits die Idee in Frage, die über solche Hürden zwingt?«

»Komm, wir gehen ins Kino. So etwas will ich von dir nicht noch einmal hören, auch nicht im Zorn. Laß das.«
Auf dem Weg ins Kino in die Innenstadt, wir wanderten, um frische Luft in unsere Köpfe zu bekommen, fragte ich Erwin: »Alles, was du mir sagst, war mir klar, als ich auf die Fakultät kam. Aber jetzt, da ich eine praktische Aufgabe übernehmen soll, sehe ich mit anderen Augen. Hattest du, vor die praktische Bewährung gestellt an dieser Fakultät, ähnliche Zweifel?«
»Das versuchte ich dir vorhin klarzumachen. Jeder steht vor diesem Problem, wenn er in der Parteiarbeit aktiv wird. Ich hatte mal eine Freundin an der Fakultät, die hat sich nicht überwinden können und ist in den Westen gegangen. Das warf ein schlechtes Licht auf mich und meinen Einfluß. Hör mal, du wirst mir doch nicht einen weiteren Ärger verschaffen?«
Ich hakte mich fest bei ihm ein.
»Nee, Westen, das ist doch keine Alternative für mich. Ich laufe doch nicht vor Problemen weg, ich hoffe, soweit kennst du mich.«

Ich fuhr zu Klaus, um ihm zu sagen, ich bin dein Privatspitzel. Ich komme nicht wieder. Sollte sich der Stasi eine andere Bewährungsaufgabe einfallen lassen, zu Klaus brach ich die Brücken ab.
Als ich bei ihm in Dahlem war, in seinem Zimmer in der Garystraße, direkt gegenüber dem publizistischen Institut der Freien Universität, kam es knüppeldick aus dem Radio.
Revolution in Ungarn.
Wie versteinert saß ich da.
Abends brannten Kerzen in den Fenstern von Westberlin.
»Was hältst du davon?«
»Was verstehen die schon von unseren Problemen. Stellen Kerzen ins Fenster und meinen, damit wäre es getan. Die machen es sich bequem mit ihren sentimentalen Gesten.«
»Wann kommst du wieder?«
»Ich weiß nicht.«
»Kommst du überhaupt wieder, Brigitte?«
»Ich weiß nicht.«

Im Zug nach Leipzig faßte ich einen einsamen Beschluß.
Diese Revolution in Ungarn – wir würden sie zu einem Aufstand umfunktionieren, das lag auf der Hand. Und alles, was die Empörung der Massen auslöste als Ergebnis von Provokationen hinstellen.
Warum dann nicht vorprellen?
Im Internat angekommen, setzte ich mich im Morgengrauen hin und schrieb einen Aufruf, Geld zu spenden für die Opfer des Aufstandes.
Ich war die erste an der Fakultät, die öffentlich an der Wandzeitung die Revolution als *Aufstand* bezeichnete. Das war nichts als Taktik. Ich wollte mir selbst beweisen, taktisch bist du inzwischen wendiger als die anderen. Als ich den Artikel mit Reißzwecken feststeckte, war mir klar, ich fing an, schizophren zu werden. Dachte Revolution und schrieb Aufstand. Das war genau die Haltung, die ich verachtete, und ich fing an, sie einzunehmen.
Zwei Tage lang geschah sonst nichts an unserer Fakultät. Tamara weinte, als sie meinen Artikel las, sagte aber kein Wort, blieb verzweifelt im Bett. Viele blieben im Bett in diesen Tagen.
Uschi Schülers Mann hatte einen Nervenzusammenbruch und kam ins Krankenhaus. Keiner wagte zu sprechen. Alle warteten.
Die Fakultät war narkotisiert. Alle betrachteten sich mit sorgenvollen Mienen und schwiegen. Wir warteten auf die Argumentationshilfe vom Zentralkomitee, und die saßen in der Defensive. Sie diskutierten in Permanenz, konnten sich aber erst nach zwei Tagen entschließen, vom ungarischen ›Aufstand‹ zu sprechen. Ein Agitator von der Abteilung Agit./Prop. im ZK kam und informierte uns über das Ergebnis der Beratungen im ZK, die Revolution sei eine Konterrevolution. Nun gab auch das ›Neue Deutschland‹ Argumentationshilfe.
Am 23. Oktober 1956 brach die Revolution in Ungarn aus. Am 24. Oktober stand im ›Neuen Deutschland‹ ein Leitartikel »Die Sprache der Tatsachen«, ein Loblied auf die Sowjetunion. Und der Aufmacher auf Seite eins war »25 000 geschlossen im Aus-

stand / Vom Metallarbeiterstreik in Schleswig-Holstein.« Kein Wort über Ungarn.
Am 25. Oktober war nach zwei Tagen auf Seite zwei ein Zweispalter zu finden:
»Die Kräfte des Sozialismus sind stärker / Zu den Ereignissen in Ungarn«
»... Am 23. und 24. Oktober versuchten die ausländischen Imperialisten mit Hilfe konterrevolutionärer Elemente in Ungarn einen bewaffneten Putsch gegen die sozialistische Volksmacht durchzuführen. Das Ergebnis ist bekannt: Die Konterrevolutionäre wurden vom werktätigen ungarischen Volk und seiner Volksarmee binnen kurzer Frist niedergeschlagen...«
Das war Wunschdenken des ›Neuen Deutschland‹. Das Gemetzel in Ungarn wurde bis zum 4. November fortgesetzt, das war der Tag, an dem die sowjetische Armee endgültig zuschlug.

Als der Agitator vom ZK die Richtlinien für die Diskussion bei uns ablieferte, ging ich zu Erwin.
»Warum erst heute? Ich war schneller als ihr. Warum brauchtet ihr so lange Zeit? Ihr müßt doch offensiv argumentieren. Zwei Tage lang habt ihr dem Klassenfeind die Argumente überlassen.«
»Wir mußten doch erst einen Beschluß fassen im ZK, wie die Lage zu beurteilen ist, das geht nicht intuitiv. An den Beschluß haben wir uns jetzt zu halten. Ein Beschluß vom ZK hat Gesetzescharakter. Bevor es zum Beschluß kommt, wird diskutiert.«
»Diskutiert? Wo? Doch nur im ZK.«
»Wenn wir Genossen den Beschluß in der Hand haben, halten wir strikt die Ausführung ein. Dann ist nur noch Kritik oder Selbstkritik an fehlerhafter Ausführung der Beschlüsse gestattet. Der Beschluß selbst ist nicht mehr diskutierbar.«
»Jetzt haben wir also eine Konterrevolution. Und die Leute, die gegen Übergriffe protestierten, werden erschossen. Es muß doch eine andere Methode geben, sich gegen Übergriffe zu wehren. Man müßte – Gerichte einschalten können. Dann braucht niemand auf die Straße, um zu protestieren, und riskiert nicht sein Leben... nicht seine Karriere...«

»Du bist doch schon wieder bei deinem Thema. Mußt du alles, alles, alles auf dein Beispiel reduzieren!«
»Ich reduziere das nicht auf mein Beispiel, Erwin, mir fällt nur auf, wir hätten einen *demokratischen* Sozialismus, wenn man seine Rechte als Person verteidigen könnte.«
»Wer will einen demokratischen Sozialismus?«
»Vielleicht – ich?«
»Brigitte. Wir anerkennen die Diktatur des Proletariats. Vergiß ganz schnell, was du gesagt hast. Auf der einen Seite schreibst du diesen fabelhaft einsichtigen Wandzeitungsartikel, auf der anderen Seite rennst du wieder ein, was du gerade vorgeführt hast, ein entwickeltes sozialistisches Bewußtsein. Halt die Klappe, ja! Du hast nicht über die Taktik der Demokratisierung nachzugrübeln, überlaß das kompetenteren Leuten, überlaß das der Partei, du kommst sonst ins Schleudern. Die Konterrevolution kommt auf Taubenfüßchen, sie schleicht sich ein mit den Schriftstellern. Wir lassen bei uns kein Ungarn zu, verlaß dich drauf.«
In den nächsten Tagen jagte eine Parteiversammlung die andere. Die Genossen wurden auf Vordermann gebracht, ich sah Erwin kaum noch. Am 28. November entschuldigte sich das Politbüro des ZK im ›Neuen Deutschland‹ für die zögernde Information:
»Wir konnten zuerst auch keine genauen Informationen geben über die Auseinandersetzungen in Ungarn, trotzdem wir die bedrohliche Art und Weise, wie die Korrektur der Fehler durchgeführt wurde, empfunden haben... solche Situationen versetzten natürlich unsere Parteimitgliedschaft und alle die, die fest zur Arbeiter- und Bauernmacht stehen, in große Spannungen. Denn die Massen forderten von ihnen eine Antwort, die Massen sind von den feindlichen Sendern mit Mitteilungen und Meldungen überhäuft. Der Druck auf die Parteifunktionäre ist in solchen Situationen sehr groß, und dennoch muß man standhalten. Eine solche Lage erfordert ein eigenes Urteilsvermögen, prinzipielle Festigkeit und eine große Fähigkeit an Überzeugungskraft, damit vor allem unsere Arbeiterklasse, aber auch die anderen werktätigen Schichten in ihrer übergro-

ßen Mehrheit in solchen komplizierten Lagen treu zum Sozialismus stehen und selbst alle Anschläge auf unseren sozialistischen Aufbau abwehren...«
Diese Selbstkritik stellte das Vertrauen zum ZK wieder her.

In der Theaterhochschule drückte mir Friedemann den »Kaukasischen Kreidekreis« von Brecht in die Hand, gedruckt im Aufbau-Verlag 1954.
»Sie haben doch einen guten Kontakt zum Berliner Ensemble, könnten Sie uns nicht ein Referat über die Masken des Kaukasischen Kreidekreises halten? Wie Brecht mit Masken arbeitet?«
Ich hatte mich zum Seminar: Bertolt Brecht – Theatertheorie und Theaterpraxis eingeschrieben und saß zwischen den Studenten der Theaterhochschule im Seminarraum, verwundert betrachtet. Da ich mit niemandem sprach, nur lächelte, höflich bitte und danke sagte, sonst aber auch bei Diskussionen den Mund hielt, weil ich mich nicht kompetent genug fand für ein Urteil, wußten sie nicht, wie sie mich einzuschätzen hatten. Mich interessierten nicht die Studenten, mich interessierte das Wissen, das vermittelt wurde. Private Kontakte fand ich überflüssig. Ich war wie ein Stein, nicht zum Reden zu bringen. Mehr, wenn ich kam, war es, als fielen Steine auf ihre Worte, sie hörten auch auf, miteinander zu sprechen. Ich wirkte lähmend auf die Gruppe.
»Herr Friedemann, Sie schicken mich zum Berliner Ensemble?«
»Ja. Sichten Sie an Ort und Stelle Material. Und grüßen Sie den Wolfgang Pintzka. Wolfgang hat hier Theaterwissenschaft studiert, er ist Assistent am BE. Sie proben da gerade den Galilei, vielleicht nimmt er Sie mit in eine Probe hinein.«
»Darf man das?«
»Fragen Sie ihn.«

Im Berliner Ensemble war probenfrei. Wolfgang Pintzka war nicht aufzufinden und Bunge war in einer Parteiversammlung.

Welche Tür ich auch öffnete, die Zimmer waren leer. Resigniert setzte ich mich auf die Stufen im Treppenhaus. Irgend jemand würde doch wohl mal auftauchen. Ich wartete stundenlang, die Steinstufen waren kalt und wurden immer kälter, niemand kam. Ich fror, die Tränen stiegen mir in die Augen, ganz umsonst hergekommen. Jemand hob mein Kinn hoch.
»Wen haben wir denn da? Habe ich Sie nicht schon mal hier gesehen?«
Mit tränenverschleiertem Blick erkannte ich Käthe Rülicke, Regisseurin an diesem Theater.
»Ja. Ich war mal hier mit meinem Referat ›Die Vulgarisierung der Literatur durch Bertolt Brecht‹. Das war im Januar.«
»Natürlich. Ich erinnere mich.«
Ich stand auf, im Trainingsanzug wie damals, seitlich einen Zopf geflochten. Aber diesmal war der Pullover darunter etwas dünner, ich wollte nicht ganz so pummelig wirken wie beim erstenmal. Sie lächelte mir zu.
»Und was haben Sie heute auf dem Herzen?«
»Wieder ein Referat.«
»Doch nicht schon wieder eine Verdammung Brechts?«
»Nein. Diesmal ist es ein Referat der Theaterhochschule Leipzig über Brechts Masken im Kaukasischen Kreidekreis.«
»Kuckhoff lehrt Brecht? Es geschehen noch Zeichen und Wunder.«
»Ich wollte Pintzka oder Bunge befragen, aber keiner ist da.«
»Kommen Sie mit in die Dramaturgie. Hier draußen ist es ja viel zu kalt. Ich werde mal sehen, ob ich Bunge erreiche.«
Sie verstaute mich in einem Ohrensessel, endlich was Weiches zum Sitzen, telefonierte, und Minuten später war Bunge da.
»Wie lange haben Sie gewartet?«
»Fast zwei Stunden.«
»Das ist ja unglaublich, mir hat keiner was gesagt.«
Ich durfte das Archiv benutzen und fühlte, wie mir vor Erregung die Wangen glühten. Was für fabelhaftes Material, um mich türmten sich die Ordner, ich schrieb und schrieb. Bunge unterbrach mich.
»Ich könnte Ihnen mein Inszenierungstagebuch zur Verfü-

gung stellen, da finden Sie viel über Masken. Ich habe es zu Hause. Kommen Sie mit? Ich brauche Tabletten, mein Hals tut weh. Zu Hause habe ich einen Schrank mit Medikamenten, ich wohne ganz in der Nähe.«
Das war in der Breiten Straße, Hinterhaus, dritter Stock. Endlos hohe Stiegen aus Zement, wie in einer Fabrik, vergitterte Fenster im Treppenhaus und ein großer Schlüssel zur Wohnungstür.
Ich trat ein in eine Plakatwelt.
Decken und Wände waren lückenlos überklebt mit Aufführungsplakaten des Berliner Ensembles, ein bunter Spaß wie von Kindern erdacht, aber sorgfältig ausgeführt, ein Kaleidoskop von Farben. Verbargen die Plakate nur die Betonwände oder sollten sie ankündigen, hier wohnt ein Bohemien? Wo war ich gelandet?
Die Tür zum Wohnzimmer öffnete mir eine Welt jenseits von Plakaten. Vor dem großen Fenster ein Vorhang aus ungebleichtem Nessel mit dem Schimmer von altem Elfenbein, Webteppich und Polster in gedämpftem Blau und Grau, Möbel aus ungebeizter Eiche, gradlinig, kräftig gemasert, vom Schreiner angefertigt, kein Kaufhausramsch, zentimetergenau in dieses Zimmer eingepaßt. Ein Gemälde, das ich von jeher liebte, van Goghs Sonnenblumen, braun vor einem falschen Himmel, real und irreal zugleich, ein Druck von hervorragender Qualität. Bücher von Wand zu Wand, alte, ledergebundene Schwarten, Erstausgaben... mein Finger glitt über Buchrücken, über Titel, die ich noch nie gelesen hatte. Einen Band E.T.A. Hoffmann zog ich heraus.
»Gefällt es Ihnen bei mir?«
»Unbeschreiblich. Die vielen Bücher...«
»Nun fragen Sie mich bitte nicht: Haben Sie die alle gelesen!«
»Wieso? Fragen so was Leute?«
»Es gibt nichts, was Leute nicht fragen.«
»Sind Ihnen Fragen lästig?«
»Natürlich nicht, das müßten Sie doch gemerkt haben. Wie ist es – wollen Sie mein Protegé werden?«

»Protegé – nein!«
Voller Abscheu hob ich die Hände, wich förmlich vor ihm zurück. Bunge wußte meine Abwehr nicht einzuschätzen.
»Was ist denn dagegen einzuwenden? Wollen Sie nicht protegiert werden?«
»Nein. Niemals.«
Er setzte sich. »Versteh ich nicht.«
»So was mache ich nicht.«
»Was machen Sie nicht?«
Das Thema war mir peinlich, ich druckste herum. Aber Bunge ließ nicht locker.
»Ist Ihnen vielleicht der Begriff Protektion nicht klar?«
»Doch.«
»Dann versuchen Sie doch mal, diesen Begriff zu definieren. Was fällt Ihnen dabei ein?«
»Mätresse.«
Das Wort war raus.
»Was hat denn Protektion mit Mätresse zu tun?« fragte er verwundert. Aber dann brauchte er keine Antwort mehr, die Verlegenheit war mir glühendheiß in die Wange gestiegen. Er schmunzelte. »Da scheint mir eine Begriffsverwirrung vorzuliegen. Ich frage mich, was Sie gegen einen Förderer einzuwenden haben, und Sie denken an jemanden, der dafür Sex kassiert?«
Ich nickte. Bunge zog mich am Zopf zu einer Lexika-Reihe.
»Lesen Sie nach, was das Wort Protektion bedeutet.«
Im Lexikon stand: Gönnerschaft, Förderung, Schutz. Beschämt klappte ich das Buch zu.
»Na, brauchen Sie einen Protektor? Mein Angebot steht.«
Ich nickte verlegen.
Er wickelte seinen Schal ab.
»Gestern war ich krank. Gut, daß Sie gestern nicht kamen. Gestern war ein böser Tag.«
»Was war denn los?«
»Der Harich* ist gestern verhaftet worden.«

* Heute: Politisch engagiert bei den Grünen, BRD.

»Professor Harich, der Philosoph? Der ist doch Chefredakteur der ›Deutschen Zeitschrift für Philosophie‹, den meinen Sie doch nicht?«
»Den meine ich, Wolfgang Harich. Wir trafen uns regelmäßig donnerstags im Finanzministerium und diskutierten, eine ganze Gruppe. Gestern fehlte ich, Halsschmerzen und Fieber.«
»Wie praktisch.«
Das rutschte mir raus. Bunge, der gerade auf dem Weg ins Bad war, um Tabletten aufzulösen, blieb stehen, das Glas in der Hand.
»Wie meinen Sie das?«
»Macht sich doch gut, so eine Krankheit, gerade im richtigen Augenblick. Der Harich wird verhaftet, und Sie sind krank.«
»Hören Sie mal, ich war wirklich krank.«
»Meinen Sie, das schützt Sie?«
»Meinen Sie nicht?«
»Wurden denn keine Anwesenheitslisten geführt?«
»Davon weiß ich nichts.«
»Die Genossen vom Stasi sind doch überall.«
Bunge ließ Wasser ins Glas laufen, die Tabletten sprudelten auf.
»Da hätten sie viel zu tun, wenn sie alle verhaften wollten, die da im Finanzministerium zusammentrafen.«
»Waren das viele?«
»Alle, die in Ostberlin Rang und Namen haben. Alle, die zählen.«
»Du liebe Zeit, gibt es denn hier eine Opposition wie in Ungarn?«
»Denken Sie in Schlagzeilen?«
»Ich bin doch Journalist. Wenn der Eindruck entstehen könnte, daß weite Kreise Harich unterstützen, dann heißt das gleich, wir hätten eine oppositionelle Intelligenz. Nein, das darf nicht publik werden.«
»Sie meinen, es wäre besser, den Fall Harich auf ein paar Personen einzugrenzen?«
»Eingrenzen? Nee. Unter den Teppich kehren. Bloß kein Auf-

sehen! Aber ich sitze nicht in der Abteilung Agit.Prop. im ZK, ich habe keine Ahnung, was die machen werden, aber das sind ja gute Taktiker.«
»Ich habe den Eindruck, Sie denken auch taktisch?«
»Kein Wunder, das lernt man mit der Zeit bei uns an der Fak.Jour. wie andere Leute das Beten.«
Bunge legte ein Tonband auf aus der Dreigroschenoper, gesungen von Brecht mit leicht quäkender Stimme, betonten Endsilben und rollendem R. Eine Originalaufzeichnung.
»Soll ich Ihnen ein Band davon anfertigen? Irgendwann?«
»Das wäre fantastisch. Aber ich habe kein Gerät zum Abspielen.«
»Dann heben Sie sich das Band auf.«
Er machte Tee und zeigte mir ein Aktenregal im Nebenzimmer. »Dazwischen steht auch mein Inszenierungstagebuch. Suchen Sie sich heraus, was Sie gebrauchen können. Vor allem über die praktischen Gründe der Maskengebung.«
Ich machte meine Aufzeichnungen neben den Teeschalen auf dem kleinen Tisch an der Liege, dabei die Keksdose leerend. Bunge klapperte auf seiner Schreibmaschine am Schreibtisch vor dem Fenster. Um 17 Uhr kam jemand vom Aufbau-Verlag, ein Harich-Verstörter, und wollte Bunge zu einer Besprechung holen. Ich hörte, daß Bunge den Nachlaß von Brecht sichtete, im Auftrag von Helene Weigel, und das Bertolt-Brecht-Archiv aufbaute. Da saß ich an der Quelle zu Brecht und wußte es nicht. Beeindruckt packte ich meine Notizen zusammen, um mich zu verabschieden, aber Bunge winkte ab.
»Ich kann Sie doch nicht schon jetzt auf die Straße schicken. Wann geht Ihr Zug?«
»Um neun.«
»Dann bleiben Sie bis zur Abfahrt. Ich mache Ihnen noch einen Tee und ein paar Brötchen zurecht. Vergessen Sie nicht, daß Sie mein Protegé sind, ich bin immer für Sie zu sprechen.«
Als ich Bunges Inszenierungstagebuch auf den Schreibtisch legte, fiel mir ein aufgeschlagener Ordner auf, Durchschlagpapier, alles kleingeschrieben, mit Datum. Ein Tagebuch von Brecht.

Natürlich durfte ich nicht darin lesen, das war mir klar, das war ein Vertrauensbruch. Aber ich las trotzdem. Nicht nur das, ich schrieb ab, was mich interessierte, und so schnell ich konnte, denn der Zeiger der Uhr rückte vor auf neun. Dieses Tagebuch würde ich nicht wieder zu Gesicht bekommen, das war Dynamit. Es sprengte meine Ansichten über Brecht. Das war kein Mann, der rühmte.
Hastig blätterte ich die Seiten auf, die Auskunft gaben über Brecht in der DDR. Was war das? Es waren nur wenige Blätter vorhanden. Ausgeheftet?
Was ich las, war alarmierend genug. Hohn und Spott über Becher, unseren Kulturminister. Sie schienen sich nicht zu lieben. Den Nationalismus Bechers beschimpfte er »Hitler hatte nur den falschen, Becher hat den richtigen«, und ein Gedicht fiel mir ein, am 7. Oktober 1956 im ›Neuen Deutschland‹ gedruckt. Dieses Gedicht betraf auch mich, denn es war auf der ersten Seite unter einem fünfspaltigen Foto gedruckt unter der Schlagzeile »Der Deutschen Demokratischen Republik gehört die Zukunft«. Es war wohl das größtaufgemachte Foto, das im ›Neuen Deutschland‹ erschienen war, und es zeigte einige Studenten im Elbsandsteingebirge. Eine Studentin wies ins Land, mit großer Geste, das war ich. Erwin hatte mir das ND unter die Nase gehalten, »Na, du Galionsfigur des Sozialismus, bist Titelbild im ›Neuen Deutschland‹. Welcher Fotograf ist denn da dein Freund?« »Keine Ahnung.«
Unter dem Foto war ein Gedicht von Johannes R. Becher abgedruckt:

»Herrliches Land...
Herrliches Land
das sich erhebt
aus dem Schutt des Vergangenen
und ins Künftige aufsteigt –
aus eigener Kraft!

Willens,
keine Mühe scheuend,

eine neue Ordnung zu schaffen
zu aller Wohlergehen
und Frieden
zu stiften!

Herrliches Land,
Menschen zeugend:
frei,
einfach,
schön...
Eine Jugend,
wie traumentstiegen,
Anstieg zum Höchstem.

Herrliches Land!
Auch das kühnste Wagnis
gelingt dir.
Das Unmögliche,
du machst es möglich.

Neue Quellen entdeckend
in der Tiefe des Volks,
unerschöpflich...
Welch ein Strömen!
Neues Maß,
unermeßlich,
neuer Lebenswert
unendlich.

Herrliches Land,
mit dir übereinzustimmen
in deinen Beschlüssen,
eins mit dir
in deinen Maßnahmen.

Herrliches Land:
Du unser leidenschaftliches JA!

Unser tiefes DU!
Unser Wissen WOFÜR!
Unser unsterbliches WIR!«

Eine Jugend wie traumentstiegen... ich las Brechts Zeilen über Becher, geschrieben 1943: »Nachbar, euren Speikübel!«
Die Begräbnisanweisung, seine Begräbnisanweisung, schrieb Brecht am 15. Mai 1955, ein paar Tage vor seiner Fahrt nach Moskau, um seinen Friedenspreis abzuholen. Was hatte an dem Tag im ›Neuen Deutschland‹ gestanden, daß er so bitter war? Ich beschloß, in Leipzig im ND nachzulesen.
Ein Satz erschütterte mich besonders, geschrieben am 17. Oktober 1943: »... realistische kunst ist kunst, welche die realität gegen die ideologien führt und realistisches fühlen, denken und handeln ermöglicht.«
Der Schriftstellerkongreß hatte kurz vor Brechts Tod auf das Banner geschrieben: Kunst ist Ideologie.
Hier, bei Brecht, einem Meister des Realismus, hörte sich das ganz anders an. Ich klappte Brechts Tagebuch zu, packte meine Aufzeichnungen zusammen und fuhr zurück nach Leipzig, völlig verstört. Brecht hatte in der DDR kein Gegenwartsstück geschrieben, soviel er auch bedrängt worden war. Jetzt verstand ich, warum. Sein Programm war, die Realität *gegen* die Ideologie zu führen. Das wäre von unseren Ideologen als Verrat an der Arbeiter- und Bauernklasse verdammt worden. Also schwieg er. Und ich begriff sein Schweigen als Solidarität mit der Partei, die um ihre Existenz kämpfte. Wie aber sah es mit der Solidarität der Partei gegen Brecht aus? Im Studienkabinett lieh ich mir das ›Neue Deutschland‹ vom 15. Mai 1955 aus, dem Tag von Brechts Begräbnisanweisung. Da stand auf Seite vier der Artikel »Antimilitarismus ist nicht Pazifismus«:
»... Die geschworenen Feinde des Militarismus, die wirklichen Sozialisten, waren *niemals Pazifisten*. Sie haben niemals die Notwendigkeit der Bewaffnung der Arbeiterklasse zur Verteidigung ihrer sozialistischen Errungenschaften oder zur Erkämpfung der politischen Macht verneint...«
Für Brecht hieß das, da hast du deinen Friedenspreis, du

Pazifist, aber du giltst uns nicht als Sozialist, wir treten dir in den Hintern. Er reagierte darauf mit seiner Begräbnisanweisung (abgedruckt im ND vom 17. August 1956):
»... im Falle meines Todes möchte ich nirgends aufgebahrt und öffentlich ausgestellt werden. Am Grabe soll nicht gesprochen werden. Beerdigt werden möchte ich auf dem Friedhof neben dem Haus, in dem ich wohne, in der Chausseestraße.
Berlin, den 15. Mai 1955
Bertolt Brecht!«

Ich ging zu Erwin.
»Mir wird jetzt erst klar, was ihr da für ein Spiel mit dem Brecht getrieben habt. Vor der Weltöffentlichkeit gelobt für seine Friedensziele, habt ihr ihn verurteilt unter euch.«
»Er hat uns unsere Argumentation kaputtgemacht.«
»Welche Argumentation?«
»Er hat erklärt: ›Das große Karthago führte drei Kriege. Es war noch mächtig nach dem ersten, noch bewohnbar nach dem zweiten. Es war nicht mehr auffindbar nach dem dritten.«
»Und was ist daran falsch?«
»Wir Sozialisten argumentieren anders. Nach dem 1. Weltkrieg entstand die Sowjetunion. Nach dem 2. Weltkrieg entstand ein sozialistisches Weltlager. Nach dem 3. Weltkrieg wird die Welt sozialistisch sein. Das ist sozialistische Argumentation – das erhält uns den Frieden. Alles andere ist pazifistische Heulmeierei. Wir werden Jahre brauchen, bis wir das knallhart sagen können, und wir werden Jahre brauchen, bis wir die allgemeine Wehrpflicht einführen können. Der Brecht hat uns gezwungen, vor der Weltöffentlichkeit zu erklären, daß wir gegen die Wehrpflicht sind.«
»Ach Gott, ach Gott.«
Erwin sah mich mißtrauisch an: »Was ist: ach Gott, ach Gott?«
»Oh – nichts.«
»Das war seine letzte politische Aktion vor seinem Tod. Er hat an den Bundestag appelliert, gegen die Einführung der allgemeinen Wehrpflicht zu stimmen. Wir hatten ihn abgeschmet-

tert, da hat er diesen Offenen Brief an den Bundestag geschrieben, der wurde natürlich abgedruckt, und wir mußten ihn auch drucken im ND. Erinnere dich, darin steht:
»Keines unserer Parlamente, wie immer gewählt, hat von der Bevölkerung Auftrag oder Erlaubnis erhalten, eine allgemeine Wehrpflicht einzuführen. Da ich gegen den Krieg bin, bin ich gegen die Einführung der Wehrpflicht in beiden Teilen Deutschlands, und da es eine Frage auf Leben und Tod sein mag, schlage ich eine Volksbefragung darüber in beiden Teilen Deutschlands vor.« Dieser listige Hund. Wir hatten die Einführung der Wehrpflicht geplant, er hat sie uns zerschlagen.«
»Aber Erwin, Brecht ist doch nur ein Schriftsteller. Er hat keine Macht. Ihr habt die Macht, die Partei.«
»Unterschätze nicht die Macht des Wortes, Brigitte.«
Ich kramte aus meiner Kollegmappe einen Zeitungsausschnitt hervor, aus dem ›Sonntag‹ vom 16. September 1956, und las vor: »Zwischenruf Walter Ulbrichts auf die Frage der Volkskammerabgeordneten Johanna Krause, welche Maßnahmen das Innenministerium zur Bekämpfung der Wildschweinplage zu ergreifen gedenke: ›Die sind alle Pazifisten geworden, die können nicht mehr schießen.‹«
Wir lachten beide. Erwin sagte: »Das ist der Groll Ulbrichts gegen Brecht. Aber nun ist er tot, nun gibts Ruhe.«
»Erwin, kannst du mir mal verraten, warum Pazifismus so was Fürchterliches ist für einen Sozialisten. Ich würde es gern wissen.«
»Pazifismus ist bürgerliches Denken. Es entwaffnet moralisch-politisch die eigenen Reihen. Wir müssen aber kämpfen, um uns zu verteidigen, notfalls. Und es stimmt nicht, wenn behauptet wird, ein Krieg würde unser aller Untergang sein. Das schlägt uns die Waffen aus der Hand. Wir werden dagegen Stellung nehmen, aber erst muß mal Gras wachsen über Brecht.«*

---

* Am 24. 1. 1962 beschloß die Volkskammer der DDR das »Gesetz über die allgemeine Wehrpflicht«.
Der Bundestag hatte schon am 21. 7. 1956 das Wehrpflichtgesetz angenom-

In den nächsten Wochen war ich in meinen freien Stunden in der Klubleitung der Karl-Marx-Universität beschäftigt, wir wollten jetzt endlich die Gründung des Klubs Junger Künstler durchsetzen. Zwerenz hatte sich nicht mehr bei uns sehen lassen. Ich hatte ein Klubmitglied zu ihm geschickt, er sollte aufhören, sich in unsere Gründung einzumischen, ob er nicht begriffen habe, daß die Losung »Laßt alle Blumen blühen...« eine taktische Losung sei. Er sei ein Parteimitglied, er müßte sich doch auskennen in taktischen Losungen.
Da Zwerenz nicht mehr kam, waren wir auch nicht mehr dem Verdacht ausgesetzt, eine oppositionelle Keimzelle schaffen zu wollen mit unserem Klub junger Künstler.
Jürgen Arndt verhandelte nach allen Seiten, mit dem Kulturbund und der Bezirksleitung der SED, endlich klappte es mit der Gründung. Wir hatten allerdings eine Auflage zu erfüllen. 10 Studenten der Fak. Jour. mußten dem Klub junger Künstler beitreten, um für das ideologische Niveau zu sorgen und zur Kontrolle der Meinungen. Ich schrieb einen Wandzeitungsartikel.
Erwin sagte ganz erfreut: »Nun hast du ja genug mit der Kul-

men, das die allgemeine Wehrpflicht in der Bundesrepublik einführte.
Experten gebe ich zwei Daten zum Nachdenken. Der Offene Brief an den Bundestag, den das ›Neue Deutschland‹ veröffentlichte, wurde von Brecht am 2. Juli 1956 geschrieben. Brecht schrieb aber seinen Offenen Brief an den Bundestag erst am 4. Juli 1956, nachzulesen in Brechts »Schriften zur Politik und Gesellschaft«, Werkausgabe edition suhrkamp, Frankfurt am Main 1967.
An wen schrieb er wohl diesen Offenen Brief vom 2. Juli 1956?
Zur vollständigen Information hier der Brief:
»Gestatten Sie mir, als einem Schriftsteller, zu der Furcht einflößenden Frage einer Wiedereinführung der Wehrpflicht Stellung zu nehmen.
Als ich ein junger Mensch war, gab es in Deutschland eine Wehrpflicht, und ein Krieg wurde begonnen, der verlorenging. Die Wehrpflicht wurde abgeschafft, aber als Mann erlebte ich, wie sie wieder eingeführt wurde, und ein zweiter Krieg wurde begonnen, größer als der erste. Deutschland verlor ihn wieder und gründlicher, und die Wehrpflicht wurde wieder abgeschafft. Diejenigen, die sie eingeführt hatten, wurden von einem Weltgerichtshof gehängt, soweit man ihrer habhaft werden konnte. Jetzt, an der Schwelle des Alters, höre ich, daß die Wehrpflicht zum dritten Mal eingeführt werden soll.
Gegen wen ist der dritte Krieg geplant? Gegen Franzosen? Gegen Polen? Gegen

turarbeit in Leipzig zu tun, da werden ja wohl auch die Fahrten zum Berliner Ensemble aufhören?«
»Zeit habe ich keine mehr...«
»Und Geld wohl auch nicht?«
Er sah meinen gierigen Blick in seinen Topf. Auf dem Elektrokocher bereitete er gerade eine Nudelsuppe. Brühe mit Nudeln, von ihm gekocht, aß ich für mein Leben gern.
»Hast wieder nichts gegessen?«
Ich nickte.
»Wo läßt du eigentlich dein Stipendium? Du bekommst doch inzwischen den Zuschlag für gute Leistungen. Du müßtest doch auskommen...«
»Ich weiß auch nicht, es reicht nicht.«
Er nahm Löffel aus der Schublade des Vertikos und zwei Teller aus einem Schränkchen. Als er mir mit sorgfältigen Bewegungen Suppe in den Teller schöpfte, sah er mich von der Seite mit halbem Blick an: »Also, ich hab dich in Verdacht, du verkaufst auch noch deine Essenmarken – wofür eigentlich?«
»Für Bücher...«
»Wofür noch? Spucks aus.«

Engländer? Gegen Russen? Oder gegen Deutsche? Wir leben im Atomzeitalter, und 12 Divisionen können einen Krieg nicht gewinnen – wohl aber beginnen. Und wie sollten es bei allgemeiner Wehrpflicht 12 Divisionen bleiben? Wollt ihr wirklich den ersten Schritt tun, den ersten Schritt in den Krieg? Den letzten Schritt, den in das Nichts, werden wir dann alle tun. Und wir wissen doch alle, daß es friedliche Möglichkeiten der Wiedervereinigung gibt, freilich nur friedliche. Uns trennt ein Graben, soll er befestigt werden? Krieg hat uns getrennt, nicht Krieg kann uns wieder vereinigen.
Keines unserer Parlamente, wie immer gewählt, hat von der Bevölkerung Auftrag oder Erlaubnis, eine allgemeine Wehrpflicht einzuführen.
Da ich gegen Krieg bin, bin ich gegen die Einführung der Wehrpflicht in beiden Teilen Deutschlands, und da es eine Frage auf Leben und Tod sein mag, schlage ich eine Volksbefragung darüber in beiden Teilen Deutschlands vor.«
Noch eine Information, wichtig im Zusammenhang mit den 12 Divisionen, die Brecht nennt:
Am 1. Juli 1956 veröffentlichte das ND, das die Nationale Volksarmee von 120 000 auf 90 000 Mann reduziert werden soll.
Eine Division in der DDR hatte damals 10 000 Mann. Die 12 Divisionen Brechts existierten in der DDR. In der Bundesrepublik waren es 1956 70 000 Mann.

»Theaterkarten...«
»Und Fahrkarten nach Berlin. Aber das hört jetzt auf?«
»Zeit hab ich nicht mehr...«
»Ich kenne dich, du findest immer Zeit, wenn dich was interessiert. Aber ich sage dir mit Nachdruck, ich sehe sie nicht gern, diese Fahrten zum Berliner Ensemble. Die Welt Brechts ist nicht unsere Welt. Wir werden erzogen, Politik zu machen, Menschen zu erziehen, sie anzuleiten. Was wir tun, ist *kein* Theater. Jede Entscheidung, die wir treffen, wirkt auf Menschen ein. Wenn die da in ihrem Theater nicht klarkommen mit einer Inszenierung, stoßen sie sie um und fangen nochmal von vorn an. Acht Monate Probezeit – welches Theater kann sich das leisten? Kein Theater der Welt kann soviel Geld vergeuden wie das Berliner Ensemble. Ist ja gut, ich sag ja nichts, sie liefern Kunst von Weltbedeutung, aber eben Kunst. Wenn wir einen politischen Fehler machen, wir als Partei, dann können wir ihn nicht so leicht korrigieren wie die da in ihrem Theater, er wird uns angekreidet. Du stehst zwischen zwei Fronten, das gefällt mir nicht. Hier wir, die Fak.Jour., disziplinierte Sozialisten, und dort das BE, allesamt intellektuelle Spinner ohne Parteidisziplin.«
»Alle, die ich kenne vom BE, sind in der Partei.«
»Aber sie sind in dieser abwartenden Haltung, Brigitte, identifizieren sich nicht.«
»Sie sind kritisch.«
»Sie sind oppositionell.«
»Wie kannst du das sagen.«
»Ich weiß das. Sie haben sich mit dem Harich verbündet, erzähl mir nicht, daß das nicht stimmt, ich weiß es von unserer Parteiorganisation.«
»Dann weißt du mehr als ich.«
»Die Weigel bedrängt den Ulbricht, er soll veranlassen, daß die Verhöre durch den Stasi aufhören, sonst will sie das große Geschütz aufstellen und zurückschießen. Weißt du was davon? Womit will sie schießen?«
»Keine Ahnung.«
»Spricht da keiner drüber?«

»Mit mir nicht.«
»Frau Weigel hat nichts erwähnt?«*
»Erwin, was für ein Blödsinn. Ich habe Frau Weigel – warte mal, ein dreiviertel Jahr lang nicht mehr gesehen.«
»Versteh ich nicht. Bei wem bist du dann im BE?«
»Doch nicht bei Frau Weigel. Ich bin bei Bunge.«
»Bei Bunge? So? Also, dann hab ich was falsch verstanden. Ich dachte, du sitzt bei der Weigel rum.«
»Hör mal, Frau Weigel ist Intendantin. Ich kann sie doch nicht mit meinen Referaten behelligen. Wie stellst du dir das vor? Ich frage ihre Mitarbeiter.«
»Der Bunge – wer ist denn das nun schon wieder?«
»Ach – hab ich dir nicht von ihm erzählt?«
»Verstell dich nicht, das paßt nicht zu dir. Der Name Bunge ist noch nie gefallen, das weißt du ganz genau. Was ist das für ein Mann?«
»Ein Genosse wie du.«
»Und sonst?«
»Der Leiter des Brecht-Archivs.«
»Eine sachliche Beziehung?«
»Natürlich. Was sonst?«
»Merkwürdig. Du sagst mir doch sonst alles – bilde ich mir jedenfalls ein. Warum hast du den Bunge vor mir unterschlagen?«
»Vielleicht... weil du auf alles, was mit Brecht zusammenhängt, allergisch reagierst.«
»Also – mir wäre es am liebsten, du würdest nicht mehr zu den Brecht-Leuten fahren. Das ist keine gute Adresse, jedenfalls nicht im Augenblick.«

* Informationsbüro West, Berlin 15. März 1957
»Eine Vernehmung bekannter Wissenschaftler und anderer prominenter Persönlichkeiten im Zusammenhang mit den Ermittlungen, die angestellt worden sind, um Sympathisierende mit der Harich-Gruppe aufzudecken, hat der 1. Sekretär des Zentralkomitees der SED, Walter Ulbricht, dem Ministerium für Staatssicherheit untersagt. Die gleiche Instruktion ist auch der Generalstaatsanwaltschaft übermittelt worden. In diesem Zusammenhang wird bekannt, daß neue Vernehmungen... der Schauspielerin Helene Weigel... nicht mehr erfolgen werden.«

Erwin meinte es gut mit mir, aber er nahm mir einen Menschen weg, einen Menschen derselben Art wie Klaus, ein scharfer Beobachter, unerbittlich nachfassend, präzis, fern von Phrasen. Beide faszinierten mich, weil ich bei ihnen auf neue Gedanken kam aus einer Welt jenseits von Zeitungen.

In der Nacht hatte ich einen Traum.

Ich wanderte durch eine Stadt. Es war eine Stadt mit weißlichen Jugendstilbauten, verschlammten Abwässergräben und turmhohen und kniehohen Schornsteinen, aus denen ein dicker, klebriger Rauch kroch, scharfriechend.
Ich ging durch die Stadt, und der Schmutz ekelte mich. Ich suchte einen Brunnen, ein sauberes Gefäß, den Ruß von meinen Händen zu waschen, aber es gab nirgendwo Wasser.
Ich wartete auf Menschen, sie um Wasser zu bitten, die Stadt schien ausgestorben. Alles arbeitete in den Fabriken. Ich hoffte auf das Heulen der Sirenen zum Mittag.
»Der Dampfpfeifen«, verbesserte mich eine Stimme. »Hier hat man keine Sirenen, weil das vor den Göttern unehrerbietig wäre. *Ihre* Stimmen sind Sirenen und der Gott jeder Stadt hat seinen bestimmten Ton. Hier hat er den *Bariton*.
Endlich fand ich eine Frau, ein Schankmädchen, das Gläser auswischte. Ich bat sie um Wasser. Sie sagte: »Nein. Wasser ist hier verboten. Der Koran verbietet uns, den Körper zu berühren, deshalb dürfen wir uns nicht waschen.«
Ich dachte, diese Stadt, ein einziger Fabrikhaufen, birgt noch den Kehrricht von Jahrhunderten. »Aber dann erklären Sie mir: warum sind Sie so schön? Die Feinheit Ihrer Züge müßte längst verkrustet sein vom Schmutz?«
Sie lachte: »Es gibt ja auch Mandelmilch bei uns. Und salben und ölen, um wohlzuriechen, das empfiehlt der Koran.«
»Aber was nützen alle Wohlgerüche, wenn euer Atem unrein ist?«
»Wir kauen duftenden Betel. Und dann tragen wir Frauen an den Füßen Kothurn und andere raffiniert hohe, geschnitzte Absätze, das macht einen aufregenden Gang und uns noch

schöner. Wir leben eben, wie die Götter es geboten haben. Wasser ist unrein, aber Milch hat niemand verboten.«
Ich dachte: O Gott, diese Stadt bietet für alles Vernünftige Ersatz.

Meine Träume waren klüger als ich. Sie entzogen sich jeder Indoktrination und verrieten mir, was ich nicht wußte. Meine Träume waren meine Kraft. Sie machten mich unschlagbar, weil sie mir die Konsequenzen zeigten, im Bild, von denen niemand ahnte, daß ich sie träumte und damit wußte. Über meine Träume sprach ich nicht, aber sie bestimmten mein Verhalten. Als ich aufwachte, las ich in meinem Traum wie in einem Buch. Die Stadt mit den Jugendstilbauten war Leipzig. Kuckhoff hatte mir bei unserer ersten Begegnung erzählt, daß ihm diese Art Gebäude in Leipzig mißfielen.
Und der Bariton dieser Stadt war Erwin. Vor einem Jahr hatte ich zu ihm gesagt: »Geh zum Rundfunk. Deine Stimme ist unverwechselbar. Setz das ein, was dir die Natur mitgegeben hat, deine Stimme.«
»Du meinst, sie klingt gut?«
»Ja. Nicht nur das, sie ist unverwechselbar deine Stimme. Du hast einen wunderbaren Bariton. Mach deine Stimme zu deinem Markenzeichen.«
Erwin zog weg aus Leipzig. Ein Gefühl von Verlassenheit erfüllte mich. Fast zwei Jahre lang hatte er mich beschützt und sich beim Stasi für meine Vertrauenswürdigkeit verbürgt. Nun sah ich voll Sorge in die Zukunft; denn mit ihm war mein Schutzschild verloren.

Als Assistent Friedemann zum Abschluß seines Brecht-Seminars Karten beim Berliner Ensemble bestellte, vergaß ich meine guten Vorsätze, nicht mehr zu Brechts zu fahren, und ließ zwei Karten für mich reservieren, eine für Erwin. Aber dann rief ich nicht Erwin in Berlin an, ob er mitkommen wollte ins Theater, ich fragte Bunge.
Er saß neben mir auf dem Seitenrang, einem miserablen Platz. Ihm stand als Mitglied des Hauses ein weitaus besserer Platz

zu, aber es amüsierte ihn, eingeladen zu sein im eigenen Theater. Ich hatte mich so schön gemacht, daß meine Seminargruppe von der Theaterhochschule leicht geschockt war, viel zu schön für das Berliner Ensemble. Ein weißseidenes Abendkleid, eng, seitlich geschlitzt, mit hochhackigen Sandalen. Ich wollte Bunge gefallen nach meinen Auftritten im Trainingsanzug. Das Kleid hatte ich mir extra für diesen Abend in Leipzig schneidern lassen, von einem Tag auf den anderen, aber meine Schneiderin begriff meine Lage, sie nähte nicht, sie zauberte. Wir sahen das »Leben des Galilei«.
Ich kannte das Stück aus Heft 14 der Versuche, 1955 im Aufbau-Verlag erschienen. Das war der einzige Text, der in der DDR zum Datum der Premiere vorlag. Aber was war das?
Im Programmheft waren Strophen abgedruckt, die auch während der Aufführung gesungen wurden, die nicht im Galilei-Text standen. Strophen, die mich erschütterten. Sie klangen wie autobiographische Anmerkungen Brechts zur eigenen Situation in der DDR.
Besonders zwei Strophen:

»8. Die Wahrheit im Sacke
Die Zung in der Backe
Schwieg er acht Jahre, dann war's ihm zu lang.
Wahrheit, geh deinen Gang.«

Brecht hatte 1956, als er starb, acht Jahre lang in der DDR gelebt.

»14. Und war ein Junitag, der schnell verstrich,
Und der war wichtig für dich und mich
Aus Finsternis trat die Vernunft herfür
Ein' ganzen Tag stand sie vor der Tür.«

Damit konnte Brecht nur den 17. Juni 1953 meinen.
Ich wußte, daß Brecht die Inszenierung noch zum Teil selbst besorgt und auch das Programmheft redigiert hatte. Unter den Vorstrophen stand keine Fußnote, also waren sie auch noch nie

veröffentlicht worden. Das Berliner Ensemble arbeitete sorgfältig mit Programmheften, eine Fußnote zu vergessen, war ein Ding der Unmöglichkeit. Also sah ich den Galilei als Gleichnis und las Brechts Haltung heraus, beklemmend aktualisiert durch die Vorstrophen, Kommentar zu seiner eigenen Lage.

Sollte ich Bunge fragen? Er saß neben mir. Ich traute mich nicht. Wenn Brecht Kritik übte an unserer Politik, durfte ich nicht zugeben, daß ich das auch nur ahnte. Dann war mir der Weg versperrt ins Berliner Ensemble, das war mir klar. Die Fakultät würde ihn mir mit Recht verlegen. Wir wurden erzogen, die Politik zu vertreten, aber nicht sie zu kritisieren. Also fragte ich nicht, hütete aber mein Programmheft wie einen Schatz.

Heute weiß ich mehr. Die Vorstrophen waren die gesellschaftlichen Pointen der Geschichten, die auf der Bühne gezeigt wurden, kein Kommentar zur Gegenwart, keine autobiographischen Anmerkungen Brechts. Der Aufbau-Verlag in Ostberlin hatte die dänische Fassung des »Galilei« veröffentlicht, 1938/39 im Exil in Dänemark geschrieben. Die Vorstrophen stammten aus der späteren, amerikanischen Fassung, 1945/46 geschrieben. In der DDR war damals der Text mit den Vorstrophen nicht greifbar. Also wurden sie im Programmheft nachgeliefert. So weit, so gut. Nicht geliefert wurde eine Fußnote, die auf diese amerikanische Fassung hinwies. Wer Brechts Bücher nicht aus dem Westen importiert, im Bücherschrank hatte, wußte nichts von dieser amerikanischen Fassung. Kein Wunder, daß Leute wie ich, uninformiert, auf dieses Programmheft hereinfielen.

Das Berliner Ensemble beklagt die Legendenbildung um Brecht – in diesem Fall hat es daran mitgestrickt. Die fehlende Fußnote sollte – so scheint mir – transportieren, was damals nicht ausgesprochen werden durfte, daß Brecht durchaus die Gegenwart meinte, wenn er ein Stück inszenierte.

Manfred Wekwerth nennt heute, zwanzig Jahre später, die zwei Anlässe, die Brecht bestimmten, ein Stück zu inszenieren:

»Man müßte etwas für die große Epoche aussagen – ein gewisses Problem, was also für längere Zeit Gültigkeit hat – aber zugleich muß ein tagespolitisches Anliegen erfüllt werden.«
Und über Brechts Stücke merkt Wekwerth an:
»Ihre Brisanz ist das Gleichnishafte, das, was der Zuschauer sich als Anregung mitnimmt. Zum Beispiel ganz einfach die Frage der Aktualität im ›Galilei‹, nicht nur, daß dort die Verantwortung des Wissenschaftlers gezeigt wird, der wie Einstein die Atombombe machte, sondern eine andere aktuelle Frage, ob sich denn auch unter unseren Verhältnissen Wahrheit von selbst durchsetzt oder wie wir Wahrheit durchsetzen. Das ist eine Frage, die gleichnishaft direkt aus dem ›Galilei‹ zu inszenieren ist... Wenn ich die Brisanz des Tagespolitischen mithineinnehme, bekommen die Stücke einen großen Gesellschaftsentwurf, der zugleich jeden einzelnen heute angeht.«
Und Ekkehard Schall, Schwiegersohn Brechts, nimmt auch kein Blatt Papier mehr vor den Mund:
»Was Brechts Stücke angeht, so gibt es natürlich eine gezielte Kampagne einiger Leute gegen sie, um sie abzuwerten, um ihnen Gegenwartsbezug abzusprechen.«*
Nach dem Theater fragte mich Bunge, ob ich Lust hätte, mit Freunden zusammenzusitzen. Das waren Ingmar Bergman und Frau Professor Vieweg. Frau Vieweg arbeitete für die Gesellschaft für kulturelle Verbindung mit dem Ausland. Kurt Vieweg, ihr Mann, war gerade verhaftet worden. Immer, wenn ich Bunge traf, war gerade jemand verhaftet worden.
Wir saßen bei Frau Vieweg um einen runden Tisch aus wundervollem Holz, ich glaube, es war Palisander, tranken grünen Tee aus dünnen Schalen, der Samowar dampfte, und diskutierten auch meine Absicht, ein Regiepraktikum beim Berliner Ensemble zu machen, ohne daß die Fakultät Einspruch erheben konnte.
Bunge war etwas verblüfft.
»Warum haben Sie mir denn nicht schon längst erzählt, daß Sie bei uns ein Praktikum machen möchten?«

---

* Aus einem Studiogespräch im Fernsehen der DDR vom 24. August 1976.

Ich zuckte die Schultern, lächelnd, verriet aber nicht, daß Frau Weigel mich auf die Idee gebracht hatte. Frau Weigel konnte ihm das selbst erzählen, wenn sie Lust hatte. Auskunft über andere Personen gab ich nicht, in keinem Fall. Wem Auskünfte über Personen entrissen werden sollen, der scheut sich, auch nur das geringste über andere mitzuteilen.
Ingmar Bergman hob den Zeigefinger: »Interessant. Sehr interessant, wie Menschen aneinander vorbeileben.«
Bunge schlug mir vor, ein Zweitpraktikum im Theater zu machen, gekoppelt an mein Redaktionspraktikum im ›Freien Bauern‹. Ob ich mit dem Chefredakteur kramen könne?
»Ja. Das könnte klappen. Er ist nett wie ein Vater zu mir. Pause auch, unser Kaderredakteur, Ulbrich auch, das ist der Kulturredakteur, den soll ich vertreten. Ich frag einfach mal, ob es zu machen geht.«
Ingmar Bergman hatte eine andere Idee.
»Kommen Sie doch an mein Theater in Malmö. Ich schicke Ihnen eine offizielle Einladung, die wird Ihre Fakultät schon akzeptieren. Bei mir in Malmö können Sie auch viel lernen.«
»Malmö? Liegt das nicht in Schweden?«
Sie lachten.
»Dann ist das kapitalistisches Ausland, dafür bekomme ich niemals eine Genehmigung. Das ist so sicher wie das Amen in der Kirche.«
»Also, wenns jetzt nicht klappt, dann kommen Sie nach Brecht zu mir, wir können das ja in Ruhe planen.«
Ich schüttelte den Kopf. »Das geht niemals.«
Bunge lachte: »Nach dieser Chance stehen Leute Schlange, und Ihnen fällt sie in den Schoß.«
Ich fragte ihn leise: »Wer ist Bergman?«
»Die Welt kennt Bergman, aber bis zu euch nach Leipzig hat sich das natürlich noch nicht herumgesprochen. Ihr studiert ja auch nur Journalistik.«

Als ich mich nach einer durchredeten Nacht verabschiedete, Bunge wollte mich zu Erwin bringen, legte er mir meinen Mantel um die Schulter und gab mir einen flüchtigen Kuß in den Nacken. Dieser Kuß löste die Sperre von meinen Gefühlen, ganz plötzlich, ich weiß nicht, warum.

Ich fuhr nach Leipzig zurück, ohne Erwin gesehen zu haben, und bekam von ihm einen sehr ärgerlichen Brief. Aber ich ging wie auf Wolken. Bunge kam zu mir ins Internat und holte mich für ein Wochenende nach Berlin. Hermine aus dem Nachbarzimmer sah das mit großen Augen: »Bist du wahnsinnig? Wenn Erwin das wüßte...«
»Tu mir die Liebe, halt die Klappe. Ich weiß, es ist Wahnsinn, aber ich liebe ihn.«
»So ein Wort in deinem Munde?«
Hermine war ein treues Mädchen, sie verriet mich nicht.
Bunge kämpfte mit mir zwei Tage lang.
»Du mußt es Erwin sagen. Du darfst ihn nicht hintergehen. Es muß klar sein, zu wem du gehörst.«
»Aber ich will nicht zu dir gehören, du bist verheiratet.«
»Denk nicht darüber nach, alles ist auflösbar. Du mußt darüber nachdenken, was mit dir geschehen ist, nicht nur durch mich, und nicht nur an jenem Sonntag, sondern auch durch dich selbst, die ganze Zeit über, die wir uns kennen, und jedesmal, wenn wir uns gesehen haben – und danach, gerade danach.«
»Ich habe es noch immer geschafft, meine Gefühle zu verdrängen, ich werde es auch diesmal schaffen. Ich habe Erwin versprochen, ihn zu heiraten. Ich werde es tun.«
Bunge konnte es nicht fassen, daß ich so störrisch war.
»Selbst wenn du nichts mehr von mir wissen willst und auslöschen willst, was in Wirklichkeit ja nicht auslöschbar ist, du mußt besser über dein zukünftiges Leben nachdenken, als du es bisher getan hast, ich meine, produktiver. Das meine ich nicht nur deinethalben, das meine ich auch Erwins wegen. Die Erfüllung gewisser Versprechen, einfach aus Mitleid – oder aus Pflichtgefühl – oder aus Angst – oder weil das nun einmal so sein soll, kann nicht die Erfüllung eines solchen Versprechens sein, denn es forderte andere Voraussetzungen. Wenn du tust, was du zu tun vorhast, dann löst du keine Konflikte auf, wie du dir vorspiegelst, sondern du schaffst neue, schwerere und

schwerer auflösbare.«
»Bis jetzt hast du nur von mir geredet. Über meine Konsequenzen.«
»Was soll ich über mich sagen. Ich habe dich schon zu lieben begonnen, als ich es selbst noch nicht wußte, ja nicht einmal bemerkt hatte. Aber dann wußte ich es plötzlich. Und ich weiß, daß du mich liebst. Verändert das nicht unser Leben?«
Ich ging zu Erwin, um ihm zu sagen, mit uns ist es aus. Ich liebe Bunge.
Aber zuerst erzählte ich ihm vom Praktikum am BE. Ich hatte die Einladung schon bekommen, ganz offiziell, um sie überall vorlegen zu können. Erwin war nicht sehr erbaut davon.
»Du hast also gegen meinen Rat gehandelt, machst, was du willst, ohne Rücksicht auf mich. Darf man vielleicht auch erfahren, wo du wohnen wirst?«
»Weiß ich nicht.«
»Ich sage dir, wenn ich dich bei dem Bunge erwisch...«
»Was dann?«
Er dachte nach: »Weiß ich nicht.«
Ich lenkte ein: »Vielleicht darf ich im ›Freien Bauern‹ wohnen. Sie haben ein Gastzimmer oben im Haus. Ich frag mal Pause, unseren Kaderredakteur. Bei meiner Schwester geht es nicht so gut, sie wohnt in Hoppegarten, das ist mir zu weit draußen.«
»Du hast doch noch so einen Cousin hier, den Erich Buchholz.«
»Ja, bei Erich, das geht vielleicht, ich rufe gleich mal Tante Gertrud an.«
»Ich wünschte, du könntest bei mir wohnen, aber meine Wirtin ist zimperlich, das geht nicht. Vielleicht bekomme ich ein anderes Zimmer, ich werde zusehen.«
»O je, bis du ein neues Zimmer hast, ist mein Praktikum schon vorbei.«
Erwin nahm mich fest in seinen Arm.
»Nimm dich ein bißchen zusammen in der Prüfung. Es ist nicht mehr so leicht für mich, hinter dir herzuräumen an der Fakultät – von Berlin aus. Aber ich bin jetzt richtig froh, daß ich in Berlin arbeite, denn wenn du zum Theater gehst, geht womög-

lich wieder einiges zu Bruch, und ich muß Scherben kitten.«
»Sag mal – warum trennst du dich eigentlich nicht von mir – auf die Dauer muß dir das Aufpassen doch auf die Nerven gehen.«
»Ich bin eben ein Idiot, und ein Dickhäuter bin ich auch, ich bin entschlossen, dich auszuhalten. Aber was sind das für neue Töne? Über mich hast du dir noch nie Gedanken gemacht. Du tust doch nur, was du für gut hältst, und es schert dich einen Dreck, wie ich dabei wegkomme. Seit wann interessierst du dich für meine Gefühle?«
»Ach – hast du Gefühle für mich?«
Er musterte mich verblüfft.
»Warum geb ich mich wohl die ganze Zeit mit dir ab? Weil du mir gleichgültig bist?«
»Weil... weil... weil...«
»Na, spucks aus!«
»Deine Marianne Kennecke – ich denke, sie hat dich auf mich angesetzt.«
»Daß ich mit dir ins Bett gehe?«
»Ja. Bevor es ein anderer tut, der politisch weniger stabil ist als du.«
»Siehst du, das ist es, du denkst verfitzt, das ist nicht zum Aushalten. Aber damit du beruhigt bist, sie machen ja allerhand Perspektivpläne in der Kaderabteilung, aber du und ich, das hat sich ergeben, weil *ich* es wollte. Was bist du für eine mißtrauische Person.«
»Hab ich mich geirrt? Dann verzeih. Aber ich dachte an euren Plan, mich mit Sepp zu verkuppeln.«
Erwin lag im Sessel zurückgelehnt und betrachtete mich mit müden Lidern.
»Das war es also. Du hast die ganze Zeit gedacht, es war ein Plan der Kaderleitung, diese Beziehung zwischen dir und mir.«
Ich nickte.
»Dann konnte ja auch nichts Richtiges aus uns werden. Mein Gott, warum hattest du so wenig Vertrauen. Ich bin die ganze Zeit nur für dich dagewesen, und du machst einen Plan daraus.

Glaubst du, ich will dich heiraten, weil irgendwo ein dämlicher Plan besteht? Ich bin entsetzt. Wie konntest du so etwas von mir denken. Aber du hast ja offensichtlich nur Vertrauen zu diesen Kampes und ihren Gesinnungsgenossen.«
»Hab ich dich falsch eingeschätzt, Erwin, zwei Jahre lang?«
»Das wird es wohl sein. Du hast dir nie Gedanken über mich gemacht. Warum auf einmal? Wer steckt dahinter?«
Ich antwortete nicht.
»Wer bin ich denn schon für dich? Ich bin doch nur dafür da, dich beim Staatssicherheitsdienst herauszuhauen. Mein Gott, bin ich müde. Man investiert seine ganze Kraft und dann das. Ein Plan. Du hast mir nicht vertraut? Nicht richtig?«
Ich nickte.
»Womit hab ich das verdient.«
Ich sagte kein Wort von Bunge.
Als wir uns trennten, war Erwin sehr nachdenklich.
»Ich sehe dein Praktikum hier in Berlin mit Besorgnis. Im Westen der Kampe, hier der Bunge, ich habe das Gefühl, ich kämpfe gegen Windmühlenflügel. Ich verliere dich noch an diese verfluchten Spinner.«

In dem hinteren Raum des Fakultätsgebäudes, parterre, verschwand fast in der Täfelung eine schmale Tür zur Telefonzentrale. Zwei kleine Räume, hintereinander liegend, waren vollgestopft mit technischen Einrichtungen, von denen ich nicht verstand, was sie bedeuteten. Unsere Telefonistin saß am Klappenschrank. Ein Extra-Telefon stand daneben, davor ein Stuhl. Jemand rief mich vom Essen weg: »Ein Gespräch für dich, Brigitte.«
Ich fragte die Telefonistin: »Von wem?«
Sie flüsterte: »Stasi. Direktkleitung«, und wies auf das Extra-Telefon. Mit weichen Knien ließ ich mich auf den Stuhl fallen, der da vorsorglich stand, und nahm den Hörer entgegen.
Sie beorderten mich auf eine Bank vor dem Rathaus, Koloß aus der Gründerzeit, von sanftabfallenden Rasenflächen umgeben, eingerahmt von Blumenrabatten; Blendwerk von Größe und

Macht, Kulisse für die beiden Stasi-Genossen auf der weißlakkierten Bank. Dachten sie, sich in Szene zu setzen mit Hilfe dieser monströsen Fassade? Grinsend sprang ich aus der Straßenbahn und ging mit ausgestreckter Hand zu ihnen: »Hallo, so sieht man sich wieder!« Ein Gruß wie für liebe Bekannte. Aber meine weiteren Worte waren nicht mehr so freundlich. »Ich hatte gehofft, Sie nicht wiederzusehen.«
Der Stasi-Mann sagte mit mildem Blick aus braunen Augen: »Tut mir leid für Sie.«
Klang das mitleidig? Ich sah ihn schärfer an, sah aber sonst keine Reaktion im Gesicht. Er trug ein FDJ-Hemd unter dem Anzug. Sie war in ein dunkelblaues Kostüm gepreßt mit Spitzenkrägelchen auf dem Revers. Noch rundlicher geworden, wirkte sie betulich. Aber diese Art Spießbürger, Typ ausführendes Organ, fürchtete ich. Ich setzte mich neben sie. »Müssen wir das Spiel wieder von vorn anfangen? Es klappt doch nicht mit mir. Streichen Sie mich endlich von Ihrer Liste.«
»Diesmal wird es klappen.«
»Meinen Sie!«
»Diesmal müssen Sie uns helfen, diesmal führt kein Weg daran vorbei.«
Die Stasi-Genossin sagte: »Nur dieses eine Mal, dann sind Sie bei uns aus dem Schneider.«
»Was ist denn so dringend?«
»Kampe und einige Studentenfunktionäre planen eine Reise nach Polen. Fragen Sie ihn, welche Absicht dahinter steckt. Versuchen Sie, herauszubekommen, welchen Auftrag die einzelnen Reisemitglieder haben.«
»Ich habe keine Zeit, nach Berlin zu fahren, ich muß für die Prüfung arbeiten.«
»Ausreden zählen nicht mehr. Kampe ist seit Februar 2. AStA Vorsitzender der FU geworden, Sie sind unser unmittelbarer Zugang zu ihm, Sie müssen ihn fragen.«

Klaus saß im AStA-Büro in der Garystraße, gegenüber der FU, hinter einem Berg Akten am Schreibtisch. Er freute sich, als ich unangemeldet hereinplatzte.

»Wie schön, daß du dich mal wieder sehen läßt, ich dachte, ich sehe dich nicht wieder.«
»Nichts wie Ärger.«
»Komm, setz dich, ich mach dir einen Drink.«
Er mixte Orangensaft mit einem Schuß glasklarer Flüssigkeit: »Das wird dich etwas aufmuntern. Was ist denn so schlimm?«
Der gelbe Saft schmeckte vorzüglich. »Mehr.« Dann entschloß ich mich zur Wahrheit.
»Ich habe einen Auftrag. Ich soll versuchen, herauszubekommen, was ihr in Polen wollt.«
»Wer hat dir den Auftrag gegeben?«
»Der Stasi in Leipzig.«
Klaus mixte sich auch einen Drink, er schwieg eine Weile, machte kein Lamento, nahm es als Tatsache.
»Das ist eine böse Geschichte. Willst du zurück nach Leipzig oder willst du hierbleiben? Ich kann dir einen Studienplatz verschaffen.«
»Hierbleiben? Republikflucht?«
»Ja.«
»Quatsch. Erzähl mir lieber irgendwas, damit ich die Genossen hinhalten kann.«
»Machst du das schon länger – sie hinhalten?«
»Ja. Seit einem Jahr.«
»Das geht nicht gut auf die Dauer.«
»Ich kann es abwarten... Was wollt ihr in Polen?«
Klaus nahm einen ›Standpunkt‹ vom Schreibtisch, die Zeitschrift des Sozialistischen Deutschen Studentenbundes. »Lies unsere Artikel. Sie sind namentlich gezeichnet, und gib das als unsere Gespräche aus. Da hast du Informationen aus erster Hand, die jeder Nachprüfung standhalten.«
»Wer fährt denn? Das soll ich auch berichten.«
»Das ist kein Geheimnis. Wir haben die Visaanträge bereits gestellt.«
Als die Sekretärin etwas wollte, und er mit ihr ins Vorzimmer ging, warf ich einen Blick auf seinen Schreibtisch, eine Liste mit Namen lag darauf, die meisten kannte ich, einen nicht, den

schrieb ich auf. Klaus warnte mich eindringlich: »Wir haben uns jetzt einen Witz gemacht mit dem ›Standpunkt‹, das geht nicht lange gut, die sind ja auch nicht mit der Muffe gepudert. Wenn die Schwierigkeiten zu groß für dich werden, kommst du rüber, das versprichst du mir?«
»Ich will nicht weg. Was soll aus der DDR werden, wenn wir alle weglaufen?«
»Vielleicht lernen sie daraus, daß es so nicht geht. Mein Traum ist eine Räterepublik.«
»Eine Räterepublik? An meiner Fakultät gibts ein Mädchen, das hat eine Menge Ärger, weil sie sich zum Rätekommunismus bekennt.«
»Wer ist das?«
»Helga Novak.«
»Novak – du hast noch nie von ihr erzählt. Kennst du sie näher?«
»Eigentlich nicht. Hast du noch so eine lustige... wie nennst du das gelbe Zeugs?«
»Grapefruit.«
»Das ist doch ein Fruchtsaft, versteh ich nicht, der macht mich fröhlich. Du hast da doch Wasser reingekippt?«
»Gin.«
»Gin? Was ist das?«
»Alkohol.«
»Kenn ich nicht. Ich trinke zu jeder Tag- und Nachtzeit Tee.«
Klaus brachte mich zum Zug. Vergnügt fuhr ich nach Leipzig. Das war ein fabelhafter Plan, ich würde die Stasi-Leute reinlegen. Mit meiner lustigen Grapefruit im Magen fühlte ich mich unüberwindlich.

Als ich in Leipzig befragt wurde, war ich ganz ausgezeichnet informiert über die Probleme westdeutscher Studenten, vom Kampf um Stipendien angefangen bis zum Streit mit der FDJ, der SDS wolle Agenten an den DDR-Universitäten einschleusen. Und die Empörung des SDS gegen diese Unterstellung. Sie grinsten. Ich grinste auch. Sie schrieben alle meine Infor-

mationen auf. Sie hätten nur den letzten ›Standpunkt‹ zu lesen brauchen. Das Material, das sie von mir erhielten, war längst veröffentlicht.
»Und wer fährt mit nach Polen? Kennen Sie die Namen?«
»Die Visa-Anträge sind gestellt. Die Namen sind bekannt.«
»Wer hat welche Aufgabe?«
»Weiß ich nicht.«
»Denken Sie nach.«
Da hatte ich mal wieder einen Einfall.
»Einer ist dabei, ein ganz unbeschriebenes Blatt, der soll ideologische Einbruchstellen feststellen, ich hörte das ganz zufällig.«
»Der Name?«
Ich kramte den Namen aus der Kollegmappe, gab ihn aber noch nicht her.
»Was passiert, wenn ich ihn nenne?«
»Wollen Sie irgendeine Zusage?«
»Ja. Aber nicht irgendeine, sondern eine, die eingehalten wird. Ich erfahre in Westberlin, wenn Sie mich reinlegen, das ist doch klar.«
»Also gut, wir werden telefonieren.«
Als sie wieder ins Zimmer kamen, machten sie mir eine Zusage.
»Wenn Sie uns den Namen geben, passiert dem jungen Mann nichts, er erhält nur kein Visum nach Polen.«
Kein Visum? Das war nicht schlimm. Ich gab den Namen preis.
Das mit den ideologischen Einbruchstellen war absoluter Schwachsinn, aber sie glaubten es, ich hatte mich ganz einfach aus dem Vokabular des Stasi bedient, das war ihre Terminologie. Die Stasi-Leute waren zufrieden mit mir, hatte ich den Eindruck, endlich Erfolg. Damit war meine Bewährungsaufgabe erfüllt.

Das Wachtangow-Theater aus Moskau besuchte im Mai Berlin, Dresden und Leipzig. Zur gleichen Zeit gastierte das Berliner Ensemble zum ersten Mal in der Sowjetunion, in Lenin-

grad und in Moskau. Das Berliner Ensemble wurde skeptisch aufgenommen. Brecht war der Antipode von Stanislawski. Stilisierung war dem Moskauer Theaterpublikum fremd, sie badeten gern in Gefühlen und naturalistischen Dekorationen.
Der Tenor der Kritik in der sowjetischen Presse war »emotionale Askese« und »das Brecht-Theater verzichtet auf die Lebensechtheit und ersetzt sie durch die szenische Abstraktion.«
Ich buchstabierte mühsam mit dem Lexikon im Leseraum der Fakultät sowjetische Zeitungen, denn die Kritiken in unserer Presse waren dürftig.
Am schlimmsten traf die Genossen aus der Sowjetunion offensichtlich, daß Brecht keine positiven Helden geschaffen hatte, wie es die formalen Prinzipien des sozialistischen Realismus vorsahen.
Die stumme Kattrin in der »Mutter Courage« rettet durch einen warnenden Trommelwirbel die Stadt vor dem anrückenden Feind. Kattrin ist damit eine Heldin.
Für die sowjetische Presse ist diese Kattrin eine absolute Katastrophe, eine Todsünde wider den sozialistischen Realismus, weil sie in ihrer Heldenrolle »das Krankhafte ihres Wesens demonstriert, ihre Stummheit. Welche Erschütterung würde der Zuschauer erleben, wenn man in der Szene des selbstvergessenen, furchtlosen Heldentums die krankhaften Züge der Kattrin ganz weggelassen hätte und wenn dieses unglückliche Menschenkind innerlich und äußerlich gewandelt vor uns erschienen wäre.« Die Stumme beginnt zu sprechen – das wäre ein Schluß gewesen!
Und Ernst Busch, der den Koch spielt in der ›Mutter Courage‹, bekommt auch sein Fett weg. Busch sitzt in dieser Szene im Vordergrund der Bühne und wickelt seine schmutzigen Fußlappen ab, um sich mit ihnen voller Genuß zwischen den Zehen zu reiben.
»Noch die bitterste Wahrheit soll ein Stückchen Sonnenschein und ein winziges bißchen Schönheit bergen. Warum muß sich Busch so abstoßend produzieren und den physischen Abscheu des Zuschauers erregen? Warum müssen überhaupt so viele nackte Füße sein?«

Ich war sehr gespannt auf das Wachtangow-Theater, pathetisch, in Opernkulisse, wie ich es mir vorstellte, wäre es eine andere Welt als die des Berliner Ensembles. Das Wachtangow-Theater spielte vom 25. bis 29. Mai 1957 in Leipzig.
Als ich zur Theaterkasse kam, waren die Karten längst ausverkauft. Fünf Aufführungen in Leipzig und ich ohne Karte.
Ich lief Kuckhoff über den Weg in der Theaterhochschule. Er war glänzender Laune.
»Sie kommen doch heute abend ins Wachtangow-Theater?«
»Ich habe keine Karten bekommen.«
»Wollen Sie gern hin?«
»Natürlich.«
»Dann werde ich mal sehen, was ich machen kann, kommen Sie zur Abendkasse.«
Er hastete in seine Vorlesung, mir noch einmal freundlich zuwinkend. Ich freute mich, aber woher Geld nehmen? Meine Barschaft sah kümmerlich aus. Ob mir mein Buchhändler etwas pumpte gegen ein Buch?
Ich musterte meinen Bücherschrank. Bunge hatte mir Brechts »Kriegsfibel« geschenkt mit einer Widmung, mein liebstes Buch. Ich klemmte es unter den Arm.
Die Türklingel bimmelte melodisch. Der Buchhändler stand hinter seinem Stehpult.
»Auch mal wieder da?« Er freute sich.
»Ich möchte Sie anpumpen. Heute abend bekomme ich vielleicht eine Karte zum Wachtangow-Theater und mein Portemonnaie ist leer. Ich verkaufe Ihnen meine Kriegsfibel für ein paar Tage, bald gibt es Stipendium. Verkaufen Sie mein Buch nicht weiter, bitte, ich möchte es wieder einlösen. Es ist mein liebstes Buch.«
Er schob die Brille hoch: »Was haben Sie denn da?«
Ich legte es vor ihn hin.
»Sieh mal an, die Kriegsfibel, die hatte ich noch nie in der Hand, die Auflage war zu klein. Wo haben Sie die her?«
»Direkt aus dem BE.«
Er vertiefte sich ins Buch und vergaß mich. Nach einer kleinen Weile machte ich mich bemerkbar.

»Ich darf sie doch wieder zurückkaufen?«
»Aber ja, ich werde sie behüten. Wieviel brauchen Sie?«
»Ich weiß nicht, was ein Platz kostet. 12 Mark, denke ich.«
»Sagen wir zwanzig?«

Im Internat wurde ich erwartet. Die Genossen vom Stasi. Sie fuhren mit mir in die Stadt in das Germanische Institut. Dort gingen wir in ein Zimmer. Warum gerade ins Germanische Institut, weiß ich nicht, das Zimmer war ein Seminarraum.
»Wir wollen Ihnen gratulieren.«
»Danke – aber wofür?«
»Sie haben ausgezeichnete Arbeit geleistet. Das MfS* hat Ihre Angaben überprüft, sie stimmen bis ins Detail. Das Visum für diesen Studentenfunktionär wurde nicht erteilt. Er wird nicht dazu kommen, ideologische Einbruchstellen in Polen zu orten. Die Genossen vom MfS lassen Ihnen sagen, Sie möchten bitte sobald wie möglich vorbeikommen und unterschreiben, Sie sind ab sofort dem MfS in Berlin unterstellt.«
»Nein.« Was hatte ich mir da eingebrockt mit meinem Märchen.
»Sie werden in Zukunft für das MfS arbeiten. Wir sind nicht mehr für Sie zuständig.«
»Ich verstehe wohl nicht recht. Bisher war immer nur die Rede von einer Bewährungsaufgabe. Die habe ich erfüllt. Sie haben mir versprochen, ich sehe Sie nicht wieder, was soll das alles?«
»Das stimmt soweit. Uns sehen Sie nicht wieder. Sie haben sich bewährt und unterstehen ab sofort dem MfS in Berlin.«
»Das soll wohl auch noch eine Auszeichnung sein?«
»Eine große sogar.«
»Sie haben mich reingelegt?« Fassungslos sah ich den jungen Mann an. »Das hätte ich Ihnen nicht zugetraut, Sie sehen so sympathisch aus.«
Er wandte sich zum Fenster um, kehrte mir den Rücken zu. Da schrie ich den Rücken an: »Ich arbeite nicht für den Staats-

---

* Ministerium für Staatssicherheit

sicherheitsdienst, darauf können Sie Gift nehmen.«
Madame zischte mich an: »Pschscht, Sie schreien uns hier ja das ganze Haus zusammen.«
»Ich schreie, so laut es mir paßt, Sie haben mich reingelegt, das darf hören wer will! Ich arbeite nicht für den Stasi!«
Madame sagte gelassen: »Sie tun es bereits.«
Das saß. Wie ein Luftballon sackte ich in mich zusammen, suchte einen Ausweg, bettelte: »Warum Klaus? Setzen Sie mich auf einen anderen an, nicht auf einen Freund. Ich will nicht gegen einen Freund arbeiten.«
»Wen kennen Sie denn sonst in Westberlin?«
Ich nannte drei Freunde von Klaus, die ersten, die mir einfielen.
Sie sagte: »Stopp, das reicht schon. Wir werden bereits gut bedient.«
»Ach?«
»Sie sehen, unser System funktioniert, einer kontrolliert den anderen, auch in Westberlin. Es bleibt bei Kampe. Wenn Sie erst einmal ihre persönliche Aversion gegen diesen Auftrag überwunden haben, dann haben Sie gewonnen.«
»Haben *Sie* gewonnen.«
»Ein Sozialist muß sich immer zwischen Pflicht und Neigung entscheiden. Das lernen Sie am Beispiel Kampe.«
»Ich kann mich nicht gegen einen Freund entscheiden.«
»Das müssen Sie, sonst stimmt etwas nicht mit Ihrem Bewußtsein. Haben Sie den Film ›Der letzte Schuß‹ gesehen? Nach der Erzählung von Lawrenjew ›Der Einundvierzigste‹?«
»Ja.«
»Wie war da der Konflikt der Rotarmistin Marjutka? Erzählen Sie mit Ihren eigenen Worten, wir werden daran erkennen, ob Sie den Film richtig begriffen haben.«
Der Film war mir sehr nahe. Ich hatte ihn gerade gesehen, beeindruckt von der Kameraführung und dem Gefühlsdilemma der Rotarmistin. »Also, ich rekonstruiere die Fabel. Marjutka, Scharfschützin der Revolution, hatte vierzig Gegner abgeknallt, unberührt von Gefühlen. Die Feinde mußten vernichtet werden, das war ihr Auftrag. Als sie einen Gefangenen, einer

weißen Offizier, dem roten Armeestab übergeben sollte, kenterte das Boot bei der Fahrt über das Meer. Marjutka und der Offizier retteten sich auf eine Insel, ohne Baum und Strauch, nur mit einer zerfallenen, morschen Hütte.
Der weiße Offizier fieberte tagelang. Marjutka pflegte ihn mit Hingabe und besiegte die Krankheit. Marjutka vergaß, daß er der Klassenfeind war, sie verliebte sich in ihn, zum ersten Mal in ihrem Leben. Nichts galt mehr für sie, keine Ideologie, nur noch der Mann, sie beide auf der Insel.
Als sich ein Boot näherte, dachte sie nur an Rettung. Aber dann erkannte sie, die Retter waren weiße Offiziere, nicht ihre Genossen, die zur Insel ruderten. Mit ihrem letzten Schuß traf sie ihren Geliebten, der seinen Freunden entgegenlief. Aber dieser Schuß in sein Herz war auch ein Schuß in ihr eigenes Herz. Sie brach über ihrem Opfer zusammen.«
»Sagen Sie das nicht mit dem Schuß ins eigene Herz. Das sehen Sie falsch, zu emotional. Der Einundvierzigste stellt dar, daß es Glück, unabhängig vom Kampf um den Frieden, nicht gibt. Daß es trügerisch und gefahrbringend ist, Mitleid mit dem Feind zu haben, auch wenn er am Boden liegt, seiner Macht beraubt. Er bleibt ein Feind.«
Sie gaben mir die Nummer des MfS in Berlin.
»Das sind die Genossen Müller und Lothar, die sind für Sie zuständig. Melden Sie sich bei Ihnen, sowie Sie nach Berlin kommen, spätestens aber bei Antritt Ihres Praktikums. Und denken Sie daran – wer nicht über unsere Klinge springt, der springt in sie hinein. Und das wäre doch schade, so kurz vor Ihrem Diplom.«

Ich weiß nicht, wie ich ins Internat kam. Verstört verkroch ich mich im Bett, tagelang. Tamara saß an meinem Bett, stundenlang, und wartete auf ein Wort, vergebens.
Nach ein paar Tagen fiel mir ein, ich hatte das Wachtangow-Theater vergessen. Die zwanzig Mark lagen noch in meinem Portemonnaie. Hermine war gerade in meinem Zimmer.
»Tust du mir einen Gefallen?«
»Gern.«

»Ich hab meinen Buchhändler angepumpt, bring ihm das Geld zurück und lös mir meine Kriegsfibel aus. Sag ihm einen schönen Gruß, ich hätte das Geld nicht gebraucht.«
Hermine kam verwundert zurück: »Was hast du mit dem Mann gemacht?«
»Warum?«
»Er wünscht dir gute Besserung. Hier hast du das Buch und auch das Geld, er wollte nur eine Mark haben, damit sei es erledigt.« Sie legte neunzehn Mark auf mein Bett.

Ich raffte mich auf und ging wieder zur Vorlesung. Als ich in der Theaterhochschule auftauchte, lief ich einem Dozenten über den Weg, er hielt mich auf.
»Wo kommen Sie denn her? Wir haben Sie schon vermißt. Außerdem haben Sie den Professor neulich versetzt mit seinen Wachtangow-Karten.«
»Ach – hatte er eine für mich?«
»Eine ist gut – aber gehen Sie mal rein zu ihm.«
Er schob mich ins Dekanat.
Kuckhoff tauchte abwesend aus seinen Büchern auf, aber dann lächelte er: »Da ist sie ja wieder. Gibts das? Also, Sie haben mich in eine Situation gebracht – stehe ich da mit den Karten an der Abendkasse und wer nicht kommt, das sind Sie! Ich hatte fünf Karten für Sie. *Fünf!* Für jede Vorstellung eine. Und ich stehe da und warte mit meinen Karten in der Hand wie ein verliebter Primaner, und wer nicht kommt, das sind Sie!«
»Ich war krank.«
»Ach – so plötzlich? Telefon gibt es ja nicht, wir haben ja auch noch nie miteinander telefoniert.«
»Außerdem habe ich gar nicht geglaubt, daß Sie Karten herbeizaubern können.«
»Wenn nicht ich – wer dann? Ich bin doch ein alter Stanislawski-Verehrer, geradezu sein Vorkämpfer in der DDR, das wissen Sie doch.«
Ich nickte.
»Also, was war wirklich los?«
(Meine Antwort kommt mit zwanzigjähriger Verzögerung auf

Ihren Tisch, verehrter Herr Professor.)
Einige Tage später war ich im Theater. Kuckhoff war auch da mit seiner Frau. Sie kamen zu mir.
»Dieses Mädchen mußt du kennenlernen. Versetzt mich mit fünf kostbaren Theaterkarten, die mir andere Leute am liebsten aus den Händen gerissen hätten. Versetzt mich, ihren Dekan. Sieh sie dir an, so was siehst du nicht alle Tage.«
Blutübergossen stand ich da: »Es gelingt mir immer, unfreiwillige Witze zu liefern.«
Kuckhoff sagte: »Ja, Sie sind wirklich ein witziges Mädchen.«
»Dabei habe ich gar kein Gefühl für Witze, ich versteh die Pointen meistens nicht.«
»Sie machen Sie bloß.«

Ein paar Tage lang rang ich mit mir, sollte ich zu Kuckhoff gehen und erzählen, was mir mit dem Stasi passiert war? Sollte ich ihn fragen, ob ich an seine Fakultät umsatteln dürfte, weg von der Fak.Jour. mit ihren Bewährungsaufgaben?
Sollte ich ihm sagen, daß meine Krankheit am Abend des Wachtangow-Theaters Verzweiflung war?
Würde er mich schützen können?
Ich schob den Gedanken von mir. Ob Theaterhochschule, ob Fak.Jour. der Stasi hatte mich im Visier.
Reiner Kunze hielt mich auf nach dem Seminar für Theorie und Praxis der Pressearbeit, das er in unserer Seminargruppe leitete. Es war eins der letzten Seminare vor den Ferien.
Er drückte mir einen Artikel in die Hand.
»Ich müßte ihn dem Stasi übergeben, weißt du das? Nimm ihn zurück, ich hab ihn nicht zensiert. Er ist wie nicht geschrieben.«
Es war mein Artikel über die Erziehung zur Heuchelei an den Universitäten, ich hatte gedacht, das müßte ich aussprechen, bevor ich daran erstickte.
»Unsere Artikel gehen auch an den Stasi?«
»Solche schon. Solche Meinungen sind hier nicht zulässig, das war dir doch klar, als du schriebst?«

Er stand vor mir und musterte mich mit bedenklichem Gesicht.
Ich steckte meinen Artikel ein, dann sah ich ihn voll an.
»Reiner, in welcher Falle stecken wir?«
»Du hast ja dein Berliner Ensemble, du kommst vielleicht raus.«
Klang das neidisch? Er wandte sich zur Tür, seine Worte standen noch im Zimmer, mißverständlich. Lauschte er ihnen nach? Er blieb stehen.
»Ich muß dir noch was sagen. Gut geschrieben ist der Artikel nicht. Wirr, emphatisch, aber in Ansätzen ist erkennbar, was du meinst, und das gefällt mir, daß du anfängst, selbst zu denken. Ist noch ziemlich neu für dich?«
»Woran merkst du das?«
Er setzte sich rittlings auf den Stuhl.
»Du versteckst dich noch hinter einem Wust von Worten, aber du bist schon da – in der Kontur. Lerne klipp und klar zu sagen, was du denkst, dann wirst du das auch schreiben können. Mut hast du doch, den mußt du auch beim Schreiben haben.«
Ich grinste schief: »In meinem Kopf schießt alles durcheinander.«
»Wie wahr, wie wahr.«

Reiner stellte sich *vor* das Messer des Staatssicherheitsdienstes, er ließ mich nicht hineinlaufen. Hatte ich ihn falsch eingeschätzt? Oder war seine Haltung des Beobachtens umgeschlagen in eine neue Qualität? Fing er an, sich zu wehren?
Anzumerken ist, daß kurz danach im Forum, der Studentenzeitung, Heinz Halbach, Assistent an der Fak.Jour., einen Artikel veröffentlichte: »Werden unsere Studenten zur Heuchelei erzogen? Einige Gedanken zur Diskussion eines aktuellen Themas«* und ein weiterer Assistent, Otfried Arnold, setzte die Diskussion in einem späteren Artikel fort.
Mein Artikel war in meiner Hand, aber meine Argumente wurden in der Öffentlichkeit verhandelt. Reiner hatte ganz

---

* Forum Nr. 14, 2. Juliausgabe 1957

offensichtlich meine Meinung weitergegeben, ohne Angabe meiner Person. Dafür war ich ihm dankbar.
Die Diskussion im Forum traf übrigens nur die halbe Wahrheit. Heinz Halbach wußte das aus eigener Kenntnis. Wir wurden nicht nur zur Heuchelei erzogen, das eisige Schweigen an unserer Fakultät verbarg etwas anderes – Verrat.
Einer verriet den anderen beim Staatssicherheitsdienst. Und jeder versuchte, kein Material gegen sich selbst zu liefern und riegelte sich deshalb durch Schweigen vom anderen ab. Keiner wollte eine Meinung preisgeben, die nicht in der Zeitung stand. Reiner verstieß gegen dieses Prinzip. Er schützte mich, statt mich auszuliefern. Das war sein erster Schritt gegen das Erziehungsziel unserer Fakultät, der mir ins Bewußtsein drang, jeden Studenten so zu erziehen, daß er die Zusammenarbeit mit dem Staatssicherheitsdienst akzeptierte. Reiner war wissenschaftlicher Assistent mit Lehrauftrag, verpflichtet auf dieses Ziel. Reiner fing an, sich zu versagen.
Die ersten feinen Risse wurden sichtbar im Gebälk der Fakultät. Ganz feine Risse.
Der nächste Riß, den ich sah, war Tamara.
Wir paukten für die Prüfungen. Tamara saß auf dem Bett, die Bücher um sich herum ausgebreitet, und sagte einen Satz, der mit lernen nichts zu tun hatte.
»Ich werde immer fetter – du wirst immer schlanker.«
»Du ißt deine Probleme auf – ich leb sie.«
»Wenn das so einfach wäre. Du hast immer so schöne Sätze, aber sie stimmen nicht immer. Es sind nicht die Probleme, die ich verschlucke. Es ist ein Baby.«
»Tamara!«
Ich hockte mich zu ihr aufs Bett zwischen die Bücher und tröstete sie: »Fahr zu deinem Verlobten, sags ihm.«
Tamara fuhr nach Berlin. Als sie an Schnaps' Wohnungstür klingelte, öffnete seine Sekretärin. Er hatte sie gerade geheiratet. Tamara wollte sterben. Sie machte in der gleichen Nacht einen Selbstmordversuch in seiner Wohnung, mit Tabletten, kam mit Blaulicht ins Krankenhaus, wurde gerettet, Magen ausgepumpt, zurück nach Leipzig. Fahl, mit eingefallenen

Wangen, lag sie im Bett, nur die Sommersprossen leuchteten im Gesicht.
Rusalkas Arie aus dem Mond klang aus dem Lautsprecher. Elfriede Trötschels herrliche Stimme füllte das Zimmer.
Rusalka war meine liebste Oper. Sämtliche Fassungen der Undine, die ich aufstöbern konnte, standen in meinem Schrank. Von Paracelsus, de la Motte-Fouqué bis zu Giraudoux. Und auch Maurice Maeterlincks Pelleas und Melisande.
De la Motte-Fouqué, Abkömmling einer aus Frankreich emigrierten Hugenottenfamilie, hatte das Märchen in Deutschland ausgegraben. Der mittelhochdeutsche Epiker Egenolf von Staufenberg schrieb um 1300 die Verse von der Liebe des Ritters zu einer überirdischen Frau.
Bei Fouqué wird sie zur Nixe.
Damit schließt sich die Kette zur französischen Melusine, die gegen Ende des 14. Jahrhunderts vom Ritter Jean d'Arras aufgezeichnet wurde. Fouqué nennt als Quelle seiner romantischen Märchenerzählung Undine (1811) ein Werk des Paracelsus (Theophrastus Bombastus von Hohenheim, 1493–1541) »liber de nymphis, sylphis, pygmaeis et salamandribus et de caeteris spiritibus.«
E.T.A. Hoffmann, Albert Lortzing, Hans Werner Henze und Anton Dvořák schufen Zauberopern aus dieser deutsch-französischen Geschichte. Der Versuch einer Nixe, die menschlichste Frau zu sein, aus freiem Willen.
Tamara sprach gegen die Musik: »Du bist die einzige, die ich noch hab, und du wirst mich auch verlassen.«
»Das hört sich ja tragisch an.«
»Was raus will, muß raus.«
»Was ist los mit dir?«
»Ich bin reingekrochen in dich wie eine Made in einen Apfel.«
»Tamara!«
»Ich bin deine Patin.«
»Patin? Was heißt das?«
»Ich hab dich von Anfang an ausgehorcht. Parteibeschluß. Ich hatte den besten Zugang zu dir, also mußte ich es machen. Alle

Parteilosen an der Fakultät haben einen Paten.«
»Du bist nicht meine Freundin?«
»Ich bin deine Patin. Von der Partei dazu bestimmt. Hätte ich keinen Zugang zu dir gefunden, wäre die Patenschaft auf eine andere übergegangen. Mit uns beiden ging es gut. Du hast mir viel Stoff geliefert, Brigitte.«
»Von Anfang an?«
»Von Anfang an.«
»Tamara, ich glaubs nicht. Du bist jetzt völlig kaputt. Du redest dummes Zeug.«
»Nur weil ich kaputt bin, sag ich es dir. Fang damit an, was du willst, mir hilft keiner mehr. Ich sitz im Loch und komme nicht mehr raus. Es gibt kein Vertrauen. Du hast mir vertraut. Ich habe dich verraten. Ich habe Schnaps vertraut, er hat mich betrogen. Verrat, wohin man sieht, ich geh daran zugrunde. Verrat, Verrat, und nennt sich Parteiauftrag. Und ich verrate jetzt die Partei.«
Sie lag da mit offenen Augen und starrte an die Decke, keine Träne, die Augen in den schwarzverschatteten Höhlen versunken in Leid. Ich schüttelte sie.
»Tamara, sag mir nur noch eins. Hast du von meinem Tagebuch erzählt?«
»Nein.«
»Bitte, lüg jetzt nicht.«
»Ich lüge nicht. Ich habe keine Lust mehr zu lügen.«
»Du hast es gelesen?«
»Nein. Ich habe mich geschämt. Ich wollte. Ich habs wieder unter deine Pullover geschoben.«
»Das Wort Tagebuch ist nie gefallen?«
»Nein.«
»Ich muß es wissen. Tamara, hör genau zu. Ein Tagebuch zu führen, heißt, Nachrichten zu sammeln. Mein Cousin Erich Buchholz sitzt da gerade über einem Gesetz*, das Nachrichten

---

* Am 11. 12. 1957 ergänzte die Volkskammer das Strafgesetzbuch mit dem Paragraphen 16, der Staatsverrat, Spionage und Sammlung von Nachrichten als Verbrechen definiert, die mit Zuchthaus zu bestrafen sind. Für schwere Fälle von Staatsverrat wurde die Todesstrafe eingeführt.

sammeln mit Zuchthaus bestrafen wird. Wenn sich zeigt, daß mein Kontakt zu Klaus keinen Wert hat für... die Partei, dann kann man den Spieß umdrehen und meinen privaten Kontakt umfunktionieren in einen Kontakt mit einer westlichen Dienststelle. Für Kontakte mit westlichen Dienststellen gibt es Gefängnis. Und wenn sie es ganz böse mit mir meinen, werden sie einen Staatsverrat daraus konstruieren können. Erich sagt, für Staatsverrat wird die Todesstrafe eingeführt. Also, ich frage dich noch einmal, Tamara, hast du von meinem Tagebuch erzählt?«
»Nein.«
»Schwör es mir.«
»Ich schwörs bei meinem Leben.«
Rusalka beendete ihr Lied:
»Mond, erlisch mir nicht, erlisch mir nicht!«
Eine Arie wie ein Schrei.

Tamara zog in ein Einzelzimmer. Wir sprachen nicht mehr miteinander. Tamara wurde immer dünner. Nur ihr Bauch schwoll an.
Wenn ich diese Semesterprüfungen mit Erfolg absolvierte, hatte ich das Staatsexamen mit zwei in der Tasche. Zusammen mit der Diplomarbeit waren im Frühjahr nur noch zwei Prüfungen fällig, in »Dialektischem Materialismus« und »Theorie und Praxis der Pressearbeit«, aber das waren zwei Fächer, auf die ich mich freute, da konnte nichts mehr schiefgehen. Um meine bis dahin guten Ergebnisse nicht durch ein schlechtes Staatsexamen in Russisch zu gefährden, stand ich nicht zur Prüfung auf, blieb einfach im Bett, wollte mich ein halbes Jahr später melden. Ich hatte das Gefühl, im Augenblick zu versagen.
Irmgard rüttelte mich aus dem Schlaf.
»Aufstehen, Brigitte. Sonst schaffst du es nicht mehr, es ist gleich acht.«
»Geht nur, ich komme nicht mit, ich passe.«
»Du spinnst.«
»Nein. Ich falle durch. Ich will keine vier riskieren.«

Lucie und Hermine schimpften mit mir, aber nichts beeindruckte mich, ich blieb im Bett.
Kurz nach acht klopfte es an die Tür.
»Fräulein Klump, hier ist Dorschan. Kommen Sie rüber. Sie machen doch die Prüfung mit links.«
Es war der Russisch-Dozent.
»Nein. Ich falle durch.«
Dorschan lachte: »Blödsinn. Ich weiß, Sie schaffen es.«
»Und wenn es nicht klappt, ist meine zwei im Staatsexamen futsch. Ich denke nicht daran, aufzustehen.«
»Also, wenn Sie versagen, wiederholen Sie die Prüfung. Einverstanden?«
»Na gut. Aber auf Ihre Verantwortung.«
Als ich ins Seminar kam, saß alles über den Texten. Ich hatte zwanzig Minuten verloren und ging mit Lässigkeit an die Übersetzung. Dorschan würde schon sehen, wie blöd ich war. Ich knallte die Übersetzung hin, war als erste fertig, gab meinen Zettel ab, grinste und verschwand. Ich hatte einfach freiweg übersetzt und dabei sicherlich sämtliche Klippen übersehen. Das war bestimmt ein Reinfall.
Als die Zensuren am Schwarzen Brett aushingen, sah ich gar nicht hin. Ob da eine vier oder eine fünf stand, interessierte mich nicht, ich mußte im nächsten Semester zu Russisch sowieso wieder antanzen, um meine schlechte Note auszubügeln. Dorschan stutzte, als ich im Herbst im Seminar erschien, und hielt eine kleine Ansprache aus dem Stegreif. Er habe noch niemals so viel Interesse an Russisch entdecken können wie bei Fräulein Klump. Macht eine eins im Staatsexamen und erscheint weiterhin, diesen Eifer müsse er rühmen.
Blutrot stand ich auf. »Eine eins?«
»Ja, wieso, wußten Sie das nicht? Die Noten waren doch am Schwarzen Brett angeschlagen. Sie haben eine fast geniale Übersetzung geliefert. Was haben Sie denn gedacht, wie Sie abgeschnitten haben?«
Das Seminar kicherte.
Ich stopfte meine Russischbücher in die Tasche und verschwand wie der Blitz.

Mit schwerem Koffer zog ich im Gästezimmer des ›Freien Bauern‹ ein. Während meines Redaktionspraktikums vom 26. Juni bis zum 7. August wohnte ich über der Redaktion. Der ›Freie Bauer‹ war nur durch den Friedrichstadtpalast getrennt vom Berliner Ensemble, das war für mich nur ein Katzensprung zum Theater. Ich durfte hinüberlaufen, wenn ich nicht gebraucht würde, hatte mir Linz versprochen.
Nach dem Redaktionspraktikum sollte ich bei meinen Verwandten einziehen. Ilse Buchholz war meine Cousine, verheiratet mit Erich, zwei Kinder. Sie wohnten in einer Altberliner Wohnung am Baumschulenweg, geräumig, mit hohen Dekken, und einem Mädchenzimmer. Da sie kein Personal beschäftigten, war dieses Zimmer unbenutzt. Eine bessere Besenkammer. Aber so waren früher die Mädchenzimmer konzipiert. Die Herrschaft in fabelhaft großen Räumen, das Personal in der Abseite. Diese Abseite bedeutete für mich die Freiheit, in Berlin zu wohnen, solange ich wollte, nicht weit vom Theater, ich zerfloß fast vor Dankbarkeit.
Ilse und Erich waren tagsüber in der Universität, Assistenten. Wenn nicht Tante Gertrud, Ilses Mutter, Kinder und Wohnung betreut hätte – wo wäre dann Ilses Universitätskarriere geblieben? Die Mütter mußten herhalten, das sah ich in vielen Familien. Emanzipation – ja. Aber auf Kosten der Mütter. Das war auch keine Lösung. Fachkräfte für den Haushalt mußten her. Es mußte doch Frauen geben, die Putzen als Aufgabe ansahen, genausogut wie eine andere Arbeit, und genausogut bezahlt, das würde das negative Image vernichten. Die einen putzten, die anderen lehrten oder schrieben... Arbeitsteilung. Das war doch ein Witz, daß Sozialisten kein Personal beschäftigen wollten. Jeder machte die Arbeit, die er verstand, jeder nach seinen Fähigkeiten. Man brauchte für das Wort Personal doch nur ein anderes Wort einzusetzen: Fachkräfte für den Haushalt. Und schon wäre alles gelaufen.

Ich meldete mich nicht beim MfS, als ich in Berlin eintraf. Sie konnten ja kommen, wenn sie etwas von mir wollten, freiwillig ging ich ihnen keinen Schritt entgegen. Ich wollte nichts von

ihnen, sie wollten was von mir. Zeit gewinnen.
In der Redaktion fand ich viel Arbeit vor. Kollege Ulbrich, der Kulturredakteur, verantwortlich für meine Ausbildung, befand sich in Moskau. Ich hatte die Frauenseite und den Kulturteil zu redigieren. Ulbrich schickte Material direkt aus Moskau von den Weltfestspielen der Jugend und Studenten. Was mir fehlte, organisierte ich vom Zentralrat der FDJ.
Am 29. Juni ließ mich Frau Weigel rufen.
Sie machte mich mit den Damen und Herren bekannt, die sich während meines Theaterpraktikums um mich kümmern sollten. Direktor Meyer, technischer Leiter des Berliner Ensembles, wurde für meine technische Ausbildung verantwortlich gemacht, Käthe Rülicke übernahm die dramaturgische Anleitung. Ich durfte am Theater bleiben bis zum Studienbeginn, das legte Frau Weigel in der Besprechung fest.
»Regie können Sie bei Benno Besson lernen, er inszeniert den ›Guten Menschen‹. Lassen Sie sich nachher ein Bühnenmanuskript geben.« Als die Formalitäten erledigt waren, sagte Frau Weigel:
»Sie bleiben noch einen Augenblick, Fräulein Klump!« und kniff verschmitzt lächelnd ein Auge zu.
»Schön, Sie wieder zu sehen.«
»Sie erinnern sich an mich?«
»Kindchen, ich hab mich schön amüsiert, als der Bunge mit dem Vorschlag kam, Ihnen hier ein Zweitpraktikum einzuräumen. Warum haben Sie sich nicht direkt an mich gewandt? Ich hatte Ihnen doch versprochen, Sie können an mein Theater kommen!«
»Ich wollte Sie nicht behelligen. Da ich inzwischen den Draht zu Bunge hatte...«
»Sie sind wohl nicht aufzuhalten, wenn Sie etwas wollen?«
Das klang anerkennend, sie wartete gar nicht auf Antwort, sie fragte gleich weiter:
»Dann hat es also mit der Theaterhochschule geklappt?«
»Ja. Der Kuckhoff hat sogar ein Brecht-Seminar eingerichtet.«
Sie lachte: »So ändern sich Haltungen! Etwas spät, aber immerhin. Aber was ich Ihnen erzählen wollte, Sie waren ja da-

mals gerade hier, als Brecht krank war.«
»Ja. Ich habe ihn auf dem Hof gesehen, mit einem dicken Schal. Sein Wagen fuhr gerade auf den Hof, als ich ging.«
»Dieser Schal, dieser Schal, der verfolgt mich noch im Traum. Ich glaube, ich bin schuld an Brechts Tod, ich hab ihm sein Glück verbrannt.«
»Sein Glück verbrannt?«
»Er ist mit so einem alten Mantel aus Amerika gekommen, und den hat er die ganzen Jahre geschleppt. Ich hab zu ihm gesagt, Brecht, wir haben doch nun Geld, kauf dir einen anderen Mantel. Er wollte keinen neuen. Da hab ich den Mantel einfach in den Keller runtergebracht und in die Heizung gesteckt.
Der Brecht hat furchtbar theatert. Dann hab ich gemerkt, es war ihm Ernst, er hing an seinem Mantel. Er hat gesagt, ich hätt ihm sein Glück verbrannt, nun ginge es abwärts.
Ich hab ihn angefleht, kauf dir einen neuen Mantel. Er hat keinen neuen wollen und ist den ganzen Winter nur mit seinem Jöppchen und dem Schal rumgerannt, und dann wurde er krank. Es fing so harmlos an als Erkältung, im Winter, und brachte ihm den Tod. Nach Monaten. Und ich bin schuld. Ich hab ihm sein Glück verbrannt.«

Die Probe zum »Guten Menschen von Sezuan« hatte schon angefangen. Ich öffnete schüchtern die Tür zum Theatersaal und klemmte mich auf einen der 727 Plätze, rechts außen, achte Reihe.
Der Platz war ausgezeichnet, das sah ich mit einem Blick, die Aufsicht auf die Bühne konnte nicht besser sein, diesen Platz würde ich behalten.
Ein paar Reihen hinter mir war zwischen den Reihen das Regiepult befestigt. Benno Besson saß hinter der Leselampe und gab den Schauspielern Anweisungen.
Im Saal Plüsch und Plunder, Stuck in Medaillonform, fliegende Engel mit Flöten, Illusion einer vergangenen Zeit, Kontrast zur Bühne: Weißes Licht, feindlich jeder Illusion, hob jede Bewegung der Schauspieler scharf hervor. Unausgesprochenes, Angedeutetes war Brecht verhaßt, das hatte ich längst begriffen,

in der Sprache wie auf der Bühne. Die harte Kontur, die Direktheit, das Unmißverständliche der Aussage, hier wurde es perfekt über die Rampe gebracht, in sorgfältiger Regiearbeit.
Die aggressive Musik von Paul Dessau kommentierte die Fabel von der mitleidigen, uneigennützigen, hilfsbereiten Shen Te, die sich verwandeln muß in Shui Ta, ihren Vetter, hartherzig, auf den eigenen Vorteil bedacht, um zu überleben in einer mitleidlosen Welt, ein Raubtier unter Raubtieren.
Auf dem Prüfstand lagen Güte, Anstand, Menschlichkeit, und es zeigte sich, das waren selbstmörderische Verhaltensweisen, wenn nur ein einzelner sie hatte. Shen Tel lernte unter Schmerzen, daß nicht idealistische Morallehren helfen, zu überleben, sondern daß die sozialen Verhältnisse die Moral formen, daß das Gewissen anpaßbar wird. Gezeigt wurde der gute Mensch als Fabel.
Helene Weigel kam einen Augenblick in die Probe, wanderte durch eine Sitzreihe, um die verschiedenen Blickpunkte auszuprobieren, fand nichts auszusetzen an Benno Bessons Regiestil und verschwand wieder.
Am dritten Tag blieb sie vor mir stehen.
»Fräulein Klump, seit drei Tagen blockieren Sie meine Reihe, ist das Absicht?«
»Ihre Reihe?«
»Es gibt doch so viele Reihen hier im Saal. Warum muß es gerade meine achte sein, in der Sie sitzen?«
»Von hier aus ist die Sicht so gut. Ich wußte nicht, daß es Ihre Reihe ist.«
Frau Weigel lachte schallend: »Ich bestehe auf meiner Reihe. Mir scheint, ich hab die älteren Rechte.«
Blutrot und verlegen räumte ich meinen Platz.
Nach der Probe beschwerte ich mich bei Benno Besson.
»Das war unfair. Warum hat mir keiner gesagt, daß ich Frau Weigels Reihe blockiere?«
Besson grinste.
»Das hat uns doch Spaß gemacht. Sie haben gegen ein Ritual verstoßen. Die Reihe ist wie heiliggesprochen, schon von Brecht.«

Frau Weigel hielt mich auf dem Hof an, im Vorübergehen.
»Fräulein Klump, bevor ich das vergesse – Sie benutzen einen falschen Lippenstift.«
»Warum falsch? Diesen Farbton trag ich seit vier Jahren.«
»Vier Jahre zu lang. Zu laut. Warum hat Ihnen das keiner gesagt? Dieses Rot können Sie sich nicht erlauben. Sie müssen rosa tragen, sonst machen Sie Ihre Wirkung kaputt.«
»Welche Wirkung?«
»Sie machen damit Ihren Sex kaputt.«
»Wieso Sex? Hab ich den?«
»Sie haben ihn erfunden. Schön, wenn Sie sich nicht darauf ausruhen.«
»Sex – in solchen Wörtern bin ich nicht zu Hause.«
Frau Weigel lachte: »Vielleicht nicht in den Wörtern... aber mal ernsthaft, es gibt da einen rosa Lippenstift bei Revlon, der heißt Pink, das ist genau die Farbe, die Sie tragen sollten.«
»Und wo ist Revlon?«
»Pardon, ich vergaß, Sie sind nicht im Westen bewandert. Revlon ist eine Kosmetikfirma. Fahren Sie zum Zoo in irgendeine Parfümerie, und holen Sie sich den richtigen Lippenstift, kostet drei, vier Mark. Vergessen Sie nicht – Pink!«
Sie hastete weiter mit großen Schritten, Bühnenmanuskripte unter den Arm geklemmt, und ließ mich verblüfft zurück. Das mußte ich erst mal verdauen. Helene Weigel schickte mich nach Westberlin, um einen Lippenstift zu kaufen. Sie, die Genossin, Intendantin dieses Theaters, fand nichts dabei, wenn ich Ostmark in den Westen brachte. Mein Dekan würde zusammenbrechen, wenn er das wüßte, Steuergroschen der Arbeiter in den Westen zu tragen, war unmoralisch. Und unsere Stipendien waren Steuergroschen der Arbeiter. Zudem war das ein Devisenvergehen. Und sie gab mir den Tip ganz nebenbei, als sei das die selbstverständlichste Sache der Welt, eben mal in den Westen fahren, kaufen, was man braucht.
Sollte ich päpstlicher sein als der Papst? Drei Pöttchen Dreck auf mich, ich tus!
Noch im Laden färbte ich meine Lippen neu, Pink. Die Wirkung war verblüffend. Mit einemmal stimmten Teint und Haar

und Lippenfarbe zusammen. Welche Kleinigkeit, das zu wissen, und wie schwer, das zu erfahren.
Vier Jahre lang malte ich mir nun schon die Lippen an, seit jenem Morgen im Internat der Theaterhochschule. Und vier Jahre lang gegen meinen Typ. Frau Weigel – ein Blick, sie sah den Fehler, sprachs aus, der Fall war erledigt. Hatte ich wohl noch mehr falsch gemacht, die ganzen Jahre über, und weniger leicht zu entdecken als die falsche Farbe meines Lippenstiftes?
Ob Frau Weigel mir mehr sagte?
Ich wandte mich ihr zu, mit ganzem Herzen, bereit, mich selbst in Frage zu stellen, wenn das half, zu entdecken, was wichtig war.

Es gab noch einen Studenten am Berliner Ensemble, Wolf Biermann. Er duzte mich gleich. Es war üblich, daß Genossen Nicht-Genossen siezten, aber Wolf Biermann duzte jeden.
»Wo kommst du her?«
»Aus Leipzig. Und du?«
»Aus Hamburg. Aber ich lebe seit 1953 in der DDR.«
»Was studierst du?«
»Politische Ökonomie.«
»Was willst du werden, Wolf? Regisseur?«
»Weiß ich nicht. Ich seh mich erstmal um. Hast du Pläne für die Zukunft?«
»Natürlich. Ich werde Journalist.«
»Natürlich ist gar nichts, Brigitte.«
»Wenn man sein Staatsexamen praktisch in der Tasche hat, ist das natürlich.«
»Was weißt du, was kommt.«
»Alles ist zu planen.«
Ihn störte meine Sicherheit, mit der ich meine Antworten parat hatte. Ich ärgerte mich, daß er nichts gelten lassen wollte, auch die einfachsten Sachen in Frage stellte. Wir stritten uns, wenn wir uns sahen, aber wir stritten uns mit Wonne. Wir sahen uns täglich zu den Proben des »Guten Menschen«.
Sagte ich etwas, wandte er ein: »Denk nochmal nach!«

»Da gibts nichts nachzudenken.«
»Nur mit Nachdenken kommst du dahinter.«
»Wolf, warum machst du es dir eigentlich so schwer. Lern doch die Antworten.«
»Welche Antworten?«
»Die Antworten, die zu den Fragen gehören. Wir lassen nur Fragen zu, auf die wir die Antworten kennen.«
»Ich versuch, die Antworten zu finden.«
»Wolf, du verrennst dich. Es gibt nur eine Antwort, das ist die Antwort, die der Parteilinie entspricht.«
»Und bei einer neuen Parteitaktik?«
»Gibt es eine neue Antwort.«
»Was nützt mir die taktische Antwort, ich will die Wahrheit.«
»Die gibt es nicht. Wahrheit besteht aus Taktik. Die ganze Wahrheit zuzulassen, würde dem Klassenfeind Spielraum einräumen.«
»So kann man nicht leben, Brigitte, sich mit Teilwahrheiten zufriedenzugeben.«
»Das ist besser, als dem Klassenfeind Argumente in die Hand zu spielen.«
»Wenn ihr so weitermacht, ihr Journalisten, bricht euch eines Tages alles zusammen. Die Taktik schließt die Lüge ein, wenn das der Taktik nützt. Und wenn die Lüge dann ans Licht kommt?«
»Was ist Wahrheit – was ist Lüge? Wir wollen etwas durchsetzen, unsere Arbeiter- und Bauernmacht stabilisieren, da klammern wir aus, was Leute nicht wissen sollen, was sie irritieren könnte. Wir decken es zu mit Argumenten oder bezeichnen das als gut, was gut ist – ohne das andere zu nennen. Das ist Journalismus, sozialistischer Art.«
»Die Lüge bei euch, Brigitte, die liegt im Verschweigen. Mit dieser Art Journalismus kannst du mir gestohlen bleiben.«
»Du willst ja kein Journalist werden, da kann es dir egal sein, wie wir das machen.«
»Mir ist nichts egal, was um mich herum geschieht.«
»Renn nicht dagegen an, du kannst es nicht ändern, du ver-

brennst dir nur den Mund.«
»Dann verbrenn ich mir den Mund. Und?«
»Wenn du das systematisch machst, verbrennst du dir auch deine Existenz, Wolf. Du bist doch in der Partei, ich bin parteilos. Wieso erkläre ich dir, was du sowieso weißt? Gewöhn dir doch Taktieren an – das ist gar nicht so schwer, wie du denkst.«
»Ich denke nicht daran.«
»Dann wirst du einmal nichts verrichten können, als Gedichte zu schreiben. Ich warne dich.«
»Vielleicht will ich Gedichte schreiben?«
Wir wanderten hinüber ins Theater, zur Probe, und grüßten nicht, ins Gespräch vertieft. Frau Weigel ließ uns ins Büro rufen.
»Sagt mal, ihr beide, was ist mit euch los? Wolf? Brigitte? Ihr seid die Kücken des Hauses und benehmt euch wie Stars. Warum grüßt ihr nicht?«
Wir sahen uns an. Hatten wir nicht gegrüßt? Wen hatten wir nicht gegrüßt? Wer hatte sich beklagt?
»Die Leute beklagen sich, ihr tragt den Kopf zu hoch. Ich seh ja ein, ihr seid stolz, so jung, und schon an diesem Theater, aber wir sind alle hier an diesem Theater. Hier grüßt man sich.«
Ich sagte: »Wen ich kenne, den grüße ich. Aber hier laufen so viele Leute rum, mit denen hab ich noch kein Wort gewechselt, weshalb soll ich sie grüßen? Wir sind hier in Berlin, nicht auf dem Lande. Bei uns im Dorf, da grüß ich jeden, sonst beschweren sie sich, man hätte ein arrogantes Betragen.«
»Sehen Sie, Brigitte, das ist es. Die Leute hier sind wie im Dorf. Eine verschworene Gemeinschaft. Wer hier arbeitet, der gehört dazu, der hat zu grüßen. Hier grüßt sich alles untereinander. Wenn ich über den Hof gehe, ich strecke jedem die Hand hin, das habt ihr bestimmt schon registriert. Das müßt ihr ja nicht, grüßen mit Handschlag, aber freundlich müßt ihr grüßen, freundlich! Wartet nicht, bis man euch grüßt, grüßt zuerst, ob Mann oder Weiblein, ihr müßt am Ball sein, ich sag euch, das wirkt Wunder.«
»Das hab ich nicht gewußt.«

»Deshalb sag ichs euch.«
Wolf lehnte sich zurück: »Also, das kann man ja leicht machen, ist gut, wenn man draufgestoßen wird. Ich hab mir darüber noch keine Gedanken gemacht, hielt das nicht für wichtig. Ich grüß, wenn ich einen kenne, aber gut, grüß ich jeden hier im Theater.«
Einmal etwas, das er einsah, das war ja direkt ein Fortschritt. Frau Weigel sagte: »Ihr erleichtert euch das Leben, wenn ihr freundlich seid. Ein Lächeln, ein Gruß, und die Leute mögen euch. Ihr braucht ja nicht das Lächeln aus dem Herzen zu holen. Wo bliebe ich, wenn ich jedesmal mit meinem Lächeln ein Stück von mir hergeben würde? Bei meinen vielen Bekannten? Lächeln ist eine Technik – aufgesetzt, hergezeigt! Das müßt ihr trainieren, lächelt die Welt an, und sie lächelt zurück.«
Wolf grinste: »Taktik!«
Helene lächelte zurück: »Auch das Taktik. Taktik ist das halbe Leben. Glaubt ihr, ich heiße umsonst »die Mutter« dieses Hauses? Das hab ich mir aufgebaut, dieses Image. Ich hab für jeden ein gutes Wort. Das kommt nicht aus einer verlogenen Haltung, sondern ich meine, wenn man mit Leuten lebt, muß man sich auch dafür interessieren, wie sie leben. Ich erkundige mich nach ihren Familien und merke mir das. Und wenn ich sie treffe – ein Wort nach ihrer Familie, was glaubt ihr, wie das hilft. Sie fühlen sich ganz persönlich angesprochen, und ich kriegs als Liebe zurück. Merkt euch das fürs Leben. Ich habs erst mühsam rausgefunden und servier euch das heute auf dem Tablett, mir hats keiner gesagt. Charme ist eine Erziehungssache. Den kriegt man nicht in die Wiege gelegt wie ein hübsches Gesicht. Charme erwirbt man selbst. Ihr beide, ihr habt eine Menge Charme, aber verteilt den nicht nur an eure Freunde, den müßt ihr systematisch auf die Welt verteilen, wenn ihr Erfolg im Leben haben wollt.«

Ich traf Herrn Dietze am Stellwerk an, beim Einrichten der Scheinwerfer für die Bühne. So richtig aus Herzensgrund sagte ich: »Ist die Frau Weigel nett. Nicht zu fassen.«
Er grinste seinen Kollegen an, der grinste zurück.

»Ist was?«
»Na klar.«
»Was denn?«
»Sie müssen det vastehen, Sie sind hier das erste Mädchen am Theater, das nicht in Brechts Finger fiel.«
»Wieso? War der so ein großer Frauenvernascher?«
»Gewiß doch.«
»Mal abgesehen von seiner Intelligenz und seiner Kreativität – für wen wäre das nicht faszinierend –, aber ich wäre ja wohl doch ein bißchen zu jung gewesen.«
»Das hätte den Brecht nicht gestört. Das hat den nie gestört. Im Gegenteil.«
Sie lachten.
»Sie meinen, der Grund, daß Frau Weigel zu mir so nett ist, läge darin, ich war nie im Bett mit Brecht?«
»Det is et. Das muß für sie wie eine Erlösung sein, wir können det vastehen, die muß ja wat für Sie übrig haben. Sehen Sie sich um: ein Haus voller Witwen.«

Der ›Freie Bauer‹ war eine Wochenzeitschrift mit geringem Termindruck. Zeit genug, Artikel zu beschaffen, Zeit genug, zwischendurch ins Theater hinüberzulaufen.
Ich wollte möglichst keine Probe vom »Guten Menschen« versäumen. Jede Probe bot Stoff für meine Diplomarbeit: eine Gegenüberstellung von Aufführungspraxis und Theaterkritik der DDR-Zeitungen, dargestellt am »Guten Menschen«.
Ich wollte untersuchen:
was beschreibt das Stück
was bezweckt die Regie
was begreift die Kritik.
Das Stück war wie für mich gemacht. Ich sah mein Dilemma, wie soziale Zwänge schizophrene Haltungen produzieren, wie der Mensch als Person auseinanderfällt, um zu überleben, schuldig wird. Und ich sah den Zeigefinger Brechts: Menschlichkeit ist ohne Handelswert, unkäuflich, eine Rarität. Auffindbar in der ärmsten Hütte wie im Luxus – klassenlos.

Karrierefeindlich. Verschüttbar.
Ich begriff in den Proben, der »Gute Mensch« war kein antikapitalistisches Stück; es war mehr, es war ein Gleichnis und traf auch die doppelbödige Moral in unserer Republik: privat ein menschliches Gesicht zu zeigen, offiziell die Maske. Würde ein Kritiker den Finger auf diese Wunde legen?
Ein Kritiker?
Wer?
Und wie stand es mit mir?
Würde ich den Mut finden, in meiner Diplomarbeit die praktizierte Moral der DDR schizophren zu nennen? Meilenweit entfernt von der gewünschten, sozialistischen Moral? Verwirklicht von wenigen? Sollte ich es darauf ankommen lassen, ob man mir die Diplomarbeit um die Ohren schlagen oder meine Ehrlichkeit honorieren würde? Zivilcourage in einer Diplomarbeit? Da lachten ja die Hühner.
Als ich geräuschlos die Tür zum Theatersaal aufklinkte, die Probe hatte schon begonnen, wandte Frau Weigel sich mir zu. »Endlich, Fräulein Klump, da sind Sie ja. Wir haben auf Sie gewartet. Ich will mal ausprobieren, wie es mit Ihnen geht. Eine Schauspielerin ist krank. Übernehmen Sie die Rolle der Frau des Teppichhändlers.« Sie rief zur Bühne hinauf: »Gebt ihr ein Buch.«
Der Schrecken traf mich. Ich? Wieso ich? Knieweich ging ich zur Bühne.
Hinter den Vorhängen standen Beleuchter, meine Freunde, die mir seit vierzehn Tagen den technischen Apparat des Hauses erklärten. Im Detail mit Zeichnungen, wann immer ich darum bat, und die mir jetzt Mut machten: »Na klar. Sie schaffen das.«
Herr Dietze schob mich ins Scheinwerferlicht. Helene Weigel sagte, meine aufsteigende Panik durchbrechend, deutlich und klar die Seite an, die Zeile. Ich schlug das Manuskript auf, sie dirigierte mich: »Sie gehen von links langsam zum Laden. Langsam! Niemand treibt Sie. So, das ist richtig. Und jetzt den Text.«
Ich kannte den Text auswendig. Ich hatte ihn oft genug gehört.

Die Frau des Teppichhändlers pries einen Schal an:
»Er ist sehr hübsch und auch nicht teuer, da er ein Löchlein unten hat.«
Ein ganz einfacher Text. Mir gefiel die umwerfende Naivität, aber jetzt schnürte mir eine Faust die Kehle zu. Ich sah ins Buch und sah kein Wort. Helene Weigel mahnte freundlich: »Der Text! Sie haben ihn vor der Nase. Lesen Sie vor!«
Von Panik überwältigt stand ich da und konnte kein Wort sagen. Herr Dietze hinter dem Vorhang zischte:
»Mensch, fang an, du kannst det doch!«
Ich schüttelte den Kopf, mir wurde schlecht. Jetzt bloß nicht ohnmächtig werden. Die Beine knickten mir ein, ich kauerte mich vor den Teppichladen, den Kopf in den Armen verborgen, und weinte.
Frau Weigel klatschte in die Hände.
»Schluß für heute.«
Die Probe war geschmissen. Die Schauspieler gingen ab, grinsend. War wohl nichts mit dem neuen Stern am Bühnenhimmel des Berliner Ensembles.
Mitleidig waren nur die Beleuchter, sie umringten mich, wollten mich trösten, einer hielt mir seine Thermosflasche mit Kaffee hin. Kaffee! Für mich ein Brechmittel. Unter Tränen lächelnd schüttelte ich den Kopf. Herr Dietze schlug mir auf die Schulter wie einem Kumpel.
»Sie haben doch keinen Grund zum Heulen. Sie haben etwas, das haben nicht viele, die ich auf der Bühne gesehen habe. Sie brauchen nur über die Bühne zu gehen, und man muß hingukken, na, wenn det nischt is!«
Frau Weigel war unbemerkt auf die Bühne gekommen, sie sagte trocken: »Nicht schlecht beobachtet, Herr Dietze. So ist es. Man hats, oder man hats nicht, es ist nicht erlernbar. Fragen Sie mich nicht, warum, ich weiß es nicht. Und mit dem bißchen Lampenfieber werden wir auch noch fertig.«
Sie sagte das in ihrem unnachahmlichen österreichischen Tonfall, so mütterlich, mir wurde langsam besser.
»Ich wollte ja sprechen... aber ich konnte nicht.«
Frau Weigel hakte mich unter: »Sie kommen jetzt mit in meine

Garderobe, ich mach uns einen Tee.«
Kaum saß ich in dem schmalen Gelaß auf der Liege, da fragte sie schon: »Also mal raus mit der Sprache, was ist los? Warum konnten Sie nicht sprechen?«
»Ich glaube ... ich kann nicht mehr wiedergeben, was ich auswendig gelernt habe. Ich weiß nicht, warum, mit einemmal ist es aus. Ich versteh das nicht. Jahrelang habe ich alles auswendig gelernt, den ganzen Phrasenschatz, und alles, was sonst noch anfiel an der Universität. Gelernt – wiedergegeben, keine Hürde. Auf einmal ist Schluß. Mein Gehirn gibt nichts mehr her. Ich weiß nicht, was los ist. Als Sie vorhin sagten, ich soll auf die Bühne, da hab ich mich entsetzt. Schauspieler sein, das ist auch nichts anderes als Sprachrohr sein. Ich wollte Ihnen ja den Gefallen tun, aber es ging nicht. Was ist das?«
Mir wurde schon wieder schlecht.
»Vielleicht ist das ein Umschlag in eine neue Qualität? *Eigene* Gedanken haben? Das ist kein schlechter Umschwung.«
»Wir müssen fähig sein, die Meinung der Partei als eigene wiederzugeben, wir liefern nur die persönliche Farbe mit unserem Stil, wir Journalisten sind doch nur das Sprachrohr der Partei, ich kann mir gar keine eigenen Gedanken leisten.«
»Bedenken Sie nicht die Konsequenzen, gehen Sie auf eigene Gedanken zu, das ist gut, wenn Sie die kriegen. Wir werden dann schon weitersehen.«
In meinem Bestreben, alles zu benennen, was mir fremd war, um es einordnen zu können, damit es seine Fremdheit für mich verlöre, fragte ich ratlos: »Gibt es das überhaupt, daß sich einem die Sprache versagt, wenn man abgefragt wird?«
Frau Weigel goß Tee in die braunen Tassen aus Ton, original China: »Ich bin kein Arzt. Fragen Sie mich was Leichteres. Ich weiß nur, als ich Sie da oben sah, so ungewöhnlich verstört vor den paar Sätzen der Rolle, noch dazu abzulesen, da dachte ich mir, das ist was anderes als Lampenfieber, da steckt mehr dahinter. Gut, daß Sie es aussprechen. Es ist wichtig, sich die Dinge ins Bewußtsein zu rufen, Brigitte.«
»Immer ist da einer, der sagt, mach dies, laß jenes. Ich bin überhaupt noch kein Mensch, ich weiß nicht, was richtig ist.

Immer wissen andere, was richtig für mich ist. Ich weiß aber nicht, ob das richtig ist, was die anderen sagen, ich weiß nicht, was überhaupt richtig ist, ich bin völlig unsicher. Am liebsten würde ich gar nichts mehr sagen, gar nichts mehr tun, nur schlafen, die Zeit verschlafen, die Probleme verschlafen, ich bin so müde...«
»Schreiben Sie auf, was Sie quält, das bringt vielleicht Klarheit. Schreiben Sie es sich von der Seele.«
Ich lächelte unter Tränen.
»Das ist gut. Und dann liest das ein Unbefugter, es paßt nicht in die Linie, und ich flieg von der Fakultät.«
»Das können wir vermeiden. Geben Sie Auskunft über sich, so gut Sie können. Schreiben Sie für mich. Ich verwahrs. Sie haben es von der Seele, und ich lern Sie besser kennen. Versuchen Sie, mir zu erklären, was geschehen ist und was mit Ihnen geschieht. Wenn man schreibt, braucht man eine Adresse. Ich will Ihre Adresse sein.«
»Meinen Sie, schreiben hilft?«
»Ich bin sicher, das hilft.«
»Ich weiß nicht, ob ich es kann.«
»Fangen Sie ganz einfach an, versuchen Sie, sich klar zu definieren, dann bekommen Sie Ihr Identitätsgefühl. Borgen Sie sich Ihre Identität nicht von anderen aus, Sie fangen gerade an, den richtigen Weg zu gehen, er führt zu Ihnen.«
»Aber wann?«
»Und dann zu Ihrer Haltung, nicht Schauspielerin werden zu wollen. Sie haben recht. Ohne eigene Persönlichkeit wäre das ein weiterer Verlust Ihrer Person. Man muß sich genau kennen, seine Mittel bewußt einsetzen können, wenn man Rollen deutlich machen will. Sie selbst sind in einer Rollenhaltung. Sie fühlen sich als Sprachrohr, nicht als Person. Finden Sie sich, Brigitte. Stellen Sie sich selbst dar, im Wort. Wenn Sie das schaffen, werden Sie auch alles andere darstellen können. Beschreiben Sie, was Ihnen widerfährt, was Sie darüber denken, und Sie werden sich entdecken. Das könnte nicht nur interessant für Sie sein, das könnte interessant für uns alle werden. Die Auskünfte über Ihre Person dürften Auskünfte über

unsere Politik sein, wie sie auf den Menschen einwirkt, was sie aus Menschen macht. Seien Sie rücksichtslos gegen sich, gegen andere, nehmen Sie kein Blatt vor den Mund, es kommt nicht darauf an, Rücksicht zu nehmen, es kommt darauf an, ehrlich zu sein.«
»Und der Klassenstandpunkt?«
»Schreiben Sie! Holen Sie heraus, was Sie blockiert! Ich habe den Eindruck, was Sie blockiert, das blockiert auch andere. Und die haben nicht die Kraft, sich mit Hilfe der Sprache dagegen zu wehren. Machen Sie einen Bericht, das ist journalistische Arbeit, das Handwerkszeug kennen Sie ja.«

Es war der 10. Juli. Ich war auf dem Weg zum Gesundheitsministerium, um eine Reportage über Erntekindergärten vorzubereiten. Am Bahnhof Friedrichstraße lief mir Sepp über den Weg, unverändert, aber förmlicher. Ich freute mich.
»Sepp, was machst du in Ostberlin? Wo steckst du überhaupt?«
»Bei der ›Deutschen Zeitung und Wirtschaftszeitung‹ in Köln.«
»Der Plan der Partei hat also funktioniert bei dir. Wie arbeitet es sich für den Stasi?«
Er sah mich grinsend an: »Du weißt also schon mehr.«
»Ja, aber ich glaube, mit mir kann man nicht rechnen.«
»Das dachte ich auch mal, mitten im Staatsexamen, du erinnerst dich. Aber der Mensch bekrabbelt sich.«
Er sah durchaus nicht fröhlich aus, als er das sagte, aber dann schaltete er um: »Was machst du in Berlin?«
»Regiepraktikum beim Berliner Ensemble.«
»Ach – wie kommt man da hin?«
»Ich bin einfach hingegangen.«
»Bist noch die alte, machst, was du willst?«
»Ich stoße nur noch an Grenzen.«
»Und die Liebe – schon eingeplant?«
»Ich lern gerade meine Lektion.«
»Das scheint dich nicht glücklich zu machen?«
»Glück – was ist das? Immer sagst du solche Wörter, Liebe,

Glück, immer Gefühlswerte. Gibt es nichts anderes für dich? Kannst du nichts anderes denken?«
»Es gibt nichts anderes, das zählt, Brigitte, lernst du das nie? Wie alt bist du jetzt?«
»Zweiundzwanzig.«
»Dann ist ja noch Hoffnung.«
»Hoffnung – noch ein metaphysischer Begriff. Sepp, in welcher Welt lebst du? Das ist doch eine Scheinwelt.«
»Ohne diese Welt gehst du unter, mach dir nichts vor. Aber was mich interessiert: Weißt du inzwischen, in welcher Welt du lebst? Hast du das herausgefunden?«
Es fiel mir wie Schuppen von den Augen: »Wir sind ein Ausbildungsinstitut für den Staatssicherheitsdienst?«
Sepp drehte sich um und ging. Ich sah ihn nie wieder.

Im Berliner Ensemble war die DEFA eingezogen. Strittmatters Bauernkomödie »Katzgraben« sollte filmisch konserviert werden, eine Regiearbeit Brechts.
Die DEFA drehte nach der Inszenierungsvorlage von Manfred Wekwerth, Brechtschüler und Regisseur am BE. Wekwerth bestand auf der Totale:
»Der Standpunkt der Kamera muß so bestimmt werden, daß die Bühne total erfaßt wird. Wir drehen hier ein Dokument. Da muß auf Kosten der Unterhaltsamkeit die vernünftige Ruhe des Bühnenablaufs gezeigt werden. Ich will keine Großaufnahmen!«
Die Kamera wurde immer wieder neumontiert, Wekwerth war nicht zufrieden.
»Zurück mit der Kamera. Wir wollen keine Person psychologisch herausstellen. Keine Großaufnahme! Was an Lebensläufen, Entwicklungsbögen der Hauptfiguren wichtig wird, pappen wir an. Wenn wir Naheinstellungen machen, dann als Fotografien von Gruppen.«
Seine leise, bestimmte Art hob sich ab von den Kommandos, mit denen die DEFA-Leute regierten, denn das mit der Totalen war nicht so einfach zu machen, der Standpunkt der Kamera

lag im Parkett, und da waren die Stuhlreihen. Wie das Problem lösen?
Bretter wurden über die Lehnen geschoben, mal waren sie zu kurz, mal zu lang, es war richtig spannend. Jemand klopfte mir auf die Schulter.
»Sie sollen zu Frau Weigel kommen, in die Garderobe.«
Ich zwängte mich vor der ersten Reihe an einer Gruppe von Diskutierenden vorbei, stolperte über Kabel und fiel in einen Arm, der mich auffing. »Hoppla, was haben wir denn da?« Ich stellte mich wieder auf meine eigenen Füße. »Entschuldigung, aber die Kabel.«
»Das darf nicht wahr sein.«
Was darf nicht wahr sein? Daß ein Mensch stolpert? Blödmann. Ich klopfte bei Frau Weigel.
»Ein irres Haus da draußen. Wie lange geht das noch?«
»Da keine Vorstellung ist, sicher bis abends. Setzen Sie sich zu mir, noch haben wir Platz. Wenn Frau Stein kommt, meine Maskenbildnerin, dann ist es hier überfüllt. Meine Garderobe ist zu klein für drei Personen. Aber ich dachte mir, Sie wollen immer alles genau wissen, mach ich Ihnen die Freude. Sie können zusehen, wie Frau Stein mich in eine Bäuerin verwandelt. Dümmlich und plattköpfig, Typ Großbäuerin, nicht lernfähig. Aber was mich jetzt interessiert: Haben Sie die Geschichte für mich schon angefangen?«
»Nein. Ich habe Angst, ich lasse was raus, was lieber in mir verschlossen bleiben sollte. Sie wissen selbst, wie das ist, einmal geschrieben, schon liest einer mit, der das nicht soll.«
»Moment mal, wieso weiß *ich*, einmal geschrieben, schon liest einer mit?«
»Wörter geraten außer Kontrolle, wenn sie erst einmal notiert sind. Ich gestehe, ich habe etwas gelesen, was ich nicht lesen sollte, aber ich habs trotzdem getan.«
»Und? Was wars?«
»Brechts Tagebuch.«
»Wo?«
»Also – es lag auf einem Schreibtisch. Ich schlugs auf, und da stand, daß Helli die Gedichte schrieb vom Messingkauf. Brecht

fand sie großartig. Die Theatertheorie des epischen Theaters auf Brecht-Weigel-Beinen. Warum soll das niemand wissen? Immer denken Leute, Sie können nicht schreiben. Warum verstecken Sie Ihr Talent? Es schmückt Sie doch.«
Frau Weigel lachte: »Das Schmücken, das brauch ich nicht. Aber das ist ein Ding. Sie weiß was, was sie nicht wissen darf. Und es wird noch lustiger, wir werden die Tagebücher veröffentlichen, und ich verspreche Ihnen, Sie werden nichts von meiner Rolle im Messingkauf darin lesen. Weil, das geht nur mich und Brecht was an, das ist nichts für die Öffentlichkeit.«
»Brecht hat doch sonst seine Mitarbeiterinnen genannt.«
»Ich sag Ihnen den Grund: Brecht war so gut im Geschäft, das haben wir genutzt. Von der Weigel wollte niemand was lesen. So, jetzt wissen Sie mehr als andere.«
»Das Tagebuch wird also nicht vollständig sein?«
»Nein. Das hat auch seinen Grund. Es sind private Notizen. Niemand hat ein Recht darauf, sie zu erfahren, und schon gar nicht die Öffentlichkeit. Wenn wir etwas veröffentlichen und wieviel, das entscheiden wir nach Notwendigkeit. So werden es auch meine Erben halten. Was also werden Sie mit Ihrem Wissen anfangen?«
»In meinen Bericht schreiben?«
Frau Weigel lachte schallend, das Gelächter war ansteckend, ich lachte mit. »Das geschieht mir recht. Das hab ich davon, daß ich Sie zum Schreiben bringe. Aber schreiben Sie, Brigitte, ich hindere Sie nicht, ich amüsiere mich. Dieses brave Mädchen, kurzsichtig wie eine Flunder, und sieht alles, versteht nichts, aber hört alles, speichert es. Ich glaube, wir werden noch alle unsere Überraschungen erleben mit Ihnen? Ich freue mich drauf.«
»Ich glaube, das wird keine lustige Geschichte.«
»Aber wie Sies rauskriegen, das ist lustig, querbeet durch unseren wohlfrisierten Garten. Sie gehen immer querbeet?«
»Nicht mit Absicht. Das ergibt sich. Immer sitzen irgendwo schrecklich gescheite Leute, und ich tappse mit Naivität mitten hinein in ihre Probleme. Sag ich was, explodieren Karrieren,

also halt ich den Mund.«
»Wie kommt das, daß Sie die Probleme erfahren?«
»Immer meinen Leute, macht nichts, wenn sie dabei ist, sie ist ja fast noch ein Kind, so naiv, sie versteht nichts, sie kennt ja nicht die Zusammenhänge. Aber ich hab so eine merkwürdige Art von Gedächtnis, ich speichere, was ich nicht verstehe. Einmal kommt die Zeit, dann kann ich es einordnen, dann verstehe ich die Zusammenhänge. Dann weiß ich, was es bedeutet hatte. Ich war noch ein Kleinkind, aber ich habe schon Erinnerungen. Meine Mutter sagt, das kannst du nicht wissen, das ist unmöglich, du warst zu klein, aber ich weiß es, mein Gedächtnis hat es aufbewahrt.«
»Was zum Beispiel? Sie machen mich neugierig.«
»Unser Garten in Pommern. Ein blühender Jasminstrauch. Ich soll schlafen. Weiße, duftende Blüten über mir. Meine Mutter geht am Gartenzaun vorbei. Der Zaun liegt etwas höher zur Straße, unser Grundstück fällt ab zum See. Ein Teil des Zauns ist nicht von den Lebensbäumen verdeckt. Meine Mutter hastet vorbei. Ihre Schritte sind mir fremd, so geht sie sonst nicht, das fällt mir auf. Ich erschrecke und weine, um sie zu rufen, aber sie hastet weiter. Ich weine, glaube ich, stundenlang, von niemand zu trösten. Tante, Oma, Kindermädchen, alle stehen hilflos um mich herum, ich will meine Mama wiederhaben. Aber sie kommt nicht. Mein Schreien bringt sie nicht her. Von diesem Tag an, glaube ich, rechne ich nicht mehr mit der Dauer von Gefühlen. Es war ein Irrtum, aber er hat mich geprägt, er hat Angst in mir hinterlassen. Meine Mutter kam nach drei Wochen zurück, sie ist die Treue in Person, sie wollte nur einmal ihre Mutter wiedersehen, nach Jahren, und hatte sich davongestohlen, damit ich es nicht bemerkte. Sie dachte, ich wäre noch zu klein für Erklärungen – so war ich nicht gewarnt. Meine Angst ist wie ein Trauma. Wann immer ich einen Menschen mag – ich verlasse ihn, bevor er dazu kommt, mich zu verlassen. Das ist meine Art von Schutz, ich will meinen Gefühlen nicht ausgeliefert sein, ich will selbst meine Entscheidungen treffen, für oder gegen einen Menschen. Ich habe mich daran gewöhnt, meine Gefühle auszuknipsen.« »Und wie

funktioniert das mit dem Ausknipsen bei Bunge?«
»Es klappt nicht. Versteh ich nicht.«
»Echte Gefühle lassen sich nicht ausknipsen, Brigitte. Gut, daß Sie das erleben. Mancher macht nie die Erfahrung. Machen Sie dieses Gefühl nicht kaputt.«
»Aber Bunge ist verheiratet. Ich bin verlobt mit Erwin, er droht mir mit einer Moraldebatte an der Fakultät.«
»Trotz Moraldebatte, akzeptieren Sie – übrigens, wie benennen Sie dieses Gefühl für Bunge?«
Ich sagte nichts.
»Daß Sie nichts sagen, das hatte ich erwartet. Angst vor dem Wort? Raus damit.«
»Li-hiebe.«
»Mein Gott, sie hats. Wars so schwer?«
»Ja, ich will es nicht zulassen.«
»Mein Kind, Liebe ist nicht vom Willen abhängig, glauben Sie einer erfahrenen Frau. Aber wie Sie das Wort Liebe aussprechen, darin liegt schon Ihre Angst. Sie sagen nicht einfach, Liebe, Sie nennen das Li-hiebe. Das birgt gleichzeitig die Prügel, diese Liebe, die Sie nennen. Ohne Schnörkel, ohne Verzerrung, ganz einfach Liebe, ganz einfach zulassen.«
Mir wurde schon wieder schlecht. Immer, wenn mich ein Thema existentiell berührte, wurde mir schlecht.
Frau Weigel wechselte das Thema.
»Haben Sie Ihre Mutter mal gefragt, ob diese Szene mit dem Jasminbusch stimmt?«
»Als ich erwachsen war, ja, da fiel sie mir eines Tages wieder ein.«
Frau Weigel lachte.
»Als Sie erwachsen waren – welcher Tag war das? Wann kommt er wieder? Wie lange werden wir darauf warten müssen?«
»Also, es war Mai, Juni 1936. Ich bin Ende Januar 1935 geboren, also war ich eineinhalb Jahre alt. Meine Mutter sagte, nach ihrer Rückkehr war mein Vater so glücklich, daß neun Monate später mein Bruder Klaus-Jürgen geboren wurde. Vielleicht bin ich seither programmiert auf die Speicherung bö-

ser Erinnerungen? Ich habe sonst kein besonders gutes Gedächtnis, nur diese Art, Dinge zu speichern, die mir weh tun. Manchmal fragen Freunde verblüfft, wieso weißt du das nicht? Du warst doch dabei. Sicher, ich war dabei, aber es betraf mich nicht. Ich merke mir nur, was wichtig für mich ist, und was wichtig für mich ist, muß nicht wichtig für andere sein.«
Frau Weigel nickte zustimmend: »Das ist die Crux mit der Erinnerung, jeder hat seine.«
»Und ich merk mir meine Blessuren.«
»Sehen Sie, wir kommen den Dingen schon näher. Schreiben Sie Ihre Blessuren auf, Sie müssen sich von Ihnen befreien. Wie erinnern Sie sich? Bildlich? Wörtlich?«
»In Sätzen. Dazu die Szene. Manchmal ganze Dialoge, das ist unterschiedlich, manchmal hab ich nur den Klang im Ohr, wenn ich dann das Wort wiederhöre, dann erkenne ich es, dann paßt es auf einmal durch die Schablone, so eine Wortschablone, die ich mir aufgehoben hab, und dann stimmt es.«
»Schreiben Sie das so auf, wie es in Ihrer Erinnerung steckt. Wenn Sie das können, apokryphe Dialoge, dann haben Sie eine fantastische Begabung.«
»Apokryphe Dialoge – was ist das?«
»Die einen können es, wissen aber nicht, was es ist, die anderen kennen es, können es aber nicht...«
Barbara Berg riß die Tür auf, Helene Weigels Tochter.
»Was geht hier vor? Meine Mutter schätzt keinen Besuch in ihrer Garderobe, noch dazu vor ihrem Auftritt.«
Sie hielt die Tür offen, gleichsam ein Rausschmiß. Frau Weigel sagte energisch: »Schluß, Barbara, Du störst. Wer in meiner Garderobe sitzt, das entscheide immer noch ich. Verzieh dich.«
Barbara knallte die Tür zu. Frau Weigel grinste: »Ein teuflisches Kind. Ich weiß nicht, was ich tun soll. Sie ist eifersüchtig auf jedermann. Das ist das stärkste Gefühl, das sie hat, ihre Eifersucht. Ganz elementar. Entsetzlich. Sie kann es nicht vertragen, wenn ich nett zu anderen Menschen bin, sie meint, meine Freundlichkeit gehöre ihr, ausschließlich, und genauso macht sies mit dem Schall. Daß Sie jetzt in meiner Garderobe

sitzen, das ist so, als würde ein fremder Hund an ihren Baum pinkeln. Normalerweise lasse ich hier keinen rein, das stimmt schon, aber mit Ihnen mach ich eine Ausnahme, Sie sollen das wissen. Sie brauchen Rat, das fühl ich, und Sie nehmen Rat an. Ich freu mich, wenn ich Ihnen helfen kann, und ich tus, auch wenn Barbara mit den Türen knallt.«
»Das ist wohl überhaupt das Problem von Kindern berühmter Menschen, sich selbst zu finden im Schatten von Denkmälern.«
»Ja, die Barbara, sie kratzt und beißt und fällt Leute an und verprügelt selbst Polizisten, und der Kaul* kann sie dann wieder rauspauken, und wir müssen Entschuldigungen im ›Neuen Deutschland‹ veröffentlichen. Was für eine Tochter!«
Aber sie genoß es ganz offensichtlich.
Als sie mir Tee einschenkte in die braune Tontasse, fiel ein Blatt mit hinein, ich wollte es aus der Tasse angeln, aber Frau Weigel verwehrte das: »Fischlein klein, Tee sein Sohn, Fischlein will auch schwimmen.«

Frau Stein, die Maskenbildnerin, quetschte sich an mir vorbei, um Frau Weigel zum Auftritt zurechtzumachen. Sie applizierte einen Schaumgummikropf an Frau Weigels Hals, überstrich die Ansatzstellen mit Gummi, damit sie verschwanden, das wars schon. Frau Weigel machte weiter, sie schminkte sich selbst. Frau Stein baute nur Tiegelchen und Töpfchen auf, eine ganze Batterie. Frau Weigel sagte in den Spiegel zu mir: »Sehen Sie genau hin, ich zeige Ihnen jetzt einen der ältesten Tricks zum Wegschminken der Augenbrauen. Augenbrauen sind schwer zu verändern. So macht man das!« Sie spuckte auf die Seife und strich über die Brauen, sie verschwanden fast vollständig. Ihre Augen erschienen klein und nackt.
»Ich habe nichts gegen eine schriftliche Aufzeichnung dieser vernünftigen Unsitte. Spucke ist ein fabelhaftes Hilfsmittel. Man kann viel mit Spucke machen, nicht nur spucken – wie Barbara.«

* Friedrich Kaul, Ostberliner Anwalt; verteidigte KPD vor dem Bundesgerichtshof in Karlsruhe.

Frau Stein bürstete Helene Weigels Haare glatt hoch und befestigte sie oben auf dem Kopf.
»Das ist auch so ein Trick. Der Hinterkopf erscheint flach, die Person dümmlich.« Alles andere machte Frau Weigel selbst, hantierte mit den dreißig Leichner Grundfarben, mischte Tönungen, bis sie den Teintton getroffen hatte, den sie sich vorstellte, und trug das Make-up selbst auf.
»Ich lehne es ab, mich schminken zu lassen. Die meisten Schauspielerinnen machen den Fehler, sich Maskenbildnerinnen zu überlassen. Auch die beste Maskenbildnerin kann die Individualität eines Gesichtes nicht so herausholen, wie man selbst, man wird zur Schablone. Nicht unter ihren erfahrenen Händen, Frau Stein, das wissen Sie, aber ich bin gewöhnt an mein Gesicht, ich kenne es selbst am besten. So, nun noch den Teint eingeklopft mit Kölnisch Wasser.« Sie sah auf die Uhr. »Höchste Zeit, der Auftritt. Meine Knöpfstiefelchen!«
Frau Stein hatte sie schon in der Hand. »Und wo ist mein charmanter Gruß aus Paris?« Aus einer Schachtel wurde ein verschrobenes, verbogenes Hütchen gezerrt, auf den Dutt geknallt, mit einer langen Nadel festgesteckt, fertig. Auf die Minute, denn eine Stimme brüllte über den Gang: »Peitschenauftritt Geschonnek – Weigel!«
Sie klemmte ein Gesangbuch unter den Arm und sagte im Abgehen: »Erzählen Sie mehr, Frau Stein, Fräulein Klump sammelt Material, machen Sie sich einen kleinen Fuß, Sie könnten in ihrem Buch vorkommen.« Die Tür klappte. Frau Stein räumte die Tiegel zusammen, leise, flink, mit angenehmen Bewegungen: »So ist sie, immer ein Witz. Immer menschlich.«
Frau Stein kramte mit mir in der Perückenabteilung und führte mir vor, was ich sehen wollte, als Frau Weigels Stimme zu uns hereinklang. »Steinchen, machen Sie uns einen Tee?«
Sie schleuderte ihre Knöpfstiefelchen von den Füßen, auch so ein Patent, alle Knöpfe gleichzeitig zu öffnen, als es klopfte. Ein DEFA-Mensch stand in der Tür: »Was kann ich für Sie tun, Herr Jaap, Sie sehen, ich steige gerade aus meinen Kleidern.« Das klang unwillig. Herr Jaap entschuldigte sich: »Nur eine

Minute, Sie haben da dieses Mädchen, ich brauch sie für einen Film, kann ich sie haben?«
»Wen? Doch nicht Fräulein Klump?«
»Ja. Sie ist vorhin über mich gestolpert. Ich dachte, mich laust der Affe, wir suchen sie seit Monaten, und mir fällt sie hier vor die Füße.«
»Moment mal, ganz langsam, was wollt ihr von der Brigitte?«
»Die DEFA will einen Film drehen, leichte Kost ist ja jetzt gefragt, und da suchen wir einen bestimmten Typ, so was frisches, unkompliziertes, na ja, eben so eine wie sie.«
»Na Brigitte, Sie Unkomplizierte, nun wirds spannend. Werden Sie weiter Körbe verteilen?«
»Natürlich. Ich kann keinen Text behalten.«
Jaap, noch immer zwischen Tür und Angel, er bekam sowieso nicht mehr als einen Fuß in den Raum, sagte: »Kein Problem, dafür gibts ›Neger‹*. Zieren Sie sich nicht, kommen Sie mit auf den Hof ins Sonnenlicht, ich will Sie meinem Kameramann vorführen.«
Auf dem Hof, auf den Kameramann zugehend, rief er mit Besitzerstolz: »Na, ist sie das?«
Der Kameramann rief: »Laufen Sie auf mich zu, richtig laufen!« Er hatte die Hände zu einem Kasten vor den Augen zusammengelegt und fixierte mich. »Bon. Dann morgen früh Probeaufnahme am See. Müller gibt Ihnen die Adresse.«
»Tut mir leid. Mein Studium...«
Der Kameramann haute mir freundschaftlich auf die Schulter: »Meechen, nu mach ma keene Witze, det is Maxe Jaap, Nationalpreisträger, dem gibt man keinen Korb.«
Jaap sagte überredend: »Bis zum Studienanfang im Herbst haben wirs im Kasten. Na ja, und wenn nicht, ein, zwei Wochen freistellen vom Studium, das ist ja wohl drin. Was ist das schon, drei, vier Wochen, das kriegen wir schon hin für Sie.«
»Ich würde mein Gesicht verlieren an der Fakultät. Wir sollen

---

* ›Neger‹ = Schrifttafeln, Gedächtnishilfen.

nicht in der Zeitung stehen, wir sollen sie machen.«
Jaap wandte sich an seinen Assistenten: »Müller, bearbeiten Sie diese unglaubliche Person. Und Badeanzug mitbringen.« Er wollte gehen.
Ich grinste: »Typisch.«
»Was ist typisch?«
»Badeanzug mitbringen!«
Er lachte und ging. Ich sagte zu Müller: »Kein Wort weiter, ich will nicht.«
»Schade, wir wollten endlich mal ein unverbrauchtes Gesicht.«
»Auf den Schauspielschulen gibts genug Gesichter, und keins ist verbraucht.«
»Mensch, wir haben schon vierhundert Probeaufnahmen im Kasten, keine ist es. Ich sehs schon kommen, der Jaap bricht die Suche ab und nimmt eine Gelernte.«
»Was mich interessiert, ist etwas andres. Ich habe vorhin in der Inszenierungsvorlage gelesen, daß das Schlußbild in Farbe gedreht werden soll. Alle anderen Bilder werden doch schwarzweiß gedreht?«
»Diese farbliche Belebung soll Ausdruck der klareren Sicht des Jahres 1950 sein. Das graue, verschwommene der vorhergehenden Ansichten ist aufgelöst – filmisch wie gesellschaftlich. Es soll ablesbar werden: Hier bahnt sich eine neue Entwicklung zugunsten der werktätigen Kleinbauern an. Die Großbauern sind weiterhin in negative, dunkle Farben gekleidet, das Volk ist lustig und farbenfroh. Das ist eine völlig neue DEFA-Art, durch formale Effekte die Aussage des Stücks zu verstärken und den gesellschaftlichen Konflikt ablesbar zu machen. Wir wollen ganz deutlich zeigen: das Leben auf dem Dorf verändert sich, positiv.«
Ich sagte trocken: »Wieviele Republikflüchtige hatten wir dieses Jahr? Positiv? Und wieviele waren davon Bauern?«

Da ich mich nicht im MfS meldete, hing das Damoklesschwert über meinem Kopf. Lange würden sie sich das nicht gefallen

lassen, sie würden kommen. Was dann?
Ich fragte Bunge: »Was soll ich tun?«
Er stellte die Folioausgabe, in der er geblättert hatte, zurück ins Regal und sagte uninteressiert über die Schulter.
»Also, ich erkenne nicht das Problem. Ob du für den Staatssicherheitsdienst arbeitest oder nicht, das ist eine Frage deines Gewissens. Ich weiß nicht, warum du hin- und herüberlegst, es tun, es nicht tun. Das müßte dir dein Gewissen sagen, was du zu tun hast.«
»Quatsch. Es gibt kein Gewissen. Das hat unser Dekan gesagt.«
Bunge war verblüfft. Dann lachte er, meine Sicherheit in dieser Frage belustigte ihn offensichtlich.
»Du bist Literatur. Man braucht dich nur abzuschreiben. Ich glaube, ich mach das, ich schreib mal ein Buch über dich.«
Ich starrte ihn zornig an. »Ich bin nicht Literatur, ich bin ein Mensch. Das ist eine verdammte Haltung, mich so zu sehen, als Objekt. Und wenn ich hundertmal Literatur wäre, ich bin nicht dein Thema. Du weißt nichts über mich. Ich kenne mich allein am besten. Wenn jemand Auskunft gibt über mich, dann bin ich das selbst. Mein Buch schreibe ich selbst.«
Bunge sagt, nachdenkend: »Ich weiß nicht, ob du den Witz erkennst, der in dir liegt. Du bist nämlich ein witziges Mädchen, du weißt es nur nicht, also wirst du es auch nicht beschreiben können und dann fehlt das beste in deinem Buch. Du bist, was man sich vorstellt unter Tabula rasa, eine leere Tafel. Alles kann in dich hineingeschrieben werden, es ist noch nichts da. Unsere neuen Vorstellungen, unsere neuen Wertbegriffe, du lebst sie. Das Verblüffende ist nur, du verhältst dich anders, als erwartet. Jeder investiert sein bestes – und was kriegt man wieder? Je länger ich dich kenne, und kennen ist immer ein Beobachten, je mehr wird mir klar, wie wenig berechenbar Handlungen sind. Du bist vielleicht ein extremes Beispiel, aber du bist überhaupt nicht berechenbar. Mal entziehst du dich, mal machst du Dinge, die einen umhauen, besser, als man erwarten konnte, mit geradezu brillanter Einsichtigkeit. Und dann setzt es wieder aus. Ich weiß nur, verlassen kann man sich nicht dar-

auf, daß man aus dir wieder herauskriegt, was man reingesteckt hat. Diese merkwürdige Art deiner Selektion, da versucht euer Dekan euch klarzumachen, daß die Instanz des Gewissens zumindest umstritten ist, recht hat er, und was kommt raus bei dir? Es gibt kein Gewissen. Das hat er bestimmt nicht gesagt, ich weigere mich, das zu glauben. Was aber hat er gesagt?«
»Also, ich hols raus aus meiner Erinnerung. Es war die Antrittsvorlesung im Großen Hörsaal der Anatomie. Ein neues Gebäude, glasfunkelnd, lichtdurchflutet. Die Bankreihen steigen steil hoch. Ich sitze in der obersten Reihe neben Werner Kuchenbäcker vom Bauernverlag, auch im ersten Studienjahr. Die ganze Fakultät ist versammelt, 357 Studenten. Erwartungsvoll schweigend sitzen wir da. Was habe ich an? Natürlich, wir tragen alle die blauen FDJ-Blusen, ich sitze in einem blauen Meer, Blumen, Fahnen. Der Dekan geht zum Pult. Ein Mädchen mit braunem, lockigem Haar aus dem vierten Studienjahr überreicht Blumen, es ist Gerda. Sie hat einen der Brüder geheiratet, KPD-Leute aus Köln, die an unserer Fakultät fit gemacht werden für den Einsatz in der Bundesrepublik.«
»Brüder – du meinst im Sinne von Geschwister?«
»Ja, natürlich, aber störe mich nicht. Sonst verliere ich den Faden. Der Dekan trägt eine Fliege – Habitus eines bürgerlichen Intellektuellen. Aber das ist auch alles, sonst ist er nicht bürgerlich. Seine Rede macht mich stolz, sie reißt mich mit. Er sagt, es sei eine Auszeichnung für uns und eine Ehre, an der Fakultät für Journalistik studieren zu dürfen, nur die besten der DDR kämen dafür in Frage. »Aber wir verwenden nicht das Wort Elite. Das stammt aus dem Wörterbuch bourgeoiser Erziehung. Elitäre Erziehung heißt Elfenbeinturm. Abgrenzung vom Volk. Ihr werdet dem Volk vorangehen als führender Kader der Nation, ihr werdet Vorbild sein auf jedem Platz, auf den ihr gestellt werdet. Das Wort Elite müßt ihr streichen in eurem Vokabular. Führender Kader. Das gilt.«
Dann kommt er auf das Gewissen. Das sei ein Relikt bürgerlicher Denkungsart, Ausrede, Entschuldigung, Fluchtposition.

Wir sollten geübt werden, die einzige Art von Gewissen zu haben, die einem sozialistischen Journalisten wohl anstünde, ein proletarisches Gewissen, und das würde vom Kollektiv gesetzt.
Alles übrige ging an meinem Ohr vorbei. Ich starrte nur noch auf die Sätze: Es gibt kein Gewissen.
Ich hatte mir eingebildet, das Gewissen sei die Kontrollinstanz für Handlungen, das war mir ganz offensichtlich eingeredet worden von meinen Eltern, Bauern aus Hinterpommern, von Bauern abstammend seit Generationen, die wußten es nicht besser – und von der bürgerlichen Literatur, die ich in Massen verschlungen hatte, durchaus nicht kritisch. Ich sagte mir, du mußt dich also freimachen von solchen Begriffen aus der Mottenkiste. Unser Dekan ist ein sozialistischer Dekan, er würde so etwas nicht sagen, wenn er es nicht wüßte, er ist unser Erzieher.«
»Und dir fiel zum Beispiel nicht Ossietzky ein, der Chefredakteur der ›Weltbühne‹, der sich aus Gewissensgründen gegen den Faschismus erhob und lieber im KZ umkam, als sich zu arrangieren? Was war das, was er hatte? Kein Gewissen?«
»Ossietzky fiel mir ein, Tucholsky, andere, aber ich dachte, die wußten nicht, daß es etwas anderes war, das sie bewegte, es war eben nicht ihr privates Gewissen, sondern sie fühlten sich verantwortlich, weil sie Einsicht hatten in die Entwicklung – aufgrund ihres überlegenen Verstandes. Verantwortlich aus Einsicht, das war ihr proletarisches Gewissen, geboren aus Verantwortung.«
»Und wo war das Kollektiv, das ihnen dieses proletarische Gewissen beibrachte? War das nicht ihre eigene, persönliche Entscheidung, hatten sie nicht von selbst zu dieser Haltung gefunden, nicht gelenkt von einem Kollektiv?«
»Du meinst, es gibt doch ein privates Gewissen?«
»Die Vokabel privat ist in diesem Zusammenhang falsch. Wenn, dann mußt du das Wort persönlich einsetzen. Das Wort *Persönlichkeit* ist dir nicht so sehr vertraut, du Kollektivwesen?«
»Persönlichkeit – Gewissen, gibt es da eine Verknüpfung?«

»Ich will nicht in deine Erziehung hineinpfuschen. Ich will nur, daß du nachdenkst. Wenn du findest, da ist nichts, was sich in dir regt gegen Meinungen oder Haltungen von Erziehern, dann hast du Recht mit deiner Formulierung, und es gibt für dich kein Gewissen, außer einem kollektiven. Wenn sich aber was regt in dir – was ist *das*?«
»Du meinst, es gibt doch die Instanz eines Gewissens?«
»Ich meine nichts, was ich dir sage. Finde du heraus, was *du* meinst. Aber ein Beispiel, du willst es ja immer praktisch haben. Du willst nicht für den Staatssicherheitsdienst arbeiten. Warum eigentlich nicht? Dein proletarisches Gewissen müßte dich dazu zwingen. Sie haben dir erklärt, sie brauchen die Auskünfte für taktische Maßnahmen. Du kannst sie bringen. Also hast du es auch zu tun. Was ist es, was dich die ganze Zeit zögern läßt? Wie lange nun schon?«
»Fast zwei Jahre.«
»Was also läßt dich zwei Jahre lang zögern? Hast du nicht das richtige proletarische Gewissen? Was aber ist da, wo das nicht sitzt? In jeder Lücke sitzt etwas.«
»Vielleicht ein Überrest meiner häuslichen Erziehung? Relikte bürgerlicher Denkungsart, frei nach Budzislawski.«
»Und warum damit nicht über Bord?«
»Das wäre logisch. Bin ich logisch? Ist das, was du an mir magst, meine Logik? Die hast du selbst.«
»Weich nicht aus. Erzähl mir jetzt nicht, das sei typisch weiblich, nicht logisch zu sein. Wenn du Lust hast, bist du logisch. Also, hab Lust, sei logisch. Vielleicht kommen wir dann dahinter, warum du nicht für den Staatssicherheitsdienst arbeiten willst. Langsam interessiert mich das auch, denn ich wußte nicht, daß du kein Gewissen hast. Also, was hält dich zurück?«
»Es ist ja nur ein Verdacht. Und dieser Verdacht ist eine Projektion in die Zukunft, wahrscheinlich idiotisch, denn hier ist meine Zukunft, ohne proletarisches Gewissen habe ich keine.«
»Also – der Verdacht?«
»Ich denke... es könnte sein... also, vielleicht, wenn ich älter

bin, und ich kann mich besser beurteilen, da schäme ich mich dafür, es getan zu haben. Nenne es feige. Ich habe Angst davor, wenn ich einmal zu einem ›Verrat‹ an einem Menschen fähig bin, werde ich immer dazu bereit sein. Ich weiß ja nicht, ob das stimmt, ich habe es nicht ausprobiert. Aber ich wage nicht, es auszuprobieren. Ich sage mir, über diese Klippe darfst du nicht springen.«
»Das, was du Verrat nennst, ist Auftrag deiner Klasse.«
»Das sagt der Staatssicherheitsdienst auch.«
»Und du findest das nicht gut?«
»Nee, zum Kotzen ... entschuldige. Ich sage immer, wenn ich so genau gefragt werde ›ich bin noch nicht so weit‹. Genügt dir das als Antwort?«
»Also doch Relikte?«
Ich fragte zurück: »Hast du nun herausgefunden, was du wissen wolltest?«
»Ich schon. Und du?«
»Mir ist schlecht. Ich muß mich einen Augenblick hinlegen, sonst muß ich brechen.«

In der Redaktion roch es stark nach Bohnerwachs. Ich hatte das Gefühl, zu ersticken, und riß das Fenster weit auf. Blauer Himmel, Sonne – einmal wieder in der Sonne liegen... Vor dem Probenhaus des BE in der Reinhardtstraße war eine Grünanlage, die bis zum Deutschen Theater hinüberreichte, da standen Parkbänke, zwei Minuten entfernt vom Bauernverlag.
Ich hatte ganz vergessen, wie grün Gras war, so grün wie angemalt. Ein Verdacht durchzuckte mich, ist das Kunstgras? Ich zog einen Halm heraus, kaute darauf und erkannte den säuerlichen Geschmack aus Kindertagen. So grün war Gras? Mir war die Natur abhanden gekommen. Sie erschien mir als Theaterdekoration – falsch. Eines Tages, unbemerkt, war mir die Welt verstellt worden. Ich wußte nicht mehr, was war falsch? Was war richtig?
Den Grashalm im Mund schlief ich auf der Bank ein. Ein regelmäßiges Klicken weckte mich. Schlaftrunken blinzelte ich in

die Sonne. Sie war schwarz. Es war das Auge einer Kamera.
»Was soll das?«
»Ich konnte nicht widerstehen. Ich bin Fotoreporter.«
»Ja – und?«
»Auf Motivsuche.«
Er setzte sich neben mich, ein Strahlemann mit leuchtenden braunen Augen, welligem Haar, schlank. Mit einem Silberkettchen um den Hals.
»Für welche Zeitung?«
»Mich interessiert erst mal das Motiv. Die Frage der Veröffentlichung ist zweitrangig.«
»Nicht ganz. Ich möchte mein Foto nicht in einer Westzeitung haben.«
»Das macht doch nicht einer wie icke. Ich bin von der ›Berliner Illustrierten‹. Haben Sie schlechte Erfahrungen gemacht?«
»Das nicht, aber ich weiß, da werden Geschäfte gemacht, auch von euch Bildreportern, die kann ich nicht billigen.«
»Was wissen Sie denn?«
»Ich hatte einen Chef beim ›Freien Bauern‹, der jahrelang Informationen an den Rias verkaufte, jetzt sitzt er im Zuchthaus.«
»Ach, Sie meinen den Maier.«
»Ja – kennen Sie ihn?«
»Ich habs von Kollegen gehört, aber das war ja nicht der einzige beim ›Freien Bauern‹.«
»Meinen Sie den Karikaturisten?«
»Ja, aber der war schlauer als Maier, der hat sich beizeiten in den Westen abgesetzt.«
Der Fotograf wanderte um mich herum und drückte immer mal wieder auf den Auslöser.
»Sind Sie immer noch beim FB?«
»Redaktionspraktikum, kombiniert mit einem Regiepraktikum beim BE.«
»Beim BE, so, na ja, die tragen ja auch auf beiden Schultern.«
»Was heißt das?«
»Die Weigel, die denkt, sie hält ihr Haus frei vom Stasi, aber

das war mal. Die Genossen sitzen schon mittendrin.«
»Quatsch.«
»Ich weiß das.«
»Hören Sie auf mit Latrinenparolen. Ich kenne eine Reihe von Leuten vom BE, da ist jeder einzelne integer. Also wirklich, so einen Quatsch muß ich mir nicht anhören.«
Ich stand auf, wollte gehen, aber da hielt mich ein Satz zurück.
»Kennen Sie auch den Bunge?«
»Ja. Warum?«
»Dann hüten Sie sich vor dem.«
»Zuuuuu spät!« Ich lachte.
»Ganz im Ernst, Mädchen«, er verstaute seine Kamera. »Ich komm ja rum mit dem Ding hier. Ich weiß es genau. Der Bunge ist krumm.«
»Was wissen Sie?«
Er druckste herum, es war ihm sichtlich unangenehm.
»Also sagen Sie schon, wer ihn verleumdet, dann werde ich wissen, warum, raus mit dem Namen.«
»Also – ich gehe bei einem Professor von der Kunsthochschule Weißensee aus und ein...«
»Den Namen!«
Der Name machte mich stumm.
Er fragte mich: »Kennen Sie ihn?«
»Ich habe ihn einmal gesehen.«
»Wo?«
»Bei Bunge. Im Herbst 1956.«
»Kommt er noch zu Bunge?«
Die Sonne brannte weiter vom Himmel. Ich fühlte sie nicht mehr auf der Haut. Fröstelnd griff ich nach meiner Jacke.
»Ich will nichts davon wissen.«
»Sie wissen es jetzt.«
»Ich weiß nicht, warum, aber Sie lügen.«
»Warum sollte ich lügen? Ich wollte Sie warnen. Kennen Sie Bunge näher?«
Ich antwortete nicht.
»Mein Gott – hab ich da was angerichtet?«
In seiner Stimme war Mitleid, es erreichte mich nicht mehr.

Mein Vertrauen zu Bunge brach wie ein Kartenhaus zusammen. Ich fühlte mich verraten. Sagte kein Wort zu Bunge, versuchte nichts zu klären, schwieg. Sprach das Wort Verräter nie aus. Wenn sein Mund versiegelt war mit einer Schweigeverpflichtung, würde mein Wort sein Schweigen nicht aufbrechen. Ein Wort in den Wind. Aber ich würde ihn wegen dieses Wortes verlieren, weil er sich nicht verteidigen konnte.
Mein Entsetzen drang in jede Faser meines Körpers, löschte mich fast aus. Zu meiner Identitätskrise kam nun auch noch eine Vertrauenskrise – das war zuviel. Erst Tamara, jetzt Bunge, das konnte ich nicht verkraften.
Mein Schweigen begann.
Noch einmal hörte ich dasselbe, diesmal vor Zeugen, von einem Solotänzer der Ostberliner Staatsoper. Er wisse hundertprozentig, daß Bunge ein Mitarbeiter des Stasi sei, eingeschleust ins Berliner Ensemble.
Erst jetzt, nach gründlichen Recherchen, neunzehn Jahre später, stellte ich fest, diese Behauptung war eine niederträchtige Lüge, geboren im ungesunden Klima der Angst vor Verrat.

Das Buch
des
Schweigens

Unmittelbar vor den Theaterferien, die am 15. Juli beginnen sollten, fragte mich Helene Weigel so nebenbei im Vorübergehen: »Wie gehts mit dem Schreiben?«
»Ich kann nicht mehr schreiben, ich versteh das nicht, ich sitze seit vier Tagen an einem Artikel und werde nicht fertig damit. Schreiben geht auch nicht mehr, ich weiß nicht, was mit mir los ist.«
»Was ist das für ein Artikel?«
»Eine Reportage über Erntekindergärten. Ich hatte sie so gut vorbereitet, und nun bringe ich nichts zustande. In der Redaktion haben sie mich schon gefragt, was los ist mit unserer Fakultät. Sie gäben gute Schreiber weg, und wenn sie wiederkämen, wären sie versaut, und zwar für Jahre. Darüber würden auch andere Redaktionen klagen, die Erfahrungen hätten mit Absolventen der Fak. Jour. Ob ich erklären könne, woran das läge.«
»Haben Sie es erklärt?«
»Nein – man kann nicht darüber sprechen.«
»Sie können nicht sprechen, Sie können nicht schreiben – zum Arzt mit Ihnen, mein Kind. Jetzt muß ein Arzt her, so darf das nicht weitergehen. Ich hab einen guten Draht zum Brugsch[*], der muß weiterhelfen.«
»Ein Arzt kann nicht helfen.«
»Vielleicht doch. Er wird mir den richtigen Arzt für Sie empfehlen. Ich ruf gleich mal an.« Schon war sie weg.

---

[*] Theodor Brugsch, Direktor der I. med. Klinik der Charité, Nationalpreisträger, starb 1963.

Den Zettel mit dem Namen des Arztes trug ich lange mit mir herum. Trotz Mahnungen von Helene Weigel ging ich nicht hin. Als ich es nach Monaten tat, war es zu spät für Hilfe medizinischer Art. Mein Artikel über die Erntekindergärten lag mir auf der Seele. Ich saß bei Bunge hinter der Maschine, und die zerknüllten Blätter landeten auf dem Boden, es wurde nichts. Bunge sah mir über die Schulter: »Ganz schön manieriert, meine Liebe, geht es nicht einfacher? Du schreibst für Bauern. Fang nochmal an, so einfach du kannst. Ich mach uns einen Tee.«
»Du hast schuld. Du hast mich verunsichert.«
»Was hab ich gemacht?«
»Du hast gesagt, die Information sei Voraussetzung des Denkens. Das ist Quatsch. Voraussetzung ist, was man rauskriegen will, danach muß man die Informationen auswählen. Das haben wir so gelernt. Nun hab ich es einmal so gemacht, wie du gesagt hast, und nun sitze ich da und ertrinke in meinen Informationen und bekomme keinen positiven Artikel zusammen. Du bist schuld.«
»Willst du das Denken auf den Kopf stellen? Natürlich steht die Information am Anfang, du kannst nicht damit anfangen, was du rauskriegen willst. Du mußt ja erst noch denken lernen. Was bringt man euch denn da bei auf dieser merkwürdigen Fakultät?«
»Gibt es das – falsches oder richtiges Denken?«
»Die Welt ist voll von Leuten, die nicht von der Information ausgehen, sondern von Vermutungen – oder vom Wunschdenken.«
»Informationen gibt es wie Sand am Meer. Aber man muß doch zuerst wissen, wie man die Wirklichkeit zu betrachten hat, danach kann man sich seine Informationen suchen. Wir lernen das seit Jahren.«
»Dann lernt ihr das falsch. Ihr müßt lernen, mit Tatsachen umzugehen.«
»Sieh her. Hier sind die Informationen für meinen Artikel. Ich muß sie rausschmeißen, sie ergeben ein negatives Bild. Ich soll Erntekindergärten loben, damit mehr solche Initiativen ent-

stehen, ich soll sie nicht kritisieren. Ich darf nicht sagen, was alles falsch gemacht wird.«
»Warum nicht? Man lernt auch aus Fehlern.«
»Aber wir müssen doch positive Beispiele schaffen.«
Es klingelte.
Bunge öffnete. Ich hörte eine zornige Stimme: »Ist Brigitte hier?« Erwin.
Bunge sagte höflich: »Ja, sie arbeitet im Wohnzimmer.«
Erwin war mit ein paar Schritten bei mir, sah mich hinter der Schreibmaschine sitzen in einem Haufen zerknüllten Papiers, das entkrampfte ihn etwas. Er hatte offensichtlich ein anderes Idyll erwartet. Bunge stand in der Tür: »Ich gehe Kaffee kaufen. Ich sehe, Sie wollen Brigitte sprechen. Ich nehme an, Sie sind Erwin Reiser?« Er bekam keine Antwort. Kaum war Bunge aus der Tür, fuhr Erwin mich an: »Du hast mir versprochen, ihm aus dem Wege zu gehen. Was muß ich hören? Ein Freund ruft mich an, er hätte dich auf der Straße gesehen, vor Brechts Wohnung, da küßtest du Bunge in aller Öffentlichkeit. Muß ich mir so was sagen lassen?«
»Wer hat uns gesehen?«
»Günther Fiedler.* Du hast neulich mit Fiedler im Presseklub gesessen, da kam Bunge, und du bist mit ihm weggegangen. Du siehst, ich erfahre alles.«
Er wanderte im Zimmer umher. Sein Blick fiel auf die Totenmaske von Brecht, Fritz Cremer hatte sie abgenommen und zu Bunge gebracht. Er sollte ein paar Tage damit leben, ob sie ihm typisch genug erschiene. Erwin wog das Modell in der Hand.
»Der Kerl ist an allem schuld. Ich knall ihn an die Wand.«
Ich hielt ihn auf mit einem eiskalten Satz. »Das kannst du nicht *bezahlen*. Das ist ein unersetzbares Kunstwerk.«
Erwin legte die Totenmaske zurück. Das Wort bezahlen hemmte ihn, ich kannte meinen Pappenheimer. Er sparte eisern für sein Auto. Jedes andere Wort von mir hätte ihn nicht gestoppt. Aber nun auch noch sein Auto verlieren wegen Brecht?

* Heute: Radio DDR.

Erwin stammte aus einem kleinen Ort in der Tschechoslowakei. Sein Vater war Eisenbahner, längst gestorben. Er hatte ihm die Begeisterung für kunstvolle Schienenverflechtungen vererbt und für technische Perfektion. Die schönen Künste waren ihm zu unübersichtlich, Appell an Emotionen, überflüssig.
»Komm raus hier, lauter Fratzen, alles Theater.«
»Das ist keine Fratze. Das ist die Totenmaske von Brecht.«
»Also, komm raus hier.«
Bei ihm im Zimmer fragte er mich: »Schwörst du mir, daß du nicht seine Geliebte bist?«
Mein Privatleben zwang mich zu einer politischen Entscheidung zwischen Menschen. Es war eine Entscheidung zwischen Menschen, die geistige Haltungen verkörperten: Identifizierung mit der Parteilinie oder kritische Solidarität. Ich neigte zum zweiten, wußte aber, daß dann kein sozialistischer Journalist im Sinne der Fakultät aus mir werden würde.
Was dann? Ich hing so an meinem Beruf.
An meinem Artikel über die Erntekindergärten bemerkte ich, es ging abwärts mit mir. Meine ungelösten Probleme hielten mein Schreibtalent in Klauen, ich war dem Zusammenbruch nahe und konnte mit keinem reden. Jeder wußte nur etwas von mir, keiner alles. Ich wollte keinen verlieren, bevor ich nicht wußte, wie ich mich entscheiden würde. Erwin oder Bunge? Ich wußte nicht ein noch aus.

Mein Chefredakteur schaute mir in der Redaktion über die Schulter. »Immer noch nicht fertig mit diesen Erntekindergärten? Ich geb Ihnen einen Tip: Raus mit der Kritik, nur einige kritische Wertungen am Rande, denn aus der Kritik am einzelnen kommt eine Abwertung der Erntekindergärten als Institution heraus. Das wollen Sie doch nicht? Na also. Ach was, ich schicke Ihnen den Kollegen Vielitz, soll der retten, was zu retten ist.«
Zusammen mit Erwin Vielitz schaffte ich es dann. Wir bauten eine Gliederung und fanden dann auch den Rahmen für die Reportage. Vielitz war bescheiden, still, immer hilfsbereit, ein

Schatz unter den Kollegen, herzkrank. Er brauchte keine Aufbaustunden mitzumachen, er hatte ein ärztliches Attest. Aber wenn es etwas zu schreiben gab, war Vielitz da. Eigentlich wollte er Musiker werden, Jahrgang 1924, aber niemand förderte ihn, als er jung war, er stammte aus einer Arbeiterfamilie. Nach dem Krieg volontierte er und wurde Redakteur beim FB, ohne jemals in einen Kuhstall gerochen zu haben. Aber er konnte besser schreiben als die meisten Redakteure vom FB, nur Herbert Linz war ihm überlegen, unser Chefredakteur. Linz diktierte in rasanter Geschwindigkeit in die Maschine, und was er diktierte, war politisch einwandfrei und lesbar. Linz strebte danach, nicht nur Chefredakteur zu sein, sondern aufzusteigen in eine hohe politische Funktion. Sein Traum erfüllte sich nicht. Er hatte nicht das Diplom der Fak.Jour., der Schlüssel zu solchen Funktionen.

Ich blieb bei Erwin. Ich blieb bei Bunge. Beide warteten. Keiner setzte mich unter Druck. Ich stopfte morgens das Bettzeug bei Bunge in den Kasten. Er stand im Türrahmen und sah sich das an. »Mit der Ordnung fängt es an, Brigitte. Hast du deine Gedanken erstmal geordnet, kommt das andere von allein.«
Er zog das Bett wieder aus dem Kasten und legte es korrekt zusammen. »Falle mir jetzt nur nicht ins andere Extrem und hebe jeden Fussel vom Teppich auf, hast du dich innerlich noch nicht geändert. Dann bist du mir so lieber, so vollkommen in deiner Disharmonie.«
Ich schmollte und zupfte Blätter ab von einer Rankelblume. Bunge sah das Malheur.
»Würdest du bitte Tee aufbrühen, während ich dusche?«
Auch eine Beschäftigungstherapie. Ich lehnte ab.
»Das hab ich noch nie gemacht.«
»Was?«
»Gekocht.«
»Brühen! Man brüht Tee auf.«
»Das machte immer Tamara für mich.« Tamara.
Bunge füllte den Wassertopf und zündete das Gas an, stellte das gläserne Teegeschirr auf ein Tablett, trug es ins Wohn-

zimmer, deckte den Tisch. Ich rührte keinen Finger, auch nicht, als der Wasserkessel in der Küche pfiff, zündete auch nicht die Frühstückskerze an, während er das Geschirr auseinandersetzte. Mir waren die Arme wie Blei. Tamara.
Bunge explodierte nicht, er war es gewohnt, daß ich zusah, überall immer nur zusah. So war ich, es mußte ja nicht so bleiben, Menschen entwickelten sich, manche machten einen Sprung nach vorn. Er konnte warten.
Am Frühstückstisch fragte er mich: »Sag mal, was erzählst du dem Erwin, wenn du tagelang nicht auftauchst?«
»Nichts.«
»Das nimmt er hin?«
»Ich habe ihm gesagt, ich betrüge ihn nicht.«
»Und er glaubt dir?«
»Ich hoffe.«
»Du solltest ihn nicht länger hintergehen.«

Ein junges Mädchen, ich glaube, Cutterin im BE, giftete mich an, als ich an ihr vorbeiging, auf Biermann zu: »Klumpfuß!« Ich reagierte nicht auf das Wort, aber Wolf Biermann hatte es auch gehört.
»Typisch. Janne platzt vor Eifersucht und setzt das in Beleidigungen um. Typisch Weiber.«
»Eifersucht? Versteh ich nicht.«
»Das war doch deine Vorgängerin.«
»Vorgängerin? War sie hier auch mal Praktikantin?«
»Nee – das war Bunges Freundin. Vor dir.«
»Ach?«
»Wußtest du das nicht?«
»Keine Ahnung. Bin ich eine von vielen?«
»Das mußt du ihn fragen.«
Ich war ziemlich entsetzt. Wolf tat das leid.
»Ich würde gern wissen, wie stehst du zu ihm?«
»Er ist – so etwas wie ein Vater.«
»Ein *Vater*! Erzähl mir nichts. So viel älter ist er nun auch wieder nicht.«
»Sechzehn Jahre. Ich meine auch nicht das Alter. Mein Vater

wußte mehr als ich. Ich brauchte Zeit, ihn zu begreifen. Hier stehe ich vor demselben Problem, aber da ich das schon einmal erlebt habe, weiß ich, ich wachse rein in seine Schuhe.«
»Willst du das?«
»Ja. Nein.«
»Wachs du lieber in deine Schuhe rein.«

Janne rief bei Bunge an. Er war sehr ungehalten.
»Ich hab dir gesagt, zwischen uns ist es aus. Also ruf mich nicht an.« Zornig legte er den Hörer hin.
»Du bist noch ganz verwickelt in die Sache mit der Janne, du regst dich über sie auf. Über mich hast du dich noch nie aufgeregt. Du hast stärkere Gefühle für Janne als für mich, auch wenn sie jetzt negativ sind. Ich stelle das fest und stelle fest, es verletzt mich. Außerdem sehe ich mich in einer Reihe mit anderen Mädchen, vor mir eine Geliebte, nach mir wird eine andere kommen – ich glaube nicht, daß ich damit fertig werde.«
»Sei nicht eifersüchtig. Du hast es nicht nötig.«
»Ich bin es. Zum ersten Mal in meinem Leben.«
»Meinst du, Gefühle für einen Menschen überdauern ein Leben?«
»Ja.«
Bunge sah mich skeptisch an.
»Mal ganz theoretisch, und bitte, lege jetzt meine Worte nicht als Absicht aus. Was willst du machen, wenn eine andere *nach* dir kommt?«
»Nichts!«
»Nichts?«
»Wenn ich merke, du nimmst mich nicht so wichtig, wie ich dich, dann bin ich weg.«
»Aber doch nicht du. Du liebst mich doch.«
»Ich lasse nicht zu, daß mich Eifersucht zerstört. Lieber gehe ich.«
Bunge zog mich zärtlich am Zopf. »Das schaffst du gar nicht.«
»Wenn einer auf meinen Gefühlen herumtritt, dann bin ich es

selbst. Du wirst mir nicht darauf herumtreten, das sage ich dir, ich bin vorher weg.«

Ich wollte Bunge aus dem Brecht-Archiv abholen und wanderte die Friedrichstraße hinunter, die hier Chausseestraße hieß, zu dem grauen Mietshaus, Brechts Wohnung, jetzt Museum und gleichzeitig Archiv. Vom Fenster des Arbeitszimmers blickte man auf den Friedhof mit Brechts Grab, gegenüber von Hegel.
In den Räumen waren Brechts Möbel verblieben, Tische und bequeme Lehnsessel, an den Wänden Masken, chinesische Rollen, einige Bilder, und vor allem Bücher. Die Arbeitsgeräte des Archivs waren dazwischen eingepaßt: Aktenordner, Karteikästen, Bürotische und ein großes Fotokopiergerät. Bunge und seine Mitarbeiter waren dabei, die historisch-kritische Ausgabe* aller Schriften Brechts vorzubereiten. Prof. Dr. Friedrich Beissner aus Tübingen sollte an der Editorenarbeit leitend beteiligt werden. Alle Arbeiten Brechts, gedruckt und ungedruckt, wurden auf Mikrofilme aufgenommen oder fotokopiert. Tausende von Kopien waren schon vorhanden, die Originale kamen in einen Tresor.
Wir gingen zusammen in Bunges Wohnung. Janne klingelte an der Tür, sie hatte ihren Fuß verstaucht und brauchte einen Platz zum Ausruhen. Es wurde spät, sie ging nicht, bestand auf einem Bett. Als er im Nebenzimmer das Bett für Janne richtete, sie war im Bad, rief ich das Polizeipräsidium und verlangte die Sittenpolizei.
»Ich möchte eine Anzeige machen. Ein Mann hat zwei Freundinnen in seiner Wohnung. Ich finde das unmoralisch und möchte das unterbinden. Ich sehe keinen anderen Ausweg, als Sie zu bitten, eine Funkstreife vorbeizuschicken.«
Der Beamte von der Sittenpolizei sagte kühl: »Der Herr kann machen, was er will. Wir stecken uns nicht in Bettgeschichten. Warum tun Sie das?«
»Ich bin eine von diesen Freundinnen.«

* Bis heute nicht erschienen.

Pause.
Als er wieder sprach, merkte ich, er lachte.
»Warum gehen Sie denn nicht?«
»Ich räume nicht das Feld.«
»Wirklich, wir können Ihnen nicht helfen. Aber einen guten Rat habe ich für Sie, suchen Sie sich einen anderen.«
Ich legte auf. Was nun?
Bunge stand hinter mir, er hatte das Gespräch mitgehört, ich hatte das nicht bemerkt. »So eine bist du also, lieferst mich der Polizei aus.« Er zog mich am Zopf zu sich heran. »Lieber mich der Polizei ans Messer liefern, als mir eine fröhliche Nacht zu gönnen?«
»Du bist nicht zornig?«
»Zornig? Das ist doch eine köstliche Geschichte.«
»So, eine Geschichte. Alles, was ich tue, wird bei dir zu einer Geschichte. Aber mir ist es bitter ernst.«
»Das weiß ich. Trotzdem, es ist eine köstliche Geschichte. Bevor du zuläßt, was dir gegen den Strich geht, verbündest du dich selbst mit der Polizei. Du bist ja ein ganz gefährliches Mädchen.«
Ich funkelte ihn an. Er hob die Hände hoch: »Ich ergeb mich ja. Aber was hab ich armer Mensch getan?«
Tatsächlich, er hatte nichts getan, als einem Mädchen mit einem wehen Fuß ein Bett zu leihen. Das war alles. Meine Fantasie war mit mir durchgegangen. Ich begriff, Eifersucht war ein Gefühl von entsetzlicher Zerstörungskraft. So ging das nicht. Ich mußte etwas gegen meine Gefühle für Bunge tun.

Bunge hatte etwas zu klären im Zusammenhang mit der historisch-kritischen Ausgabe, die er vorbereitete. Er nahm mich mit zu Ruth Berlau, Mitarbeiterin Brechts, mal geliebt, mal beiseitegeschoben, immer verfügbar; Vorbild der She Te und des Shui Ta aus dem »Guten Menschen«, längst zerbrochen an ihren Problemen. Sie vergrub sich seit Tagen in ihrer riesigen Wohnung. Helene Weigel hatte ihr einen empfindlichen Tritt versetzt. Kaum war Brecht tot, beschlagnahmte sie Ruth Berlaus Arbeitszimmer im Berliner Ensemble für die Dramatur-

gie. Ruth Berlau, so wurde mir erzählt, heulte durchs Haus: »Sie hat mir mein Zimmer gestohlen.«
Helene Weigel war unerbittlich. Ruth Berlau war ihr lange ein Dorn im Fleisch gewesen, nun zog sie ihn raus. Aber Ruth Berlau erschien weiterhin im BE, abserviert, aber trotzdem vorhanden. Mit verschwörerischer Miene faßte sie nach meiner Hand.
»Ich hab einen Schatz, willst du ihn sehen?«
Sie kniete vor einer Truhe im Korridor und hob etwas heraus, das sie wie eine Monstranz vor sich hertrug ins hellere Zimmer – eine speckige Mütze. Sie sagte mit feierlichem Gesicht: »Von Brecht«, und drückte die Mütze ans Herz.
Ausgeliefert, an ihre Gefühle ausgeliefert noch immer, Brecht war tot seit einem Jahr.
Mich schauderte. Wenn du dich nicht zusammennimmst, wird aus dir auch so ein Wrack. Trenne dich von Bunge, bevor es zu spät ist, sonst bleibt von dir nichts übrig.
Er ahnte nicht, daß dieser Abend in der Wohnung der Berlau meinen Entschluß bewirkte, gegen meine Gefühle für ihn vorzugehen. Ruth Berlau war ein fürchterliches Menetekel: ein Wrack. Einmal kreativ gewesen.
Während der Proben zum »Guten Menschen« kam mir auch meine Schrift abhanden. Anfangs merkte ich es nicht, dann fiel mir auf, immer unleserlicher füllte sich Heft um Heft mit Notizen. Je mehr ich in mir verschloß, je mehr verschloß sich vor mir meine Schrift, die Wörter reduzierten sich zu Kürzeln, die ich nicht mehr entziffern konnte, am Tag danach. Versuchte ich, langsam und sorgfältig zu schreiben, schmerzte meine Hand, daß ich aufgeben mußte. Wolf Biermann sah in meine Kladde: »Mensch, hast du eine Klaue, sag mal, kannst du das jemals wieder lesen?«
Ich tönte: »Wer kann seine eigene Schrift nicht lesen?«
Er sah mich zweifelnd an.
Das war nicht mehr das Schriftbild eines Menschen, der viel schrieb, das waren Schriftzüge, unentzifferbar, die ihren Sinn verbargen, auch vor mir.
In der Redaktion hatte ich eine Schreibmaschine. Ohne

Schreibmaschine hätte ich aufgeben müssen, handschriftlich ging nichts mehr. Noch ein paar Tage, dann war das Praktikum im FB zu Ende, ich sehnte den Tag herbei.
Doch vor diesem Tag kam ein anderer mit gefürchtetem Besuch. Zwei Genossen im Trenchcoat.
Kaderredakteur Pause brachte sie zu mir in die Kulturredaktion. Er stellte sie vor: »Die Genossen Lothar und Müller vom Ministerium für Staatssicherheit, Abteilung Aufklärung.« Pause mied meinen Blick und ging aus dem Zimmer. Die Genossen zeigten mir ihre Ausweise. »Sie sind uns von Leipzig überstellt worden. Warum haben Sie sich nicht bei uns gemeldet?«
»Ich dachte, Sie würden den Anfang machen.«
»Seis drum. Wir erwarten von Ihnen Informationen über Kampe. Sie wissen, daß wir einige Schwierigkeiten in Polen haben. Wenn Kampe von seiner Reise zurück ist, wollen wir Informationen. Wir wollen wissen, was die linken Studentenführer über die polnische Lage denken. Ihre Leute da von der FU haben andere Kontakte als wir, sie sprechen mit Leuten, an die wir nicht herankommen. Wir wollen diese Meinungen wissen. Wenn wir offensiv argumentieren wollen, brauchen wir jede denkbare Information.«
Das Wort Information – jetzt fiel es mir auf. Nur wir, Sprachrohre der Partei, die nur Meinungen weiterzugeben hatten, die das ZK für uns formulierte, nur wir waren nicht gewöhnt, mit Informationen umzugehen. Die anderen, die die Politik machten, verschafften sich ihre Informationen, Bunge hatte recht. Die Information war doch Voraussetzung für das Denken. Das hatte sich bloß bis zu uns Journalisten nach Leipzig nicht herumgesprochen. Wir wurden geübt, mit Leitsätzen des Marxismus-Leninismus loszuziehen und die Welt in ein Schema zu pressen. Das Wissen war für die anderen, die die Politik machten, die qualifizierten Leute. Bestanden die Privilegien, die jemand hatte, darin, welchen Zugang er zu den Informationen hatte?
Bei unseren Assistenten fing es an, das hatte ich bei Erwin gesehen. Sie durften Presseerzeugnisse des kapitalistischen Aus-

landes lesen und bekamen, waren sie Dozenten, die Neuerscheinungen ihrer Fachgebiete auf den Tisch, auch aus dem kapitalistischen Ausland. Je höher man stieg in der Hierarchie, je mehr Informationen wurden verfügbar. Bei Kuckhoff und Budzislawski war alles versammelt, was auf dem Markt der Bücher vorhanden war und was sie interessierte. Vom Berliner Ensemble gar nicht zu sprechen.
Die Information als Privileg – jetzt begriff ich, wie unsere DDR funktionierte. Wer dieses Privileg hatte, wußte nicht, wie arm die anderen dran waren, die Mangel an Informationen litten. Informationen waren etwas für privilegierte Menschen, die sie politisch zu handhaben hatten. Die Information war nicht frei – für das Fußvolk.
Wir Studenten waren Fußvolk, trotz Ausbildung an dieser Fakultät. Wir mußten uns erst bewähren – vor dem Staatssicherheitsdienst – bevor wir an Informationen herankamen. Wenn wir uns bewährt hatten, stand uns der Weg offen in Spitzenkarrieren, Botschafter, Minister. Alles. Aber erst bewähren.
Auf einmal wußte ich, dieser Weg war für mich kein Weg. Ich wollte keine Karriere, aufgebaut auf Verrat. Ich gab auf. Ich hörte gar nicht zu, was die Genossen vom MfS sagten, ich starrte auf meine Gedanken. Als sie gingen, hatte ich lediglich registriert, ich sollte zu Klaus und sie danach sofort anrufen, um Auskunft zu geben. Ich hatte ja gesagt. Darauf kam es nun auch nicht mehr an. Diese Genossen ließen sich sowieso nicht solange hinhalten wie die Leipziger Stasi-Leute. Mit diesen war nicht gut Kirschen essen. Sie waren unzugänglich, erledigten ihren Auftrag als Routine, uninteressiert am Gegenüber, für sie zählte nur der Erfolg. Sie setzten voraus, daß ich spurte.
Ich ging zu Kaderredakteur Pause. »Tut mir leid, für mich ist der Tag geschmissen, solch ein Besuch am frühen Morgen, das ist zu viel, ich muß mich hinlegen.«
Pause nickte verständnisvoll. Ich ging nicht in mein Zimmer im FB, ich ging zu Bunge. Ein Schlüssel zu seiner Wohnung steckte längst in meiner Tasche.
Ein Leierkastenmann spielte auf dem Hof. Ich kletterte auf den

Schreibtisch, öffnete das Fenster und schüttete mein Portemonnaie aus. Dann räumte ich den Medikamentenschrank in der Küche aus. Bunges Frau war Ärztin in einem Ostseebad. Der Schrank war gut bestückt. Als die Stasi-Leute auf mich einredeten, war mein innerer Blick an diesem Schrank hängengeblieben. Ich suchte alle Röhrchen zusammen, die nach Betäubung aussahen, und machte mir eine Liste, ob die enthaltenen Giftmengen auch ausreichen würden. Im Brockhaus fand ich einen Teil der Ingredienzen, es kam eine Menge zusammen, die tödlich sein mußte – aber wenn nicht? Um sicher zu gehen, kratzte ich von seinen schwedischen Kaminhölzern das Phosphor ab. Phosphor war giftig. Zusammen mit den Tabletten mußte das eine tödliche Ladung sein. Ich trank den Brei aus dem Wasserglas, er schmeckte bitter, ich würgte, aber er landete im Magen. Bunge hatte gesagt, er käme erst spät abends nach Hause, schwedische Freunde waren in Berlin. Ich hatte Zeit, zu sterben.
Er kam dann doch auf einen Sprung nach Hause, weshalb, weiß ich nicht, und fand mich, noch nicht ganz tot. Er fand auch die leeren Tablettenröhrchen und meine Liste im Papierkorb. Als ich halbwegs wieder beisammen war, sagte er spöttisch: »Du willst mich aus irgendeinem Grund, den ich nicht kenne, unter Druck setzen. Du willst gar nicht sterben. Du hast dir eine fabelhafte Rechnung gemacht, damit du davonkommst – wolltest wohl das Minimum wissen?«
Später, als er begriff, daß ich auch den Phosphor geschluckt hatte, bekam er die Idee von irgendeiner Ausweglosigkeit meiner Situation. Da ihm aber Informationen fehlten, dachte er, es wäre Panik gewesen.
Auf jeden Fall, meinte er, sei es meine Rettung gewesen, Phosphor unter die Tabletten zu mischen. Er habe einen Arzt gefragt, das Phosphor hätte das Gift zu einem guten Teil neutralisiert. »Du willst mir doch keinen Ärger mit deiner Leiche machen?« Mit einem Scherz war ich nicht zu entkrampfen, so viele Scherze gab es gar nicht, um mich zu lockern.
Bunge fuhr nach Heringsdorf zu Frau und Kindern. Sie hatten Ferien. Ich brachte recht und schlecht mein Praktikum beim FB

zu Ende und fuhr eine Woche zu meinen Eltern nach Hause. Dort schlief ich nur. Sprach kein Wort.
Dann war Bunge wieder in Berlin, am Theater gingen die Proben zum »Guten Menschen« weiter und ich zog bei meinen Verwandten ein. Klaus mußte aus Polen zurück sein. Ich fuhr nicht zu Klaus.
Im ›Neuen Deutschland‹ stand am 17. August ein Artikel:
»Polnische Presse zu Lügen über Lodz«
»Warschau (ND) Die polnische Nachrichtenagentur PAP veröffentlichte Artikel polnischer Zeitungen, die die aufgebauschten und oft ungenauen Nachrichten behandeln, die westliche Journalisten über die Lodzer Straßenbahner verbreitet haben... Der Leser der amerikanischen, britischen und französischen Zeitungen könnte den Eindruck haben, daß zumindest ein Bürgerkrieg in Polen ausgebrochen ist. Die Meldungen waren wie von einem Schlachtfeld. Der größte Teil der Meldungen basierte auf den Gerüchten der Warschauer Korrespondenten der westlichen Agenturen, darunter Anthony Cavendish von der amerikanischen Agentur United Press, der sich durch Sensationshascherei und Mangel an Verantwortungsgefühl auszeichnete. Er berichtete, daß eine Reihe von Personen – darunter zumindest fünf Frauen – in einem der Lodzer Depots verwundet worden sei und sich jetzt im Krankenhaus befinden, was natürlich den Eindruck hervorrufen sollte, daß infolge irgendeiner militärischen Aktion, die nur in seiner Phantasie bestand, eine große Anzahl Personen verletzt worden ist. ›Es mag sein‹, heißt es in der Trybuna Ludu, ›daß einige internationale Kreise gern sehen würden, wenn eine derartige Situation in unserem Lande herrschte...‹«
Darunter stand »UP-Korrespondent ausgewiesen«, weil »... die unwahren und tendenziösen Berichte, die er ständig aus Warschau kabelte, die öffentliche Meinung über Polen irregeführt haben.«
Es war nur noch eine Frage von Tagen, die Genossen vom MfS würden mich hart zur Brust nehmen, wenn ich nicht freiwillig kam mit Informationen von Klaus aus Polen. Das war mir egal. Ich meldete mich nicht bei Klaus. Eine Apathie nahm von mir

Besitz, die ich nicht beschreiben kann, sie lähmte mich völlig. Ich besuchte Erwin nicht mehr, saß nur noch im Theater und bei Bunge, aber ich fragte nichts mehr.
»Du bist so verändert, Brigitte, ich erkenne dich nicht mehr. Du lebst neben mir wie eine Fremde, bei jeder Berührung zuckst du zurück. Was ist los? Was mache ich falsch? Soll ich mich scheiden lassen? Ist es das?«
Ich antwortete nicht.
»Wenn ich mich scheiden lasse, riskiere ich, du läßt mich sitzen, du bist so unberechenbar. Heute sagst du ja, aber was tust du morgen? Du bist weit weg von mir. Wo bist du? Was ist mit dir? Ich weiß dich nicht mehr einzuschätzen.«
Ich saß in meinem Loch des Schweigens.

Meine Verwandten ließen mich gewähren. Ob ich bei ihnen schlief oder nicht, das war meine Sache. Cousine Ilse war Assistentin an der Humboldt-Universität, dabei, zu promovieren. Blond, mit Grübchen in den Wangen, zierlich, aber wohlproportioniert, war sie ein fröhlicher Mensch, Pendant zu Erich, ihrem Mann. Um ihn zu beschreiben, fallen mir nur drei Vokabeln ein: nachsichtig, bescheiden – aber nicht in geistigen Ansprüchen – ernsthaft. Bei ihnen fühlte ich mich gut aufgehoben.
Ich wollte in mein Zimmer. Erich hielt mich auf. Meistens bemerkte er mich nicht einmal beim Frühstück. Er war beschäftigt mit juristischen Problemen, die sich beim Entwurf eines neuen sozialistischen Familiengesetzes ergaben, und sah kaum auf von seinen Büchern. »Halt mal, Brigitte, hast du einen Augenblick Zeit? Du gefällst mir nicht, du bist so bedrückt. Was ist mit dir?«
Ich zuckte mit den Schultern.
»Komm mal mit rein zu mir.«
Er setzte sich in seinem Arbeitszimmer an den Schreibtisch und schaute zu, wie ich im Zimmer umherwanderte.
»Liebeskummer?«
»Nein.«
»Politischer Ärger?«

Ich gab keine Antwort. Starrte auf sein Rollbild aus China.
»Willst du nicht sprechen?«
Ich hatte die Fragen auf der Zunge:
Kann ich mich als Studentin der Fak.Jour. weigern, für den Staatssicherheitsdienst zu arbeiten?
Mir wurde erklärt, dann würde ich zur Dorfzeitung abgeschoben oder bis zur Bewährung in die Produktion. Diese Bewährung ist dann eine Bewährung vor dem Staatssicherheitsdienst. Wenn ich mich nicht bewähre, bleibt mir nur eins, Gedichte zu schreiben. Ich will aber Journalistin werden.
Gibt es *rechtliche* Mittel, sich die Genossen vom Staatssicherheitsdienst vom Halse zu schaffen, wenn der Dekan mir nicht hilft? Darf das überhaupt sein, daß der Staatssicherheitsdienst eine Direktleitung zur Fakultät unterhält? Muß das der Dekan zulassen? Muß das jeder Dekan zulassen? Bin ich da auf die Regel gestoßen und nicht auf die Ausnahme? Die Genossen vom Staatssicherheitsdienst behaupten, es sei Erziehungsziel der Fakultät, zu erreichen, daß jeder Student bis zum Diplom so weit ist, freiwillig für den Staatssicherheitsdienst zu arbeiten. Ich will Journalist werden. In der DDR. Ein Journalist ist für mich ein Rechercheur von Meinungen, Daten usw., kein Kontrolleur. Aber mir wird immer wieder gesagt, Journalist sein heißt Kontrolleur sein. Nicht Kontrolleur der Macht, sondern der Leute, die sich mit der Macht nicht identifizieren.
Wenn ich nicht bereit dazu bin, heißt das, ich kann in der DDR kein Journalist werden? Gibt es keine Lösung für mich? Nur eine zertrümmerte Laufbahn – oder Selbstmord?
Erich, ich weiß nicht weiter.

Ich fragte ihn nicht. Erich war ein gründlicher Mensch, integer. Die Beantwortung meiner Fragen konnte ihn möglicherweise selbst in Schwierigkeiten bringen. Er, der Theoretiker, war in den Niederungen der Praxis bestimmt nicht zu Hause. Wir sprachen nicht über meine Sorgen. Wir sprachen über sein Rollbild aus China.

Nach neunzehn Jahren fuhr ich hinüber nach Ostberlin, zum

erstenmal nach neunzehn Jahren. Es war der 1. Februar 1976. Erich war inzwischen geschieden von meiner Cousine. Ich hatte schriftlich bei ihm angefragt, ob ich vorbeikommen könnte. Ich schrieb, ich würde vorher telefonieren.
Erich war am Apparat.
»Erstmal – mit Landesverrätern*, die die Republik verlassen haben, pflege ich keinen Kontakt. Es sei denn, sie wollen zurückkehren.«
Ich hatte das Gefühl, das war nicht Erich, den ich kannte, das war auch nicht seine Sprache, das war ein vorbereiteter Text. Als er versuchte, einzulenken: »Ja, wenn das eine sachliche Frage ist...«, konterte ich scharf: »Natürlich ist das eine sachliche Frage. Nur, wenn du solche Vorbehalte hast, dann bin ich nicht interessiert, mit dir zu sprechen.«
Ich legte auf.
Als ich mir anschließend das Gespräch notierte, fielen mir zwei Dinge auf. Er hatte mich keinmal beim Namen genannt und auch sorgfältig das Du vermieden.
Nun kannst du meine Fragen in diesem Buch nachlesen, Dekan.
Auch Helene Weigel fiel auf, außer JA und NEIN brachte ich kaum noch zusammenhängende Sätze zustande. Sie hob mein Kinn.
»Was ist mit Ihnen los, Kindchen? Waren Sie noch immer nicht beim Arzt?«
»Nein.«
»Wann gehen Sie?«
»Ich muß in die Braunkohle.«
»Was ist denn das nun schon wieder?«
»Wir haben eine Verpflichtung unterschrieben, wir müssen sie erfüllen.«

---

* Die Formulierung »Landesverräter« ist unzutreffend. Es ist ein Begriff aus der Strafgesetzgbung der DDR, § 99, ungültig für Bundesbürger; denn seit dem 16. Oktober 1972 gilt die Völkerrechtserklärung der DDR, die alle ehemaligen Bürger der DDR unter § 1 endgültig aus der Staatsbürgerschaft der DDR entläßt und unter § 2 ausdrücklich erklärt: eine strafrechtliche Verfolgung findet nicht statt.

»Warum habt ihr denn unterschrieben?«
»Wir müssen immer ein Beispiel sein für andere Fakultäten.«
»So sieht das also aus mit euren freiwilligen 100 Prozent, na, das haben wir gleich, ich ruf Budzislawski an, Sie gehen mir nicht in die Braunkohle, Sie gehen zum Arzt.«
Ein wenig später rief sie mich ins Büro. Halb lachend, halb ärgerlich erzählte sie mir das Telefonat mit Budzislawski.
»Mein Gott, ist der Mensch verbohrt. Jetzt hab ich mit ihm Streit. Er sagt, er sähe es nicht gern, daß für Sie lauter Extrawürstchen gebraten würden. Der Prodekan Teubner sollte entscheiden, was wird. Aber so leicht geb ich nicht auf. Ich hab mit ihm gehandelt, wenn schon Braunkohle, dann nochmal ins Theater, bis zur Premiere des »Guten Menschen«. Ich lasse nicht locker, das wird er mir schriftlich geben.«
Ich war schon fast aus der Tür, da hielt sie mich zurück. »Sag mal, was sollt ihr eigentlich in der Braunkohle retten?«
»Wir haben doch diese Kohlenkrise. Jede Hand wird gebraucht beim Kohlefördern.«
»Das ist wohl nicht der Punkt. Nicht die Hände fehlen, die Braunkohle zu fördern, uns fehlt das Geld, Steinkohle zu kaufen, deshalb hatten wir die Krise. Jetzt geht es ja wieder, dank der Devisenhilfe der Sowjetunion. Die 7,5 Milliarden Rubel im Januar kamen in letzter Minute, sonst hätte es hier in der DDR einen Zusammenbruch gegeben. Ist dir das eigentlich klar?«
»Aus wirtschaftlichen Gründen – nicht aus politischen?«
»Politik – was ist Politik. Habt ihr nicht gelernt, Politik ist konzentrierter Ausdruck der Ökonomik? Brigitte, was war in Polen? Und Ungarn?«
»Die Schriftsteller haben das Volk aufgewiegelt?«
»Die Versorgungsschwierigkeiten, das war der Punkt. Du kennst Chruschtschows These vom XX. Parteitag, die einzelnen Ostblockstaaten hätten volle Souveränität?«
»Ja.«
»Siehst du, das war das Startsignal für Gomulka in Polen. Er riß das Ruder herum und ließ die Steinkohlelieferungen an die DDR drastisch einschränken, um selbst seiner Versorgungs-

schwierigkeiten Herr zu werden. Was passierte? Unsere Kraftwerke wurden schwer getroffen. Die Stromabschaltungen waren fast so schlimm wie nach dem Krieg. Die Versorgung der Bevölkerung nahm auch bei uns katastrophale Formen an. Ihr habt davon nichts gemerkt in eurem Internat?«
»Nein. Nichts. Unser Tisch blieb gedeckt wie immer. Stromabschaltungen. Davon habe ich nur in der Zeitung gelesen.«
»Das glaube ich. Die Realität der DDR kennt ihr nur aus den Zeitungen. Als in Polen und Ungarn die Arbeiter Partei und Regierung wegfegen wollten, war auch bei uns die Lage explosiv. Uns retteten damals nur die amerikanischen Dollars, die Ulbricht in der Sowjetunion locker machte. Wir kauften Kohle im kapitalistischen Ausland gegen amerikanische Dollars.«
»Mit Hilfe der amerikanischen Dollars haben wir unser System erhalten?«
»Was meinst du, Brigitte, wie wird unser Dank aussehen?«
»Daß wir einst unser System bei ihnen installieren –?«
Helene Weigel lachte: »Siehst du, das ist die Dialektik in der Geschichte.«

Ein paar Tage später drückte sie mir im Vorbeigehen einen Zettel in die Hand.
»Liebes Fräulein Klump, da Herr Prof. Dr. Budzislawski nicht in Leipzig ist, werden wir erst in der nächsten Woche erfahren, ob Sie das Praktikum in der 2. Hälfte des September bei uns fortsetzen können. Die zwei Wochen Arbeitseinsatz in der Produktion müssen Sie auf jeden Fall machen, wie uns Herr Prof. Teubner schrieb.
                                        gez. Helene Weigel«

»Sie wollen doch immer alles schriftlich. Da haben Sie ein Original für Ihr Buch.« Sie lachte schallend: »Euer Budzislawski mit seinen freiwilligen und hundertprozentigen Verpflichtungen! Wir werden ihm was husten. Heben Sie schön den Zettel auf.«
Bevor ich in die Braunkohle fuhr, nahm ich Abschied von Erwin. Es sollte ein Abschied für immer sein.

Erwin war umgezogen in eine neue Wohnung, in der nichts stand als ein Bett aus Mahagoni. Die Möbel, ausgesucht von Erwin, sollten noch kommen. Samtportieren vor den Fenstern sperrten das Licht des Tages aus. Ich lag auf der Spitzendecke aufgebahrt wie in einem Sarg unter fliegenden Engeln mit Flöten. Stuck in Medaillenform, vor einem Jahrhundert der letzte Schrei. Flieht endlich, ihr Engel mit Flöten.
»Du bleibst bei mir?«
»Ich fahre nach Leipzig zurück in die Braunkohle.«
»Ist zwischen uns alles wieder in Ordnung?«
»Beantworte mir drei Fragen...«
»O Gott.«
»Es betrifft auch Brecht.«
»Nicht schon wieder.«
»Ein letztes Mal.«
»Dann spucks aus.«
»Ich hab mal bei Brecht gelesen, daß er sich beklagt, daß seine Stücke gar nicht oder erst Monate später besprochen wurden. Das ist ein Vorwurf an uns Journalisten. Ich habe überprüft, ob das stimmt. Er hatte fast kein Echo in der Presse. Sollte keiner auf seine Stücke aufmerksam werden?«
»Ja – und?«
»Ich habe mir Aufzeichnungen im Berliner Ensemble gemacht. Von März 1954, als das BE ins eigene Haus am Schiffbauerdamm einzog, bis zum Tode Brechts wurden dort zehn Stücke inszeniert, einschließlich der Wiederaufführung von ›Katzgraben‹. Weißt du, wie oft das ›Neue Deutschland‹ Notiz von diesen Aufführungen nahm, in Kritiken?«
»Du wirst es mir nicht verschweigen.«
»Fünf Kritiken von März 1954 bis Ende 1956. Ich spreche nicht von Aufführungen in der Provinz, ich spreche von den Aufführungen in Brechts eigenem Theater.«
»Na gut. Und?«
»Und weißt du, wieviele Kritiken in der ›Jungen Welt‹ standen? Rate mal.«
»Kann ich nicht raten.«
»Eine einzige Besprechung. Eine einzige in drei Jahren. Aber

kein Stück von Brecht, sondern die ›Winterschlacht‹ von Becher, aufgeführt im BE. Im Forum das gleiche, eine einzige Besprechung!«

»›Der Winterschlacht‹.«

»Nee, Brechts ›Kaukasischer Kreidekreis‹. Aber der Pferdefuß folgt sogleich. Die Premiere vom KK war am 7. Oktober 1954, die Besprechung stand erst ein Jahr später im Blatt, am 19. November 1955.«

»Na ja, das ist Schnee von gestern.«

»Und weißt du, was der ständige Vorwurf in den Kritiken ist?«

»Kann ich nicht wissen.«

»Der Regie wird vorgeworfen, die Stücke und auch die Bearbeitungen durch Heiterkeit ideologisch zu entschärfen. Daß das Publikum im BE lacht, das ärgert die Kritiker, sie empfinden das Lachen als Rebellion.«

Erwin lächelte spöttisch: »Du rebellierst ja auch ganz schön. Aber verrate mir eins, warum hast du gerade die ›Junge Welt‹, das ›Forum‹ und das ›Neue Deutschland‹ untersucht? Du mußt dir doch bei dieser Auswahl etwas gedacht haben?«

»Klar. Das sind Zeitungen, die wir Jugendlichen lesen, nicht die Brechtenthusiasten oder Literaturexperten. Die meisten Jungarbeiter sind in der FDJ organisiert, also lesen sie die ›Junge Welt‹. Wohl jeder Student liest das ›Forum‹. Und jeder politisch Interessierte das ›Neue Deutschland‹. Glaubst du, ich habe vergessen, daß ihr uns verboten hattet, zu Brecht zu fahren? Wir waren 700 Jugendliche, und keiner von uns war ein Brechtexperte. Wir wollten mit einem Dichter sprechen, von dem wir nur wußten, daß er ein kulturelles Aushängeschild der DDR war. Seine internationale Bedeutung wurde immer dann in den Zeitungen erwähnt, wenn er ein Gastspiel im Ausland gab. Von seiner nationalen Bedeutung wußten wir nichts, wir kannten seine Stücke nicht, da sie nicht besprochen wurden, und der Spielplan seines Theaters wurde auch nicht veröffentlicht. Nur einmal, kurz nach seinem Tod, einen Monat lang im ND, genau vom 20. September 1956 bis zum ungarischen Aufstand, dann flog er wieder raus aus den Zeitungen nach dem

Motto: Die Konterrevolution kommt auf Taubenfüßchen, mit den schönen Worten der Literaten.«

»Sag mal, Brigitte, Hand aufs Herz, hast du diese Informationen aus Bunges Brecht-Archiv?«

»Nicht die Bohne. Ich habe mir das Material legal beschafft, in der Dramaturgie des Berliner Ensembles sind alle Zeitungen und auch sämtliche Kritiken gesammelt und nicht unter Verschluß. Kannst selbst hingehen und sie dir ansehen.«

»Ist ja gut. Ich wollte nur die Quelle deiner Informationen wissen.«

»Die hab ich dir genannt. Das sind *unsere* Zeitungen. Aber ich bin noch nicht fertig.«

»Also, dann fahre fort mit deiner Abrechnung.«

»Erwin. Nach seinem Tode habt ihr Brecht in allen Nachrufen als *Genosse* bezeichnet. Die Leute, die es nicht besser wissen, denken seitdem, Brecht war Genosse, sie haben es in der Zeitung gelesen. Und das ist jetzt meine zweite Frage: Wolltet ihr Brecht mit dem Wort *Genosse* über das Grab hinaus abriegeln vom Volk?«

»Das Volk ist noch nicht reif für Brecht.«

»Da kann ich nur mit Brecht sagen: Löst doch das Volk auf!«

»Brigitte, hör auf, du weißt genau so gut wie ich, wir müssen das Volk erst erziehen, damit es begreift, wir meinen es gut mit ihm, wir, die Partei.«

»Sag mal, wieviele Genossen seid ihr eigentlich in der Partei?«

»So 1,8 Millionen. Das ist die Zahl, die seit 1948 gültig ist für die SED. 1,8 Millionen bewußte Vorkämpfer des Volkes.«

»Die Zahl drückt nicht die Säuberungen innerhalb der Partei aus.«

»Natürlich nicht. Aber die Zahl ist konstant. Übrigens, bevor ich das vergesse, dein geliebter Brecht hatte zeitlebens nichts dagegen, wenn man ihn Genosse nannte, er bestand sogar darauf.«

»Ja, vielleicht, weil ihm das Wort zukam, ihm, einem Sozialisten, wenn er unter Genossen war. Er hat sich schließlich eurer Parteidisziplin unterworfen und diskutierte nicht mehr die Be-

schlüsse des ZK, wenn sie in der Zeitung standen.«
»Öffentlich nicht!«
»Also. Aber ihn bei der Totenfeier Genosse zu nennen, um ihn damit weiterhin vom Volk abzuriegeln, das er in seinem Theater haben wollte, das war infam.«
»Brigitte, du trägst zu viele Informationen zusammen, die du gar nicht wissen sollst, sie irritieren dich. Du bekommst ein falsches Bild.«
»Ich bekomme ein *richtiges* Bild, und das gefällt mir nicht. Ich begreife langsam, was wir Journalisten mit dem Brecht getrieben haben.«
»Wir wollten nur das Gute für das Volk, weil wir wußten, es ist noch nicht so weit, einen Brecht zu verkraften, und du siehst das als Infamie an. Du bist auch noch nicht so weit, Brecht zu verkraften.«
»Was ich nicht verkrafte, ist die Art, wie wir Journalistik betreiben.«
»Du vergißt, daß die Presse unsere ideologische Hauptwaffe ist, bewußt geführt von der Partei.«
»Auch gegen Brecht?«
»Brecht hat die Macht seines Wortes nicht für uns eingesetzt. Er hat kein Gegenwartsstück geschrieben, das uns beim Aufbau des Sozialismus hilft. Er hat uns im Stich gelassen. Er hätte das Positive unserer Entwicklung in leuchtenden Farben beschreiben können – wahrheitsgetreu. Warum tat er uns nicht den Gefallen?«
»Brecht war kein Plakatmaler. Er war Dialektiker, Widersprüche interessierten ihn, Konflikte.«
»Das Negative muß man ausklammern, wenn man helfen will. Wir sind nicht dazu da, in den Müllgruben des Sozialismus herumzuwühlen, und das, was wir finden, für das Charakteristische im Leben auszugeben. Geh nicht diesen Weg, Brigitte. Sieh nicht das Negative der Erscheinungen. Neben den Blumen wächst überall das Unkraut. Willst du die Blumen beschreiben oder das Unkraut?«
»Ich will die Realität beschreiben. Blumen *und* Unkraut.«
»Wenn du unserer Sache ergeben bist, Brigitte, dann machst

du um die Müllplätze des Sozialismus einen Bogen. Für die Müllabfuhr sind andere zuständig, nicht die Presse.«
»Erwin, ich komme immer zu dir mit meinen Problemen, und du antwortest mir – von deiner fortgeschrittenen Sicht aus. Aber wer kümmert sich um deine Probleme? Mit wem besprichst du sie? Vor mir hast du nie welche, nicht einmal Fragen. Weil du mich nicht irritieren willst, denke ich mir. Aber alle deine Ansichten, die hast du dir doch auch erst erarbeitet, die fallen dir doch auch nicht so einfach zu. Wer hilft dir?«
»Die Partei.«
Das hörte sich sehr einsam an. Er sah zu Boden. Wir schwiegen beide eine lange Zeit. Dann sah er auf, er kam von weit her, wie erwachend, blickte gütig, immerwährend nachsichtig.
»Nachdenken über mich – das ist nicht deine Art, Brigitte. Sag deine dritte Frage.«
»Liebst du mich noch?«
Die Antwort kam nicht gleich, er dachte nach.
»Du machst es mir sehr schwer...« Mehr sagte er nicht. Dann sah er mich voll an: »Warum diese Frage?«
»Ich fühle mich verraten.«
Tränen überschwemmten mich, ich nahm meine Jacke und ging zur Tür. Erwin, bereit mich zu beschützen, vertrat mir den Weg.
»Wer hat dich verraten?«
»Du – niemals.«
Die Tür fiel hinter mir ins Schloß. Unwiderruflich. Mein Abschied war ein Axthieb.
Er begriff es nicht.

Im Braunkohlenrevier wartete ein Brief auf mich von Professor Teubner.
»Wir sind damit einverstanden, daß Sie nach Ihrer Tätigkeit in der Braunkohle zwei Wochen an den Proben am Theater des Berliner Ensembles teilnehmen. Jedoch macht sich nach Ihrer Rückkehr aus Berlin eine kurze Unterhaltung notwendig, weshalb Sie sich bei der Aufnahme des Studiums bei Herrn Prof. Teubner melden wollen.«

Ich beschloß, wenn es zu dieser Unterhaltung kam, würde ich gegen den Druck protestieren, den der Staatssicherheitsdienst auf mich ausübte. So ging das nicht weiter. Ich mußte mich selbst wehren.
Wir waren als Hofarbeiter eingesetzt in Groß-Zössen, einem Braunkohle-Tageabbau. Arbeiter bekamen wir nicht zu Gesicht, jedenfalls nicht am ersten Tag, nur einen, der blöde grinsend den Hof fegte, den ganzen Tag.
Wir mußten mit riesigen Schaufeln Kohlen in Loren schippen, Studentinnen und Studenten, es wurde kein Unterschied gemacht nach dem Geschlecht. Wir hatten alle die gleichen Schippen in der Hand.
Nachmittags brach ich mit schweren Blutungen zusammen, kam auf einer Bahre ins Krankenzimmer. Die Krankenschwester befahl: »Sie fahren sofort nach Hause. Wir können Sie hier nicht gebrauchen, wir bringen Sie ja um. Überhaupt. Mädchen beim Kohleschippen, das müßte verboten werden, das ist Schwerarbeit. Fahren Sie nach Leipzig in die Klinik, ich gebe Ihnen ein Schreiben mit.«
Ich fuhr nicht nach Leipzig, ich fuhr nach Berlin in die Charité, Frau Weigels Arzt ließ mich keinen Augenblick warten.
»Wie sehen Sie denn aus? Was hat man denn mit Ihnen gemacht? Sie sind ja weiß wie die Wand.«
Er verblüffte mich, ein Mann mit einem Bart um das Kinn, schwarzgelockt, ich hatte noch niemals einen jungen Mann mit Bart gesehen, ich starrte ihn an und reagierte nicht, als er mich auf den gynäkologischen Stuhl schicken wollte. Da überprüfte er zunächst einmal meine Reflexe und schimpfte leise vor sich hin. Ich erzählte ihm vom Arbeitseinsatz. Er untersuchte mich gründlich.
»Wie groß waren die Schaufeln?«
»Ich weiß nicht, vielleicht 80 mal 80 cm, vielleicht auch größer. Ich habe noch nie so große Schaufeln gesehen, beladen mit Kohlen waren sie sehr schwer, zu schwer.«
»Vollgepackt?«
»Nein. Aber auch halbvoll waren sie so schwer, daß man sie nur mit ganzer Kraft auf die Loren hochwuchten konnte, man

mußte sich mit dem ganzen Körper dagegen stemmen.«
»Idioten.«
Nach der Untersuchung erklärte er mir: »Sie gehören in die Klinik. Das sind nicht nur die Blutungen, Sie sind auch sonst am Ende. Sie leben längst aus der Substanz, das geht nur noch Tage gut, dann klappen Sie zusammen. Ich schreibe Ihnen eine Einweisung. Sie werden sich gründlich erholen müssen.«
»Ich habe keine Zeit. Im Frühling haben wir Diplom, ich kann jetzt nicht ausscheren.«
»Bis zum Frühling halten Sie nicht durch, ausgeschlossen. Sie gehören sofort in ärztliche Hand.«
Was sollte ein Krankenhaus nützen? Meine Probleme wurde ich dort nicht los, es wäre nur eine Schonfrist. Erst einmal protestieren, dann konnte man weitersehen. Mit Tabletten versehen ging ich zurück ans Theater.
Die Premiere am 5. Oktober war ein großer Erfolg. Ich hätte abreisen müssen. Aber ich wollte die genehmigten vierzehn Tage bis zur letzten Minute ausnutzen. Ich hatte Angst vor dem Gespräch mit Teubner.
Warum eigentlich Teubner? Budzislawski war der Dekan. Er trug die Verantwortung für die Fakultät, bei ihm mußte ich protestieren. Aber eins war merkwürdig. Die Genossen vom MfS hatten sich nicht mehr bei mir sehen lassen. War ich aus ihren Akten herausgefallen? Leise Hoffnung zog bei mir ein.
Biermann und ich diskutierten in der Dramaturgie. Wir saßen beide auf dem Fensterbrett, als das Telefon klingelte.
Ich nahm den Hörer ab. »Fräulein Klump, zwei Herren warten hier bei mir auf Sie. Kommen Sie bitte herunter.«
Es war der Pförtner.
Wolf und ich sahen aus dem Fenster. Zwei Figuren in Ledermänteln standen an der Pförtnerloge. Wolf stieß mich an.
»Das sind doch diese Typen, die unseren Sozialismus besudeln, ich rieche sie drei Meilen gegen den Wind, diese Stinker. Was wollen die denn von dir?«
Ich zuckte mit den Schultern.
»Du mußt runterkommen – Sie trauen sich nicht ins BE, wenigstens ein Ort, den sie respektieren.«

Ich ging zu ihnen, Klischeefiguren, austauschbar, mal im Ledermantel, mal im Trenchcoat. Wir wanderten vor dem Friedrichstadtpalast hin und her. Ich fragte sie harmlos: »Warum sind Sie denn nicht zu mir in die Dramaturgie gekommen? Draußen ist es ungemütlich.«
»Du lieber Gott, Frau Weigel würde uns was husten, in ihr Theater setzen wir keinen Fuß.«
Der Schnee knirschte unter unseren Sohlen.
»Sie sollten längst bei uns in der Normannenstraße gewesen sein, wir haben immer noch keine Unterschrift von Ihnen. Was denken Sie sich eigentlich? Ihr Kampe ist auch längst zurück aus Polen. Wir wissen das. Was haben Sie eigentlich für eine Arbeitsmoral? So geht das nicht, wir sind an Resultate gewöhnt.«
Ich zog einen Brief von Klaus aus der Tasche.
»Klaus Kampe ist nicht in Berlin. Wir hatten noch keine Gelegenheit, miteinander zu sprechen.«
Klaus hatte mir aus Belgrad geschrieben, mit Datum vom 25. September.
»Liebe Brigitte,
leider habe ich in den letzten Wochen vor meiner Abreise vergeblich auf Deinen Anruf gewartet... Falls ich Dir nicht aus Israel schreiben kann: bis zu meiner Rückkehr Mitte November alles Gute! Ich hoffe, Du wirst mich im November einmal anrufen, damit ich Dir von meiner Reise berichten kann. Für den Beginn des neuen Studienjahres in Leipzig meine besten Wünsche. Herzliche Grüße aus dem Land des menschlichen Sozialismus
von
Klaus.«
Über den *menschlichen* Sozialismus gossen sie ihren Spott. Bevor sie gingen, ermahnten sie mich: »Sie werden nicht eher nach Leipzig zurückfahren, bis Sie unterschrieben haben. Sie melden sich bei uns in den nächsten Tagen in der Abteilung ›Aufklärung‹. Wir sehen an diesem Brief, daß der Kontakt mit Kampe vorzüglich funktioniert. Befragen Sie ihn Mitte November, dann wird er zurück sein. Geduld hat Grenzen.«

Ich schloß mich in der Dramaturgie ein, sah aus dem Fenster, es wurde Nacht. Wer nicht über unsere Klinge springt, springt in sie hinein... wenn einer die Klinge gegen mich richtete, dann wollte ich es selbst sein, diese letzte Freiheit ließ ich mir nicht nehmen, die Freiheit, zu sterben.
Wolf klopfte an die Tür, drückte auf die Klinke.
»Brigitte?«
Ich antwortete nicht. Er hämmerte an die Tür: »Brigitte! Brigitte! Mach doch auf!« er rannte zu den anderen Türen, riß sie auf, suchte mich im ganzen Haus, brüllte: »Brigitte!« Ich antwortete nicht. Er kam wieder zu meiner Tür. »Mach doch auf. Ich weiß doch, daß du hier bist.« Die Tür blieb verschlossen. Ich wollte ihn nicht reinlassen in mein Leben, mein Leben war aus.
Er rannte über den Hof, Schnee knirschte. Der Schnee hätte brennen müssen, dann hätte ich mich gemeldet.

Nach einer kleinen Weile schlich ich mich aus dem Haus, rief Bunge an, ob ich kommen dürfte.
»Was für eine Frage. Förmlicher gehts wohl nicht?«
Er hatte einen Gasherd in der Küche, ich wollte warten, bis er schlief. Bunge merkte nicht, wie verstört ich war, er war nur etwas verwundert: »Hast du was mit dem Biermann? Er hat mich vorhin angerufen, ganz durcheinander, ob ich wüßte, wo du bist. Ich habe ihm die Nummer deiner Verwandten gegeben.«
Bunge rief aus dem Schlafzimmer: »Kommst du nicht?«
»Ich mache mir einen Tee. Ich möchte noch lesen.«
»Sie macht sich einen Tee – was sind das für neue Töne? Also, dann schlaf ich schon, gute Nacht.«
Er drehte das Licht aus, die Schlafzimmertür stand offen. Eine Zeitlang raschelte ich noch mit Büchern, dann ging ich in die Küche, um zu warten, bis er einschlief. Unter dem Wasserboiler brannte ein Flämmchen. In meinem vernagelten Kopf zuckte ein Gedanke auf – ein Funken in einem gasgefüllten Raum würde eine Explosion verursachen. Ich wollte Bunge ja nicht umbringen, nur mich, also Flamme aus, Gashahn auf!

Sonst noch eine offene Flamme? Aber da war weiter nichts. Ein bißchen mußte ich über mich lächeln, daß mir das mit der Flamme überhaupt aufgefallen war, praktische Niete, die ich war. Langsam wurden meine Glieder schwer. Ich legte mich auf den Fußboden. Meine Gedanken wurden diffus, es war gar nicht schwer zu sterben, schwer war die Zeit davor.
Mein Unterbewußtsein drängte mich, du mußt was tun. Was tun? Ich richtete mich auf. Es war doch alles getan. Das Gas strömte aus, bald war alles vorbei. Das Gas strömte... durch das Schlüsselloch der Küchentür. Die Schlafzimmertür war offen. Das Gas würde auch ihn töten. Mit letzter Kraft raffte ich mich auf, schob mich zentimeterweise an das Küchenfenster heran, drehte den Riegel, ein kleiner Spalt öffnete sich, frische Luft würde Bunge retten. Mit mir war es aus. Die Anstrengung warf mich um. Auf einmal spürte ich, wie ich durch den Raum geschleppt wurde. Bunge riß das Fenster weit auf, das große Kotzen begann. Als er mich im Bett verwahrte, sagte er: »Eigentlich müßte ich die Polizei informieren. Selbstmord ist eine schlimme Geschichte, anzeigepflichtig. Man muß dich ja vor dir selbst schützen.« Mir war alles egal.
»Warum tust du das? Warum machst du solches Theater? Du hattest das Fenster einen Spalt breit offengelassen. Du wolltest also gar nicht sterben. Warum willst du mich unter Druck setzen? Warum? Was ist eigentlich los?«
»Ich sitze unter Druck, das ist los. Dich will ich nicht unter Druck setzen, du hattest nur den Gashahn, sonst hast du nichts damit zu tun.«
Ich zog mir das Bett über die Ohren. Das mit dem Fenster, warum sollte ich es ihm erklären. Es gab keine Wörter mehr zwischen uns. Meine Wörter hatte ich verloren wie mein Vertrauen. Das war los.

Am nächsten Tag packte ich im Theater meine Aufzeichnungen zusammen und rief Tante Gertrud an, um mich zu verabschieden. Sie sagte mir: »Wolf Biermann hat dich gesucht. Was war los? Wo warst du? Wer ist denn dieser Biermann?«
»Ach, Tante Getrud, ich fahre heute nach Leipzig. Sag Ilse und

Erich danke, ich komme nicht mehr vorbei.«
Sonst verabschiedete ich mich von niemandem, keinen Dank an Frau Weigel, keinen Bescheid an den Stasi, kein Wort für Wolf Biermann. Ich fuhr einfach ab.

Anfang der sechziger Jahre fragte mich ein Prominenter der DDR, für ein paar Tage Gast in der Bundesrepublik, »Was ich Sie noch fragen wollte – sind Sie Biermanns Brigitte?«
»Biermann? Ich kenne nur Wolf Biermann vom BE.«
»Genau den meine ich.«
»Dann verstehe ich Ihre Frage nicht. Seine Brigitte war ich nie.«
»Sie kennen nicht seine Gedichte?«
»Nee – wieso? Schreibt er Gedichte?«
»Lesen Sie keine Zeitung?«
»Nein. Schon lange nicht mehr. Aber was macht Bunge eigentlich?«
»Ist zu ›Sinn und Form‹ gegangen.«
»Weg vom Berliner Ensemble?«
»Ja.«
»Wer leitet ›Sinn und Form‹?«
»Girnus.«
»O je.«
Und es rastete bei mir ein: Bunge ist zu Girnus gegangen. Das war wenigstens konsequent, fand ich.
Erst jetzt stellte ich fest, nach Archivstudium, der Weg war umgekehrt. Girnus übernahm die Redaktion, als er als Staatssekretär für das Hochschulwesen abgesägt worden war.

In Biermanns erstem Lyrikbändchen »Die Drahtharfe« fand ich folgendes Gedicht:

»Brigitte
Ich ging zu Dir
dein Bett war leer.
Ich wollte lesen.
und dachte an nichts.

Ich wollte ins Kino
und kannte den Film.
Ich ging in die Kneipe
und war allein.
Ich hatte Hunger
und trank zwei Spezi.
Ich wollte allein sein
und war zwischen Menschen.
Ich wollte atmen
und sah nicht den Ausgang.
Ich sah eine Frau
die ist öfters hier.
Ich sah einen Mann
der stierte ins Bier.
Ich sah zwei Hunde
die waren so frei.
Ich sah auch die Menschen
die lachten dabei.
Ich sah einen Mann
der fiel in den Schnee
er war besoffen
es tat ihm nicht weh.
Ich rannte vor Kälte
über das Eis
der Straßen zu dir
die all das nicht weiß.«

Dieses Gedicht brachte für Wolf Biermann den Zusammenstoß mit Prof. Dr. Wilhelm Girnus, ideologischer Scharfrichter der DDR. In der Beilage vom ›Sonntag‹ Nr. 16/1963 wurde Girnus' Diskussionsbeitrag veröffentlicht, den er auf der Beratung des Politbüros des ZK der SED und des Präsidiums des Ministerrats mit Schriftstellern und Künstlern gehalten hatte.
Unter dem Titel »Vom jungen Heine und vom alten Biermann« zerfetzt er dieses Gedicht, ohne den Titel »Brigitte« zu nennen. Er zitiert auch ein Heinegedicht und reitet dann seine Attacke gegen Wolf Biermann: »Das andere Gedicht stammt

von einem jungen Schriftsteller, der etwa 25 Jahre alt ist und sozusagen ein neuer Schriftsteller sein sollte... welches von beiden ist müde, matt, gelangweilt, blasiert, schlapp, schwunglos, übersättigt, abgestumpft, zahnlos und zahm?«
Und dann nennt er drei Gründe, um Biermann zu verurteilen:
»Der Einfluß des Modernismus, der in diesen Gedichten und vielen anderen sehr deutlich fühlbar hervortritt, mißleitet das Talent... Der Einfluß des Modernismus führt zur Flucht aus der Realität und zu ihrer Verfälschung.«
»Dieser Einfluß führt zur Entfremdung vom Volk, zur Feindlichkeit gegenüber der Partei und zerstört unsere Bindung zu einer wahrhaft großen, nationalen Tradition... kein einziges Gedicht ist dabei, aus dem das Feuer des gerechten Zorns, zum Beispiel gegen die Verbrecher lodert, die sich gegen jedes sittliche Recht in Westdeutschland erneut angemaßt haben, die Welt ein drittes Mal in ein Meer von Blut und Feuer zu tauchen...«
Seitenlang ergoß sich die Beschimpfung über Biermann. Das las ich erst 1976. Im August.

Ich fuhr nach Leipzig, um Budzislawski um Schutz zu bitten vor dem Staatssicherheitsdienst. Mit dem Selbstmord klappte es nicht, jetzt half nur noch Protest.
Ich war an die Fakultät gekommen, um ein guter Journalist zu werden. Sprachrohr der Partei? Das war noch zu akzeptieren. Aber nicht Kontrolleur von Gesinnungen.
Durch Fragen, Fragen, Fragen hatte ich festgestellt, mein Problem war das Problem der Fakultät. Nur sprach niemand darüber. Schweigen deckte den Verrat. Aber wo ich mich auch beklagte, weil ich nicht für den Stasi arbeiten wollte, überall die gleiche Reaktion.
»Du auch? Ach – ich dachte, nur ich?«
Ich fragte anfangs verblüfft zurück: »Du auch?«
Immer wieder hörte ich die gleiche Geschichte.
»Ich weiß, es gibt noch einen zweiten in der Seminargruppe. Aber wer das ist, weiß ich nicht. Die Stasi-Leute haben mir ge-

sagt, einer in der Gruppe habe den Auftrag, mich zu überwachen.«
»Und du weißt nicht, wer das ist, deshalb bist du bei jedem vorsichtig?«
»Ja.«
»Die Zahl zwei stimmt. Es sind immer zwei aufeinander angesetzt. Der Stasi arbeitet mit Zweierbeziehungen an unserer Fakultät. Einer verrät den anderen, so sehen unsere zwischenmenschlichen Beziehungen aus. Bis zum Diplom haben sich alle bewährt. Frag mal nach in deiner Seminargruppe. Frag unter vier Augen, einen nach dem anderen, dann wirst du es erfahren.«
»Ich darf doch nicht darüber sprechen.«
»Schweigeverpflichtung?«
»Ja.«
»Wenn du die einhältst, erfährst du es nie.«
»Hast du auch unterschrieben?«
»Nein.«
»Woher weißt du das?«
»Von Marianne Kennecke.«
»Na ja, die Kaderleiterin, die arbeitet doch sowieso mit dem Stasi zusammen, die erzählt dir viel.«
»Ich habe nicht nur Frau Kennecke gefragt.«
»Nenne Namen.«
»Klaus Höpcke, Erwin, Tamara... ich kann dir Namen und Namen nennen, einschließlich von Journalisten in der Bundesrepublik, die hier ausgebildet wurden, alle haben es mir gestanden, alle, um mich zu überzeugen, daß sie keine Schweine sind, nicht die Ausnahme, die Regel, daß es notwendig sei, eine Frage der politischen Reife.«
»Ich habe nie jemanden gefragt. Ich habe mich geschämt.«
»Sie schämen sich alle, trotz Ideologie.«
»Sie sagten, es sei meine Ehrenpflicht, als Parteimitglied.«
»Ich weiß, sie haben euch alle reingelegt mit dem Wort Parteiauftrag.«
»Ja.«
»Bei mir funktionierte das nicht, weil ich nicht in der Partei

bin, also haben sie es versucht mit Überzeugungskraft, über Jahre.«
»Warum hat es bei dir nicht geklappt?«
»Weil ich mich beklagt habe, naiv, wie ich war. Dabei zerbrach das Schweigen. Erst als ich begriff, da steckt System dahinter, da fing ich an, systematisch zu fragen, und ich habs rausgekriegt. Komplett. Hier arbeiten alle für den Staatssicherheitsdienst, spätestens bis zum Diplom, ob Parteimitglied oder nicht. Wer nicht mitmacht, fliegt.«
»Mein Gott, ist das wahr? Ich dachte, nur ich bin ein Schwein... Brigitte, was für ein System meinst du? Was steckt dahinter? Verrätst du mir das? Ich kann nicht denken, ich bin wie vor den Kopf geschlagen.«
»Uns manipulierbar zu machen.«
»Hier bleib ich nicht. Ich hau ab!«
Ein Aufschrei.
»Abhauen? Wohin? In den Westen? Was sollen wir dort? Mit unserer Ausbildung?«
»Was dann?«
»Protestieren.«
»Bei wem?«
»Ich gehe morgen zu Budzislawski. Wenn Hilfe möglich ist, dann nur vom Dekan dieser Fakultät. Das gibt es doch nicht, daß man gezwungen wird, für den Stasi zu arbeiten, wenn man nicht will. Die Genossen müssen doch zurückzupfeifen sein, vom Dekan.«
»Budzislawski? Bist du verrückt?«
»Budzislawski wird sich stellen müssen.«

Der Weg zu Budzislawski war länger geworden. Nicht mehr eine halbe Treppe im Internat, kilometerweit. Die räumliche Trennung war mit der Straßenbahn zu überwinden. Aber nur die räumliche. Ein Teil unserer Internate war besetzt worden von Ausländern. Ihr Heim war noch im Bau, nicht fertiggeworden zum Semesterbeginn. Budzislawskis Einspruch bei den Behörden der Universität war abgelehnt worden. Wir galten als gefestigte sozialistische Studenten, uns würde es nicht

schaden, vorübergehend privat zu wohnen, vorübergehend unkontrolliert.
Budzislawski fürchtete Risse im Gebälk seines Erziehungssystems. Die wirklichen Risse – sah er die nicht?
Hermine Proß hatte für uns beide ein Zimmer gefunden beim Hausmeister der Fakultät, Herrn Rohne. Das Zimmer lag in der Krokerstraße. Hermine, sanftäugig, um Vertrauen bettelnd, zerstörbar, unfähig zur Analyse. Sie reagierte nur und hoffte, den Mann zu finden, der sie zurückriß vom Rande des Selbstmords. Ich weiß nicht, ob sie ihn fand.
Bei Budzislawski lief ich sofort gegen die Wand.
»Leider ist Professor Budzislawski nicht zu sprechen. Sie müssen sich schon anmelden, so geht das nicht.« Die Sekretärin sah kaum auf. Ich ging an ihr vorbei zu Budzislawskis Tür, klopfte, und war auch schon in seinem Zimmer. Die Sekretärin rannte hinter mir her, ich zog die Tür vor ihrer Nase zu.
»Tut mir leid. Ich muß stören. Es ist wichtig.« Budzislawski ertrug mein Betragen ohne Kommentar, ich war auch nicht mehr aufzuhalten. »Der Staatssicherheitsdienst...«
Er fiel mir ins Wort mit aller Schärfe: »Sorgt für die Sicherheit des Staates. Schluß. Kein Wort weiter. Von Ihnen will ich nichts hören. Gehen Sie zu Teubner.«
»Ich will Klage führen gegen...«
»Klage führe ich. Sie sind mir in den Rücken gefallen. Sie haben für Ihre Interessen das Berliner Ensemble eingeschaltet. Da Sie bereits vollzogene Tatsachen geschaffen hatten, wollte ich Ihnen das Praktikum nicht untersagen, wegen meiner guten Beziehungen zu Frau Weigel aus der Emigrationszeit. Sie haben uns gegeneinander ausgespielt, und ich mußte das dulden. Ich lasse nicht zu, daß Sie weiterhin auf meinem Kopf herumtanzen. Warum wollen Sie immer die Ausnahmen haben? Mit welchem Recht kann ich sie einem abschlagen, wenn ich sie einem anderen erlaube? Sie zersetzen die Disziplin der Fakultät. Ich darf Ihnen Ihr Verhalten nicht länger durchgehen lassen. Wir werden Ihre Erziehung in die Hand nehmen.«
Budzislawski lehnte sich zurück. Goldene Sonnenstäubchen tanzten im Zimmer, ich registrierte, was unwesentlich war,

weil ich bemerkte, er ließ mich nicht zur Sache kommen.
»Ich verstehe überhaupt nicht, was los ist, mal überfällt mich der Kuckhoff mit Ihren Angelegenheiten, mal die Weigel. Wieso unterstützen diese profilierten Leute Ihre Privatinteressen? Das hat es doch früher nicht gegeben an dieser Fakultät, daß ein Student solche Fürsprecher hatte.«
»Es sind keine Privatinteressen. Ich will Theaterkritiker werden mit einem soliden Hintergrund. Solche Leute fehlen in der Presse.«
»Ich weiß nicht, was Sie sich da ausgedacht haben, für mich sind Ihre Ambitionen Privatinteressen, überbordender Individualismus. Sie werden hier zu einem sozialistischen Journalisten erzogen, und nicht zu einem Fachmann für Theater ausgebildet. Die einzigen Kritiker, die heutzutage ausgebildet werden, sind Literaturkritiker, und das steckt auch noch in den Kinderschuhen. Wir brauchen keine Fachleute, wir brauchen Ideologen als Journalisten. Erzieher der Massen. Was sollen wir mit Fachidioten? Ich will keinen Streit mit Kuckhoff, und ich will auch keinen Streit mit der Weigel, Ihretwegen. Sie kennen jetzt meine Meinung, also richten Sie sich danach.«
Er zog einen Aktendeckel zu sich heran, blätterte darin, als sei ich nicht mehr da. Ich rührte mich nicht vom Fleck, aber ich war sprachlos. Er hatte meine Klage umfunktioniert zu seiner Anklage, geschickt wie er war.
Buszislawski schob den Aktendeckel wieder weg, sah mich voll an: »Ich verstehe nichts mehr von Menschen, scheint mir. Der Kuckhoff hatte noch nie Sympathien für Brecht, aber Sie läßt er machen. Ich höre, er hat sogar ein Brecht-Seminar an der Theaterhochschule zugelassen. Das darf alles nicht wahr sein. Ich kenne den Kuckhoff nicht wieder. Was soll das alles? Können Sie mir das erklären?«
»Ule war auch am BE, als ich da war.«
»Ule? Welcher Ule?«
»Kuckhoffs Halbbruder, der Sohn von Greta Kuckhoff.«
Budzislawski brach das Gespräch brüsk ab.
»Gehen Sie zu Professor Teubner, der wird Ihnen den Kopf weiterwaschen.«

Budzislawski schien blitzartig begriffen zu haben, als er mich rausschmiß und zu Professor Teubner schickte, daß er sich einer Front gegenüber sah, die gerade anfing, sich herauszubilden: Hier die Ideologen, die in den Mittelpunkt einer Ausbildung die ideologische Zuverlässigkeit stellten und deshalb auch den Staatssicherheitsdienst akzeptierten, und da die Pragmatiker, für die konkrete Fakten zählten und die erkannten, was die Praxis der DDR brauchte: Fachleute, loyal, aber mit kritischem Denkvermögen. Budzislawski schien das für den Untergang des Systems zu halten, aber das war der Anfang der Konsolidierung der DDR.
Jetzt, mit 17 Jahren Verspätung, ist die Sektion Journalistik in Leipzig zögernd dabei, die Zeichen der Zeit zu begreifen, die Fachleute braucht, auch bei den Journalisten.
Professor Heinrich Bruhn berichtete in den ›Wissenschaftlichen Heften‹ der Sektion Journalistik, 4/1974:
»Als ein Experiment, das noch nicht abgeschlossen ist, und über das Endgültiges noch nicht gesagt werden kann, wurde für jeweils fünfzig ausgewählte Studenten zweier Studiengänge ein mit einem anderen Fach kombiniertes Journalistikstudium eingerichtet, und zwar in der Kombination entweder mit marxistisch-leninistischer Philosophie oder mit Wirtschaftswissenschaften oder mit Kulturwissenschaften. Das Ziel der Ausbildung besteht darin, der journalistischen Praxis auch einige Absolventen zur Verfügung zu stellen, die über die Vorspezialisierung in einem fachjournalistischen Bereich hinaus, wie sie alle Studierenden der Sektion erhalten, über ein Grundstudium in den genannten Fachrichtungen verfügen.«

Professor Teubner war Prodekan und Kaderleiter der Fak.Jour. in Vertretung, weil Marianne Kennecke zum Fernsehen nach Babelsberg versetzt worden war. Teubner ließ mich sofort eintreten. Auch Teubner, wie Helene Weigel und wie Budzislawski, einst emigriert vor dem Faschismus.
»Ich sollte mich bei Ihnen melden.«
Er erhob sich, kam zu mir, lächelnd, und drückte mir die Hand.
»Fühlen Sie sich gerügt.«

»Das ist alles?«
»Ja.«
Dankbar dachte ich: ein *Mensch* an dieser Fakultät. Was für ein Fund. Ich wollte nicht ausprobieren, wie weit er standhielt. Ich ließ ihn aus.

Meine Seminargruppe wußte nicht, wie ihr geschah, als sie von der Parteileitung der Fakultät aufgefordert wurde, einen Beschluß zu fassen: Brigitte Klump habe offensichtlich zu viel Zeit für die Pflege ihrer Ambitionen, sie sollte diese Zeit nutzbringend für die Gesellschaft anwenden und einige Halbschichten in einem Produktionsbetrieb arbeiten.
Wir saßen zusammen in der Seminargruppe und diskutierten darüber. Ich sagte: »So geht das nicht. Professor Teubner hat mir ganz offiziell erlaubt, im BE auch noch nach Semesterbeginn zu bleiben, das kann die Parteileitung jetzt nicht auf kaltem Wege zurücknehmen. Ich habe den Brief von Teubner bei meinen Akten.«
Die Seminargruppe sah ein, daß der Weg nicht richtig war, beschloß aber: Ein paar Halbschichten schaden niemandem, dir auch nicht, zeig deinen guten Willen, und damit ist der Fall erledigt.
»Es geht hier nicht um meinen guten Willen, ich lasse mich nicht bestrafen für nichts.«
Ich machte keine einzige Halbschicht.
Die Seminargruppe informierte die Parteileitung, daß sie beim besten Willen nicht wüßte, wofür ich bestraft werden sollte, sie hätte nichts in der Hand gegen mich, um mich zu zwingen, in der Fabrik zu arbeiten.
Die Parteileitung forderte wieder die Gruppe auf, mich zu erziehen. Sie hätte festgestellt, ich hätte mich vor der Wahl im August gedrückt und sei Privatinteressen nachgegangen.
Meine Seminargruppe war in Aufregung: »Wie konntest du dich vor der Wahl drücken?«
»Ich habe mich nicht gedrückt. Ich habe an allen Wahlvorbereitungen teilgenommen, schaut in die Liste mit den Hausagitationen, wie viele ich gemacht habe. Ich war nur an dem Tag der

Wahl nicht da. Inge, du kannst es bezeugen, daß ich mich offiziell entschuldigt habe. Auch bei der Parteileitung. Niemand hatte etwas dagegen, daß ich die Wahl brieflich machte. Du selbst hast mich beurlaubt.«
Inge bezeugte es.
Die Gruppe wollte wissen: »Was waren das denn für Privatinteressen am Tag der Wahl?«
»Meine Schulfreundin Eva Rapröger in Glöwen hatte Hochzeit. Sie bat mich, ihre Brautjungfer zu sein. Ich löste damit ein jahrelanges Versprechen ein. Eva hängt an alten Bräuchen, ich wollte sie nicht sitzenlassen.«
Die Gruppe billigte das.
Die Parteileitung der Fakultät gab nicht nach. Wenn Brigitte nicht in einer Fabrik für die Gesellschaft arbeiten wolle, sähe man sich gezwungen, das Leistungsstipendium zu streichen. Leistungsstipendium sei eine Belohnung für gute Zensuren und gute gesellschaftliche Arbeit. Die Gruppe sollte den Antrag auf Stipendienkürzung stellen. Die Gruppe diskutierte wieder mit mir.
Ich sagte: »Ihr glaubt doch nicht, daß ihr mich erziehen könnt, wenn ihr mir Geld wegnehmt? Wollt ihr mich kaufen mit dreißig Mark? Glaubt ihr, dreißig oder vierzig Mark, nicht ausgezahlt, verändern meine Haltung? Welche übrigens? Ich leiste gute gesellschaftliche Arbeit in der Klubleitung der Universität. Fragt dort an, ihr könnt es schriftlich haben. Die ganze Universität profitiert davon, nicht nur ihr hier mit dem Klub junger Künstler. Also, wie wollt ihr euren Antrag begründen? Meine Zensuren liegen im Durchschnitt über zwei, daran gibt's auch nichts zu rütteln.«
Die Seminargruppe sah das ein, es wurde kein Beschluß gefaßt.
Die Parteileitung rügte das: Ihr seid ganz offensichtlich zu schwach, euch gegen Brigitte Klump durchzusetzen. Die Wahl- und Hauptversammlung der FDJ am 13. November wird ihre Erziehung auf die Tagesordnung setzen. Wir haben noch einen anderen Fall im vierten Studienjahr, Helga Novak. Helga entzieht sich auch der gesellschaftlichen Arbeit. Sie

kommen beide auf die Tagesordnung.
Als mir das in der Seminargruppenversammlung gesagt wurde, ließ ich ein kleines Stückchen der Wahrheit heraus.
»Es ist nicht meine gesellschaftliche Arbeit, die unbefriedigend ist, ich entziehe mich einer andren Aufgabe, die ich hier nicht diskutieren kann. Die Genossen von der Fakultätsleitung wollen mich ganz einfach mit Hilfe der FDJ unter Druck setzen.«
»Was ist eigentlich los?«
Meine Seminargruppe fiel über mich her. Sie insistierten heftig, aber ich schwieg. Inge Kunze bat mich regelrecht: »Sag uns, was los ist, Brigitte, sonst können wir dir nicht helfen. Wir sind deine Seminargruppe, du stehst doch nicht allein.«
»Ihr könnt mir nicht helfen. Ich habe bei Budzislawski protestiert. Er weiß Bescheid. Aber ihr könnt weitergeben, ich lasse mich nicht unter Druck setzen.«
Ich beschloß, zum Parteisekretär der Fakultät zu gehen, von Budzi kam keine Hilfe. Ob der Parteisekretär helfen konnte? Aber erstmal hatte ich meine Kraft verbraucht, ich wollte nach Hause, mich hinlegen.

Im Regen stand jemand an der Straßenbahnhaltestelle und schüttelte kaum merklich den Kopf, als ich ihn begrüßen wollte. Ich stieg ein, er hinter mir. Im Gedränge legte er seine Hand auf meine Hand, das war alles. Ich stieg aus, er auch, ging in kleinem Abstand hinter mir her zur Krokerstraße 22 und drückte sich an mir vorbei ins Haus. Was sollte das? Warum so heimlich?
Wir schlichen zusammen in die Wohnung, kein Laut zu hören, Rohnes waren wohl aus – bei dem Regen? Wir rubbelten uns die Haare mit Frottiertüchern trocken, noch immer schweigend. Er warf seinen Regenmantel über Hermines Bett, dann nahm er mich in den Arm. »Hör zu, ich habe keine Minute Zeit, ich bin gar nicht in Leipzig. Ich habe mich davongestohlen und stehe schon eine ganze Weile im Regen, um dich abzufangen. Ich muß dich warnen, es ist was im Busch.«
»Was ist passiert?«
»Wollweber* ist abgelöst. Er hat nicht energisch genug durch-

gegriffen – auch nicht bei den Studenten. Mielke** übernimmt sein Amt. Neue Besen kehren gut. Alles, was liegengeblieben ist, wird aufgearbeitet. Du bist im Verschiß.«
»Warum?«
»Weil du einfach abgereist bist. Auftrag nicht erfüllt. Kampe war zurück aus Polen und du hast ihn nicht befragt. Jetzt soll dir ein Strick gedreht werden aus deiner Freundschaft mit Kampe.«
»Ich sollte doch Mitte November hin.«
»Du hast nicht unterschrieben, bist einfach abgereist. Tu mir die Liebe, Brigitte, schwör, warst du mit ihm im Bett? Es ist nicht wichtig, es ändert nichts, ich wills nur wissen.«
»Ich schwörs dir: niemals. Der Staatssicherheitsdienst wollte das. Hast du jemals erlebt, daß ich etwas tue – unter Zwang?«
»Ja.«
Erschreckt sah ich ihn an. Er beruhigte mich: »Unter Zwang tun ist wie nicht getan.«
»Danke.«
»Mit Kampe ist nichts?«
»Nein.«
»Also, hau ab, verschwinde. Ich möchte nicht, daß man dir was tut. Du kennst die neuen Gesetze?«***
»Die sind noch nicht beschlossen.«
»Das dauert nur noch Tage, dann geht's rund.«
»Mein Gott, wozu rätst du mir.«
»Ich weiß, was ich sage, ich tue es für dich, Brigitte. Hau ab, bevor es zu spät ist, noch bist du sauber, ich kenne deine Akten, Bleib so, wie du bist, noch kann dir keiner an den Wagen fahren.«

* Der Minister für Staatssicherheit, Ernst Wollweber, wurde aus ›Gesundheitsrücksichten‹ von seiner Funktion entbunden.
** Erich Mielke, bisheriger Stellvertreter von Wollweber, übernahm mit Wirkung vom 1. 11. 1957 seine Funktion, im Amt bis heute.
*** Am 11. 12. 1957 wurde das Strafrechtsergänzungsgesetz von der Volkskammer verabschiedet. Das neue »Strafgesetzbuch der DDR« wurde am 12. 1. 1968 von der Volkskammer gebilligt, die neue Strafprozeßordnung trat am 1. 7. 1968 in Kraft.

Wir lagen auf dem Bett, ich weinte, suchte ein Taschentuch unter dem Kissen, sah hoch – Rohne stand auf dem Balkon vor meinem Zimmer. Er starrte hinein, die Nase plattgepreßt – und zuckte zurück, als er sah, daß ich ihn sah. Ich zischte: »Bleib liegen. Guck nicht zum Fenster. Wir werden beobachtet. Rohne ist Hausmeister an unserer Fakultät.«
»Auch das noch.«
»Kennt er dich?«
»Was weiß ich?«
Rohne verschwand vom Fenster. Mein Freund nahm den Regenmantel vor das Gesicht. »Ich schleiche mich durch den Korridor und verschwinde. Brigitte – du verrätst mich nicht, was auch kommt?«
»Niemals.«

Am nächsten Tag, oder war es der übernächste? Ich weiß es nicht mehr genau, ging ich zum Parteisekretär der Fakultät. Ich wollte alle Mittel ausprobieren, um in der DDR bleiben zu können. Ich wollte nicht in den Westen. Wenn meine Proteste nicht weiterhalfen, würde ich weitersehen. Der Parteisekretär strahlte, als er mich sah.
»Da sind Sie ja, wie gerufen.«
»Was ist denn los?«
»Wer war in Ihrem Zimmer?«
Das war ein Hammerschlag, ich versuchte, Zeit zu gewinnen und fragte automatisch zurück: »Woher wissen Sie?«
»Rohne war hier, ganz aufgebracht, er sagte, er kennt ihn nicht. Wer war es?«
Ein Stein fiel mir vom Herzen. Entspannt fragte ich: »Darf ich mich setzen?«
»Aber gewiß doch.«
Wir saßen uns gegenüber, er am Schreibtisch, ich im Sessel.
»Also, wer war der Mann?«
Ich lächelte ihn an, strahlend: »Tja, wer war der Mann in der Krokerstraße?«
»Ich will nicht raten, ich will es wissen.«
»Erwin?«

»Erwin Reiser? Keine Spur. Er hätte bei mir reingeschaut.«
»Er war in Eile.«
»Brigitte, schwindeln Sie nicht.«
»Dann beweisen Sie mir, daß er nicht hier war. Bis jetzt steht Aussage gegen Aussage. Oder glauben Sie Rohne mehr?«
»Ich ruf Erwin an.«
Er griff zum Hörer.
»Tun Sie das. Er wird Sie auslachen. Wirklich, ich finde das auch lustig. Darf Erwin nicht mal für eine Stunde seine Verlobte besuchen, ohne daß das die Fakultät weiß? Warum werde ich so scharf kontrolliert? Können Sie mir das verraten?«
»Der Rohne sagt, es war ein fremder Mann. Was hat ein fremder Mann bei Ihnen zu suchen?«
»Ich habe keine Lust, mich über Rohnes Sehschärfe zu unterhalten, er hat durch die Scheibe gestarrt – vielleicht war sie beschlagen von seinem Atem? Rufen Sie Erwin an, er wird das klarstellen.«
Wenn er das tat, auf der Stelle, sah ich schön aus, aber ich mußte das riskieren, Zeit gewinnen. Der Parteisekretär lächelte begütigend.
»Regen Sie sich nicht auf. Ich werde Erwin fragen, demnächst, es ist ja nicht so wichtig. Aber nun zu Ihrer Frage, Sie wollten doch auch was von mir?«
»Ja – Schutz vor dem Staatssicherheitsdienst.«
Er sprang auf, legte den Finger beschwörend auf den Mund und schaltete das Radio an. Musik dudelte durch den Raum.
»Himmel, Sie können einen aber überfahren. So, nun können wir reden.«
Ich wies auf den Lautsprecher an der Wand. »Auch hier? Im Zimmer des Parteisekretärs?«
»Was weiß ich? Sicher ist sicher.«
Er überlegte mit mir, was ich machen könnte, um dem Auftrag des MfS zu umgehen. »Sie wissen, daß Sie Ihre Karriere ruinieren, wenn Sie den Auftrag nicht erfüllen?«
»Flieg ich von der Fakultät?«
»Das nicht, aber Sie werden erzogen werden, wahrscheinlich in der Produktion.«

»Habt ihr das vor mit mir am dreizehnten?«
Er nickte.
»Ich werde nicht für den Stasi arbeiten. In keinem Fall.«
Er dachte lange nach, wirklich ernsthaft, schien mir, und hatte dann auch eine Idee. »Sie könnten mir Ihren Ausweis hierlassen. Dann sage ich, den hätte ich eingezogen wegen Ihres undisziplinierten Verhaltens und Ihrer ständigen Fahrten zum Berliner Ensemble. Sie können ohne Ausweis nicht nach Berlin und sind erstmal aus dem Schneider. Der Auftrag bleibt unerledigt aus einem objektiven Grund. Haben Sie den Ausweis mit?«
Er steckte natürlich in meiner Tasche. In der DDR trägt jeder seinen Ausweis bei sich, sonst ist man bei einer Kontrolle eine Unperson. »Nein.«
Er sah mich irritiert an, grinste: »Dann bringen Sie ihn vorbei.«
Meinen Ausweis abgeben? Gab es keinen besseren Rat?
Heinz-Johannes Horn, Doktor der Philosophie, Dozent für formale Logik, hielt an unserer Fakultät Ethikvorlesungen als Gastdozent. Ob er in der Lage war, mit seinem klaren Kopf einen Ausweg zu finden? Er war ein kompetenter Mann, Parteisekretär am Philosophischen Institut. Bloch hatte ihn aus Dresden geholt, dort war er Oberschullehrer gewesen, solange die formale Logik nichts galt in der DDR. Aber die Kybernetik, der Umgang mit Computern, zwang auch die DDR, sich mit den Gesetzen der formalen Logik zu befassen. Die Marxisten ließen die Wissenschaftsdisziplin der formalen Logik zu, als die Sowjetunion es vormachte. Ich bewunderte Horns brillanten Verstand, der präzis funktionierte. Mir konnte man ja allerhand erzählen, aber nicht Horn, sein Verstand mußte her.
Als ich in Horns Wohnung kam, hatte er gerade Besuch.
»Ich brauche Ihren Rat.«
Er ließ mich Platz nehmen in seinem schmalen Arbeitszimmer mit den hohen Bücherwänden, festverschraubt an der Decke. Wir saßen zu dritt an dem kleinen Tischchen, und ich traute mich nicht mit der Sprache heraus, vor Zeugen. Aber Horn ermunterte mich: »Sprechen Sie nur, wir sind unter uns.«

»Es betrifft unsere Fakultät.«
»Das kann ich mir vorstellen.«
»Es betrifft den Staatssicherheitsdienst an unserer Fakultät.«
Der andere stand auf: »Das ist nichts für meine Ohren«, verabschiedete er sich und verschwand. Horn saß mir gegenüber, schmal, sehr blaß, ein Augenlid herabhängend, wirkte er arrogant, aber es war eine Augenverletzung. Er spielte diese Wirkung aus, sie war sein Mittel, sich Leute vom Hals zu halten. Zu mir war er außerordentlich nett, weil er Naivität schätzte, als angeborene Verhaltensweise, ihm fremd. Ich sah und staunte, das Begreifen kam später, Horn sah und begriff.
»Der Parteisekretär meiner Fakultät riet mir, meinen Ausweis bei ihm abzugeben, damit ich nicht nach Berlin fahren muß, um meinen Auftrag zu erfüllen, einen Freund im Westen zu bespitzeln. Der Parteisekretär meiner Fakultät will dem Staatssicherheitsdienst erklären, ich sei nicht genügend ›erzogen‹, er hätte es daher für besser gefunden, meinen Ausweis einzuziehen.«
Horn lachte: »Das hat der Dings gesagt?«
»Ja.«
»Seit wann wäre ein fehlender Ausweis eine Hürde für den Staatssicherheitsdienst? Die arbeiten doch zusammen mit dem Polizeipräsidium. Ein Ausweis ist schnell hergestellt. Aber was sind Sie – ohne Ausweis? Sie kommen ja nicht mal aus Leipzig raus.«
»Mir erschien der Rat auch etwas suspekt.«
»Mit Recht. Lassen Sie sich nicht reinlegen. Aber zeigen Sie mir doch mal Ihren Ausweis.«
Ich zog ihn aus der Tasche, er schlug ihn auf, die letzte Seite, und sagte: »Stimmt.«
»Was stimmt?«
»Sie haben was mit dem Staatssicherheitsdienst am Hut.«
»Woran erkennen Sie das? An meinem Ausweis?«
Er zeigte mir die letzte Seite.
»Sehen Sie, diese Nummer, da ist mit Kugelschreiber ein Punkt hineingesetzt.«
Ich sah den Punkt. »Was hat das zu bedeuten?«

»Mitarbeiter vom Staatssicherheitsdienst, im Einsatz. Damit kommen Sie über jede Grenze.«
»Ach, deshalb sind die Kontrolleure immer so nett zu mir, sie schlagen die Hacken zusammen, und ich muß niemals meinen Koffer öffnen – das liegt an diesem Punkt?«
»Ja.«
»Was kann ich tun – wie kann ich mir die Leute vom Stasi vom Halse halten? Ich will nicht für sie arbeiten, in keinem Fall.«
»Wie lange setzt man Sie schon unter Druck?«
»Seit Frühjahr 1956.«
Horn sah keinen Ausweg. Er zeigte auf seine Bücher: »So viele Bücher und keinen Rat. Sie fragen mich, was ich mich frage. Erinnern Sie sich, daß ich an Ihrer Fakultät erklärt habe, in einer Vorlesung, der Kautsky habe die einzige akzeptable Ethik geschrieben, die es bis heute gibt? Jetzt sitze ich mit meiner Meinung in der Tinte. Sie sagen, ein Marxist ist nur, wer die Anerkennung des Klassenkampfes auf die Anerkennung der *Diktatur des Proletariats* erstreckt. Die Diktatur des Proletariats: Ja. Aber nicht die Diktatur des Stasatssicherheitsdienstes.«
»Mein Gott, Sie haben dieselben Probleme wie ich?«
»Es sieht so aus. Es ist fatal, daß das Leben anders ist, als es in den Büchern der Ethik steht.«
Wir saßen beide stumm an seinem kleinen Tisch und wußten nicht weiter. Er, der hochqualifizierte Parteifunktionär, Wissenschaftler, Logiker, und ich, die Nichtgenossin, auf dem Weg, ein sozialistischer Journalist zu werden. Als ich aufstand, sagte Horn: »Für mich ist das ein Trost, ich weiß, Sie gehen nicht unter.«
»Warum ich nicht?«
»Sie haben eine Stahlfeder in sich, Sie sind nicht zu zerbrechen.«
»Eine Stahlfeder? Das glaube ich nicht, und wenn ich sie hätte, ich fühle sie nicht.«
»Sie ist zur Erde gebogen, aber sie wird zurückschnellen, eines Tages, aber ich werde dann nicht mehr da sein.«
Was meinte er damit? Er war doch erst vierunddreißig.

»Ich glaube, ich brauche nochmal ein Leben, um darüber hinwegzukommen.«
»Sie werden darüber hinwegkommen. Sie fangen doch schon an, sich zu wehren.«
Er küßte mich zum Abschied auf die Stirn, ganz spontan. Eine ungewöhnliche Geste für diesen emotionslosen Mann.
»Behalten Sie Ihren Ausweis. Sie wissen, was Sie damit anfangen müssen. Sie brauchten mich gar nicht zu fragen.«
Nicht lange danach erhängte Horn sich an seinem Bücherregal, ein Zeichen, das ich verstand, die Bücher konnten ihm nicht helfen.

Die Diktatur des Staatssicherheitsdienstes in der DDR ist keine Erfindung von Horn. Sie wird an dieser Graphik ablesbar. Es ist DIE (totgeschwiegene) ZYKLISCHE KRISE DER DDR.
Im 4-Jahres-Rhythmus, seit Gründung der DDR, gibt es einen Krisenausschlag, ablesbar an der Kurve der Menschen, die die DDR aus Protest verließen.*

1949 flohen	129 245	Menschen aus der DDR
1950	197 788	
1951	165 648	
1952	183 293	
1953	331 390	
1954	184 198	
1955	252 870	
1956	279 189	
1957	261 622	
1958	204 092	
1959	143 917	
1960	199 188	
1961 (13. 8. »Mauer«)	159 730	
	2 691 270	

* Folgende Zahlen belegt bei: Hermann Weber, Von der SBZ zur DDR. Hannover 1966.

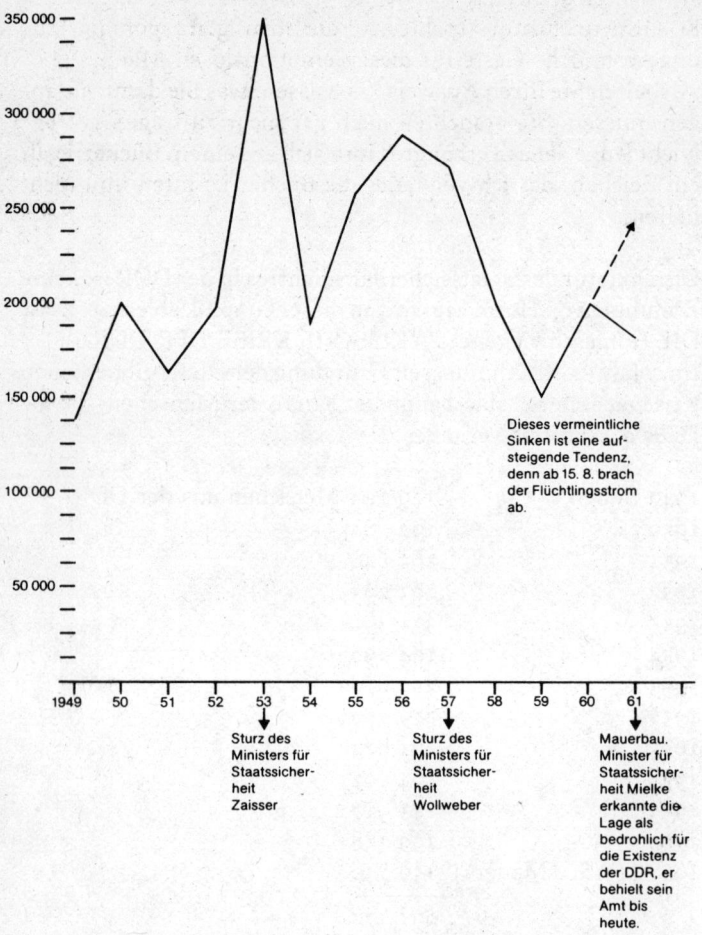

Diese zyklische Krise der DDR führte zur Diktatur des Staatssicherheitsdienstes, und diese Diktatur führt zur zyklischen Krise

Der Minister für Staatssicherheit, Mielke, ist seit 1957 im Amt, weil er erkannt hatte, daß dieser 4jährige Zyklus abgefangen werden kann durch Anziehen der Schraube, *bevor* der Deckel in die Luft fliegt. Horn sah keinen Ausweg aus diesem Zyklus. Für ihn, einen Sozialisten, war damit der Sozialismus pervertiert. Das war nicht mehr der Sozialismus, den er helfen wollte, zu installieren. Er floh nicht, er brachte sich um.
Dafür, daß das ZK der SED diese zyklische Krise erkannt hat und versucht, dagegen anzusteuern, sprechen noch andere Tatsachen.
Die Parlamente werden nicht mehr im 4-Jahres-Rhythmus gewählt. Um ein zeitliches Übereinstimmen von Wahl und Krisenamplitude möglichst zu vermeiden, wurde nach einer Verfassungsänderung im Oktober 1974 am 24. 6. 1976 von der Volkskammer beschlossen, die Parlamente auf Dauer von fünf Jahren zu wählen.
Wolf Biermanns Ausweisung am 15. November 1976 war eine der Präventivmaßnahmen, den Krisenausschlag (Amplitude) des Jahres 1977 in den Griff zu bekommen.
Eine andere war die Ablösung des zweiten Mannes der DDR, Gerald Götting (CDU) vom Amt des Volkskammer-Präsidenten, weil es ihm nicht gelang, die Unruhen in der Kirche der DDR zu befrieden. Bekannt davon wurden die Selbstverbrennung des Pfarrers Brüsewitz und die Verweigerungshaltung von Bischöfen zur Volkskammerwahl. Am gleichen Tag mit Gerald Göttings Ablösung wurde Reiner Kunze aus dem Schriftstellerverband der DDR ausgeschlossen.
Das Barometer der Stimmung der Bevölkerung sind die Schriftsteller. Die Pressionen, die sie erleiden, werden öffentlich bekannt. Hinter ihnen aber steht das Heer der Stummen.
Mir scheint, diese zyklische Krise bestimmt nicht nur das Verhalten der Bevölkerung unter Diktaturen, sondern jedes einzelnen Menschen.
Meine Hypothese ist:
Ein Mensch, der unter Zwang gerät, und den Zwang als Zwang erkennt, erträgt ihn vier Jahre. Dann erfolgt ein sprunghafter

Umschlag seines Verhaltens in eine andere Qualität.
Möglichkeit 1: Anpassung (Einsicht in Notwendigkeit)
Möglichkeit 2: Rebellion (Auflehnung als Warnung)
Möglichkeit 3: Revolution (Zerschlagung der hindernden Form in einem Befreiungsakt)
Möglichkeit 4: Resignation (Verzicht auf Wünsche, Hoffnungen, Vorstellungen → Krebs)
Möglichkeit 5: Flucht (Verzicht auf angestammtes Territorium, um Leben oder Freiheit zu retten)
Möglichkeit 6: Selbstmord (totaler Verzicht in Verzweiflung)
Möglichkeit 7: Schöpferischer Akt (Verwandlung: das Negativum wird zum Positivum).

Als der Gedanke der Flucht in mir wirksam wurde, ahnte ich nicht, daß ich damit eine Tradition der Familie Klump fortsetzte, die Meinungsfreiheit höher einzuschätzen als Karriere und Heimat. Ich wußte nicht, daß meine Familie calvinistisch war von Anbeginn. Fragen der Religion waren kein Gegenstand des Gesprächs mehr vor uns Kindern. Wir sollten Sozialisten werden in einer sozialistischen Umwelt.
Heute weiß ich, daß das Radolfzeller Geschlecht Klump, das ab 1468 über Jahrhunderte Ammänner* und Bürgermeister der Stadt stellte, sich eines Tages spaltete aus Glaubensgründen. Ein Zweig der Familie wurde calvinistisch und verließ die Heimat am Bodensee. Im Münster blieb auch das Wappen der Familie zurück: eine Bronzeplatte in Renaissance mit den Symbolen von Fisch und Blume.
Der Alte Fritz schenkte den heimatlosen Klumps Land im preußisch besetzten Polen. Dieses Land bot auch meinen Urahnen Renaud Zuflucht.
Ich wußte nur eins: Die Flucht war für mich ein Absturz.
Trotzdem telegrafierte ich Klaus: Ich komme.

---

* Ammann: An der Spitze der Bürgergemeinde und der städtischen Verwaltung. Ihm oblag auch Gerichtsbarkeit und die Führung von Siegel und Wappen.

Klaus antwortete mir postwendend, auch telegrafisch, er erwarte mich.
Das mußte den Staatssicherheitsdienst aber freuen: Brigitte kroch zu Kreuze. Sie ahnten nicht, daß solch ein Telegramm meine Flucht ankündigen sollte.
Ein Telegramm war noch nichts Endgültiges. Vielleicht würde noch alles gut, vielleicht zeigte sich in der Versammlung ein Weg, der mir erlaubte, zu bleiben. Ich wollte die Versammlung abwarten. Wenn sie mich aber unter Druck setzten, würde ich gehen, demonstrativ und auf der Stelle. Wenn ich die Fakultät verließ, dann so, daß es auffiel. Niemand sollte den Fall Brigitte Klump unter den Teppich kehren können. Alle sollten sich fragen, warum verzichtet sie auf ihr Diplom, was steckte wirklich im Busch? Warum überhaupt diese Erziehung? Was war wirklich der Grund?
Diese Fragen würden das Schweigen zerbrechen an unserer Fakultät. Der großartige Einfall der Fakultätsleitung, meine Erziehung öffentlich zu machen, sollte sich nach meiner Flucht gegen die Fakultätsleitung kehren, das war mein Plan. Ich würde ihre ausgeklügelte Regie umfunktionieren in Fragen an die Fakultätsleitung. Ein bißchen verstand ich auch von Regie, ich wollte sie ihnen aus der Hand nehmen. Wenn ich schon die Flinte ins Korn warf, dann dramatisch. Mit meiner Flucht rechnete keiner. Das würde ich ausspielen.
Flucht?
Ich hatte nicht mal mehr Geld für eine Fahrkarte nach Berlin. Wen sollte ich anpumpen? Wen sollte ich in Gewissenskonflikte stürzen, danach, wenn es herauskam, wofür ich das Geld gebraucht hatte?

Nach dem Seminar an der Theaterhochschule sagte Georg Friedemann zu mir: »Ich habe heute abend Gäste, vielleicht wollen Sie mal wieder andere Leute sehen als immer nur Ihre Journalisten? Kommen Sie doch auch.« Ich saß auf seiner Couch, auf der mindestens noch drei andere Leute saßen, in Gespräche verwickelt, und schwig. Friedemann setzte sich zu mir. »Sie haben noch kein Wort gesagt den ganzen Abend. In-

teressieren Sie die Leute nicht, die hier sitzen? Möchten Sie sie nicht näher kennenlernen?«
»Lieber nicht.«
»Aber wird sind hier doch privat zusammen, es ist keine Seminargruppenversammlung, niemand braucht Selbstkritik für eine Meinung zu üben. Warum hüllen Sie sich also in Schweigen? Sie wollen doch sonst immer alles wissen?«
»Privatmeinungen nicht.«
»Warum nicht? Der Mensch hat auch ein Privatleben.«
»Je weniger ich weiß, desto weniger muß ich... ausplaudern.«
»Ach... werden Sie gefragt?«
»Ich weiß nicht, aber es besteht die Möglichkeit.«
»Trotzdem – es tut mir leid, Sie hier schweigend herumsitzen zu sehen.«
»Ich bin ganz intensiv dabei – wenn sich das auch nicht sprachlich ausdrückt. Und ich bin traurig, alles, was hier besprochen wird, ist so normal, so unverkrampft. Ich wünschte, ich wäre an Ihrer Hochschule.«
Mir kamen die Tränen.
»Das können Sie leicht haben.«
Ich schüttelte den Kopf. »Ich bin in einem Teufelskreis, ich kann da nicht mehr raus. Lassen Sie mich hier sitzen. Ich fühle mich hier wohl. Ich will gar nicht reden.«
Friedemann sagte nachdenklich: »Das beste wäre, Sie würden mit Kuckhoff reden. Wir können vielleicht doch was für Sie tun.«
»Danke. Budzi würde mir das nie verzeihen – weiterzuerzählen, was an unserer Fakultät passiert. Am 13. November haben wir eine Fakultätsversammlung, da soll ich erzogen werden, danach, glaube ich, brauche ich nur noch Geld für eine Fahrkarte nach Berlin.«
»Stipendium schon alle?«
»Ich bin so viel hin- und hergefahren, mein Stipendium ist längst draufgegangen.«
»Und nun wollen Sie mich anpumpen?«
»Ja.«

»Wann ist diese Versammlung?«
»Am 13.«
»Dann kommen Sie am 14. vormittags zu mir. Ich werde im Büro der TWA sein und das Geld haben. Sie können sich darauf verlassen, Sie bekommen es, wenn Sie unbedingt wollen. Aber Sie sagen mir, warum. Wollen wir so verbleiben? Ich werde gegen zehn auf Sie warten in der Theaterhochschule. Wieviel brauchen Sie übrigens?«
»Fünfunddreißig Mark.«
»Wirklich, Sie sollten mehr Vertrauen zu Ihren Freunden haben. Wo ich hinblicke, haben Sie doch Freunde.«
»Freunde? Ich erkenne sie nicht mehr.«

Zum Fakultätsball zog ich mein weißseidenes Abendkleid an. Ich ahnte, das ist mein letzter Ball an dieser Fakultät. Ich wollte mich in die Erinnerung graben, ein bißchen anders als die anderen, ein bißchen tot, vielleicht bald ganz tot. Ich hatte von mir selbst das Gefühl, ich verging wie ein Hauch.
Assistent Ulbricht tanzte mit mir: »Ich verstehe das nicht, Sie sind ein Bauernmädchen, das steht in Ihren Akten, und ich weiß, daß das stimmt, aber ich kann es nicht verstehen. Sie sind ganz anders, als meine Vorstellungen von einem Bauernmädchen sind, keine strammen Waden, keine roten Wangen, Sie passen in kein Klischee.«
Er suchte nach Worten. »Sie wirken wie... wie ein französisches Parfüm. Der Duft gefällt einem, man weiß nicht, wieso, man kann ihn nicht beschreiben. Sie wirken so fremd hier zwischen uns, so anders, so – als könnte man Sie sich hier nicht leisten. Ich geb's auf, ich kann's nicht beschreiben, wie Sie sind. Es klingt kitschig.«
»Müssen Sie mich beschreiben, Herr Ulbricht«, lächelte ich zurück.
Sollte das eine Warnung sein – sie könnten es sich nicht leisten, mich zu behalten an dieser Fakultät.
Mein nächster Partner war Horst Pehnert. Er flachste:
»Wann wirst du heiraten? Und wen?«
Ich flachste zurück: »Heiraten – nie!«

Horst lachte: »Sieh mich an, die *nie* sagen, tuns zuerst.«
»Ich nicht.«
»Ich wette mit dir, übers Jahr bist du verheiratet. Sagen wir Silvester 1958? Ich frag dann mal nach.«
»Ich schwörs dir, ich heirate nie. Es gibt keinen, der standhält, wenn man ihn näher kennt. Sie haben alle nur den Blick auf ihrer Karriere.«
»Bist du sicher?«
»Frag dich!«
Horst schwenkte mich ein paarmal im Kreis, stumm, dann sagte er, schon wieder vergnügt: »Du wirst eher zweimal heiraten, als gar nicht, wetten?«
»Die Wette gilt.«
»Um eine Flasche... Quatsch: um eine Kiste Champagner. Dein Mann soll bluten, ich hol sie mir.«
Ich lachte: »Der Ulbricht redet von *französischem* Parfüm, du von *Champagner* – komme ich euch so französisch vor?«
Horst Pehnert wirbelte mich herum: »Die Wette gilt – eine *Kiste* Champagner!«
Ich bin diese Kiste längst schuldig.
Der Tag meiner Erziehung vor den versammelten Studenten der Fakultät brach an. Die Sonne blieb versteckt. Grau wie der Tag war meine Stimmung. Würde es der Tag meiner Republikflucht werden?
Ganz systematisch ordnete ich, was notwendig wäre für diesen Fall. Um in Westberlin weiterstudieren zu können, brauchte ich Abiturzeugnis und Studienbuch. Beides lag wohlverwahrt in der Verwaltung der Fakultät. Eine Lüge mußte her.
»Würden Sie mir bitte mein Abiturzeugnis aushändigen?«
»Das bekommen Sie erst nach dem Diplom wieder, solange bleibt es bei Ihren Akten.«
»Ich brauche es nicht für mich. Professor Kuckhoff sagte, ich sollte es reinreichen, seine Verwaltung brauche es für eine Eintragung.«
»Kuckhoff?«
»Ja. Der Dekan der Theaterhochschule. Ich habe da doch einen Studienplatz, mein Zweitstudium.«

»Ja, wenn das so ist.«
Die Sekretärin zog meine Akte. Ich tat, als sei mir gerade noch etwas eingefallen. »Ach so, ja, mein Studienbuch soll ich auch noch einmal vorlegen, die Zensur für ein Seminar ist noch nicht eingetragen.«
Ich erhielt meine Dokumente.
»Sie bringen die Unterlagen selbst zurück? Kann ich mich darauf verlassen?«
»Natürlich.«
Meine gesammelten Aufzeichnungen, Briefe und Bücher füllten meinen Koffer. Für Garderobe war kein Platz. Das Notwendigste mußte für den Anfang in Westberlin reichen. Koffer und Schreibmaschine deponierte ich auf dem Hauptbahnhof für alle Fälle. Es war Erwins Schreibmaschine, er hatte sie mir geborgt. Ich wollte nicht, daß sie nach meiner Flucht beschlagnahmt würde, sie war sein Eigentum, er hing so an seinem Besitz. Den Gepäckschein würde ich ihm zuschicken mit einem Wort der Erklärung für meine Flucht.
Flucht?
Ein Plan war noch keine Flucht.
Eins hatte ich nicht, Geld für eine Fahrkarte. Bis zum letzten Moment zögerte ich, es mir woanders zu borgen als bei Friedemann. Friedemann war mein letzter Fuß in der Tür, die ich aufbehalten wollte.
Als ich die Treppe zum Großen Hörsaal der Anatomie hochging, den FDJ-Ausweis gezückt zur Kontrolle, sprach der Stasi-Mann mich an, der mich oft verhört hatte. Braunäugig, schmal, jung, sah er aus wie ein Student unter uns Studenten, er fiel nicht auf in seiner FDJ-Uniform unter unseren Uniformen.
»Sie werden doch keinen Quatsch machen?«
Es klang ehrlich besorgt. Ich grinste.
»Sie halten den Mund. Ja? Sie sind so schrecklich spontan...«
Er blieb zurück. Er hatte sich mir gezeigt, das war nett von ihm, er wußte, ich war zu eitel, meine Brille zu tragen. Aber heute wollte ich sehen, was um mich herum geschah. Ich setzte meine Brille auf.

Am Präsidiumstisch saßen neben unserer Fakultätsleitung Vertreter von der ›Jungen Welt‹ und Genossen von der Bezirksleitung der SED. Würde eine Versammlung im Großen Hörsaal der Anatomie Beginn und Schlußpunkt meiner sozialistischen Erziehung sein? Im ersten Studienjahr stand hier das Wort des Dekans gegen mich auf: Es gibt kein Gewissen. Würde ich heute, im vierten Studienjahr, gegen dieses Wort aufstehen?

Vorgenommen hatte ich mir etwas anderes. In meiner Kollegmappe steckte Papier zum Mitschreiben. Solange ich schrieb, würde ich schweigen. Ich wollte nur Zeuge sein, aber keine Argumente liefern. Ich wollte den Ablauf der Versammlung notieren.

Mit rauchenden Pistolen untergehen?

Wann hatte ich das letztemal von rauchenden Pistolen gesprochen? Vor vier Jahren zu meiner Schwester. Damals hatte ich Worte im Vorrat, in Massen. Unüberprüft. Inzwischen hatte ich die Niederungen der Praxis gesehen. Einmal ein Held sein und dann untergehen? Nein. Ich wollte Auskunft geben, eines Tages.

Hier einige Kernsätze aus dem Rechenschaftsbericht der FDJ-Fakultätsleitung:

Unser Forum vom 19. April 1957 mit dem Genossen Sindermann* bewirkte, daß sich auch unsere restlichen Freunde verpflichteten, dort zu arbeiten, wo es die Gesellschaft forderte und es unserer Sache am meisten nützen wird.

Von den Absolventen des letzten Jahres wurden achtzehn an Dorfzeitungen verpflichtet, sechzehn gingen zu Betriebszeitungen. Wir werden auch in diesem Jahr zu unserer Verpflichtung stehen. Wir wollen es uns abgewöhnen, Studenten nur auf die Schulter zu klopfen, statt uns ernsthaft mit ihnen zu befassen, wenn sie den Anforderungen, die an einen sozialistischen Studenten gestellt werden müssen, nicht entsprechen.

Deshalb hat auch die FDJ-Fakultätsleitung in den letzten Tagen

---

* Seit Herbst 1976 Präsident der Volkskammer, protokollarisch zweiter Mann der DDR.

einen Beschluß gefaßt, der sich mit Klump und Novak befaßt. Günther Bahr wird ihn nachher vorlesen.
Erziehen ist mehr als richten. Es ist die Arbeit an und mit dem einzelnen – und da liegt der Hase im Pfeffer. Wir müssen jeden zu jeder Zeit auf kleinste Fehler aufmerksam machen und nicht nur auf seinen guten Kern vertrauen. Deshalb gilt unsere Bitte dem Lehrkörper, mit seinen Erfahrungen nicht zurückzuhalten und uns bei der Erziehung der einzelnen Freunde zu unterstützen.
Der Dank für vorbildliche Erziehungsarbeit gilt den Assistenten Otfried Arnold, Horst Hansel, Reiner Kunze.
Körperliche Erziehung muß einen Teil der geistigen Erziehung ausmachen, das hat unsere Fakultät seit längerem erkannt. Beweis sind
1. die Enttrümmerungseinsätze zu den Kommunalwahlen,
2. die Aktion eine ›Gute Tat für die sozialistische Sache‹ mit unseren militärischen Übungen in Breege, den Einsätzen in der Braunkohle und in der Landwirtschaft zur Ernte,
3. die Hilfe für die Paten LPG Groß-Tschortau,
4. die Hackfruchternte in Mecklenburg und im Kreis Delitzsch,
5. das Ausschachten von Fundamenten für die Reichsbahnwohnungsbaugenossenschaft mit zur Zeit 800 Stunden,
6. unsere Aktion: Jeder Student einen Sonntag in der Kohle, bewirkt, daß jeden Sonntag etwa 35 Freunde ins Revier fahren,
7. Unsere Losung heißt: Jeder Student in den Winterferien eine Woche in die Braunkohle.

Anzumerken ist, daß ich mich an jeder einzelnen Aktion beteiligt hatte, es gab also keine einzige Fehlmeldung, daß ich nicht an gesellschaftlicher Arbeit teilgenommen hätte. Es gab nur eine einzige Fehlmeldung: nicht anwesend am Tag der Wahl. Beurlaubt.
Zur wissenschaftlichen Arbeit wurde bemerkt:
Der Leistungsdurchschnitt der Absolventen 1957 hat bei 2,76 gelegen.

3 haben mit sehr gut abgeschlossen,
42 mit gut
25 mit befriedigend
14 mit einer fünf.
Unsere Fakultät ist aber eine politische Fakultät. Und wir verlangen ganz einfach von unseren Studenten in den politischen Fächern gute Noten. An unserer Fakultät studieren gegenwärtig 367 Studenten. Aber es war in allen Studienjahren dieselbe Tendenz zu bemerken: In Deutsch, Sprache und Stilistik, Literatur oder Weltliteratur sehr gute Prüfungsergebnisse, in politischer Ökonomie, dialektischem Materialismus oder Geschichte der deutschen Presse sehr schlechte Noten. Der Leistungsdurchschnitt liegt bei 2,56 pro Student. Wir liegen längst nicht an der Spitze der Uni.
Ich grinste in mich hinein. Helga Novak hatte einen Durchschnitt von fast eins, meiner war zwei.
Reiner Kunze stand auf und hielt eine Ansprache.
(Ich gebe sie hier gekürzt wieder, so, wie ich sie notierte, als er sprach.)
»Die Fak.Jour. ist keine Fakultät von Schreibenden. Ich fragte sechs Studenten, die für viele stehen, weshalb sie nicht ohne Auftrag schreiben, und fand folgende echte Gründe:
1. Zeit fehlt (das heißt, die Zeit zum Atmen fehlt).
2. Stoff fehlt
3. Schöpferische Disziplin fehlt
4. Angst, sich zu offenbaren
5. Angst vor Fehlern und Fehlschlägen
6. Eingeständnis, an der falschen Fakultät zu sein oder Zweifel, an der richtigen zu sein.
Zu eins: Es ist aber eine der ersten Aufgaben unserer FDJ, das gesellschaftliche Leben an unserer Fakultät als ein gesellschaftliches Leben von Schreibenden anzusehen und sich danach zu richten.
Zu zwei: Stoff ist die ganze Welt. Jede Tätigkeit registrieren, notieren, nicht nur schreiben, sondern auch so denken, als ob man aufschriebe, um sich im genauen Erfassen von Einzelheiten zu üben, den Blick zu schärfen für Einzelheiten.

Zu drei: Disziplin fehlt. Man muß die Disziplin haben, sich hinzusetzen und zu beschreiben, was vor einem lebt.
Zu vier: wer schreibt, schreibt sich selbst. Eine Hemmung tritt ein, wenn einer etwas zu verbergen hat oder aber seine Gefühle der Lächerlichkeit preiszugeben meint.
Zu fünf und sechs ist hauptsächlich zu sagen:
Sie müssen immer daran denken, glücklich zu werden in Ihrem Beruf. Ein unglücklicher Journalist hemmt den sozialistischen Aufbau. Ein unglücklicher Mensch in unserem Beruf ist ein Klotz am Bein des Sozialismus.«
Ein Klotz am Bein des Sozialismus. Was sagte Reiner nicht in seiner Aufzählung der Gründe? Und er wußte es doch. Ich schriebs auf, es wurde ein Gedicht, Kristallform der Wahrheit. Das war es also, was Menschen zwang, Gedichte zu schreiben. Jetzt wußte ich es auch. Sollte ich es vorlesen? Ich schrieb es sorgfältig ab und legte es vor mich hin, bereit zur Verwendung.
Reiner sprach inzwischen von goldenen Körnern, die er an der Fakultät gefunden hätte.
»Das erste goldene Korn.
Ein Student beklagt sich bei einer Frau, deren Bruder auf einem Gymnasium in Leipzig blutiggeprügelt und dann von Nazis erschossen wurde, daß er studieren müßte.
Student: Es gefällt mir nicht (nach vier Wochen). Ich höre auf. Ich habe ein Jahr in der Redaktion gearbeitet und die Arbeit eines Redakteurs versehen. Und ich muß an dieser komischen Fakultät studieren, weil ich das Pech habe, erst neunzehn zu sein und ledig.
Reiner: Haben Sie den Verdacht, daß Sie in diesen Jahren noch etwas Theoretisches lernen könnten?
Student: Ich denke.
Reiner: Glauben Sie auch, daß Sie für die Praxis noch etwas lernen könnten?
Student: Nein.
Sie glauben nicht, wie ich mich für diesen Studenten geschämt habe. Vor dieser Frau. Dann habe ich eine Arbeit dieses Studenten gelesen, die der ›Wochenpost‹ zur Veröffentlichung

eingereicht worden war. Ich sage Ihnen, ich blickte in ein geistiges Tief. Es sollte wohl ein Gespräch darüber sein, was für Menschen an unseren Universitäten studieren, frei nach: ›Was ist dein Vater?‹
›Bauer‹.
»Was, Bauer? Ein richtiger Bauer?«

Ein zweites goldenes Körnchen.
Beim Rübenausziehen.
Student: Interessant wird es ja erst, wenn du Auslandsreisen machen kannst.
Reiner: Diese Herren sind falsch hier, sie müssen zur Reichsbahn gehen, da können sie reisen.

Das letzte Goldkörnchen.
Student: Die Damen grüß ich immer, auch wenn sie nicht danken. Sie sind trotzdem reizend.
Reiner: Die Herren möchten doch aus Anstand grüßen, denn auch Anstand gehört zur Weisheit. Überhaupt muß unseren Vorpraktikanten gesagt werden, sie denken wohl, wenn sie einmal gepiept haben, sind sie Nachtigallen. Ich würde sie für glücklich schätzen, wenn sie es bald zu Amseln bringen würden.«

Günther Bahr aus meinem Studienjahr stand auf und verlas eine Resolution der FDJ-Fakultätsleitung vom 11. November 1957, die dem Vertreter des Prorektorats der Karl-Marx-Universität übergeben wurde. Günther Bahr fügte hinzu, daß diese Resolution gegen die Meinung der Seminargruppe 16 (das war meine Seminargruppe) angenommen worden wäre, die zu keiner klaren Einschätzung der Situation gekommen sei.
Die Resolution hatte diesen Text:
»Die Studentinnen Novak und Klump werden wegen ihres Fehlens zur Wahl bestraft und haben eine Neufestsetzung ihrer Stipendien zu erwarten. Die Studentinnen haben durch ihr Verhalten in den letzten Wochen gezeigt, daß sie ihre mangel-

hafte Arbeit zu den Wahlen nicht gutzumachen gewillt sind und daß sie nichts eingesehen haben. Die Begründung für den Stipendienabzug liegt formuliert vor. Die Fakultätsleitung nimmt sich das Recht, Strafarbeit bis zum Diplom sowie einen unbefristeten Stipendienabzug bis zur Bewährung zu beschließen, weil sie der Auffassung ist, daß in den Gruppen keine ernsthafte Auseinandersetzung erfolgen wird.
Sollte sich keine Veränderung in der Haltung der Studentinnen zeigen, ist der Gruppe und der Leitung der Fakultät vorbehalten, zu anderen Maßnahmen zu greifen.
Außerdem sind die Umstände zu überprüfen, die zur Genehmigung des Sonderpraktikums für Klump führten. Eine Nachfrage bei der FDJ-Leitung und bei der Gruppe erfolgte nicht. Das ist ein gröblicher Verstoß, weil sich aus einem Einzelfall das Recht für alle ableiten ließe.« (Ich erkannte Budzislawskis Formulierungshilfe.)
»Professor Teubner ist zu fragen, weshalb er eine Genehmigung erteilte, ohne zu überprüfen, ob Brigitte Klump fachlich oder politisch zu solch einer Sonderstellung berechtigt war.«
Jochen Petersdorf aus meinem Studienjahr verlas die Begründung für meinen Stipendienentzug:
»Brigitte Klump nimmt innerhalb der Seminargruppe 16 eine Sonderstellung ein, bedingt durch ihr stark individualistisches Verhalten. Sie hat keine Mühe gescheut, an den Proben des Berliner Ensembles teilzunehmen, aber nicht genügend Energie aufgebracht, eine Fabrik aufzusuchen und kam aus der Braunkohle auch schon wieder nach einer Woche zurück, um ihren speziellen Neigungen nachzugehen.«

Eine Woche? Nach einem Tag war ich schon wieder weg. Jochen hatte sich schlecht informiert.

»Politische Heuchelei ist wohl weder bei Brigitte noch Helga der Fall, ihnen sollte man aber die Gewissensbisse nehmen, wenn sie wie die anderen ihr Stipendium entgegennehmen, daß sie weniger leisten und doch genausoviel bekommen.«
Dekan Budzislawski stand auf:

»Ich wollte zunächst nicht das Wort ergreifen. Es ist das Privileg der FDJ, die ureigensten Angelegenheiten in die eigenen Hände zu nehmen und zu beraten... wir haben zuzuhören und zu lernen. Aber nicht nur zuhören und lernen wollen wir – wenn mich etwas reizt, muß ich etwas sagen. Und dieses Geschehen zwingt mich nachgerade, etwas zu sagen.« (Aber er sagte nichts.) »Ich möchte nicht versäumen, zu betonen, wie tief meine Überzeugung von der Bedeutung dieser Versammlung ist... Ich war gestern in Berlin und bin erst nachts um halb drei Uhr zurückgekommen. Um acht Uhr hatte ich bereits eine Vorlesung, und so habe ich mich kaum ausruhen können. Aber ich sagte mir, ich muß die Stimmung dieser Versammlung erfassen, muß wissen, was geht hier vor, um die Fakultät richtig leiten zu können... Die Versammlung macht auf mich keineswegs so einen negativen Eindruck, immer wieder so durchdachte Argumente, auch wenn sie Negatives berühren, immer bleibt doch die positive Absicht erkennbar. Wenn ich mir auch sage: ich weiß ja, daß im einzelnen nicht alles und mancher nicht ganz in Ordnung ist.
Wir wissen auch, daß es extreme Fälle bis zur Republikflucht gab und wir müssen feststellen, daß es auch Schwankungen bei unseren Freunden gibt, wir haben auch Karrieristen – wie ist das eigentlich möglich? Und doch macht die Versammlung einen so fortgeschrittenen Eindruck. Wenn wir alle zusammen sind, dann sind wir eben die Fortschrittlichkeit selber, aber wenn man uns zu Hause verbrauchen würde, zeigte sich, daß wir alle noch gar nicht so weit sind. Also, das muß uns doch zeigen, wie unerhört wichtig es ist, daß wir zusammenkommen, daß uns durch kollektive Erkenntnis klar wird, was richtig ist und wie wir weiterkommen. Die meisten Schwierigkeiten stellen sich eben nur dann ein, wenn man allein oder in der Vereinzelung zu zweit herumknobelt. Aber wenn die FDJ sich nicht selbst erziehen würde, bliebe alles sehr hoffnungslos. Hierher aber kamen alle mit dem aufgeschlossenen Willen, sich gegenseitig zu erziehen.«
Zu Reiner gewandt, sagte er: »Es hat mich gepackt, mit welcher Leidenschaftlichkeit – die vielleicht nicht in der genügen-

den Qualität und Quantität in uns vorhanden ist – er für das Schreiben eintritt... denn es ist eben diese Leidenschaftlichkeit, die ein junger Journalist nicht entbehren kann, wenn er den anderen von seiner Meinung überzeugen will.«
Nach Budzislawskis Ansprache wurde der Wunsch laut, ich sollte meine Meinung zur Resolution sagen. Ich setzte Schweigen dagegen. Man interpretierte das mit Meinungslosigkeit. Daraufhin sagte ich nur einen Satz: »Schweigen ist auch eine Antwort – zumindest keine zustimmende.«
Die Versammlung wurde unterbrochen.
Budzislawski entschuldigte sich mit dringender Arbeit und verschwand. Ob er Angst hatte, ich würde anfangen, zu sprechen? Wollte er nicht Ohrenzeuge sein?
In der Pause umringte mich meine Seminargruppe und versuchte, mich zu überreden, den Stipendienentzug zu akzeptieren, um eine Verhärtung der Fronten zu vermeiden.
Ich grinste: »Damit ist nichts aufzuhalten. Es geht hier um ganz andere Dinge. Budzi hat Angst, daß ich es ausspreche, seht doch selbst, er ist mit qualmenden Socken weggelaufen.«
»Worum geht es, sprich!«
Aber ich ging wieder zurück zu meinem Platz. Helga Novak hielt mich auf: »Sagst du was?«
»Nein.«
»Vielleicht sag ich was.«
Ich hätte sie fragen sollen: »Helga, was?«
Dann hätte sie festgestellt, ihr Problem war auch mein Problem. Helga wußte das nicht. Wir brauchten uns nur zu solidarisieren, dann wäre den versammelten 367 Studenten schlagartig klargeworden:
Unser Problem war das Problem der Fakultät. Das wäre eine Bombe gewesen. Deshalb lief Budzislawski weg. Er hatte Angst, daß es rauskam. Aber die Bombe konnte auch gegen uns hochgehen. Was dann, wenn sich die Studenten gegen uns wandten? Im Beisein der Presse und der Partei uns niederbrüllen würden? Würden dann die Genossen vom Stasi Hand auf uns legen? Einer hatte sich mir gezeigt, ich war gewarnt. Ich

solidarisierte mich nicht mit Helga, ich hatte Angst.
»Halt den Mund, Helga. Das möchten sie doch, uns hier eine Äußerung entreißen, sie schlagen uns jede um die Ohren, hier ist nicht das richtige Forum für einen Protest.«
Helga sah mich zweifelnd an.
Nach der Pause las Jochen Petersdorf eine neugefaßte Resolution vor: Brigitte Klump und Helga Novak haben sich mangels politischer Reife ein Jahr lang in der Produktion zu bewähren. Einige Studenten brüllten: unbefristet, unbefristet! Das nahm ein ganzer Chor auf, skandierend: Unbefristet, unbefristet. Das wäre es also. Bewährung. Es würde eine Bewährung vor dem Staatssicherheitsdienst sein. Ich packte meine Aufzeichnungen ein – bis auf mein Gedicht. Aufgefordert, Stellung zu nehmen, sagte Helga: »Nein. Danke.«
Ich stand auf, zögernd, sagte dann aber auch nur einen Satz: »Ich bin mit dem Beschluß nicht einverstanden.«
In die atemlose Stille hinein sagte jemand: »Trotzköpfchen!« Gelächter, Unruhe, alles redete durcheinander. Die Glocke bimmelte, die Versammlung wurde wieder unterbrochen. Das Präsidium beriet aufs neue. Meine Seminargruppe bat mich, um eine Überlegungsfrist zu bitten, damit keine Entscheidung gefällt würde in der aufgeheizten Atmosphäre dieser Versammlung. Aber ich winkte ab.
Der neue Präsidiumsbeschluß lautete:
»Klump, Novak haben kein Recht mehr, der FDJ-Versammlung weiterhin beizuwohnen. Die Studentinnen – Freundinnen können sie nicht mehr genannt werden – werden gebeten, den Saal nach der Zusammenfassung zu verlassen.«
Helga verließ auf der Stelle und demonstrativ den Saal.
Ich sagte zwischen den Zähnen: »Los, besorgt mir Geld, ich brauche 35 Mark für eine Fahrkarte.«
Ein Tuscheln durchlief die Reihen. Einer meiner Freunde aus dem vierten Studienjahr beugte sich vor, suchte meinen Blick und schüttelte den Kopf. Auf meine flehende Geste hin griff auch er in die Tasche und zog Geld heraus, einer gab es an den anderen weiter. 35 Mark landeten in meiner Hand, auf den Pfennig genau, während der Genosse Vorsitzende am Präsi-

diumstisch damit drohte, daß die Studenten Klump und Novak voraussichtlich exmatrikuliert würden, da ihr Verhalten in jeder Hinsicht dem Auftreten von sozialistischen Studenten widerspräche. Die Studenten brüllten Zustimmung, während sie das Geld an mich weiterreichten. Nur meine Seminargruppe schwieg. Kein einziger sprach ein Wort gegen mich.
Ich zerriß meinen FDJ-Ausweis, Stück für Stück, sie sahen es alle, denn sie sahen auf mich. Einzelne Fetzen segelten in den Saal. Da legte sich eine Hand auf meine Schnipsel.
»Willst du gelyncht werden?«
Ich stand auf und ging. Die Stimme des Vorsitzenden geriet zum Diskant: »Brigitte Klump hat sich selbst aus den Reihen der FDJ gestellt. Sie hat kein Recht mehr, zwischen uns zu weilen.«
Ich ›weilte‹ gar nicht mehr, ich ging von ganz allein, mir schien, im totalen Schweigen. Vielleicht war es auch das totale Schweigen in mir und ein Gefühl von Schuld, das anfing. Ich stellte mich nicht, ich lief ganz einfach weg.
Zurück blieb nur mein Gedicht:

> Gebt euch doch nicht
> mit dem utopischen Fenster zufrieden,
> das euch die neue Landschaft
> des Sozialismus zeigt.
> Verjagt die Fliegen,
> die das Fenster beschmutzen,
> die Spitzel vor allem,
> die machen den größten Dreck.

Meine Flucht bekam doppeltes Gewicht durch Helga Novaks Flucht nach Island, ein paar Tage später. Helga und ich hatten uns nicht verabredet, wir waren ohne Kontakt. Mit Helga ging ein isländischer Student, Kommunist, von seiner Partei zum Studium an unsere Fakultät delegiert. Die Kommunistische Partei Islands kennt die Gründe seiner Flucht: Bespitzelung der Bruderpartei. Darüber gibt es in Island ein Rotbuch.

Helga und ich kamen am gleichen Tag zur Erkenntnis, unabhängig voneinander: Weg, sonst zerbrechen sie uns.
Unsere Flucht schlug wie eine Bombe ein.
Eine demonstrative Republikflucht von Diplomanden gab es nicht an dieser Fakultät ausgesuchter Studenten. Gelegentlich gaben Anfangssemester auf, wenn sie vor den Konsequenzen der Ausbildung zurückschreckten und darauf verzichteten, Journalist zu werden. Sie bekamen dann den Stempel »politisch unreif«, ein Achselzucken und waren schon vergessen.
Jetzt aber brach die Hölle los, Schuldige wurden gesucht und nicht gefunden. Verdammungsartikel an der Wandzeitung im Stil: Wenn sie sich hier noch einmal blicken lassen, werden wir sie in einen Steinbruch schicken! konnten die Verhöre nicht aufhalten. Kritik und Selbstkritik entnervten die Studenten, Diplome wurden verschoben, Arbeitseinsätze in Spinnereien und Braunkohle stießen auf Widerstand, die Erziehungsmittel versagten.
Helga Novaks Freundin Rita Kleinert hatte einen Nervenzusammenbruch, nicht nur Rita. Tamara brachte sich um. Ihr Baby kam ins Waisenhaus. Ein Genosse verzichtete auf das Diplom dieser Fakultät, ich weiß von einem, und Dozent Horn erhängte sich.
Ich war nicht schuld an Tamaras und Horns Tod. Ich demonstrierte mit meiner Flucht, sie demonstrierten mit ihrem Tod, die Situation war unerträglich geworden, es gab keinen Ausweg. Aber Helgas und meine Flucht machten klar, da waren zwei, die sich wehrten. Und dieses Verhalten zersetzte tatsächlich die Disziplin der Fakultät – erst jetzt hatte Budzislawski recht mit seiner Vorhaltung. Die Fakultät fing an, zu verbluten. Insgesamt verlor die Fak.Jour. im Frühjahrssemester 1958 fünfzig von 362 Studenten. Ich spreche nicht von Diplomanden, die die Fakultät verließen, das war erst Monate später.
Im Notaufnahmelager Marienfelde von Westberlin und anderen Notaufnahmelagern der Bundesrepublik meldete sich eine Reihe von Studenten der Fak.Jour., auch Assistenten, und berichteten von ideologischen Überprüfungen und einem unerträglichen Druck. Wer sich auflehne, würde exmatriku-

liert, mindestens drei aus jeder Seminargruppe. Begründung: ungenügende politische Mitarbeit. (Der vollständige Satz hätte lauten müssen: ungenügende politische Mitarbeit für den Staatssicherheitsdienst.)
Das Zentralkomitee der SED trat wiederholt zusammen und beschäftigte sich mit der »Republikfluchtbewegung« an der Fak.Jour.
IWE Berlin, 29. Juli 1958
»Die Situation an der Fakultät für Journalistik an der Leipziger Karl-Marx-Universität ist seit einigen Wochen Gegenstand eingehender Beratungen der Abteilung Agitation und Propaganda beim ZK der SED und anderen Organen des ZK. Wie die Mitarbeiterin des Sektors Presse/Rundfunk dieser Abteilung, Edeltraut Rutsch, vor Funktionären der Abteilungen Agitation und Propaganda bei den Bezirksleitungen erklärt hat, erforderte die in der letzten Zeit in Erscheinung getretene Republik-Flucht-Bewegung unter den Studenten und Assistenten sowie die mangelhaften Ausbildungsergebnisse ernste Maßnahmen, ›um eine Wende in der Arbeit der Fakultät bei der Ausbildung des Nachwuchses für die sozialistische Presse herbeizuführen.‹«
Mein Studienjahr wurde hart bestraft. Die sechsundsiebzig Diplomanden wurden zur Bewährung an Dorf- und Betriebszeitungen verbannt, das war das Ergebnis eingehender Beratungen im ZK:
IWE Berlin, 12, Juli 1958
»Die verantwortlichen Funktionäre für die Arbeitsgebiete Presse und Rundfunk bei den Abteilungen Agitation/Propaganda der Bezirksleitungen der SED haben am Donnerstag und Freitag auf einer Konferenz im Zentralkomitee der SED in Ostberlin zusammen mit dem Leiter der Abteilung Agit./Prop. beim ZK, Horst Sindermann, den Einsatz der Absolventen der Fakultät für Journalistik an der Karl-Marx-Universität festgelegt. Danach müssen ca. 70 Absolventen für mindestens ein Jahr eine Beschäftigung bei Betriebszeitungen der SED oder Dorfzeitungen aufnehmen. Die Konferenz hat eine Aufteilung der Absolventen auf die einzelnen Betriebe beschlossen und

anhand der Kaderakten überprüft, für welche Betriebs- und Dorfzeitungen die examinierten Studenten in Frage kommen. Der Arbeitseinsatz im Auftrag der Partei beginnt am 1. Oktober 1958.«
Budzislawski gab am 15. Oktober 1958 einen öffentlichen Rechenschaftsbericht ab und betonte:
...» daß wir, mit aktiver Teilnahme der Seminargruppen, uns während dieses Jahres von solchen Studenten getrennt haben, die nach menschlichem Ermessen keine guten, fortschrittlichen Journalisten geworden wären.«
Er berichtete kein Wort von der Bestrafung meines ganzen Studienjahres und auch nichts von der Hetzjagd auf die Assistenten.
Reiner Kunze zerbrach fast. Er erlitt mit sechsundzwanzig Jahren einen Herzinfarkt – seine Stunde Null – und wurde zum Hilfsarbeiter degradiert. Reiner Kunze wurde Hilfsschlosser. Sein Dozentenkollege Horst Engelmann Bauhilfsarbeiter.
Engelmann war für meine Seminargruppe zuständig für historischen Materialismus. Grob in den Zügen, von kräftiger Statur, konnte man ihn sich eher hinter einer Zementmischmaschine vorstellen, als hinter einem Hörsaal-Pult. Aber wenn man mit ihm sprach, begriff man seine Sensibilität und sein profundes Wissen. Er war Philosoph und erfahren in Parteitaktik. Meriten hatte er sich in praktischer Parteiarbeit erworben, denn er war Horns Vorgänger als Sekretär der Parteiorganisation am Philosophischen Institut.
Bei der Diskussion im Seminar schlug er mir oft Argumente aus der Hand, logisch, ironisch, aber manchmal entwaffnete ich ihn mit Ehrlichkeit. Das war eine Haltung, die er schätzte. Als ich mit meiner Frage zu Horn ging, hatte ich lange nachgedacht – Horn oder Engelmann? Dann fielen die Würfel für Horn. Vielleicht, weil ich so ganz und gar am Boden lag und jede weitere Verletzung fürchtete, selbst Ironie unerträglich fand.
Was aus Engelmann wurde, weiß ich nicht.
Reiner Kunze, inzwischen weltbekannt als Lyriker, wurde in der DDR kaum gedruckt. Bis April 1977, als er die DDR ver-

ließ, lag er voll unter Beschuß seiner Genossen, mit denen er zusammen an der Fak.Jour. Assistent war. Klaus Höpcke hatte ihn im Fadenkreuz, stellvertretender Kulturminister der DDR. In seinem Fadenkreuz saß auch Wolf Biermann. So wurden Biermann und Kunze Freunde.
Helga Novak lebt inzwischen in der Bundesrepublik. Sie erhielt für ihre Gedichte den »Bremer Literaturpreis 1968«. Sie gibt Auskunft wie eine gläserne Frau. Aber keine Auskunft über die Fakultät. Ihre Haltung wird ablesbar aus einem Satz in der »Ballade von der reisenden Anna«:
»... der schlechteste Staat auf dieser Welt
ist der der sich die Spitzel hält.«
Reiner Kunze? Auch er kein Wort über die Fakultät. Wer fast gestorben ist an seinen Problemen, will sie im Wort nicht noch einmal erleiden. Helga und Reiner haben ihre Probleme poetisch geformt und dabei ihre eigene Form gefunden, unverwechselbar profiliert wie ihre Gesichter.
Ich dachte jahrelang, warum soll ich Auskunft geben? Warum nicht sie? Sie sind wortgewaltiger als du, sie können es besser. Eines Tages wußte ich, du mußt dich selbst stellen, wer sonst, wenn nicht du? Wer kann dir das abnehmen?

Die Fak.Jour. konnte den Verlust ihrer Studenten durch Neuimmatrikulationen nicht wettmachen. Ihr Ruf war verspielt. Noch verließen Absolventen die Fakultät Jahr für Jahr, und das gab Erfolgsmeldungen für die Presse, aber nur noch drei Jahre lang, dann war der Zauber aus, der gute Bilanzen schafft, die letzten Diplomanden waren 1961 gegangen, fast keine Neuaufnahmen hinzugekommen – Budzislawski mußte seinen Hut nehmen. Sein Erziehungssystem war endgültig zusammengebrochen.
Budzislawski legte zu Beginn des Jahres 1962 sein Amt nieder als Dekan, blieb aber der Fakultät noch eine Zeitlang in allen Ehren erhalten als Professor mit Lehrstuhl für Geschichte der deutschen Presse.
1966 verließen ganze einundzwanzig Absolventen die Fakultät für Journalistik (nachzulesen in der ›Neuen Deutschen Presse‹,

Heft 9/1966). Das waren etwa die Neuaufnahmen vom Herbst 1962, aber da war Budzislawski schon nicht mehr Dekan.
1964 lautet die erste wiederveröffentlichte Gesamtzahl der Direktstudenten 172 in der ›Wissenschaftlichen Zeitschrift der Universität Leipzig‹, 14. Jahrgang, 1965 S. 339, das soll offensichtlich eine Erfolgsmeldung sein.
1966 teilte Joachim Pötschke, Prodekan für Forschung und Kader der Fak.Jour. im NDP, Sonderheft 1966, S. 48 mit, daß jährlich etwa 60 Studenten das Direktstudium aufnähmen.
Seit 1969 trägt die Fakultät einen neuen Namen: »Sektion für Journalistik«. Wenn man die Zahl der Studenten betrachtet, fast 800, doppelt so viele wie zur Gründung im Jahre 1954, hat man den Eindruck, das Image ist wieder repariert.

Der Zusammenbruch der Fak.Jour. ist nachstehender Grafik zu entnehmen, gezeichnet nach Zahlen aus Veröffentlichungen der DDR über die Fak.Jour., sorgfältig in verschiedenartigen Publikationen verstreut, damit der Zusammenbruch möglichst nicht aus Zahlen ablesbar wird.
Als ich Mitte der sechziger Jahre Wieland Herzfelde anrief, er war gerade in München, um ihm zu sagen, daß ich hier lebte als Frau eines Journalisten, selbst unproduktiv, begann ich das Gespräch am Telefon: »Ich bin Brigitte Klump und studierte bis Ende 1957 an der Fak.Jour. in Leipzig. Sie erinnern sich an mich?«
Herzfelde lachte: »Wie sollte ich mich nicht an Sie erinnern? Sie haben damals ja ein ziemliches Durcheinander hinterlassen an unserer Fakultät. Wissen Sie das?«
»Ja.«
Er lud mich im weiteren Gespräch ein, ihn in Ostberlin zu besuchen, und gab mir seine Adresse. Das war impulsiv. Als ich später schriftlich anfragte, ob ich vorbeikommen könnte, erhielt ich keine Antwort.

Ohne Verpflichtungserklärung war ich für den Staatssicherheitsdienst wertlos, da nicht erpreßbar. Da ich meine Verweigerung der Mitarbeit nicht vor dem Staatssicherheitsdienst

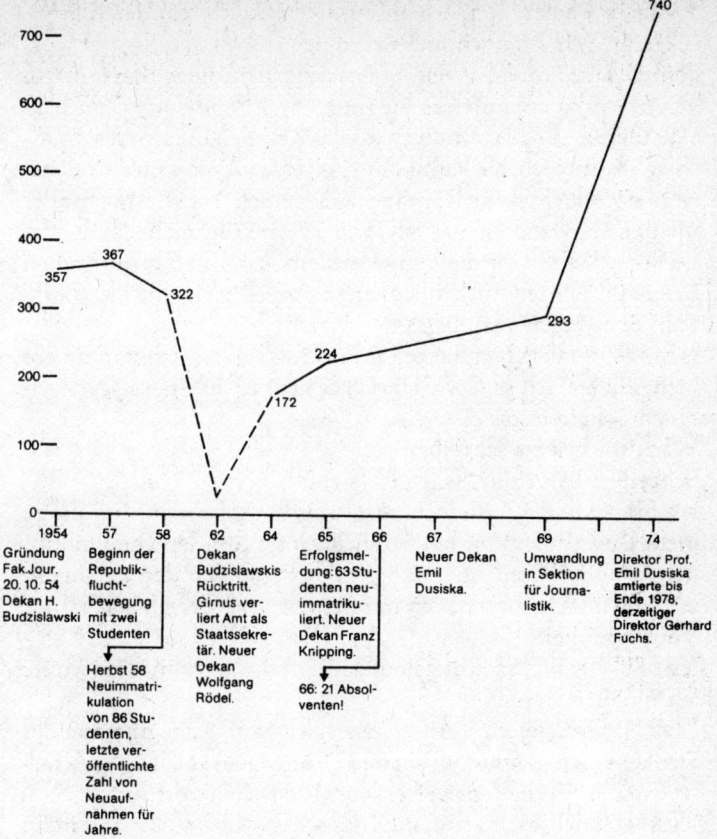

Gezeichnet nach Zahlen aus Veröffentlichungen der DDR über die Fak.Jour., sorgfältig in verschiedenartigen Publikationen verstreut, damit der Zusammenbruch möglichst nicht aus Zahlen ablesbar wird.

abgegeben hatte, sondern an unserer Fakultät vor dem Parteisekretär, war ich auch nicht zum Schweigen verpflichtet worden. Das traf offenbar den Staatssicherheitsdienst hart. Erwin versuchte zu retten, was zu retten war, und suchte mich in Westberlin. Er hätte nur zu Klaus Kampe zu kommen brauchen, da war ich, er kannte die Adresse. Aber so weit reichte wohl doch nicht seine Courage. Als er mich trotz Befragen aller meiner Verwandten in Ost- und Westberlin nicht fand – sie wußten nichts von meinem Verbleib –, schrieb er mir einen Brief, in dem er mich über einen Appell an mein Ehrgefühl zum Schweigen verpflichtet.
Neunzehn Jahre lang tat ich ihm den Gefallen. Ich konnte gar nicht anders, ich saß, wie Harich es nannte, in einer »psychotischen Schaffenskrise«.
Warum ich jetzt schreibe?
Schreiben kann nur, wer klar sieht.
Ich brauchte die *Entwicklungsbögen* der Personen, um ihnen nicht Unrecht zu tun. Ich wollte auch frei werden von Emotionen. Und ich brauchte zeitlichen Abstand von den Personen, um ihnen nicht zu schaden mit dem, was ich berichte aus ihrer Vergangenheit.
Ich bin kein Tageszeitungsjournalist, das war ich nie und wollte ich niemals werden.
Mich interessieren Verhaltensweisen von Anbeginn meines Denkens. Ich glaubte, es sei das Theater, das mich interessierte, weil es Verhaltensweisen von Menschen vorführt.
Jetzt weiß ich es, es sind die Menschen selbst – sie sind mein Thema. Was sie einander antun, um leben zu können, was sie einander antun, wenn sie miteinander leben, und wie sie leben.
Ich schreibe, damit Licht fällt auf die Landschaft der Seele, den weißen Fleck im Menschen.
Als ich von Ingmar Bergman den Satz hörte: Licht muß man kriegen auf die Landschaft der Seele – da wußte ich noch nicht, daß er damit mein Programm beschrieb, den weißen Fleck im Menschen aufzuspüren: Verhaltensweisen, erblich bedingt und sozial determiniert. Jeder Mensch hat sein eigenes Grundmuster, in Jahrhunderten gestrickt aus Erfahrung. Kein

Mensch ist eine leere Tafel. Tabula rasa? Eine Fiktion.
Und während ich noch über dieses Grundmuster nachdachte, die genetische Struktur des Menschen, habe ich etwas herausgefunden: Seele – das ist nicht nur ein Wort für etwas Unbekanntes, ein metaphysischer Begriff.
Seele – das ist nicht nur eine Vorstellung von Philosophen und Psychologen. Die Seele ist real. Der genetische Code des Menschen ist seine Seele. Jeder Mensch hat eine Seele, denn jeder Mensch hat seinen eigenen Code. Und dieser Code ist programmiert auf Zeit. Das heißt, der genetische Code hat ein Zeitprogramm.

In Westberlin bekam ich sofort einen neuen Studienplatz am Institut für Publizistik, kombiniert mit Germanistik und Theaterwissenschaft, Honnef-Stipendium und ein Zimmer im Gesamtdeutschen Referat für Studentenfragen am Kiebitzweg in Dahlem. Ich brauchte in kein Lager. Klaus sagte, wenn du eines Tages Auskunft geben willst, dann sollst du es selbst verantworten können. Jetzt kämst du vom Regen in die Traufe. Aus der DDR rennst du weg, weil du nicht antworten willst, hier sollst du nicht vor demselben Problem stehen.
Da das Gesamtdeutsche Referat bewacht war von bewaffneten Angestellten der Wach- und Schließgesellschaft, fühlte ich mich sicher im Keller, wenn ich nicht an der Uni war.

Der erste Abend bei Klaus in der Garystraße. Ich war nahe daran, ihm zu erzählen, in welcher Tinte ich saß mit dem v-Punkt und mit Bunge, ich wußte keinen anderen Ausweg, als mit der Sprache herauszurücken, fast hatte ich den Mut gefunden, da hörten wir beide einen Ruf.
»Brigitte!«
Er klang von der Garystraße hoch in sein Zimmer.
»Mein Gott, das ist Bunge!«
Klaus erstarrte: »Wer ist Bunge?«
Ich antwortete nicht.
Und wieder der Ruf: »Brigitte!« zu unserem hellerleuchteten Fenster hinauf. Klaus begriff alles.

»Du liebst ihn?«
»Ja. Nein.«
Und ich verteidigte mich matt: »Du hast mich nie nach meinem Privatleben gefragt.«
»Ich dachte, du hast keins.«
»Ich habe Gefühle – da draußen stehen sie.«
Klaus vergewisserte sich noch einmal: »Du liebst ihn wirklich?«
»Ja. Aber ich will nicht.«
»Mein Gott, Brigitte, sei dankbar. Liebe ist das Größte, was einem Menschen passieren kann.«
Noch einmal rief es: »Brigitte!«
Klaus sagte: »Ihr habt nicht mal ein Zimmer. Dort in eurem bewachten Keller könnt ihr euch nicht treffen. Ich tue auch das noch für dich – ich such euch ein Zimmer.«
Er holte Bunge herauf.
Ich sagte zu ihm statt einer Begrüßung: »Du bist aus dem Schneider. Du hast deinen Doktor in Greifswald gemacht, während ich die DDR verließ. Ich hab noch versucht, dich anzurufen, der Pförtner sagte mir, du holst dir deinen Doktorhut ab.«
»War es auch keine Panik?«
Er wandte sich Klaus zu: »Ich glaube, Sie wissen besser Bescheid als ich, war es Panik?«
»Panik – nein. Aber was weiß ich? Ich dachte, ich wäre eingeweiht, aber ich wußte zum Beispiel nicht, daß es Sie gibt in Brigittes Leben. Sie aber wußten offensichtlich von mir. Sie haben sogar meine Adresse.«
Bunge sagte: »Komm zurück, Brigitte, alles läßt sich einrenken. Deine Freunde sind in der DDR – es sei denn, Klaus zählt mehr.«

Erwin schrieb:
»... daß Du diesen Weg gegangen bist, daß Du hineingesprungen bist in diese schmutzige Brühe, die dort hinüberläuft, empfinde ich nicht nur (und nicht einmal so sehr) als persönliche Kränkung, die kann man überwinden, auch wenn es nicht

die erste ist, es ist mehr, es ist vor allem Enttäuschung über das charakterliche und folglich auch das politische Versagen eines Menschen, an dessen Wert ich geglaubt und von dem ich angenommen habe, daß er mir nahesteht. Heute sehe ich, daß ich viel zu lange gezögert habe. Schade, daß Du diese Zusammenhänge nicht begreifen kannst!
Aus Deinen Briefen kann man es deutlich herauslesen. Ich sehe Worte wie ›Haß‹, ›Verachtung‹ und ›Menschen zum Werkzeug machen‹. Und da muß ich an eine Erklärung der ungarischen Schriftsteller denken, die mir gestern wieder in die Hände kam, als ich Material für einen Kommentar zusammensuchte. Sie wurde abgegeben gegen die Verleumder, die nach der Konterrevolution 1956 westwärts geflüchtet waren. Ich erlaube mir, den Teil daraus zu zitieren, der Dich am meisten angeht.
›Der Weg jener ungarischen Schriftsteller, die mit dem Volke fühlen, war in der Vergangenheit bitter schwer, und auch heute haben wir es nicht leicht, indem wir unser Teil in der um eine neue Ordnung ringenden Gesellschaft auf uns nehmen. Aber wir können kein anderes Schicksal wählen. Und wir sind sicher, es wird nicht weniger ruhmvoll sein, als es schwer ist. Wer aber davongelaufen ist, der *schweige*, denn wenn er redet, so können es nur Worte des Renegaten sein. Und mit dem, was er sagt, wird er zum Verräter an dem Volk, dessen Schicksal er nicht zu teilen wagte.‹
Ja, Brigitte, der Spießer unterscheidet sich von einem Revolutionär unter anderem dadurch, daß er mit seinem kleinen persönlichen Ich wichtig tut und es höher stellt als die Interessen seiner Mitmenschen, seines Volkes und der Gesellschaft. Der Kommunist kann nur glücklich sein, wenn er weiß, daß er mit seiner Arbeit zum Sieg der herrlichen Sache beiträgt, deren kleiner, aber wichtiger Bestandteil ist. Ich schreibe Dir das nicht, um Dich zu beschimpfen, Brigitte, danach ist mir nicht zu Mute, wenn ich an Dich denke. Aber das ist die Wahrheit, und ich muß sie Dir sagen, denn drüben kannst Du sie nicht erfahren...«

Klaus sagte: »Wenn ich erlebe, du fährst zu Bunge nach Ostberlin, und wenn es nur für einen Abend ist, dann trennen sich unsere Wege. Kennst du noch immer nicht deine Freunde?«

Helene Weigel schickte mir einen Mann ihres Vertrauens. Wir trafen uns im Cafe Huthmacher am Bahnhof Zoo.
»So also sieht ein Mädchen ohne Moral aus.«
»Ohne Moral?«
»Helene Weigel war bei deinem Budzislawski in Leipzig und hat ihn gefragt: Was habt ihr mit der Brigitte gemacht? Budzislawski hat gesagt, du seist ein Mädchen ohne Moral. Er hat dich verunglimpft. Helene Weigel schlägt dir vor: Du sollst einen Prozeß führen gegen Budzislawski. In seinen Händen lag deine Erziehung, er hat sie dem Staatssicherheitsdienst überlassen. Und er verleumdet dich jetzt. Klage gegen ihn. Du wirst den besten Rechtsanwalt haben, den es gibt. Sie hat es mit ihm besprochen. Er wird dich nichts kosten.«
»Nichts kosten? Verstehe ich nicht.«
»Helene Weigel zahlt den Prozeß. Sie will, daß du dich wehrst. Aber du mußt eins wissen, wenn es zur Verhandlung kommt, mußt du persönlich erscheinen. Du mußt dich stellen, das kann dir niemand abnehmen. Wenn du das tust, haben wir einen exemplarischen Fall. Die Menschen werden wissen: Man kann sich gegen den Staatssicherheitsdienst wehren. Vielleicht wird das eine Lawine von Prozessen auslösen. Das ist besser als Flucht. Wir kriegen wieder Luft. Mach es!«
Wir – da war wieder ein Kollektiv, das etwas von mir wollte. Aber wer war ich denn schon – ich, ein verzweifelter Mensch? Würde ich standhalten? Nur dann war ich nützlich für ein Kollektiv. Ich aber fühlte mich zu schwach.
Es war schwer, die Hand zurückzuweisen, die mir Helene Weigel hinstreckte. Sie, die Geizige, die mit Zähnen und Klauen Geld verteidigte, wenn sie bemerkte, jemand wollte ihr etwas entreißen, sie wollte freiwillig zahlen. Ich liebte sie sehr dafür, denn ich wußte, das war nicht nur so dahingesagt, sie würde zu ihrem Wort stehen.
Ich sagte NEIN!

Allein zu bleiben, das war so schwer. Aber es mußte sein. Hände, die mich führten, hatte ich genug gehabt. Jetzt mußte ich selbst gehen lernen. Ich sagte: »Danke Helene Weigel. Ich kann mich nicht zur Symbolfigur machen lassen. Sie wäre hohl.«
»Warum hohl?«
»Ich habe mich selbst noch nicht gefunden. Ich muß begreifen, was mit mir geschehen ist, dafür brauche ich Zeit. Hier habe ich eine Chance, nochmal von vorn anzufangen, noch einmal zu studieren und alles zu überdenken. Ich stehe nicht zur Verfügung. Sag ihr, ich bin ein Wrack.«
»Dann schreib auf, warum du gegangen bist.«
»Das läßt sich nicht auf ein paar Seiten sagen.«
»Versuch's.«
Ich schrieb und weinte. Ich schrieb auf Saugpost, anderes Papier hatten meine Bewacher nicht in der Schublade, und ich schrieb mit Tinte. Die Tinte verlief und vermischte sich mit meinen Tränen, das Geschmiere war ungeheuerlich. Ich gab den Bericht trotzdem ab. Helene Weigel würde sehen und begreifen, der Schock saß zu tief, ich war der Sprache nicht mächtig. Es war noch nicht Zeit, Auskunft zu geben.
Sie starb am 6. Mai 1971, und ich war noch immer sprachlos.
Ihre Mahnung: »Durch Schweigen wird man mitschuldig!« begleitete mich durch die Jahre.
Frau Weigel wußte, wovon sie sprach. Sie hatte jahrelang Aktenordner gefüllt und hinterließ, wohlgeordnet, das gesammelte Schweigen des Berliner Ensembles.
Die DDR zögerte keinen Augenblick, enteignete augenblicklich nach Frau Weigels Tod das Bertolt-Brecht-Archiv und unterstellte es der Kontrolle der Ostberliner Akademie der Künste.
Ein Jahr später wurde Bertolt Brecht durch Gesetz in den Rang eines sozialistischen Realisten erhoben. Zu Lebzeiten abklassifiziert als Formalist, Realist genannt von Freunden, bekam er nun doch, 16 Jahre nach seinem Tod, die Weihen des Sozialistischen Realismus. Wieland Herzfelde hatte ein halbes Jahr nach Brechts Tod den Anfang gemacht, Brecht sozialistischen

Realismus zu bescheinigen. In einer Entschließung der Delegiertenkonferenz des Schriftstellerverbandes heißt es unter Punkt 4: »In den Diskussionen unserer Konferenz über die Fragen der Literatur ergab sich: Ungeachtet mancher falschen Auslegung und Anwendung dieser Methode brachte ein halbes Jahrhundert sozialistischer Realismus von Gorkis ›Mutter‹ bis zu Brechts ›Galilei‹ neue Zuversicht und Schönheit in die Welt.

Der Beschluß des Ministerrats über die Pflege des literarischen und dramatischen Werkes von Bertolt Brecht lautet:
»Bertolt Brecht... war bis zu seinem Tode der größte lebende sozialistische Dramatiker deutscher Sprache.«*
Die Brechtexperten wissen zu berichten, das Berliner Ensemble von heute sei nur noch ein Museum. Ich sah mir im Januar 1976 ein Stück an, ganz zufällig in der Auswahl, es war CELESTINA von Karl Mickel / nach dem Spanischen des de Rojas, Regie Jürgen Pörschmann / Günter Schmidt. Die Fabel war ungelenk erzählt, mit ganz verbogenen Sätzen. Der Sinn herausgefeilt von der Regie. Manchmal blitzten Gedanken wie Brillanten, klar und eindeutig. Aber selten.

Interessant war die politische Tendenz: Gegen die Allgegenwart des Stasi inszeniert.

Hinter weißen Vorhängen als Schattenriß agierte die Inquisition, gekleidet in Hut und Trenchcoat, so, wie die Stasi-Leute auftreten, mal im Ledermantel, mal im Trenchcoat. Wenn die gleichen Leute während des Stücks auftreten, sind sie verfremdet, sie tragen einen Lederkoller über dem Trenchcoat und sind damit der Zeit angepaßt, in der das Stück spielt. Und dann sind sie wieder ein Schattenriß, ohne Lederkoller, erkennbar als Stasi-Leute.

Das Publikum saß da mit angehaltenem Atem, am Schluß klatschte niemand. Ich war neunzehn Jahre nicht mehr in einem Ostberliner Theater gewesen, ich dachte, klatscht man heutzutage in der DDR nicht mehr im Theater? Das fand ich nicht gut, also klatschte ich, und es ging wie eine Erlösung

---

* Gesetzblatt Nr. 75/1972

durch den Saal, sie klatschten alle, zwar nicht laut, eher gedämpft, aber sie klatschten. Wenn auch nur einmal. Dann ging alles hinaus, sichtlich vor den Kopf geschlagen, darf denn das sein, daß man den Stasi anschießt? Und wir beklatschen das?
Beim Ausgang fragte ich eine Türsteherin:
»Wieso gibt es eigentlich kein Programmheft zu diesem Stück? Nur diesen Zettel? Ich hätte gern mehr über den Autor gewußt.«
»Das machen wir nie bei Billigproduktionen, ein aufwendiges Programmheft. Wir haben das Stück aus dem Werkraum übernommen. Es ist Mickels erstes Stück in diesem Theater.«
»Ich erinnere mich, früher hat das BE sehr sorgfältig mit Programmheften gearbeitet.«
Sie lächelte.
Ich bohrte weiter: »Seit wann läuft denn das Stück in diesem Haus?«
»Seit einem Jahr.«
»Und trotzdem kein Programmheft?«
»Ruth Berghaus* wird wissen, warum.«
Silvesterfeier 1957. Der AStA der Freien Universität von Westberlin war dekoriert, mit Stühlen und Tischen zu Höhlen umfunktioniert. Ich erkletterte einen Tisch, auf dem so etwas wie eine Bar war. Ein Freund von Klaus drückte mir ein Glas Kognak in die Hand.
»Übrigens, ich habe vorhin im Gotha nachgeschlagen, interessierte mich, dieses *von* Klump.«
Ich hielt die Luft an, jetzt war ich erwischt. Aber er plauderte weiter: »Briefadel, verliehen im Jahre...« mehr hörte ich nicht, das Blut rauschte laut in meinen Ohren. Ich sagte, so lässig ich konnte: »Scheißadel. Muß sich irgend jemand in der Familie besonders rauh betragen haben, wurde dafür geadelt.«
Danke, unbekannter von Klump aus dem Gotha.
Aber was hatte dieser Kommilitone hinter mir herzu-

---

* Intendantin des Berliner Ensembles seit Helene Weigels Tod. Im April 1977 übernahm M. Wekwerth die Intendanz des Hauses.

schnüffeln? Ich goß ihm mein Glas Kognak über sein Revers, gezielt, lächelnd. Er zuckte zurück, lachte dann aber und nannte mich »entzückend!« Was im einzelnen im Gotha steht, weiß ich bis heute nicht, es geht mich nichts an.
Ich fand mich zum Kotzen, fand alles zum Kotzen und erreichte gerade noch die Toilette. Die Angst auf meiner Seele nahm Gestalt an, sie brach aus mir heraus, schmutzig, stinkend, unaufhaltsam, brach aus meinem Magen, als hätte ich sie aufgegessen.
Klaus brachte mich am nächsten Morgen ins Krankenhaus. Vegetative Dystonie mit Kreislaufzusammenbruch.
Zu meinem Geburtstag kam Bunge und schenkte mir einen Schulterbeutel, den ich mir lange gewünscht hatte für die Uni, die Kollegmappe gefiel mir nicht mehr. Das Material des Beutels war schokoladenbraunes Wildlederimitat.
Ein Imitat. Das erschien mir wie ein Symbol unserer Beziehung. Ich weiß nicht, ob er bemerkte, wie mich sein Geschenk erschütterte. Ein Mühlrad rotierte in meinem Kopf. Endlich hatte ich den Plan, der meine Schwierigkeiten lösen konnte: heiraten. Den nächstbesten Mann. Ein neuer Name, ein neues Leben. Das richtete mich auf. Das machte mich stark. Ich wurde aus dem Krankenhaus entlassen.
Da kam ein Brief von Bunge, datiert vom 19. 2. 1958. Ich war gerade in mein Zimmer am Gardeschützenweg in Lichterfelde West eingezogen, das mir Cousin Hans-Heinrich besorgt hatte, Assistent an der landwirtschaftlichen Fakultät, sehr bekümmert über mein Schicksal. Der Brief von Bunge war adressiert an Brigitte von Klump. Er, der sonst alles überprüfte, machte meinen Schwindel mit. Wollte er mich nicht bloßstellen oder war ihm egal, was ich tat?
Er schrieb, daß er einen Anruf der Gesellschaft für kulturelle Verbindungen mit dem Ausland bekommen hätte, er müßte am Sonnabend nach Finnland fliegen und würde am 3. März mit seiner Frau nach Schweden in Urlaub fahren. Wir könnten uns zwischen Schweden und Finnland nicht mehr treffen. »Du wirst vernünftig sein und das einsehen.«
Ich. Immer ich. Ich sollte vernünftig sein. Ich sollte einsehen.

Nichts würde ich einsehen. Ich fühlte mich weggeschoben, abserviert. Aus war es mit meiner Überlegung, daß ich ihn selbst vor vollendete Tatsachen stellen wollte. Aus war es mit meiner Vernunft. Für ihn ging das Leben weiter, hier Finnland, da Schweden, Aussöhnung mit seiner Frau – Brigitte hatte gar nicht stattgefunden. Tritt zur Seite, mein Fräulein. So nicht! Ich hatte stattgefunden. Jetzt kam mein Strich durch seine Rechnung. Schluß mit jedem weiteren Verrat.
Cousin Hans-Heinrich traf mich, als ich auf dem Weg zur S-Bahn war, um nach Ostberlin zu fahren. Er stutzte, als er mich sah. »Brigitte, was ist mir dir? Deine Schultern fallen vorn über, du gehst nicht mehr gerade, willst du dich in den Boden verkriechen?«
Ich funkelte ihn an: »Es sind meine Schultern, und es gibt nichts, was sie aufrichten könnte.«
Ich kaufte mir Streichhölzer und eine Bildzeitung. Klaus, nun mache ich meinen Schlußstrich. Aber ich tue, was du nicht willst, ich fahre hinüber nach Ostberlin und erledige das an Ort und Stelle. Jetzt ist es aus mit mir, jetzt ist es aus mit Bunge. Ich werde ihn verbrennen, dann komme, was will. Den Türschlitz auf, Feuer hinein!
Die Plakate, die im Korridor hingen, würden sofort aufflammen, dann war sein Ausweg versperrt. Die Wohnung lag im oberen Stock, nichts würde ihm helfen.
Bei der Kontrolle am Bahnhof Friedrichstraße zeigte ich meinen DDR-Ausweis vor. Er wurde durchblättert, ein Blick auf den Punkt vom Staatssicherheitsdienst in der Nummernreihe der letzten Seite, kein Blick in das Fahndungsbuch. Ein kurzes Salutieren, ich war durch. Er zog noch immer, mein Ausweis. Gut, daß ich ihn noch hatte.
Ich kaufte ein ›Neues Deutschland‹ und ging die Friedrichstraße hinunter mit schweren Beinen. Unter den Linden an der Universität vorbei, über den menschenleeren Marx-Engels-Platz hinein in die Breite Straße, durch den Torweg in den gepflasterten Hof. Die Nacht um mich war ohne Licht.
Ich setzte mich ins Treppenhaus und wartete, daß das Haus ruhig würde. Es war ruhig, kein Mensch kam. Ich riß in der Dun-

kelheit ein Streichholz an und sah in die Flamme.
Macht kaputt, was uns kaputt macht – diesen Spruch kannte ich noch nicht, aber er traf meine Situation: hier sitzend, in Verzweiflung, mit einer Vergangenheit, nicht bewältigt, und einer Zukunft ohne Kontur, wollte ich zerstören, was mich an der Vergangenheit festhielt, auslöschen, was schmerzte, verbrennen. Mit Gewalt gegen eine Wohnung und mit der Zerstörung eines Menschen, der alles wußte und einfach weitermachte, als ob nichts geschehen war. Und wenn er mir auf der Welt das liebste war, ich wollte ihn liquidieren.
Ich saß auf der Steintreppe, stundenlang, das Haus schlief. Dann schlich ich nach oben, öffnete den Briefschlitz und warf meine Bildzeitung hinein, die aufflammen sollte, wenn sie das ›Neue Deutschland‹ traf, das brennend durch den Türschlitz fiel. Die steinernen Wände standen um mich. Das Feuer lag in meiner Hand. Ich wollte ihn verbrennen, ich wollte ihn töten, würde ich ihn damit los? Oder saß er dann auf meiner Seele für immer, bis zu meinem Tod?
Dämmerung sickerte durch das Fenster, als ich klingelte, um ihm zu sagen: Hier bin ich und hier sind die Streichhölzer. Behalte sie. Ich lasse dich leben. Aber du sollst wissen, bevor ich gehe, wie nahe du der Gefahr warst. Du hast Glück gehabt, daß ich weiterdachte, du hast Glück gehabt, weil du mich zu denken lehrtest.
Ich will eine Veränderung. Aber ich bin kein Anarchist und ich bin auch keine kriminelle Person. Ich will treffen, was Menschen kaputtmacht, nicht nur mich. Rechne mit mir. Es kommt die Zeit. Und wenn ich mich wehre, dann werde ich das System treffen, das so etwas produziert wie *mich*.
Ich klingelte Sturm.
Er war nicht zu Hause.
Später begriff ich, auch wenn ich das Feuer geworfen hätte, das Drama wäre kein Drama geworden. Der Teppich hätte nur gekokelt. So leicht kann man kein Haus anstecken. So leicht wird man seine Probleme nicht los.
Feuer verbrennt keine Probleme. Es schafft neue. Wörter benennen sie. Wörter sind stärker als Feuer. Sie schaffen Klar-

heit. Schweigen zerstört das Vertrauen, macht schuldig, und krank. Mein Verrat hat einen Namen: Schweigen. Kein Schwamm der Welt ist groß genug, das auszulöschen.

Mein Leben ging weiter. Ich brauchte Arbeit. Das Honnef-Stipendium, Anfangsförderung, wurde nicht während der Ferien gezahlt.
Am 1. März saß ich bei den Soziologen im Dahlemer Institut und zählte Merkmale, nach denen Angestellte von Arbeitern unterschieden werden sollten, mittlere von höheren Angestellten und so weiter. Eine Industrieuntersuchung, der Universität übertragen. Ich hatte einen Job als studentische Hilfskraft.
Die Strichlisten ermüdeten mich. Siegfried, der Projektleiter, war freundlich und hilfsbereit, aber ich dachte, was soll der Quatsch? Das bringt dich kein Stückchen weiter. Nur, um dein Leben bezahlen zu können, sitzt du hier und schlägst die Zeit tot. Klaus in England, Bunge in Schweden – bevor sie zurück sind, mußt du verheiratet sein. Und du sitzt hier eingesperrt im Institut.
Michael Mauke kam vorbei, ein Freund von Klaus.
»Ich habe gehört, du arbeitest hier, ich habe dich lange nicht gesehen. Besuchst du mich?«
Abends fuhr ich zu ihm nach Nikolassee. Er wohnte im Keller einer alten Villa zwischen mannshohen Regalwänden, die das Zimmer in Gänge aufteilten, vollgestopft mit Büchern. Michael saß über einer Analyse des Angestelltenproblems aus marxistischer Sicht, das interessierte mich mehr als diese Industrieuntersuchung. Aber Michael erstickte in seinen Büchern – sie verstellten ihm den Zugang zum Leben. Ich wanderte um die Regalwände.
»Was soll das, Michael, du bist doch keine Archivmaus. Für Bücher gibt es Bibliotheken, du kannst die nicht alle um dich herum versammeln.«
»Ich will bereit haben, was ich brauche. Ich fühle mich wohl zwischen Büchern. Die Welt der Bücher ist eine andere als die Welt der Menschen. Hier geht es logisch zu, sachlich, Informa-

tionen zählen, Argumente. Draußen: Emotionen, überall Emotionen, das macht mich kaputt. Manchmal gebe ich mir einen Tritt und befehle mir, geh, erledige dies und das. Und dann komme ich in ein Amt, mache den Mund auf, will mein Anliegen äußern, und fange an zu stottern. Ich spüre, wie ich vibriere und wie mir der Schweiß ausbricht, ich rieche mich und habe den Drang, wegzulaufen. Bin ich so extrem unsicher, weil ich ungeübt bin im Umgang mit Menschen? Oder bin ich krank? Wenn ich dann wieder in meinem Keller bin, starre ich lange auf mein Papier, ohne daß sich Wörter formen. Meine Gedanken sind wie ausgelöscht. Deshalb gehe ich immer weniger unter Menschen. Schriftlich argumentieren – das geht gut. Aber bei der Konfrontation mit denen da draußen, da versage ich.«
»Und warum warst du heute bei uns im Institut?«
»Ich wollte dich wiedersehen. Klaus ist weg. Ich dachte, du bist auch einsam.«
»Ach Michael, meine Einsamkeit hängt nicht mit dem Fehlen von Klaus zusammen. Aber laß uns beim Thema bleiben. Vor welcher Art Menschen fürchtest du dich? Kannst du das beschreiben? Oder anders: wo fühlst du dich sicher?«
»Sicher eigentlich nur bei Freunden. Da habe ich nicht das Gefühl, die wollen mich in eine Ecke drängen, aus der ich nicht wieder herauskomme. Aber wenn jemand, zum Beispiel in einer Behörde oder einem Amt, nur mal zurückfragt, schon kann ich vor Schreck nicht antworten. Mein Kopf wird leer, und ich denke nur noch, raus, raus, schnell raus hier.«
»Das muß eine Art Phobie sein, frag doch mal einen Arzt.«
»Draußen eine Phobie und drinnen Todesahnungen.«
»Michael, komm, dramatisiere dich nicht.«
»Ich schiebe solche Gedanken immer wieder von mir, aber sie sind hier, in diesem Keller.«
Ich sagte mit meinem Sinn für praktische Lösungen: »Dann mußt du aus diesem Keller ausziehen.«
»Und die Bücher? Wohin damit? Dieser Keller ist festgebaut, der trägt noch weitere Zentner. Ich finde keine andere Wohnung für meine Bücher, die ich bezahlen könnte.«

»Du sollst keine Wohnung für deine Bücher finden, sondern für dich. Mit Licht und Sonne. Wann warst du das letztemal draußen?«
»Als ich dich gesucht habe.«
»Läßt du deine Lunge überhaupt regelmäßig kontrollieren?«
»Ja, ja.«
»Also nein. Michael, verschlamp das nicht... Mein Bruder Richard ist gerade noch dem Tod von der Schippe gehopst mit seiner Tbc, sie ist zu spät erkannt worden.«
Er sah mich nachdenklich an.
»Willst du mir wirklich helfen?«
»Ja.«
»Dann heirate mich.«
Nach einer Pause sagte ich: »Dann bekommst du zu deinen Problemen noch meine hinzu. Das wäre nicht gut für dich.«
»Gut für mich wäre deine Geläufigkeit, mit Menschen umzugehen. Du könntest die Gänge zu Ämtern und Behörden für mich erledigen.«
»Michael, täusche dich nicht. Meine Geläufigkeit ist ein Witz. Frag Klaus. Als es um die Anerkennung meines Abiturs ging, mußte ich mein Zeugnis einer Senatsrätin zuschicken. Ich redete sie im Begleitbrief mit ›liebe Kollegin‹ an, das ist der Umgangston der DDR. Klaus sagte: ›Das einer Senatsrätin!‹ und schrieb meinen Brief neu. So sieht meine Geläufigkeit aus, mit Behörden umzugehen, hier im Westen.«
Wir kicherten.
»Na gut, aber was du auch machst, du kommst durch. Ich brauch dich, Brigitte, und nicht nur wegen der Behörden. Ich will auch leben. Gib mir eine Chance. Ich sammele Material und Material, und es erdrückt mich. In den Nächten wälzt es sich über mich und erstickt mich. Hilf mir aus meiner Einsamkeit heraus.«
Ich blieb stumm.
»Außerdem wäre es ganz lustig. Alle Freunde, die für mich zählen, haben sozialistisch erzogene Frauen aus Polen, aus der Sowjetunion. Und auch aus Israel...«
Er kramte in seiner Schublade und zog einen Zettel heraus.

»Das habe ich geschrieben, als ich an dich dachte. Willst du es haben? Vielleicht ist es das einzige, was dir von mir bleibt.«

»Traum
Ein Birnbaum blüht
im grauen Moor.
Dort fiel die letzte Schlacht.
An keinem Tage je zuvor
war länger eine Nacht.
Die Sonne sah den Sieg.
Ein Traum?
Ein Birnbaum blüht
im großen grauen Krieg.«

Das Telefon schrillte. Klaus war am Apparat. »Gib ihn mir, wenn du zu Ende bist.«
Er schüttelte den Kopf. Er antwortete mit einer merkwürdig belegten Stimme auf Klaus' Sätze. Ein Schweißfleck breitete sich unter seinem Arm aus, er litt. Ich schloß leise die Tür von außen. Wenn schon Heirat, dann keinen Freund von Klaus.

Am nächsten Abend klingelte es an meiner Tür am Gardeschützenweg. Frau Kiekebusch öffnete, meine Wirtin. Siegfried stand da mit Blümchen, der Projektleiter unseres Forschungsauftrages. Kaum saß er auf dem roten Plüsch des Sessels, kam er zur Sache:
»Ich möchte Sie heiraten.«
Das war die Erlösung. Ich sagte ja. Siegfried kramte am nächsten Tag seine Papiere zusammen, wir gingen zum Standesbeamten in Dahlem. Würde mein Ausweis standhalten?
Der Standesbeamte stutzte bei der Eintragung meines Namens, hielt meinen Ausweis gegen das Licht: »Merkwürdig, da hat einer darin herumgepfuscht.«
Ich sagte nichts. Er fragte drängend: »Also, wissen Sie was davon?«
»Ja.«
»Dann muß ich das leider der Polizei melden.«

Er griff zum Hörer. Siegfried sprang auf, ging zum Schreibtisch:
»Was geht hier vor?«
Der Standesbeamte sagte kühl: »Wenn mich meine Augen nicht täuschen, wurde hier im Ausweis ein kleines *v* vor den Namen Klump geklemmt. So geht das nicht. Das *von* wird in Personalpapieren ausgeschrieben, das hier ist gepfuscht. Hat das noch keiner bemerkt?«
Siegfried betrachtete verblüfft meinen Ausweis.
»Wieso ein v-Punkt vorgeklemmt? Du heißt doch so – erklär ihm das.«
»Ich heiße nicht so.«
»Und du hast dich darauf verlassen, daß du damit durchkommst? Hier beim Standesbeamten, der genau liest?«
»Das war mein Risiko. Ich wollte dich heiraten, um den v-Punkt loszuwerden. Nicht nur im Ausweis, auch als Person,«
Siegfried setzte sich wieder, ich lehnte am Türrahmen, er war weiß gestrichen, ich sah auf die Farbe.
Der Standesbeamte hatte aufmerksam unseren Dialog verfolgt. Jetzt griff er wieder zum Telefon.
»Sie sollten ganz offensichtlich reingelegt werden, mein Herr.«
Siegfried stöhnte, er war fassungslos.
»Und ich Idiot habe mir eingebildet, sie ist genauso verliebt in mich, wie ich in sie, ich Idiot.«
»Verzeih. Diese Sache hat nichts mit Gefühlen zu tun, die können noch kommen. Ich wollte es darauf ankommen lassen. Geht es gut, habe ich einen neuen Namen, und der falsche verschwindet in der Versenkung, dann bin ich frei, dann kann ich neue Gefühle kriegen. Jetzt ist es aus. Versuch mißglückt. Es war ein Vabanquespiel, tut mir leid für dich, Siegfried. Ich hoffte, du würdest es nie erfahren.« Ich drehte mich zur Tür. Aber wohin.
Siegfried sagte mechanisch: »Das ist nicht wahr, ich weigere mich, das zu glauben.« Als ich die Tür öffnete, hielt mich der Standesbeamte zurück. »Halt, hiergeblieben. Ich rufe die

Funkstreife. Wer weiß, was dahinter steckt. Der Herr übrigens kann gehen.«
Siegfried kam zu mir.
»Natürlich bleibe ich. Meine künftige Frau wird schon einen triftigen Grund haben, wenn sie ihren Ausweis... änderte.« Er legte seinen Arm beschützend um mich. »Du erzählst mir den Grund?«
Ich nickte.

Wir fuhren mit der Funkstreife aufs Revier am Gardeschützenweg, nahe meiner Wohnung. Ich machte meine Aussage, ein Protokoll wurde aufgenommen, die Polizisten grinsten. Der Wachhabende sagte zu Siegfried: »Blödsinnige Geschichte. Eigentlich richtig ulkig. Sie hätte doch den Ausweis wegschmeißen können. Aber diese Angst der DDR-Leute, nicht existent zu sein, wenn sie keinen Ausweis haben.«
Zögernd sagte ich: »Daran gedacht habe ich schon. Aber ich habe keine Geburtsurkunde. Was hätte ich machen sollen?«
»Zeugenaussagen genügen. Die müssen Sie jetzt sowieso haben, weil dieser Ausweis eingezogen wird. Sie werden sicher Zeugen benennen können?«
»Ja, das ist kein Problem.«
»Ich gebe Ihnen einen Tip«, wandte er sich an Siegfried. »Die Sache geht zur Staatsanwaltschaft. Rufen Sie mich an, ich besorge Ihnen den Namen des Staatsanwaltes. Dann nehmen Sie Ihr Fräulein Braut unter den Arm und lassen sich alles erzählen. Schön im Zusammenhang. Es müßte doch mit dem Deubel zugehen, wenn man diese Geschichte nicht aus der Welt räumen könnte ohne viel Aufhebens. Ist doch eine Bagatelle.«
Eine Bagatelle? Mein Riesenproblem? Ich dachte, ich höre nicht richtig. Der Wachhabende schmunzelte und fragte Siegfried: »Entschuldigen Sie schon, wenn ich Sie was Persönliches frage. Heiraten Sie sie trotzdem?«
Siegfried, ganz Ritter ohne Furcht und Tadel, lächelte: »Sehen Sie einen Grund, der mich hindern könnte, dieses Mädchen zu heiraten?« Gott, waren alle nett zu mir.

Der Staatsanwalt lag leger im Sessel, während ich meine Geschichte erzählte, die ganze Sache machte ihm offensichtlich Spaß. Nun überlegte er, wie ich davonkommen konnte.
»Ich hoffe, Ihr Kampe ist es wert, daß sich hier eine Reihe von Leuten den Kopf zerbrechen muß, wie wir ihn vor einem Schock bewahren können. Und nun wollen Sie sogar heiraten, um ihm eine Enttäuschung mit Ihnen zu ersparen. Hand aufs Herz: Lieben Sie ihn?« Das war jetzt wohl die Stunde der Wahrheit. Ich gab lange keine Antwort. Aber dann sagte ich: »Er ist ein Freund.« Der Staatsanwalt hakte nach. »Ein Freund – und doch heiraten Sie lieber den nächstbesten Mann – verzeihen Sie«, sagte er zu Siegfried, »aber ich muß das mal ganz klar aussprechen – als ihm das kleine v-Punkt zu gestehen? Behandelt man so einen Freund?«
»Man darf Freunde nicht überfordern. Er vertraut mir. Ach, ich habe ihn längst überfordert.«
»Vielleicht überfordert Sie diese Heirat?«
»Lieber mich als ihn – das fällt mir leichter.«
»Wahr' Di vörn Blitz. Wie die Westfalen sagen.«
Er wandte sich an Siegfried.
»Mir scheint, Sie werden mit einem Pulverfaß leben. Aber eine andere Frage. Wie alt waren Sie, Fräulein Klump, als Sie Ihrem Klaus die Adresse mit dem v-Punkt zusteckten?«
»Das war im Herbst 1955 – da war ich zwanzig.«
»Glück gehabt. Gratuliere. Nach dem DDR-Gesetz wären Sie mit 18 volljährig und vollverantwortlich. Aber nach unserem geltenden Recht sind Sie erst mit 21 mündig. Da werden wir uns auf den Passus Jugendtorheit einlassen. Ich werde das dem Herrn Amtsrichter vorschlagen – damit können wir von einer Klageerhebung absehen.«
Er blickte mich voll an, jetzt aufgerichtet. Ich wollte es noch nicht ganz glauben und vergewisserte mich:
»Keine Anklage wegen Urkundenfälschung?«
»Keine Anklage – keine Strafe.«
»Dann flieg ich auch nicht von der Uni?«
»Natürlich fliegen Sie nicht von der Uni. Sie zahlen eine geringfügige Buße an das Rote Kreuz, und der Fall ist für Sie erle-

digt.« Ich saß da wie ein Kind vorm Weihnachtsbaum und konnte mein Glück nicht fassen.
»Warten Sie mal, mir fällt da gerade was auf. Wieviel Geld haben Ihre Kommilitonen an dieser komischen Fakultät gesammelt, damit Sie aus Leipzig rauskonnten?«
»Fünfunddreißig Mark.«
»Fünfunddreißig Mark – das ist eine schöne Zahl. Sie zahlen 35 Mark an das Rote Kreuz, und der Fall ist für Sie erledigt. Nette Menschen hüben, nette Menschen drüben, wohin ich sehe, nette Menschen, die Ihnen weiterhelfen. Ich will dazugehören.«
Tränen schossen mir in die Augen. Ich drückte gegen die Augenwinkel, um sie festzuhalten. Der Staatsanwalt betrachtete mich mit Nachsicht.
»Möchten Sie ein Glas Wasser?«
Ich schüttelte den Kopf.
»Was ich noch sagen wollte – ich denke, daß Sie die Tragweite meiner Entscheidung für Ihr persönliches Leben noch nicht überblicken. Deshalb will ich Sie beraten. Sie brauchen nicht zu heiraten.«
Durch meine Aufregung hindurch hörte ich den mahnenden Ton seiner Stimme, was wollte er mir vermitteln? Er fuhr fort, ironisch, leicht belustigt: »Der Grund zu heiraten ist kein Grund mehr für Sie. Sie brauchen den einen Namen nicht mehr mit einem anderen zuzudecken. Sie gehen ganz einfach in die Quästur der FU, legen Ihren Westberliner Ausweis vor – den Sie sich ja jetzt wohl ausstellen lassen werden? – und bitten, den v-Punkt in Ihren Akten zu streichen.«
»Aber mit welchem Grund?«
»Du lieber Gott, Sie sind doch sonst nicht fantasielos. Irgendeine Schutzbehauptung wird Ihnen doch einfallen?«
»Meine Familie in der DDR hätte den v-Punkt streichen lassen?«
»Na bitte, hört sich einleuchtend an.«
Siegfried sah aus, als seien ihm alle Felle davongeschwommen. In meinem großen Glück wollte ich, daß er auch glücklich war: »Wenn du mich noch willst nach diesem ganzen Theater – ich

werde gern deine Frau.«
Der Staatsanwalt trat zu uns: »Dann viel Glück.«
Er gab mir die Hand, schmunzelnd. Siegfried bedankte sich bei ihm mit sehr vielen Worten, keinen präzisen Worten. Ich sah, wie der Staatsanwalt in Abwehrstellung geriet. Ein Blick leichter Verzweiflung flog zu mir herüber. Als ich den Blick zurückgab, da wußte ich, ich war dabei, Siegfried schon jetzt zu verlassen.

Ich sagte zu meiner Wirtin, Frau Kiekebusch: »Ich möchte Sie mit meinem zukünftigen Mann bekanntmachen. Wir heiraten. Kündigen muß ich auch.«
Als Siegfried weg war, fragte sie: »Um alles in der Welt, Kindchen, warum wollen Sie heiraten?«
»Ich werde nicht allein fertig.«
»Aber Sie haben es doch gut bei mir. Ich putze für Sie, Sie sind bei mir aufgehoben wie in Abrahams Schoß.«
»Das ist wahr. Danke, Frau Kiekebusch.«
»Ich kann es nicht verstehen. Überlegen Sie es sich. Ich fühl mich als Ihre Mutter, sie kann Ihnen nicht raten, sie lebt in der DDR. Sie würde es sicher nicht gut finden, Sie haben dann nicht nur einen Mann, sondern auch einen Haushalt am Hals – wie soll das gehen.«
»Ich weiß nicht, ich werde es versuchen.«
Sie schüttelte den Kopf.
»Wenn das ein anderer Mann wäre, einer, der Personal für Sie halten kann. Aber er! Er hat doch kein Geld, das sieht ein Blinder. Ein Doktorand. Bis der verdient, sind Sie längst weggerannt.«
»Ich heirate ihn, weil er mir geholfen hat. Und Hilfe muß ja nicht finanzieller Art sein, stimmt's?«
Sie schüttelte den Kopf und verschwand in ihrem Zimmer.

Am Polterabend war Herrmännchen bei uns, meine Trauzeugin. Dozentin bei den Publizisten. Wir tranken zusammen Wein, eine ruhige Minute nach der Hektik der vergangenen Tage. Morgen bekam ich einen neuen Namen, dann würde es

vielleicht wieder aufwärts mit mir gehen, Ordnung im Privatleben, das war immerhin ein Anfang. Ich lehnte mich im Ohrensessel zurück, wollte entspannen – aber da war doch noch was? Michael. Ich hatte ihn vergessen. Entschlossen stellte ich mein Glas beiseite.
»Tut mir leid, ich muß nochmal weg.«
Siegfried protestierte. »Das kannst du nicht. Heute ist unser Polterabend.«
»Deshalb will ich ja weg. Ich muß zu einem Menschen gehen und sagen, daß ich ihn nicht heiraten kann.«
Siegfried kramte eine Zigarette aus der Schachtel, machte einen Lungenzug, dann räusperte er sich. Seine Stimme klang belegt. »Ein neuer Witz? Ich lern bald das Fürchten.«
Herrmännchen kicherte nervös. »Das erste, was ich höre. Sie hat zwei Eisen im Feuer.«
»Wann hätte ich das nicht. Ich arbeite immer mit Fangseil, nur so überlebt man. Notfalls lebt man die Alternative.«
Siegfried war schockiert. »Hör auf mit deiner selbstgestrickten Philosophie. Das hält ja kein Mensch aus. Sag mir, wer es ist.«
»Michael Mauke.«

Bei Michael machte ich ganz kurzen Prozeß. Er sah so elend aus. Mitleiderregend elend. Ich wollte ganz schnell meine Worte lossein, um kein Gefühl von Hoffnung bei ihm zu erregen.
»Ich heirate morgen Siegfried.«
Michael sagte lange nichts.
»Warum tust du das? Ich habe ja geahnt, es wird nichts mit uns, du hast nichts mehr von dir hören lassen, ich wollte dir nicht nachlaufen. Aber warum mit einmal Siegfried? Den kennst du doch gar nicht.«
»Ich kenne ihn nicht. Richtig. Aber ich habe ihn in einer schwierigen Situation ausprobiert, da hat er sich bewährt. Ich bin ein Produzent von schwierigen Situationen. Immerzu probiere ich Leute aus, ich bin es müde. Die Leute, die Situationen. Ich will nicht mehr.«

»Aber das ist doch kein Grund zum Heiraten.«
»Was?«
»Ruhe kriegen.«
»Warum nicht Ruhe kriegen? Ich habe einen Bedarf nach Ruhe, den kann ich mit Wörtern nicht beschreiben.«
»Ruhe hättest du auch bei mir gefunden.«
»Michael, mit uns, das geht doch nicht. Du bist krank – ich bin kaputt, zusammen gehen wir unter.«
Michael wollte es noch immer nicht glauben.
»Erkläre mir, warum du ihn heiratest. Ich kenne dich, da steckt ein ganz handfester Grund dahinter. Liebe? Erzähl mir nichts. Ich kenne dich, du machst was, sprichst, und sagst nicht den wirklichen Grund. Die Wörter sind für die anderen, sag mir, *warum*?«
Wenn einer es verdient hatte, Bescheid zu wissen, war es Michael. Aber kannte ich ihn in schwachen Stunden? Würde er nicht eines Tages Klaus einweihen? Wenn Klaus es jemals erfuhr, dann sollte er es von mir selbst erfahren.
Michael sagte zwischen Tür und Angel: »Du weißt, daß Klaus seit vorgestern VDS-Vorsitzender ist?«
»Nein.«
»Brigitte, ich habe Angst vor dir und deinen Konsequenzen. Ich habe Angst um dich. Du löschst immer nur aus. Lösch dich nicht selbst aus.«
Erbarmen packte mich, ich sah, er war es, der verlöschte. Rasch zog ich die Tür ins Schloß, endgültig. War es das, ich wollte leben?
Schreiben? Nicht daran zu denken. Ich saß in einem Loch. Das war ein Loch im Ich, von außen nicht erkennbar, zu schließen nur durch Wärme und Vertrauen.
Jeder Versuch einer weiteren Erziehung prallte bei mir ab. Ich wollte, so wie ich war, angenommen werden. Sonst ging ich. Erziehung? Das ist nur ein Wort – es verbirgt das Verbrechen am Menschen: ihn zu verbiegen oder zu zerbrechen beim Versuch, ihn handhabbar zu machen. Verbiegt den Menschen nicht, laßt ihn leben. Er findet selbst zu sich.
Als ich aus meinem Loch herausgefunden hatte, es war das Jahr

1976, da sah ich um mich, und ich fand einen Menschen an meiner Seite, der standhält. Er ist mehr als ein Freund oder ein Liebender, er ist ein Partner. Das ist, was der Mensch braucht.
Und Kinder.
Jetzt ist es soweit – ich kann schreiben. Meine Landschaft liegt klar unter mir wie aus einem Flugzeug, und in den Details erkennbar ist das Grundmuster.
Meine Freunde in der DDR werden fragen, warum tut sie das? Sie verrät uns.
Ich verrate nicht euch. Ich verrate die Verräter am Sozialismus. Wenn ihr aber sagt, das ist Geschichte. So war es. Aber heute ist eine andere Zeit. Dann will ich hinhören.
In diesen Tagen erfuhr ich aus der DDR vom letzten, noch lebenden Bruder meines Vaters eine Geschichte, die er vom Krankenbett aus an mich diktierte.
Mein Vater wußte diese Geschichte, aber er hat sie mir niemals erzählt. Keinem meiner Geschwister. Er wollte uns Kinder zu Sozialisten erziehen, ohne andere Erinnerung an Vorfahren, als an Bauern.
Mein Onkel ließ mir sagen:
Deine Urahnin war eine Renaud, Hugenottin, aus der französischen Aristokratie, Vater General. Ihre Eltern wurden ermordet, weil sie für die Glaubensfreiheit der Hugenotten eintraten. So kam sie, nach einer langen Flucht, fremd, in eine fremde Welt von Bauern.*
Es ist gut, daß es immer wieder Menschen gibt, die die Arme öffnen. Mein Mann gehört dazu. Er fing mich auf. Meine Freundin Helga M. Novak rannte vor Entsetzen bis nach Island. Wir wollten nicht zum führenden Kader der Nation gehören auf Kosten unserer Menschlichkeit. Wir hatten begriffen, nur der Mensch ist wahrhaft privilegiert, der sagen kann, was er denkt.

---

* Calvin: »Ob wir wollen oder nicht, wir müssen in dieser Welt Fremdlinge sein.« Corpus Reformatorum XII, 646.

Dieses Buch beruht auf Informationen aus ganz Deutschland, überprüft im Jahre 1976.
Ich habe auf fast alle meine Fragen Antwort bekommen, in der DDR und in der Bundesrepublik, ohne jemals gefragt zu werden, wofür ich meine Auskünfte haben wollte.
Ich danke den Institutionen der DDR, die mich bei meinen Recherchen unterstüzten, und ich danke auch den Institutionen der Bundesrepublik für gleiches Entgegenkommen.
Ganz besonders danke ich Günther Buch, Referatsleiter im Gesamtdeutschen Institut in Berlin, der mir seine biographischen Materialien zur Verfügung stellte, von ihm selbst seit 1956 akribisch zusammengetragen.
Mein Dank gilt auch dem Institut für Publizistik und Dokumentationswissenschaft der Freien Universität Berlin, Archiv und Bibliothek, und Prof. Dr. Elisabeth Löckenhoff, für wertvolle Hinweise.
Und nicht zuletzt danke ich Luise Finck, Diplombibliothekarin am Institut für Internationale Angelegenheiten der Universität Hamburg, für ihre monatelange Unterstützung meiner Arbeit.

Brigitte Klump

Anhang

Das rote Kloster

Der Volksmund spricht vom roten Kloster und meint damit die Fakultät für Journalistik in Leipzig. Diese Fakultät der Karl-Marx-Universität ist ein Ausbildungsinstitut des Zentralkomitees der SED, formal der Karl-Marx-Universität Leipzig unterstellt. Diplomanden der Fakultät gehören zur Nomenklatura der ZK der SED, zu verstehen als Macht-Elite der DDR, genannt »Führender Kader der Nation«. Ihr beruflicher Einsatz wird vom ZK verfügt und nicht über das Staatssekretariat für das Hoch- und Fachschulwesen abgewickelt. Die Ernennung des Lehrpersonals des roten Klosters erfolgt ebenfalls im ZK; dort werden auch die Lehrpläne aufgestellt.
Die Fakultät wurde, unbemerkt von der Öffentlichkeit, ganz allmählich aus dem Zuständigkeitsbereich der Universität herausgenommen.
1945 war die Publizistik eine Fachrichtung der Wirtschafts- und Sozialwissenschaftlichen Fakultät. Sie wurde 1948 dem Lehrstuhl für Internationales Pressewesen der Gesellschaftswissenschaftlichen Fakultät angegliedert – unter Leitung von Hermann Budzislawski, der einem Ruf aus der Emigration nach Leipzig folgte.
1951 wurde der Lehrstuhl für Publizistik an der Leipziger Universität reorganisiert als »Institut für Publizistik und Zeitungswissenschaft« an der Philosophischen Fakultät. 200 Studenten wurden in Internaten immatrikuliert.
1954 wurde dieses Institut zur selbständigen »Fakultät für Journalistik« erklärt; mit 357 Direkt-Studenten.
1969 erhielt die Fakultät einen neuen Namen: »Sektion Journalistik der Karl-Marx-Universität«.
Eine Zahl aus dem Jahr 1974: Für die Erziehung der 740 Studenten der Sektion standen zur Verfügung: 8 Professoren, 20 Dozenten, 53 wissenschaftliche Mitarbeiter. Außerdem jährlich bis zu 30 Journalisten aus der Praxis (nach Heinrich Bruhn: »Zwanzig Jahre Fakultät/Sektion Journalistik«).

Studienfächer der Fak.Jour. von 1954–58

Marxismus-Leninismus, Grundlagenstudium
Geschichte des deutschen Volkes
Geschichte der deutschen Literatur
Geschichte der deutschen Presse
Presse der DDR
Sprachwissenschaften
Deutsche Sprache und Stilistik
Russische Sprache
Bolschewistische Presse
Politische Ökonomie des Kapitalismus und Sozialismus
Theorie und Praxis der Pressearbeit
Logik
Historischer Materialismus
Dialektischer Materialismus
Weltliteratur
Sport
Ab 3. Studienjahr Spezialseminare z. B. in Kultur- oder Wirtschaftspolitik und in der Psychologie der Massenführung.

Zentralkomitee der SED, Politbüro

Das Politbüro des Zentralkomitees (ZK) der Sozialistischen Einheitspartei Deutschlands (SED) ist das politische Machtzentrum in der DDR.
Es ist das Zentrum der politischen Willensbildung und das Entscheidungsgremium.
Hier fallen auch die Personalentscheidungen für die Lenkungs-, Leitungs- und Kontrollfunktionen in Staatsapparat und Wirtschaft.
Laut Artikel 40 des Statuts der SED tritt das ZK der SED »mindestens einmal in sechs Monaten« zu einer Plenartagung zusammen. Dem ZK-Plenum hat ein Mitglied des Politbüros Bericht zu erstatten. »Zwischen den Plenartagungen« – und das ist ganzjährig – lenkt das Politbüro Partei, Gesellschaft und Staat.
Gegenwärtig gehören dem Politbüro 18 Mitglieder an und 8 nicht stimmberechtigte Kandidaten mit beratender Funktion.
Das Politbüro tagt an jedem Dienstag unter Leitung des Generalsekretärs Erich Honecker.
11 der gegenwärtig 26 Angehörigen des Politbüros bilden das ZK-Zentralsekretariat. Sie haben Leitungsfunktion »hauptsächlich zur Durchführung und Kontrolle der Parteibeschlüsse und zur Auswahl der Kader« (Statut der SED). Das Parlament der DDR, die Volkskammer, hat lediglich die von den Parteigremien vorbereiteten oder gefaßten Beschlüsse zu bestätigen. Das steht im Widerspruch zur Verfassung der DDR, in der die Volkskammer als das »oberste Machtorgan« der DDR bezeichnet wird.

Bodenreform in der DDR

Am 8. September 1945 rief das ZK der KPD in Deutschland zur Bodenreform auf. Alle Grundbesitzer über 100 ha wurden entschädigungslos enteignet. Der Boden kam mit 600 000 ha von Naziführern konfisziertem oder dem Staat gehörendem Land in einen Bodenfonds. Aus diesem Bodenfonds erhielten 500 000 Personen 2,1 Millionen ha Land (Landarbeiter, landlose Bauern, Umsiedler, landarme Kleinbauern).
Vom 9.–12. Juli 1952 beschloß die 2. Parteikonferenz der SED die »planmäßige Errichtung der Grundlagen des Sozialismus in der DDR«. Sie gab das Signal für die *Kollektivierung* der Landwirtschaft. Zuerst schlossen sich die wirtschaftlich nicht rentablen Betriebe zu Genossenschaften zusammen. Es waren freiwillige Zusammenschlüsse.
Im Laufe der Jahre wurde die Kollektivierung mit Nachdruck betrieben. Die Folge der forcierten Kollektivierung war eine steigende Flucht der bäuerlichen Bevölkerung in die Bundesrepublik.
Am 15. April 1960 meldete der letzte Bezirk Karl-Marx-Stadt die vollständige Kollektivierung. Damit war die Kollektivierung der Landwirtschaft der DDR abgeschlossen. Ein paar freie Bauern gibt es noch in der DDR, statistisch nicht erfaßt. Sie

Stichtag	Zahl der LPG	Landwirtschaftl. Nutzfläche der LPG	
		1000 ha =	% DDR
31. 12. 1952	1 906	218,0	3,3
31. 12. 1953	4 691	754,3	11,6
31. 12. 1954	5 120	931,4	14,3
15. 11. 1955	6 047	1 279,2	19,7
31. 12. 1956	6 281	1 500,7	23,2
31. 12. 1957	6 691	1 631,9	25,2
31. 12. 1958	9 637	2 386,0	37,0
30. 11. 1959	10 132	2 794,3	43,5
31. 12. 1959	10 465	2 896,9	45,1
31. 5. 1960	19 345	5 384,3	83,6
31. 12. 1960	19 261	5 420,5	84,2

Aus Hermann Weber: »Von der SBZ zur DDR«

sind eine Art Denkmal und werden Besuchern als Rarität gezeigt.
Heute ist die DDR auf dem Weg zur *Industrialisierten Landwirtschaft*, das bedeutet die Vereinigung der LPG mit den Volkseigenen Gütern zu landwirtschaftlichen Großbetrieben.
Ende 1975 waren 88 Prozent der landwirtschaftlichen Nutzfläche der DDR in »Kooperative Abteilungen Pflanzenproduktion (KAP)« zusammengefaßt. Gegenwärtig gibt es bereits 156 solcher Abteilungen LPG-Pflanzenproduktion. Jeder dieser Betriebe bewirtschaftet durchschnittlich 5000 ha. Ziel ist, alle Arbeitsvorgänge, von der Züchtung bis zur Verarbeitung des Endprodukts, an Ort und Stelle in der KAP zu organisieren.
Im Obstanbaugebiet Werder entsteht zum Beispiel gegenwärtig eine Obstplantage von 10 300 ha, für deren Aufbau einschließlich dazugehörender Hubschrauber und Kühlhäuser 800 Millionen Mark vorgesehen sind.
Ein weiterer Schritt zur Industrialisierung der Landwirtschaft ist die Kooperation zwischen LPG-Pflanzen- und LPG-Tierproduktion – Hauptaufgabe der nächsten Jahre.

Personalien

(Stand Juni 1980)

Apel, Erich, Jahrgang 1917, SED
Maschinenbauingenieur. Von 1946–52 als Oberingenieur in der Sowjetunion; 1953–55 Stellvertreter des Ministers, 1955–58 Minister für Schwermaschinenbau; 1958–61 Leiter der Wirtschaftskommission beim Politbüro des ZK der SED. 1960 Promotion zum Dr. rer. oec. 1961–62 Sekretär des ZK der SED; 1963 Vorsitzender der Staatlichen Plankommission und Stellvertreter des Vorsitzenden des Minsterrates. Geriet in Widerspruch zur sowjetischen Wirtschaftspolitik. Am 3. 12. 1965 Selbstmord.

Berghaus, Ruth, verwitwete Dessau, Jahrgang 1927, SED
1951–64 Choreographin der Palucca-Schule in Dresden und des Theaters der Freundschaft; 1964–67 Regieassistentin und Choreographin des Berliner Ensembles; 1967–70 Regisseur des Berliner Ensembles; 1970–71 stellvertretender Intendant; 1971–77 Intendant des Berliner Ensembles, Nachfolgerin von Helene Weigel.
Seit April 1977 Regisseur an der Staatsoper Ostberlin.

Berlau, Ruth (1906–1973)
Dänische Schauspielerin und Journalistin, Kommunist. Verheiratet mit dem Arzt Prof. Dr. Lund. War seit 1933 an Brechts Seite, Mitarbeiterin, Vorbild der Shen Te und des Shui Ta aus dem »Guten Menschen von Sezuan«, aber zerbrochen an ihren Problemen.

Besson, Benno, Jahrgang 1922, Schweizer Staatsbürgerschaft
Studium der Romanistik an der Universität Zürich. Seit 1949 in der DDR ansässig. 1949–68 Schauspieler, Regieassistent, Regisseur am Berliner Ensemble und am Deutschen Theater in Ostberlin; von 1969 bis März 1979 künstlerischer Leiter, Intendant der Ostberliner Volksbühne. Kehrte im März 1979 von

einem Auslandsaufenthalt nicht in die DDR auf seinen Intendantensessel zurück.

Biermann, Wolf, Jahrgang 1936, SED (bis 1963)
Vater Werftarbeiter, Kommunist, im KZ Auschwitz 1943 ermordet. 1953 zog Biermann von Hamburg nach Ostberlin, um den Sozialismus in der DDR aufbauen zu helfen. Er studierte Philosophie, Politische Ökonomie an der Ostberliner Humboldt-Universität. 1957–59 Regieassistent beim Berliner Ensemble Helene Weigels. Gefördert von Hanns Eisler; schreibt politische Lyrik. 1960 ein Spottlied: »Ach, Sindermann, du blinder Mann, du richtest nur noch Schaden an!« (Sindermann war zu der Zeit im ZK der SED verantwortlich für die Pressepolitik.)
Maßregelungen in der Presse: 1963 von Girnus, 1965 von Klaus Höpcke.
1963 Ausschluß aus der SED, ein Jahr lang Auftrittsverbot. 1964 Genehmigung einer Tournee durch die Bundesrepublik und Westberlin, die seinen Ruhm begründet; seitdem wurde er in der DDR boykottiert.
1965 Auftrittsverbot für ganz Deutschland, 11 Jahre lang. November 1976: Plötzliche Erlaubnis, in der Bundesrepublik seine Lieder zur Gitarre vorzutragen (Einladung der IG Metall). Sein Auftritt in der Kölner Sporthalle vor 7000 Zuhörern, übertragen von Fernsehen und Rundfunk der Bundesrepublik, empfangen in ganz Deutschland, führte am 16. 11. 1976 zur Aberkennung der Staatsbürgerschaft in Abwesenheit und zur Ausbürgerung aus der DDR.
Die Schriftsteller und Künstler der DDR formierten sich in einer Unterschriftenaktion: »Wir protestieren gegen seine Ausbürgerung und bitten darum, die beschlossene Maßnahme zu überdenken.« (Siehe »Die Zeit« vom 3. 12. 1976.)

Offener Brief in Sachen Wolf Biermann

Wolf Biermann war und ist ein unbequemer Dichter – das hat er mit vielen Dichtern der Vergangenheit gemein.

Unser sozialistischer Staat, eingedenk des Wortes aus Marxens »18. Brumaire«, dem zufolge die proletarische Revolution sich unablässig selber kritisiert, müßte im Gegensatz zu anachronistischen Gesellschaftsformen eine solche Unbequemlichkeit gelassen nachdenkend ertragen können.
Wir identifizieren uns nicht mit jedem Wort und jeder Handlung Biermanns und distanzieren uns von Versuchen, die Vorgänge um Biermann gegen die DDR zu mißbrauchen. Biermann selbst hat nie, auch nicht in Köln, Zweifel daran gelassen, für welchen der beiden Staaten er bei aller Kritik eintritt.
Wir protestieren gegen seine Ausbürgerung und bitten darum, die beschlossene Maßnahme zu überdenken.
17. November 1976
Sarah Kirsch, Christa Wolf, Volker Braun, Franz Fühmann, Stephan Hermlin, Stephan Heym, Günter Kunert, Heiner Müller, Rolf Schneider, Gerhard Wolf, Jurek Becker, Erich Arendt.

Wir sind mit der Erklärung und dem Protest der Berliner Künstler gegen die Ausbürgerung Wolf Biermanns solidarisch: Jutta Hoffmann, Katharina Thalbach, Manfred Krug, Ulrich Plenzdorf, Klaus Schlesinger, Fritz R. Fries, Thomas Brasch, B. K. Tragelehn, Kurt Bartsch, Hans-Joachim Schädlich, Peter Herrmann, Erika Dobslaff, Rolf Ludwig, Käthe Reichel, Wasja Götze, Nina Hagen, Christiane Ufholz, Bettina Wegner, Eva-Maria Hagen, Thomas Schoppe, Gerulf Pannach, Bettina Hindemith, Jürgen Fuchs, Sibylle Havemann, Angelica Domröse, Hilmar Thate.

18. November 1976
Kurt Demmler, Uschi Brüning, Ernst-Ludwig Petrowski, Jürgen Böttcher, Eberhard Esche, Cox Habbema, Dieter Schubert, Thomas Langhoff, Horst Sagert, Günter Fischer, Günter de Bruyn, Horst Hiemer, Jutta Wachowiak, Else Grube-Deister, Adolf Dresen, Margit Bendokat, Hans Bunge, Lothar Reher, Nuria Quevedon, Christine Gloger, Henryk Bereska, Horst Hussel, Ulrich Gumpert.

19. November 1976
Karl-Heinz Jacobs, Arnim Mueller-Stahl, Barbara Dittus, Willi Hoese, Matthias Langhoff, Axel Gothe, Antje Vogel, Anne Hussel-Gabrisch, Peter Rüth, Barbara Rüth, Klaus Lenz, Heiner Sylvester, Richard Cohn-Vossen, Günter Kotte, Heinz Brinkmann, Wolfram Maaß, Dr. Wiemuth, Horst Gretzschel, Reimar Gilsenbach, Helga Schütz, Trini Cremer, Werner Kohlert, Charlotte E. Pauly, Christa Sammler, Bernd Wilde, Christine Renker, Charlotte Worgitzky, Klaus Poche, Elke Erb, Frank Beyer, Christoph Ehbets.

20. November 1976
Reinhard Lakomy, Angelika Mann, Ulf Voigt, Katja Lange, Wolfang Müller.

21. November 1976
Tilo Medek, Petra Grote, Peter Graf, Heidrun Herrmann, Jetti Graf, Reiner Medlin.

Inzwischen soll die Liste über 150 Namen zählen. Gegen die Ausbürgerung Biermanns haben sich unter anderen ebenfalls erklärt: Robert Havemann, Reiner Kunze, Egon Günther und (in einem in der Schweiz geschriebenen Brief an Honecker) der Lyriker Bernd Jentzsch. (»Die Zeit«, ebenda.)

Bruhn, Heinrich, Jahrgang 1913, SED
1928 Mitglied des Kommunistischen Jugendverbandes und der KPD. 1931 Angestellter der Deutsch-Russischen Transport- und Handels-AG in Berlin. 1936 wegen Vorbereitung zum Hochverrat zu 2½ Jahren Gefängnis verurteilt. Während des Zweiten Weltkrieges Soldat. Kriegsgefangenschaft. 1945 erneut Mitglied der KPD; Kommissar der Volkspolizei. Besuch der Landesparteischule der SED. Danach als Sekretär, Redakteur und Lehrer eingesetzt. Seit 1951 Dozent an der Karl-Marx-Universität Leipzig. Professor für Geschichte der russischen Journalistik an der Fak.Jour. und stellvertretender Direktor dieses Instituts. Frühjahr 1955–58 beurlaubter stellvertretender Direktor und Professor für Geschichte der russischen Journalistik. Mit dem Herbstsemester 1959 wurde er wieder voll integriert in die Fak.Jour. als Direktor des Instituts für Pressegeschichte und Prodekan. Von 1954–58 Abgeordneter der Volkskammer. Heute Ordentlicher Professor für Geschichte des Journalismus an der Sektion Journalistik der Karl-Marx-Universität Leipzig.

Buchholz, Erich, Jahrgang 1927, SED
Jurist. 1956 promoviert, arbeitete mit an Prof. Dr. Alfons Steinigers Entwurf eines neuen sozialistischen Familiengesetzes, das am 20. 12. 1965 von der Volkskammer verabschiedet wurde als »Familiengesetzbuch der DDR«. 1963 Habilitation. Professor mit Lehrstuhl für Strafrecht an der Humboldt-Universität in Ostberlin. Seit 1966 bis heute Dekan der juristischen Fakultät. Mitglied des wissenschaftlichen Beirates bei der General-Staatsanwaltschaft der DDR.

Budzislawski, Hermann (1901–1978), SED
1919–23 Studium der Volkswirtschaft und Promotion zum Dr. rer. pol. 1926–33 Redakteur einer wissenschaftlichen Korrespondenz für Zeitungen. 1929 Mitglied der SPD. 1932–33 Mitarbeiter, 1934–39 Herausgeber der »Neuen Weltbühne« in Prag und Paris. Über die Haltung Budzislawskis zu der damaligen Zeit gibt Kurt Hiller Auskunft in seinem Buch »Leben gegen die Zeit«, Rowohlt 1969. 1935–38 Erster Vorsitzender des Volksfrontausschusses in Prag. 1939 Vorsitzender des Aktionsausschusses deutscher Oppositioneller in Paris. 1939 bei Kriegsausbruch in Frankreich interniert; 1940 Emigration in die USA. Dort 1944 Mitbegründer des »Rates für ein demokratisches Deutschland«.
1948 Rückkehr nach Deutschland, um das Leipziger Institut für Publizistik zu übernehmen. Mitglied der SED. Kommentator am Sender Leipzig.
1952–66 Professor mit Lehrstuhl für Geschichte der deutschen Presse an der Fak.Jour. in Leipzig; 1954–62 Dekan der Fak.Jour., Rücktritt.
1965 Direktor des Instituts zur Erforschung der Massenkommunikationsmittel in Ostberlin. Die Verabschiedung von der Fakultät für Journalistik erfolgte mit der Verleihung des Ehrendoktors der Fakultät (1966). 1967 emeritiert. Herausgeber der »Weltbühne« in Ostberlin bis zu seinem Tode = März 1978.

Bunge, Hans-Joachim, Jahrgang 1919, SED
1943–49 in sowjetischer Kriegsgefangenschaft, anschließend Studium an der Universität Greifswald, Diplom für Germanistik und Kunstgeschichte; 1957 Promotion.
Ab 1953 Dramaturgie- und Regieassistent am Berliner Ensemble. 1956 (nach Brechts Tod) Aufbau und Leitung des Bertolt-Brecht-Archivs; Vorbereitung einer historisch-kritischen Ausgabe der Schriften Bertolt Brechts (die Arbeiten wurden eingestellt).
Ab 1962 wissenschaftlicher Mitarbeiter der Deutschen Akademie der Künste zu Berlin. Gastvorlesungen und Veröffentli-

chungen, hauptsächlich über Brecht, im In- und Ausland. Bearbeiter der Sonderhefte der Zeitschrift »Sinn und Form« (Hanns Eisler, Thomas Mann, Willi Bredel). Im Zusammenhang mit dem 11. Plenum des ZK der SED vom 15. bis 18. 12. 1965, das vor allem ideologische und kulturpolitische Fragen behandelte, fristlose Entlassung.
Von 1966–68 freiberufliche Tätigkeit (Rundfunksendungen, Literaturkritik). Ab 1968 Dramaturg und Regisseur am Volkstheater Rostock, dann am Deutschen Theater Ostberlin. Gegenwärtig freiberufliche Tätigkeit.

Cremer, Fritz, Jahrgang 1906, SED
Bildhauer. 1926 Kommunistischer Jugendverband. Mitglied der KPD und Mitbegründer des Roten Studentenbundes an der Hochschule für freie und angewandte Kunst Berlin. Studienreisen durch Frankreich, England, Italien von 1934–39.
Ab 1938 Leiter eines Meisterateliers der Preußischen Akademie der Künste.
1940 Einberufung zur Wehrmacht; Verleihung des Rom-Preises, danach längere Zeit vom Kriegsdienst beurlaubt. 1944–46 jugoslawische Kriegsgefangenschaft; ab Oktober 1946 Professor und Leiter der Bildhauer-Abteilung an der Akademie für angewandte Kunst in Wien.
1950 Rückkehr nach Deutschland. Seit 1950 Mitglied der Deutschen Akademie der Künste in Ostberlin, Leiter eines Meisterateliers der Akademie. Seit 1967 Ehrenmitglied der Akademie der Künste der UdSSR. Seit 1974 Vizepräsident der Akademie der Künste der DDR. Werke: Statuen, Steinplastiken, Denkmäler, Porträtbüsten (u. a. Totenmaske von Brecht, 1956).

Dusiska, Emil, Jahrgang 1914, SED
Stein- und Offsetdrucker. Nach 1945 Bezirksrat für Wirtschaft in Ostberlin und Magistratsdirektor für Wirtschaft. 1950–55 Wirtschaftsredakteur beim »Neuen Deutschland«. 1955–65 Mitarbeiter der Agitations-Kommission beim ZK der SED.

Promotion zum Dr. oec. am Institut für Gesellschaftswissenschaft beim ZK der SED.
Ab 1. 3. 1965 Professor mit vollem Lehrauftrag für Theorie und Praxis des sozialistischen Pressewesens an der Karl-Marx-Universität, Leipzig. Von 1967–79 Dekan der Fak.Jour. Titel: Direktor der Sektion Journalistik der Karl-Marx-Universität.

Ende, Lex (1899–1951), SED
Starb am 15. 1. 1951 in Hilbersdorf bei Freiburg in Sachsen im Lager der Wismuth AG, Uranbergbaugebiet der DDR. Er war mit anderen Genossen auf der II. Tagung des ZK der SED (24. August 1950) aus der SED ausgestoßen worden wegen der »Noel-Field-Affäre«.
Der amerikanische Kommunist Noel H. Field wurde 1949 in Ungarn als angeblicher Spion der USA verhaftet. Bei den Schauprozessen in Ungarn, Bulgarien und der Tschechoslowakei wurden führende Kommunisten wegen angeblicher Verbindung zu ihm und seinem Bruder Hermann Field verurteilt und hingerichtet; 1956 wurden die Anschuldigungen gegen Field als haltlos zurückgenommen.
Das ZK der SED erklärte auf der 28. Tagung vom 27.–29. Juli 1956, daß alle Maßnahmen gegen deutsche Kommunisten, die im Zusammenhang mit der Field-Affäre und den Schauprozessen in Ungarn und Bulgarien ergriffen worden waren, ungerechtfertigt gewesen seien. Lex Ende wurde nicht erwähnt.

Girnus, Wilhelm, Jahrgang 1906, SED
Erlernter Beruf: Kunst- und Zeichenlehrer; Literaturwissenschaftler; Prof. Dr. phil., 1929 Eintritt in die KPD; 1933 aus dem Schuldienst entlassen, vorübergehend in Schutzhaft. 1934–35 illegale Tätigkeit für die KPD, erneute Verhaftung. Bis Kriegsende Häftling in den Zuchthäusern Brandenburg und Amberg und in den KZs Sachsenhausen und Flossenbürg.
1945 Dezernent in der Verwaltung für Volksbildung. 1946 stellvertretender Intendant des Berliner Rundfunks. 1949–53 Mitglied des Redaktionskollegiums »Neues Deutschland«, Leiter der Kulturredaktion.
Wolfgang Harich nannte Girnus in der DDR-Kulturzeitschrift

»Sonntag« nach dem Juni-Aufstand von 1953 verantwortlich für den »Geist der Furcht, der Unaufrichtigkeit und der Kriecherei« im Kulturleben der DDR und für die vielen Fälle »psychotischer Schaffenskrisen« von Künstlern, da Girnus durch das »Neue Deutschland« eine Monopolstellung als ideologischer Scharfrichter besitze, gegen die niemand ankomme.
1951–54 Mitglied der Staatlichen Kunstkommission, Brechts persönlicher Widersacher. 1952 Promotion zum Dr. phil. an der Karl-Marx-Universität Leipzig. 1953–55 Leiter der Abteilung Schöne Literatur und Kunst im ZK der SED. Seine Zensur drückte sich aus in der Verweigerung oder Gewährung von Papier. Er sorgte z. B. dafür, daß Brechts »Kriegsfibel« nur in einer kleinen Auflage von 3000 Stück gedruckt wurde.
1955–57 Staatssekretär des Ausschusses für deutsche Einheit; 1957–62 Staatssekretär für das Hoch- und Fachschulwesen der DDR. In seiner Amtszeit kommt es zur Massenflucht von Studenten in die Bundesrepublik. Girnus wird seines Amtes enthoben. Zur Begründung steht ein lakonischer Satz im »Neuen Deutschland« vom 5. Juli 1962: »Das ZK wendet konkret die Lehren an, daß die Partei die Massen lehrt und zugleich von ihnen lernt.«
Girnus erhielt einen Lehrauftrag als Professor für allgemeine Literaturwissenschaft an der Humboldt-Universität in Ostberlin. Ab November 1963 übernahm er die Chefredaktion, dann die Herausgabe der Literaturzeitschrift »Sinn und Form« der Deutschen Akademie der Künste, Ostberlin, bis dahin Stätte der Diskussion mit Schriftstellern aus aller Welt.

Götting, Gerald, Jahrgang 1923, CDU
1947–49 Studium der Philologie in Halle; seit 1949 Abgeordneter der Volkskammer. 1949–66 Generalsekretär der CDU; ab Mai 1966 1. Vorsitzender der CDU in der DDR. 1950–54 Vizepräsident, 1954–58 Stellvertreter des Präsidenten, von 1969–76 Präsident der Volkskammer, abgelöst von Horst Sindermann. Seitdem Präsident der Liga für Völkerfreundschaft der DDR, Präsident des Friedensrates der DDR und Präsident der Deutsch-Sowjetischen Freundschaft.

Harich, Wolfgang, Jahrgang 1923, SED (bis 1956)
Mit 26 Jahren der jüngste Professor für Philosophie in der
DDR. 1948 Lehrauftrag für marxistische Philosophie an der
Humboldt-Universität in Ostberlin, 1949 Besuch der Parteihochschule der SED und Ernennung zum Professor.
1949–56 Chefredakteur der »Deutschen Zeitschrift für Philosophie«. Am 29. 11. 1956 wegen »Bildung einer konspirativen staatsfeindlichen Gruppe und Revision des Parteiprogramms der SED« verhaftet, am 9. 3. 1957 zu 10 Jahren Zuchthaus verurteilt. Harich wurde im Dezember 1964 aus der Haft entlassen; er arbeitete als Lektor im Akademie-Verlag in Ostberlin bis zu seiner Ausreise in die Bundesrepublik 1979. Harich ist politisch engagiert bei den »Grünen«.

41.

Die politische Plattform Harichs und seiner Freunde (1956)

1. Wer sind wir?

Wir sind eine Gruppe von SED-Funktionären, die über eine breite bewußte und über eine noch breitere unbewußte Anhängerschaft verfügt. Diese Anhängerschaft hat sich besonders aus den Kulturinstitutionen der DDR herausgebildet, aus Universitäten, Hochschulen, Zeitungsredaktionen, Verlagen und Lektoraten.
Wir lernten besonders aus den Beschlüssen des XX. Parteitages der KPdSU und aus unseren Kontakten mit ausländischen Genossen. Durch persönliche Diskussionen mit polnischen, ungarischen und jugoslawischen Genossen wurden wir in der Richtigkeit unserer Auffassungen bestätigt. Besonderen Einfluß hat auf unsere ideologische Entwicklung der Genosse Georg Lukacs genommen.
Bertolt Brecht hat mit unserer Gruppe bis zu seinem Tode stark sympathisiert und in ihr die gesunden Kräfte der Partei gesehen. In unseren häufigen Diskussionen mit Bertolt Brecht konnten wir feststellen, wie verbittert er über die bestehenden Zustände in der DDR war...

2. Unsere theoretisch-ideologische Konzeption

...Im Osten Europas sind Wirtschaftsstrukturen entstanden, die bei einer radikalen Reform und Überwindung ihrer Entartung geeignet sind, in den östlichen Ländern den Sozialismus eher zu verwirklichen, als dies in den westeuro-

päischen Ländern mit ihren überwiegend kapitalistischen Wirtschaftsstrukturen möglich sein wird.
Eine radikal entstalinisierte Wirtschaftsstruktur in der UdSSR und in den Volksdemokratien wird im Verlaufe der weiteren Entwicklung den kapitalistischen Westen allmählich beeinflussen.
Gleichzeitig wird der Westen den Osten mit demokratischen und freiheitlichen Ideen und Auffassungen beeinflussen und den Osten zwingen, sein totalitäres und despotisches politisches System Schritt für Schritt abzubauen.
In dieser wechselseitigen Beeinflussung und Durchdringung sehen wir die Verwirklichung einer echten Koexistenz, die dem Osten politische Freiheit und Demokratie und dem Westen Wirtschaftsstrukturen bringen wird, die er zumindest für seine Grundstoffindustrie übernehmen muß...

3. Welches Programm haben wir für die SED und die DDR?

Aus der gegebenen Einschätzung und der heutigen Situation ziehen wir für die SED und für die DDR folgende Schlußfolgerungen:
Wir wollen die Partei von innen reformieren. Wir wollen auf den Positionen des Marxismus-Leninismus bleiben. Wir wollen aber weg vom Stalinismus. Daraus ergibt sich für die Theorie des Marxismus-Leninismus:
Sie muß ergänzt und erweitert werden durch die Erkenntnisse Trotzkis und vor allen Dingen durch die Bucharins; sie muß ergänzt und erweitert werden durch die Erkenntnisse Rosa Luxemburgs und teilweise auch durch die Karl Kautskys. Ferner müssen wir das Wertvolle aus den Erkenntnissen Fritz Sternbergs und anderer sozialdemokratischer Theoretiker in die Theorie des Marxismus-Leninismus übernehmen. Wir müssen die jugoslawischen Erfahrungen und Erkenntnisse in die Theorie des Marxismus-Leninismus mit aufnehmen und das Neue aus den theoretischen Diskussionen in den Ländern Polen und China, wobei besonders der VIII. Parteitag der chinesischen KP von besonderer Bedeutung ist.
Organisatorisch ergeben sich für unsere Partei folgende Maßnahmen:
Die Herrschaft des Parteiapparates über die Mitglieder muß radikal gebrochen werden... Wiederherstellung der völligen Geistesfreiheit; Schluß mit dem Kirchenkampf, der die Partei von den religiösen Schichten der Bevölkerung isoliert; Herstellung der Autonomie der Universitäten; völlige Herstellung der Rechtssicherheit in der DDR; Auflösung des SSD und der Geheimjustiz...

4. Unsere Meinung zur gesamtdeutschen Frage

Wenn wir diese Reformen in der DDR durchführen und einen Lebensstandard schaffen, der zwar nicht an den Lebensstandard Westdeutschlands heranreichen wird, aber eine grundsätzliche Verbesserung der Situation gegenüber der stalinistischen Ära darstellt, dann haben wir auch das Recht, Westdeutschland

Bedingungen zu stellen. Als Grundsatz unserer gesamtdeutschen Politik gilt: In einem wiedervereinigten Deutschland darf es nicht zu einer kapitalistischen Restauration kommen...
Zitiert in: Völker hört die Signale. Der deutsche Kommunismus 1916–1966. Herausgegeben von Hermann Weber. dtv-Band 405. München 1967, S. 340ff.

Herrmann, Joachim, Jahrgang 1928, SED
1945–49 Botenjunge, Redaktionsvolontär, Hilfsredakteur und Redakteur der »Berliner Zeitung« und der Zeitung »Start«. 1946 SED. 1949–52 stellvertretender Chefredakteur, 1952–60 Chefredakteur des FDJ-Zentralorgans »Junge Welt«. 1952–59 Mitglied des Zentralrats der FDJ. 1955 Redakteur-Diplom der Fak.Jour. Leipzig. 1958–59 Sekretär des Zentralrats der FDJ, 1960–62 Mitarbeiter des ZK der SED. 1962–65 Chefredakteur der »Berliner Zeitung«. 1965–71 Staatssekretär für gesamtdeutsche bzw. westdeutsche Fragen. 1967–71 Kandidat, seit Juni 1971 Vollmitglied des ZK der SED. Von Juli 1971 bis März 78 Chefredakteur des Zentralorgans der SED »Neues Deutschland«, Nachfolger von Rudi Singer. Seit 15. 3. 1978 Sekretär für Agitation und Propaganda des ZK der SED (Nachfolger des tödlich verunglückten Werner Lamberz).

Herrnstadt, Rudolf (1903–1966), SED
Journalist. Bis 1933 Warschauer und Moskauer Korrespondent des »Berliner Tageblatts«.
1924 Mitglied der KPD. Nach 1933 deutscher Referent in der Westeuropa-Abteilung des Geheimen Nachrichtendienstes der Roten Armee. 1943 Mitbegründer des Nationalkomitees »Freies Deutschland«. Redakteur der Zeitung »Freies Deutschland«.
Nach 1945 Chefredakteur der »Berliner Zeitung«, Ostberlin; 1949–53 Chefredakteur des SED-Zentralorgans »Neues Deutschland«. 1950–53 Mitglied des ZK und Kandidat des Politbüros der SED. Führend in der Fronde gegen Ulbricht. Wegen »parteifeindlicher Fraktionsbildung« aus dem ZK und 1954 aus der SED ausgeschlossen. Bis zu seinem Tode Mitarbeiter des deutschen Zentralarchivs in Merseburg. Herrnstadt starb am 28. 8. 1966.

Herzfelde, Wieland, Jahrgang 1896, SED
Schriftsteller, Publizist, Verleger, Universitätsprofessor. Gründete 1916 seine erste Zeitschrift »Neue Jugend« mit seinem Bruder John Heartfield, dem »Erfinder« der Fotomontage. 1917–33 Gründung und Leitung des Malik-Verlages, Berlin. 1919 KPD. 1933–39 Leiter des Malik-Verlages in Prag. Emigration in die USA; von 1939–48 Journalist, Buchhändler und später Leiter des Aurora-Verlages in New York. Der Aurora-Verlag, 1944 gegründet, war ein Gemeinschaftsverlag 11 antifaschistischer Schriftsteller (Brecht, Heinrich Mann u. a.).
1949–58 Professor mit Lehrstuhl für Soziologie der neueren Literatur an der Fak. Jour. und dem Institut für Literatur in Leipzig bis 1961. Emeritiert. Seit 1972 Ehrenpräsident des PEN-Zentrums der DDR.
Wieland Herzfelde kämpfte in den fünfziger Jahren nicht nur für die Anerkennung Bertolt Brechts in der DDR, sondern auch für die Anerkennung seines Bruders John Heartfield, dessen Fotomontagen als Formalismus abklassifiziert wurden. Wie der »Vorwärts«, die SPD-eigene Wochenzeitung, am 11. 11. 1976 berichtete, ernannte der achtzigjährige Herzfelde Klaus Staeck auf der ersten Ausstellung Staecks in der DDR zum »erfreulichen Nachfolger Heartfields«. Ein geradezu kühner Vorstoß Herzfeldes, denn er übertrug damit an Staeck ein Erbe, das die DDR längst für sich vereinnahmt hatte. Staeck, Grafiker, ist 1956 aus der DDR geflohen und Sozialdemokrat.

Honecker, Erich, Jahrgang 1912, SED
Erlernter Beruf: Dachdecker. 1922–26 Mitglied der kommunistischen Kinderbewegung des Jungspartakusbundes und der Roten Jungpioniere. 1926 Kommunistischer Jugendverband. 1929 KPD. 1930 Teilnahme an einem Jugendkursus der Leninschule Moskau. 1931 Sekretär des KJV im Saargebiet. 1934 Mitglied und Mitarbeiter des illegalen ZK des KJV. Dezember 1935 Verhaftung. 1937 zu zehn Jahren Zuchthaus verurteilt. 1945 aus dem Zuchthaus Brandenburg-Görden befreit. KPD. Jugendsekretär des ZK der KPD. Mitglied des ZK. Leiter des Organisationskomitees der FDJ. Mai 1946 bis Mai 1955 1. Vor-

sitzender der FDJ in der SBZ/DDR. Seit 1946 ununterbrochen Mitglied des Parteivorstandes bzw. des ZK der SED. Seit 1949 Abgeordneter der Volkskammer. 1950–58 Kandidat des Politbüros des ZK der SED. 1956–57 zur Schulung in die SU. Danach mit militärischen und Abwehraufgaben im ZK der SED beauftragt.
1958–71 Mitglied des Politbüros und Sekretär im ZK der SED, seit Juni 1971 Vorsitzender des Nationalen Verteidigungsrates. Seit 3. 5. 1971 Nachfolger von Walter Ulbricht als Erster Sekretär des ZK der SED. Seit November 1971 Mitglied des Staatsrates. Nach dem Tode Walter Ulbrichts am 1. 8. 1973 übernahm Willi Stoph die Funktion des Vorsitzenden des Staatsrates. Honecker nahm Stoph die Funktion im Oktober 1976 ab; dieser erhielt sein früheres Amt als Vorsitzender des Ministerrates zurück, aus den Händen Sindermanns, der Göttings Amt als Volkskammerpräsident erhielt – eine Rochade in der Führungsspitze der DDR.
Honecker hat seit Oktober 1976 drei Machtfunktionen auf sich vereint, wie vor ihm Walter Ulbricht:

- Vorsitzender des Staatsrates,
- Vorsitzender des Nationalen Verteidigungsrates,
- Generalsekretär des ZK der SED.

Die Bezeichnung »Generalsekretär« ist neu als Titel des Ersten Sekretärs des ZK der SED. Er wurde auf dem 9. Parteitag im Mai 1976 erstmalig an Erich Honecker verliehen.

Höpcke, Klaus, Jahrgang 1933, SED
Diplom-Journalist der Fak.Jour. Leipzig. Oberassistent am Institut für Theorie und Praxis der Pressearbeit (unmittelbar vorgesetzt Reiner Kunze, zu der Zeit Assistent für Theorie und Praxis der Pressearbeit). Lehrbeauftragter für Innen- und Außenpolitik in der Presse.
Juli 1962 bis Januar 1964 Erster Sekretär der FDJ-Bezirksleitung Leipzig; 1964–73 Kulturredakteur des »Neuen Deutschland«. Höpcke eröffnete die Kampagne gegen Wolf Biermann und Reiner Kunze.

Seit März 1973 Stellvertretender Minister für Kultur und Leiter der Hauptverwaltung Verlage und Buchhandel.

Kaul, Friedrich Karl, Jahrgang 1906, SED
Jurist. 1931 Promotion zum Dr. jur. in Berlin. 1931–32 im Anwaltsbüro Justizrat Pinner in Berlin. 1933 aus dem Justizdienst entlassen, danach Versicherungsvertreter und Rechtskonsulent. 1935–36 Häftling in den KZs Lichtenburg und Dachau. 1937 Emigration nach Kolumbien, Mittel- und Nordamerika. 23. 2. 1939 deutsche Staatsbürgerschaft aberkannt. Während des Zweiten Weltkrieges in einem nordamerikanischen Anti-Nazi-Camp (Camp Kennedy, Texas) interniert. September 1945 Rückkehr nach Berlin. 1946 Referendar in Berlin; Hilfsrichter beim Landgericht Berlin. Juli 1946 Justitiar beim Berliner Rundfunk. Juli 1947 Justitiar der Deutschen Verwaltung für Volksbildung. November 1947 Assessorexamen in Berlin. Mai 1948 vorläufige, Juni 1949 endgültige Zulassung als Rechtsanwalt in Ost- und Westberlin. Verteidiger der KPD im Prozeß vor dem Bundesgerichtshof in Karlsruhe. Mai 1960 zum Professor ernannt. Seit Oktober 1962 Vizepräsident der Vereinigung Demokratischer Juristen (Vereinigung der Juristen der DDR). Seit Dezember 1965 nebenamtlicher Professor mit vollem Lehrauftrag und Direktor des neugegründeten Instituts für zeitgenössische Rechtsgeschichte an der Humboldt-Universität in Ostberlin. Schriftstellerische und journalistische Betätigung.

Klump, Richard (1899–1965), parteilos
Landwirt und Kaufmann aus Hinterpommern, gehörte zur Gründergeneration der Kollektivierung der Landwirtschaft in der DDR. Er gründete am 12. 2. 1952 eine LPG Typ I in Zichtow, einen Monat später die LPG »Karl Marx« in Glöwen, Kreis Westprignitz.
1952 waren nur 3,3 Prozent der landwirtschaftlichen Nutzfläche der DDR kollektiv bewirtschaftet. Typ I bedeutete die genossenschaftliche Bewirtschaftung und Nutzung des Ackerlandes, jedoch individuelles Eigentum an Vieh.

1955 Rücktritt als Vorsitzender der LPG in Glöwen; ab 1955 Leitung des Landwarenhauses in Kletzke bis zu seinem Tod am 1. Januar 1965.

Kuckhoff, Armin-Gerd, Jahrgang 1912, SED
Sohn des Schriftstellers Dr. Adam Kuckhoff. Staatsexamen an der Pädagogischen Akademie Halle/Saale. Studium an der TH Aachen. Danach als Lehrer tätig. 1937 NSDAP. Nach 1945 Referent des Intendanten am Deutschen Theater Berlin, danach Chefdramaturg des Theaters am Schiffbauerdamm in Ostberlin. Ab 1949 Leiter der theaterwissenschaftlichen Abteilung am Theaterinstitut Weimar, anschließend Leitung der theaterwissenschaftlichen Abteilung an der Theaterhochschule in Leipzig bis 1961. Rektor der Theaterhochschule bis 1969. Heute ordentlicher Professor mit Lehrstuhl an der Theaterhochschule »Hans Otto«, Leipzig.

Kunze, Reiner, Jahrgang 1933, SED (bis 1968)
1955 Diplom der Fak.Jour. in Leipzig. 1955-59 Assistent für Theorie und Praxis der Pressearbeit an der Fak.Jour. Herzinfarkt. 1959-61 Hilfsschlosser. Wissenschaftlicher Mitarbeiter der Deutschen Akademie der Künste. Übersetzer. 1961-62 Aufenthalt in der CSSR als freiberuflicher Schriftsteller. 1962-77 in Greiz, Thüringen, mit seiner zweiten Frau, einer tschechischen Zahnärztin, und seiner Tochter aus erster Ehe. 1968 Austritt aus der SED nach dem Einmarsch der Truppen des Warschauer Paktes in die CSSR. 1973 Literaturpreis der Bayerischen Akademie der Künste.
Kunzes Prosaband »Die wunderbaren Jahre«, S. Fischer 1976, inzwischen Weltauflage, führte zu seinem Ausschluß aus dem DDR-Schriftstellerverband am 3. November 1976. Es ist ein Protokoll seiner Erziehung, 18 Jahre später vorgeführt an Verhaltensweisen von Kindern und Jugendlichen aus dem Alltag der DDR von heute.
Sein Kinderbuch »Der Löwe Leopold«, 1971 mit dem Deutschen Jugendbuchpreis der Bundesrepublik ausgezeichnet, sollte mit 15000 Exemplaren in der DDR erscheinen. Als

Kunze aus dem Schriftstellerverband ausgeschlossen wurde, mußte der Ostberliner Kinderbuchverlag die Auslieferung stoppen.
Am 13. April 1977 übersiedelte Kunze mit seiner Familie auf eigenen Wunsch in die Bundesrepublik. Am 29. Februar 1980 Uraufführung seines Films »Die wunderbaren Jahre« in München. Drehbuch und Regie: Reiner Kunze.

Makosch, Ulrich, Jahrgang 1933, SED
1955 Diplom der Fak.Jour. in Leipzig. 1963 Außenpolitischer Kommentator beim Staatlichen Rundfunkkomitee in Ostberlin. 1964 Stellvertretender Leiter der Redaktion Außenpolitik bei Radio DDR und dem Berliner Rundfunk. Asien-Korrespondent des Fernsehens der DDR ab 1966 sowie Auslandskorrespondent des »Neuen Deutschlands«. Seit 1972 Mitglied, seit 1973 stellvertretender Chefredakteur der Chefredaktion Außenpolitik beim Staatlichen Fernsehkomitee der DDR. Mitglied der Bezirksleitung Berlin der SED.

Mauke, Michael (1929–1966)
Mitbegründer der »neuen Linken«, starb am 30. Januar 1966 an den Folgen einer Lungentuberkulose. Sein Buch »Die Klassentheorie von Marx und Engels«, Europäische Verlagsanstalt 1970, wurde von Klaus Meschkat und seinen Freunden aus Michael Maukes nachgelassenen, handschriftlichen Manuskripten zusammengestellt.

Mielke, Erich, Jahrgang 1907, SED
1921 Mitglied des Kommunistischen Jugendverbandes. 1925 Mitglied der KPD. 1931 an der Ermordung der Polizeihauptleute Anlauf und Lenk in Berlin beteiligt, Flucht ins Ausland. 1936–39 Teilnehmer des Spanischen Bürgerkriegs, ging anschließend in die SU. 1945 Rückkehr nach Deutschland. Ab Juli 1946 Vizepräsident der Zentralverwaltung für Inneres in Berlin-Wilhelmsruh. Organisierte zusammem mit W. Zaisser die politische Polizei. Seit 1950 Mitglied des ZK der SED. 1950–53 Staatssekretär im Ministerium für Staatssicherheit. 1953–55

stellvertretender Staatssekretär für Staatssicherheit im Ministerium des Inneren. 1955–57 erneut Staatssekretär im Ministerium für Staatssicherheit. Seit 1958 Abgeordneter der Volkskammer. Seit 1957 Minister für Staatssicherheit. Amtierend (Nachfolger Wollwebers). Von Oktober 1959 bis Januar 1980 Generaloberst, seit 1980 Armeegeneral. Ab Juni 1971 Kandidat des Politbüros des ZK der SED; seit Mai 1976 Mitglied des Politbüros des ZK der SED.

Mickel, Karl, Jahrgang 1935, SED
Studium Wirtschaftsgeschichte. Redakteur der Zeitschrift »Junge Kunst«. Dozent an der Hochschule für Ökonomie, Berlin. Mitarbeiter des Berliner Ensembles. 1963 Gedichte »Lobverse und Beschimpfungen« und 1965 »Vita nova mea – Mein neues Leben«. 1975 ein dritter Gedichtband – »Eisenzeit«. Stücke: »Nausikaa«, 1968; »Celestina«, 1974. Für die Oper »Einstein«, Musik Paul Dessau, schrieb er das Libretto. Seine »Gelehrtenrepublik«, Aufsätze und Studien, erschien 1976.

Linz, Herbert, Jahrgang 1904, SED
Von 1956–60 Chefredakteur des »Freien Bauern«, des Zentralorgans der VdgB (Vereinigung der gegenseitigen Bauernhilfe) in Ostberlin. Dann wurde der »Freie Bauer« im Zuge der allgemeinen Kollektivierung der Landwirtschaft, die die freien Bauern hinwegfegte, eingestellt. Im Bauernverlag erschien nur noch die Zeitschrift »Der Genossenschaftsbauer«. 1969 schied Herbert Linz, bis dahin Verlagsleiter der Transpresse, VEB Verlag Verkehrswesen, aus Gesundheitsgründen aus.

Nössig, Manfred, Jahrgang 1930, SED
Theaterwissenschaftler und Kritiker, Dr. phil. Theaterhochschule Weimar, 1954 Diplom; Assistent an der Theaterhochschule Leipzig bei Prof. Dr. Armin G. Kuckhoff. 1960 Chefdramaturg des Staatstheaters Schwerin. 1961 Chefredakteur der Zeitschrift »Theaterdienst«. 1963–66 und 1970–74 Chefredakteur der Zeitschrift »Theater der Zeit«. Seit 1971 im Präsidium des Verbandes der Theaterschaffenden. Mitautor von »Theater

in der Zeitenwende«. Heute wissenschaftlicher Mitarbeiter des Zentralinstituts für Literaturgeschichte an der Akademie der Wissenschaften der DDR.

Novak, Helga M., Jahrgang 1935, SED (bis 1957)
1938 adoptiert vom kaufm. Angestellten Karl Novak und seiner Frau Charlotte. 1940–51 Besuch der Grund- und Oberschule in Erkner bei Berlin. 1946–49 Heimarbeit (gemeinsam mit der Mutter) für die Firma »Eitner«, Berlin-Mahlsdorf, Igelitverarbeitung. 1951 endgültiges Verlassen des Elternhauses. Im Herbst 1951 Aufnahme in die Landesoberschule Waldsieversdorf bei Buckow (Märk. Schweiz); ein Internat, das nach den Prinzipien Makarenkos geführt wurde. 1953, am Todestag Stalins, Eintritt in die SED. Im Frühjahr 1954 Abitur in Waldsieversdorf, im Herbst Immatrikulation an der Fakultät für Journalistik der Karl-Marx-Universität, Leipzig; Nebenstudium Philosophie. 1957 Exmatrikulation von der Fakultät für Journalistik aus folgenden Gründen: wiederholte Verstöße gegen die Parteidisziplin, Unverständnis gegenüber dem Einmarsch sowjetischer Truppen in Ungarn, Ablehnung, für den Staatssicherheitsdienst die isländische Studentengruppe, die in Leipzig studierte, nach ihren Meinungen und Tätigkeiten auszuforschen. Alle Isländer, die damals in Leipzig studierten, waren Kommunisten.
Nach der Exmatrikulation Ausschluß aus der SED auf eigenen Wunsch. Eine Woche später Republikflucht nach Island.
1958 Bittbrief ans DDR-Innenministerium um Erlaubnis zur Rückkehr; Rückkehr in die DDR im März, Verpflichtung in die Produktion. 1958–60 Arbeit als Monteurin am Fließband im VEB-Werk für Fernsehelektronik, Oberschöneweide. 1959 Antrag des Betriebes, das letzte Semester in Leipzig abschließen zu dürfen – abgelehnt; Antrag der Kulturredaktion der »Berliner Zeitung«, bei ihr als Redakteurin eingestellt werden zu dürfen – abgelehnt.
1960 Heirat mit einem Isländer, der in der DDR studierte; 1961 offizielle Übersiedlung nach Island unter Beibehaltung der DDR-Staatsbürgerschaft; jährlich ungehinderter Besuch der

DDR. 1965 erste Veröffentlichung eines Gedichtbandes beim Luchterhand-Verlag, Neuwied: »Die Ballade von der reisenden Anna«. Nach gescheiterter Ehe im Sommer Rückkehr in die DDR und Immatrikulation am Literaturinstitut »Johannes R. Becher«, Leipzig. Im Herbst nach dem 11. Plenum Exmatrikulation vom Literaturinstitut aus folgenden Gründen: Verunglimpfung der DDR in dem Gedichtband »Reisende Anna«, staatsfeindliche Äußerungen, Fraktionsbildung.
Im Frühjahr 1966 Vorladung zum Innenministerium, sofortige Aberkennung der DDR-Staatsangehörigkeit; Befehl, das Land innerhalb von vierundzwanzig Stunden zu verlassen, mit der Auflage, den Boden der DDR in Zukunft nicht mehr zu betreten; Rückkehr nach Island, Antrag auf isländische Staatsangehörigkeit, Arbeit in Fabriken und Werkstätten. 1968 Verleihung des Bremer Literaturpreises, Übersiedlung nach Westdeutschland unter Beibehaltung der isländischen Staatsangehörigkeit; Arbeit als freie Schriftstellerin in Frankfurt am Main. 1979 ihr erster autobiographischer Roman »Die Eisheiligen«, Verlag Luchterhand; bringt Helga Novak das Amt des »Stadtschreibers von Bergen« (Vorort von Frankfurt) ein.

Nuschke, Otto (1883–1957), CDU
Journalist. 1904 Chefredakteur der »Hessischen Landeszeitung«. 1910–15 Parlamentsberichterstatter des »Berliner Tageblatts«. 1915–33 Chefredakteur der »Berliner Volkszeitung«, 1933–45 Landwirt. 1945 Mitbegründer der CDU. Verlagsdirektor der »Neuen Zeit«, dem CDU-Zentralorgan. Seit 1947 bis zu seinem Tod Vorsitzender der CDU. Ab 1949 Abgeordneter der Volkskammer und Stellvertretender Ministerpräsident. Nuschke erhielt den Ehrendoktor der Fak.Jour. zu seinem Geburtstag am 23. 2. 1955. Er starb am 27. 12. 1957.

Pehnert, Horst, Jahrgang 1932, SED
1954 als Redakteur der »Jungen Welt«, Zentralorgan der FDJ, zum Studium an die Fak.Jour. in Leipzig delegiert. 1958 verzichtete Pehnert im Laufe der ideologischen Auseinandersetzungen an der Fak.Jour. auf sein Diplom und kehrte zur »Jun-

gen Welt« zurück. 1962-66 stellvertretender Chefredakteur der »Jungen Welt«. 1965 erscheint sein Buch »Dr. Sorge funkt aus Tokyo« im Deutschen Militärverlag, Berlin. Ein Bekenntnis zur heimlichen Front der »Kundschafter des Friedens« (Synonym für Mitarbeiter des sowjetischen Geheimdienstes). Dr. Sorge steht für den Spion, der aus eigenem Entschluß mit dem Einsatz seiner ganzen Person für seine Überzeugung einsteht – bis vor den Henker.
1966-71 Chefredakteur der »Jungen Welt«. 1965-71 Mitglied des Büros des Zentralrats der FDJ. 1967-72 Mitglied des Zentralvorstandes des Verbandes der deutschen Journalisten. Von Juni 1971 bis November 1976 stellvertretender Vorsitzender des Staatlichen Komitees für Fernsehen; seit 1. 12. 1976 Stellvertretender Minister für Kultur und Leiter der Hauptverwaltung Film (Nachfolger von Hans Starke). Seit 1978 Mitglied des Präsidiums des Film- und Fernsehrates der DDR.

Raddatz, Klaus, Jahrgang 1933, SED
1955 Diplom der Fak.Jour. in Leipzig, Redakteur. 1965-71 stellvertretender Chefredakteur der »Jungen Welt«; 25. 6. 1971 Chefredakteur, Nachfolger von Horst Pehnert. Seit Mai 1971 Mitglied des Büros des Zentralrates der FDJ.

Sindermann, Horst, Jahrgang 1915, SED
Kommunistischer Jugendverband. Von 1934-45 inhaftiert im Zuchthaus Waldheim, KZs Mauthausen und Sachsenhausen u. a. 1945 KPD. 1945-46 Chefredakteur der »Sächsischen Volkszeitung«, Dresden. 1946-47 Chefredakteur der »Volksstimme«, Chemnitz. 1947-49 Erster Kreissekretär der SED in Chemnitz und Leipzig. 1950-53 Chefredakteur der »Freiheit«, Halle/Saale. 1953-63 Mitarbeiter des ZK der SED, Leiter der Abteilung Agitation und Propaganda. In seinen Zuständigkeitsbereich gehörte auch die Fak.Jour. in Leipzig. 1958-63 Kandidat, seit 1963 Mitglied des ZK der SED. 1963-67 Kandidat, seit 1967 Vollmitglied des Politbüros. Seit 1963 Abgeordneter der Volkskammer.
Mai 1971 bis Oktober 1973 Erster Stellvertretender Vorsitzen-

der des Ministerrates und Mitglied des Präsidiums. Von Oktober 1973 bis Oktober 1976 Vorsitzender des Ministerrates, Nachfolger von Willi Stoph. Seit Herbst 1976 Stellvertretender Vorsitzender des Staatsrates und Präsident der Volkskammer (Nachfolger von Gerald Götting), damit protokollarisch zweiter Mann der DDR (machtmäßig ist das Willi Stoph, Vorsitzender des Ministerrates).

Teubner, Hans, Jahrgang 1902, SED
1919 KPD. Ab 1924 Redakteur der kommunistischen Organe »Der Kämpfer« in Chemnitz und »Freiheit« in Düsseldorf. Zeitweise illegal tätig. 1927–30 Studium an der Leninschule in Moskau. 1933–35 im Zuchthaus Luckau inhaftiert, danach Emigration nach Prag, Spanien, Frankreich und in die Schweiz. 1945–46 Chefredakteur der »Deutschen Volkszeitung« in Berlin. 1946 Chefredakteur der »Sächsischen Zeitung« in Dresden. Danach Leiter der Lehrabteilung an der Parteihochschule der SED. Am 24. 8. 1950 wegen »Unterstützung des Klassenfeindes« (Noel Field) sämtlicher Funktionen enthoben.
1955/56 rehabilitiert. Anschließend Professor mit vollem Lehrauftrag an der Fak.Jour. der Karl-Marx-Universität in Leipzig für Theorie und Praxis der Pressearbeit und Direktor des Instituts für Theo/Prax; Prodekan der Fak.Jour. 1959–63 Chefredakteur der »Leipziger Volkszeitung«. Heute Mitarbeiter des Instituts für Marxismus-Leninismus beim ZK der SED.

Vieweg, Kurt, Jahrgang 1911, SED
Prof. Dr. Kurt Vieweg war nach einer steilen Karriere bis ins ZK der SED und als Direktor des Instituts für Agrar-Ökonomik der Akademie der Landwirtschaftswissenschaft zum Kritiker der Kollektivierung der Landwirtschaft geworden, weil er registrierte, daß auch noch 1956 92 Prozent aller LPG unrentabel arbeiteten und staatliche Stützung in Anspruch nehmen mußten. Hauptpunkt seiner Kritik: Man müsse die ökonomischen Probleme des Sozialismus ökonomisch statt ideologisch und administrativ lösen. Diese These brachte ihm 12 Jahre Zucht-

haus ein. Er saß von 1957 bis 1965 im Zuchthaus Bautzen, wurde in die DDR entlassen.

Weigel, Helene (1900–1971), SED
Tochter eines Wiener Spielzeugkaufmanns. Schauspielerin, Intendantin. 1928–1956 (Tod Brechts) Ehe mit Bertolt Brecht; zwei Kinder, Stefan und Barbara Brecht.
Während der Hitlerzeit Emigration (Schweiz, Dänemark, Frankreich, USA). Oktober 1948 Rückkehr mit Brecht nach Ostberlin. Am 11. Januar 1949 stand die Weigel zum ersten Mal in der Berliner Nachkriegszeit wieder auf der Bühne als »Mutter Courage« (sie zog ihren Planwagen bis 1961 mehr als 400mal über die Bühne).
Im Juni 1949 konstituierte sich unter Leitung von Helene Weigel im Deutschen Theater das »Berliner Ensemble«. Auf der Stanislawski-Konferenz vom 17.–19. April 1953 in der Ostberliner Akademie der Künste suchte Helene Weigel die Kluft hie Brecht – da Stanislawski zu überbrücken. Sie erklärte, daß auch am Berliner Ensemble die Arbeitsweise Stanislawskis studiert werde: »Es gibt eine erstaunliche Anzahl von Methoden in unserer Arbeitsweise, die denen Stanislawskis sehr ähnlich sind« (»Theater der Zeit«, Heft 5/53). Aber es dauerte noch Jahre, bis sich durch die tägliche und praktische Theaterarbeit eine Synthese der Methoden ergab.
Im März 1954 zog Bertolt Brecht mit seinem Berliner Ensemble an seine alte Wirkungsstätte im Theater am Schiffbauerdamm ein. Helene Weigel wurde Intendantin. Am 12. Mai 1960, ihrem 60. Geburtstag, erhielt sie von Alexander Abusch, Kulturminister der DDR, den Titel Professor. Helene Weigel blieb Intendantin des Berliner Ensembles bis zu ihrem Tod am 6. Mai 1971.
Neue Intendantin wurde Ruth Berghaus vom 1. 7. 1971–1. 4. 1977. Ab 1. 4. 1977 übernahm die Intendanz Prof. Dr. Manfred Wekwerth; sein Stellvertreter wurde Ekkehard Schall, Schauspieler und Schwiegersohn Bert Brechts.

Wekwerth, Manfred, Jahrgang 1929, SED
Prof. Dr. phil. Seit 1951 Brecht-Schüler und Regisseur beim Berliner Ensemble und dem Deutschen Theater in Ostberlin. Seit Oktober 1965 Sekretär der Sektion Darstellende Kunst der Akademie der Künste in Ostberlin. Bis 1977 Direktor des Instituts für Schauspielregie, Ostberlin. Ab 1. 4. 1977 Nachfolger von Ruth Berghaus als Intendant des Berliner Ensembles.

Wollweber, Ernst (1898–1967), SED
Schiffsjunge, Matrose, Kriegsmarine, maßgeblich am Matrosenaufstand beteiligt. 1919 Mitglied der KPD, Abgeordneter im Preußischen Landtag von 1928–32, des Reichstags von 1932–33. Nach 1933 Kominternfunktionär in Skandinavien; 1940 in Schweden verhaftet, an die SU ausgeliefert.
1947 Leiter der Generaldirektion Schiffahrt; 1949 Staatssekretär im Verkehrsministerium. 1953–55 Staatssekretär und 1955–57 Minister für Staatssicherheit. 1954–58 Mitglied des ZK der SED und Abgeordneter der Volkskammer. 1958 zusammen mit Schirdewan wegen »Fraktionstätigkeit« aller Funktionen enthoben und mit einer Rüge bestraft. Wollweber starb am 3. Mai 1967.

Zaisser, Wilhelm (1893–1958), SED
Volksschullehrer. 1918 Mitglied der USP, nach 1920 Mitglied der KPD. Führend in der »Roten Armee« der Ruhr 1920. 1924 Teilnehmer der 1. Militärschule in Moskau, danach im militärischen Nachrichtendienst der SU tätig (auch in China). 1936–38 Teilnahme am Spanischen Bürgerkrieg. Als »General Gomez« Stabschef aller Internationalen Brigaden. Ab 1938 in der SU als Übersetzer. Während des Krieges Leiter einer Antifa-Schule.
Nach 1945 Polizeichef des Landes Sachsen-Anhalt, sächsischer Innenminister und Chefinstrukteur der Volkspolizei. Von 1950–53 Minister für Staatssicherheit, Mitglied des ZK und des Politbüros der SED. 1953 zusammen mit Herrnstadt aller Funktionen enthoben. 1954 aus der SED ausgeschlossen. Zaisser starb am 3. 3. 1958.

Zwerenz, Gerhard, Jahrgang 1925, SED (bis 1957)
In Gablenz, Vogtland, geboren. Stationen seines Lebens: Kupferschmied, Soldat, Kriegsgefangener, Volkspolizist, Lehrer, Philosophiestudent und Schüler Ernst Blochs in Leipzig. Geriet in Widerspruch zur Kulturpolitik und auch Parteitaktik der SED. Parteiausschluß. Zwerenz entzog sich seiner Verhaftung durch Republikflucht. Er wurde ein erfolgreicher Schriftsteller in der Bundesrepublik Deutschland, mit zahlreichen Veröffentlichungen.

Literaturverzeichnis

Albert, Peter: »Geschichte der Stadt Radolfzell«. Radolfzell 1896

Autorenkollektiv der DDR: »Geschichte der deutschen Literatur / Literatur der DDR«. Verlag Volk und Wissen, Berlin 1976

Baier, Horst: »Studenten in Opposition«. Bertelsmann Universitätsverlag, Gütersloh 1968

Baierl, Helmuth: »Die Köpfe oder Das noch kleinere Organon«. Aufbau-Verlag, Berlin 1974

Berliner Ensemble: »Theaterarbeit«. Henschelverlag Kunst und Gesellschaft, Berlin 1961

Berliner Ensemble: »Theaterarbeit«. Dresdner Verlag, Dresden 1952

Bieler, Manfred: »Maria Morzeck oder Das Kaninchen bin ich«. Deutscher Taschenbuch Verlag, München 1972

Biermann, Wolf: »Die Drahtharfe«. Klaus Wagenbach Verlag, Berlin 1965

Björkman, Stig; Manns, Torsten; Sima, Jonas: »Bergman über Bergman«. Hanser, München–Wien 1976

Bloch, Ernst: »Das Prinzip Hoffnung«, Teil I–V. Suhrkamp, Frankfurt a. M. 1959

Brasch Thomas: »Vor den Vätern sterben die Söhne«, Rotbuch Verlag, Berlin 1977

Brecht, Bertolt: »Kriegsfibel«. Eulenspiegel-Verlag, Berlin 1955

Brecht, Bertolt: »Gesammelte Werke«. Suhrkamp, Frankfurt a. M. 1967

Brecht, Bertolt: »Arbeitsjournal« 1938–1942. Suhrkamp, Frankfurt a. M. 1973

Brecht, Bertolt: »Tagebücher 1920–1922 / Autobiographische Aufzeichnungen 1920–1954«. Suhrkamp, Frankfurt a. M. 1975

Brecht, Bertolt: »Leben des Galilei«. Versuche 19, Heft 14. Aufbau-Verlag, Berlin 1955

Bronnen, Arnolt: »Tage mit Bertolt Brecht«. Luchterhand, Darmstadt und Neuwied 1976

Bruhn, Heinrich: »Zwanzig Jahre Fakultät / Sektion Journalistik«. Theorie und Praxis der Pressearbeit. Wissenschaftliche Hefte der Sektion Journalistik an der Karl-Marx-Universität, Heft 4/74

Buch, Günther: »Namen und Daten«. Biographien wichtiger Personen der DDR. J. HlW. Dietz Nachf., Berlin, Bad Godesberg 1973

Bucharin, N.: »Die politische Ökonomie des Rentners«. Verlag für Literatur und Politik, Berlin 1926

Budzislawski, Hermann: »Sozialistische Journalistik«. VEB Bibliographisches Institut, Leipzig 1966

Budzislawski, Hermann: »Die Ausbildung der Journalisten und die Erforschung der Presse«. Leipziger Universitätsreden. Verlag Enzyklopädie, Leipzig 1959

Budzislawski, Hermann: »Über die Hochschulausbildung der Journalisten«. Handbuch der demokratischen Presse. Verlag Die Wirtschaft, Berlin 1955

Budzislawski, Hermann: »Zur Verbesserung des Studienganges und des Studienplans an der Fakultät für Journalistik«. Neue Deutsche Presse, Beilage, Heft 3/57

Budzislawski, Hermann: »Die erste deutsche Fakultät für Journalistik«. Journalistisches Handbuch der Deutschen Demokratischen Republik. Leipzig 1960

Budzislawski, Hermann: »Die Fakultät für Journalistik«. In: Universitätsführer der Universität Leipzig. Leipzig 1963

Budzislawski, Hermann: »Die Journalistik als Wissenschaft«. Zeitschrift für Journalistik, Heft 2/1962

Budzislawski, Hermann: »Über aktuelle Probleme der Informationspolitik in der DDR«. In: Aktuelle Probleme der Information in Presse, Funk und Fernsehen. Leipzig 1963

Budzislawski, Hermann: »Probleme der journalistischen Informationspolitik«. In: Grundfragen journalistischer Information. Leipzig 1965

Budzislawski, Hermann: »Ehrendoktorwürde für Prof. Dr. Budzislawski«. Neue Deutsche Presse, Heft 4, April 1966

Hermann Budzislawski zum 65. Geburtstag. Festschrift der Fakultät für Journalistik der Karl-Marx-Universität. Leipzig 1966

Bunge, Hans-Joachim; Hecht, Werner, und Rülicke-Weiler, Käthe: »Bertolt Brecht, Leben und Werk«. Volk und Wissen-Verlag, Berlin 1963

Bunge, Hans: »Fragen Sie mehr über Brecht«. Hanns Eisler im Gespräch. Nachwort von Stephan Hermlin. Rogner und Bernhard, München 1970, 1976

»Calvin, Sein Weg und Werk«, von Willem F. Dankbaar. Siebenstern Taschenbuch Verlag, Hamburg 1966

»Calvin, Prädestination und Verantwortlichkeit«, von P. Jacobs. Neukirchen 1937

Danzinger, Carl-Jacob: »Die Partei hat immer recht«. Gebühr, Stuttgart 1976

Debiel, Gisela: »Sprachstil Brechts«. Dissertation. Bonn 1960

»Die Bezirke der Deutschen Demokratischen Republik«. Ökonomische Geographie. VEB Hermann Haak, Gotha/Leipzig 1976

»Dictionnaire Généalogique, Héraldique, Chronologiyue et Historique. L'origine et l'état actuel de premières Maisons de France, de Maisons souveraines et principales de l'Europe«. Bd. 3, 1757; Bd. 7, 1761–1765

Dusiska, Emil (Hrsg.): Wörterbuch der sozialistischen Journalistik, Karl-Marx-Universität Leipzig, Sektion Journalistik, 1973

Duwe, Freimut (Hrsg.): Militärpolitik. »Die Nationale Volksarmee«. 6rororo aktuell, Hamburg 1976

Förtsch, Eckhart: »Die SED«. Verlag W. Kohlhammer, Stuttgart 1969

Frisch, Werner, und Obermeier, K. W.: »Brecht in Augsburg«. Suhrkamp Taschenbuch, Frankfurt a. M. 1976

Fühmann, Franz: »Erfahrungen und Widersprüche«. Suhrkamp Taschenbuch, Frankfurt a. M. 1976

Giehse, Therese: »Ich hab nichts zum Sagen«. Gespräche mit Monika Sperr. C. Bertelsmann Verlag, München, Gütersloh, Wien 1973

Gluecksmann, Anselm: »Das Urheber-, Verlags- und Presserecht der Deutschen Demokratischen Republik«. Lehrbrief der Karl-Marx-Universität Leipzig, Fakultät für Journalistik, Institut für Theorie und Praxis der Pressearbeit. Deutscher Verlag der Wissenschaften, Berlin 1965
Götz, Franz: »Geschichte der Stadt Radolfzell«. Hegau-Bibliothek Bd. 12. Radolfzell und Singen 1967
Grass, Günter: »Die Plebejer proben den Aufstand«. S. Fischer Verlag, Frankfurt a. M. 1968
Harich, Wolfgang: »Jean Pauls Revolutionsdichtung«. Rowohlt, Hamburg 1974
Hecht, Werner: »Materialien zu Brechts Leben des Galilei«. Edition Suhrkamp, Frankfurt a. M. 1963
Herrmann, Elisabeth: »Die Presse in der sowjetischen Besatzungszone Deutschlands«. Bundesministerium für gesamtdeutsche Fragen. Bonn 1957
Hertwig, Manfred: »Vom antiautoritären Kampf zum autoritären Zentralismus«. Radikale Studentengruppen und marxistisch-leninistische Demokratietheorie. Kuratorium für staatsbürgerliche Bildung. Hamburg 1972
Herz, Hanns-Peter: »Freie Deutsche Jugend«. Juventa, München 1965
Herzfelde, Wieland: »Immergrün«. Aufbau-Verlag, Berlin 1969
Herzfelde, Wieland: »Zur Sache«. Aufbau-Verlag, Berlin und Weimar 1976
Hinck, Walter: »Die Dramaturgie des späten Brecht«. Vandenhoek und Rupprecht, Göttingen 1962
Hohendahl, Peter Uwe, und Herminghouse, Patricia: »Literatur und Literaturtheorie in der DDR«. Edition Suhrkamp, Frankfurt a. M. 1976
Horn, Heinz-Johannes: »Ernst Blochs Revision des Marxismus«. VEB Deutscher Verlag der Wissenschaften, Berlin 1957
Institut für Gesellschaftswissenschaften beim ZK der SED: »Lebensweise und Moral im Sozialismus«. Dietz-Verlag, Berlin 1974

Jegorow, Anatoli: »Ästhetik und gesellschaftliches Leben«.
Dietz-Verlag, Berlin 1976
Kabermann, Heinz: »Die Bevölkerung des sowjetischen Besatzungsgebietes, Bestand und Strukturveränderungen 1950–57«. Bonn–Berlin 1961
Kantorowicz, Alfred: »Deutsches Tagebuch«, Bd. I und II. Kindler-Verlag, München 1959
Karasek, Hellmuth: »Bertolt Brecht, der jüngste Fall eines Theaterklassikers«. Kindler-Verlag, München 1978
Kesting, Marianne: »Bertolt Brecht«. In: Selbstzeugnisse und Bilddokumente. Rowohlt, Hamburg 1959
Keupp, Heinrich: »Psychische Störungen als abweichendes Verhalten«. Zur Soziogenese psychischer Störungen. Urban und Schwarzenberg, München–Berlin–Wien 1972
Konferenzprotokoll (Internationale wissenschaftliche Konferenz) der Sektion Journalistik, Generalversammlung der AIERI, Leipzig, 17. 9.–21. 9. 1974
Kipphardt, Heinar: »März«. Autoren-Edition Bertelsmann, München 1976
König, René: »Kölner Zeitschrift für Soziologie und Sozialpsychologie«, Heft 3/1975 (»Jugend im doppelten Deutschland«)
Kuckhoff, Armin-Gerd: »Mein Vater: der Dichter Adam Kuckhoff«. Aus: Eine Auswahl von Erzählungen, Gedichten, Briefen von Adam Kuckhoff. Buchverlag Der Morgen, Berlin 1970
Kuckhoff, Greta: »Adam Kuckhoff zum Gedenken«. Aufbau-Verlag, Berlin 1946
Kunze, Reiner: »Die wunderbaren Jahre«. S. Fischer, Frankfurt a. M. 1976
Leonhard, Wolfgang: »Die Revolution entläßt ihre Kinder«. Kiepenheuer & Witsch, Köln 1955
Lieder der Arbeiterbewegung: »Mit Gesang wird gekämpft«. Dietz-Verlag, Berlin 1967
Lippmann, Heinz: »Honecker, Porträt eines Nachfolgers«. Verlag Wissenschaft und Politik, Köln 1971
Lönnendonker, Siegward, und Fichter, Tilman: »Universität

im Aufbruch«. Eine Dokumentation zur Geschichte der Freien Universität Berlin. Pressestelle FU, Berlin 1973

Ludz, Peter C.: »The Changing Party Elite in East Germany«. Cambridge 1972

Mayer, Hans: »Brecht in der Geschichte«. Bibliothek Suhrkamp, Frankfurt a. M. 1971

Mayer, Hans: »Bert Brecht und die Tradition«. G. Neske Verlag, Pfullingen 1961

Mayer, Hans: »Außenseiter«. Suhrkamp, Frankfurt 1975

Mauke, Michael: »Die Klassentheorie von Marx und Engels«. Europäische Verlagsanstalt, Frankfurt a. M. 1970, 1973

Meschkat, Klaus, und Negt, Oskar (Herausgeber): »Gesellschaftsstrukturen«. Edition Suhrkamp, Frankfurt a. M. 1973

Meschkat, Klaus: »Die Pariser Kommune von 1871 im Spiegel der sowjetischen Geschichtsschreibung«. Dissertation. Osteuropa-Institut, Berlin 1965

Mickel, Karl: »Gelehrtenrepublik«. Mitteldeutscher Verlag, Halle

Milosz, Czeslaw: »Verführtes Denken«. Suhrkamp, Frankfurt a. M. 1974

Nössig, Manfred: »Die Schauspieltheater der DDR und das Erbe«. Akademie Verlag, Berlin 1976

Novak, Helga M.: »Ballade von der reisenden Anna«. Luchterhand, Neuwied, Berlin 1965

Novak, Helga M.: »Colloquium mit vier Häuten«. Luchterhand, Neuwied, Berlin 1967

Pehnert, Horst; Mader, Julius; Stuchlik, Gerhard: »Dr. Sorge funkt aus Tokyo«. Ein Dokumentarbericht über Kundschafter des Friedens. Deutscher Militärverlag 1965

Pross, Harry: »Söhne der Kassandra«. Verlag W. Kohlhammer, Stuttgart 1971

Raddatz, Fritz, J.: »Traditionen und Tendenzen. Materialien zur Literatur der DDR«. Suhrkamp Taschenbuch 1976

Richert, Ernst: »Agitation und Propaganda«. Das System der publizistischen Massenführung in der Sowjetzone. Berlin 1958

Richert, Ernst: »Die DDR-Elite oder Unser Partner von morgen?«. Rowohlt, Hamburg 1968
Richert, Ernst: »Die neue Gesellschaft in Ost und West«. Sigbert Mohn Verlag, Gütersloh 1966
Rühle, Jürgen: »Das gefesselte Theater«. Köln 1957
»SBZ von 1945 bis 1954«. Hrsg. vom Bundesministerium für Gesamtdeutsche Fragen. Bonn–Berlin 1956
»SBZ von 1955–1956«
»SBZ von 1957–1958«
»SBZ von 1959–1960«. Bonn–Berlin 1958–1964
»SBZ von A bis Z«. Ein Taschen- und Nachschlagebuch über die sowjetische Besatzungszone Deutschlands. Bonn–Berlin 1964
»SBZ-Biographie«. Ein biographisches Nachschlagebuch über die sowjetische Besatzungszone Deutschlands. Bonn–Berlin 1964
Schenk, Fritz: »Im Vorzimmer der Diktatur«. Kiepenheuer & Witsch, Köln–Berlin 1962
»Sinn und Form«. Beiträge zur Literatur. Sonderheft Bertolt Brecht. Herausgeber: Johannes R. Becher und Paul Wiegler. Rütten und Loening, Berlin 1949
»Sinn und Form«. Beiträge zur Literatur. 2. Sonderheft Bertolt Brecht. Herausgegeben von der Deutschen Akademie der Künste. Rütten und Loening, Berlin 1957
Smirnow, G. L.: »Die Herausbildung der sozialistischen Persönlichkeit«. Dietz-Verlag, Berlin 1975
Staatssicherheitsdienst, Der. »Ein Instrument der Verfolgung in der sowjetischen Besatzungszone Deutschlands«. Bonn–Berlin 1965
»Strafgesetzbuch der DDR«. Herausgeber Ministerium der Justiz. Staatsverlag der DDR. Berlin 1976
Teubner, Hans: »Exilland Schweiz«. Institut für Marxismus-Leninismus beim ZK der SED. Dietz-Verlag, Berlin 1976
»Theater in der Zeitenwende«, Bd. I und II. Henschelverlag, Berlin 1972
»Theaterarbeit«. 6 Aufführungen des Berliner Ensembles. Henschelverlag, Berlin 1961

Traumann, Gudrun: »Sozialistische Journalistik und Journalistenausbildung an der Karl-Marx-Universität Leipzig (1946–1968)«. Dissertation. Berlin 1970
Völker, Klaus: »Bertolt Brecht«. Eine Biographie. Carl Hanser Verlag, München–Wien 1976
Weber, Hermann: »Von Rosa Luxemburg zu Walter Ulbricht«. Fackelträger, Hannover 1961
Weber, Hermann: »Von der SBZ zur DDR«, 1945–1968. Verlag für Literatur und Zeitgeschehen, Hannover 1966
Weber, Hermann: »Die SED nach Ulbricht«. Fackelträger, Hannover 1974
Weber, Hermann: »Grundriß der Geschichte der DDR«. Fackelträger, Hannover 1976
Weißbuch 1975/1976 »Zur Sicherung der Bundesrepublik Deutschland und zur Entwicklung der Bundeswehr«, Bundesminister für Verteidigung, Bonn 1976
Willet, John: »Das Theater Bertolt Brechts«. Aus dem Englischen von Ernst Schumacher. Rowohlt, Hamburg 1964
Wissenschaftlicher Rat für Soziologische Forschung in der DDR: »Aktivität, Schöpfertum, Leitung und Planung«. Dietz-Verlag, Berlin 1975
Zirwas, Johannes: »Ursachen der Fluktuation gewerblicher Arbeitnehmer«. Dissertation. Presse-, Druck- und Verlagsanstalt, Augsburg 1971
Zwerenz, Gerhard: »Aristotelische und Brechtsche Dramatik«. Greifenverlag, Rudolfstadt 1956
Zwerenz, Gerhard: »Der Widerspruch«. Autobiographischer Bericht. S. Fischer Verlag, Frankfurt a. M. 1974

Ein Bürger hilft dem anderen:
UNO-Methode 1503

Kann man sich gegen den Staatssicherheitsdienst und andere Sicherheitsdienste wehren?
Ja.
Mit der Methode 1503 des UNO-Wirtschafts- und Sozialrats (Ecosoc). Da diese Methode niemals publiziert wurde, sind seit zehn Jahren Hilfsmöglichkeiten verschenkt worden.
Die Resolution 1503 (XLVIII) wurde bereits am 27. Mai 1970 vom Wirtschafts- und Sozialrat der UNO verabschiedet. Sie ermächtigt das internationale Gremium der UNO-Menschenrechtskommission, sich mit der *Situation* innerhalb von Staatsgrenzen zu befassen – obwohl UN-Charta Art. 2, Abs. 7 die Nichteinmischung in die inneren Angelegenheiten der Mitgliedstaaten statuiert.

Zur Erklärung:
Wenn ich einem Staat eine Situation vorliegt, die auf eine systematische und grobe Menschenrechtsverletzung hinzuweisen scheint, kann die Situation untersucht werden – wenn sie der Menschenrechtskommission zur Kenntnis gebracht wird.
Festzuhalten ist, daß aufgrund der Resolution 1503 grundsätzlich nicht der Einzelfall untersucht wird, sondern nur eine Mehrheit von Fällen, die eine »Situation« ausmachen. Aber mehrere, gegen dieselbe Regierung gerichtete Beschwerden, die sich jeweils nur auf Einzelfälle beziehen, sind eine ausreichende Information dafür, daß in dem betroffenen Staat eine »Situation« im Sinne des 1503-Verfahrens vorliegt.

Beschwerdeschreiben, die an die Vereinten Nationen gerichtet sind, und zwar an das Sekretariat der Menschenrechtskommission, die Menschenrechtsabteilung,
Adresse: Division of Human Rights, Palais des Nations, CH-1211 Genève 10,
bilden die Hauptgrundlage für die Feststellung der Menschenrechtskommission, ob eine »Situation« im Sinne der Resolution 1503 (XLVIII) vorliegt.
Das gilt für alle Staaten dieser Welt.

Zur Anwendung auf die DDR:
»Consistent pattern of gross and reliably attested violations of human rights« (systematisch und glaubhaft nachgewiesene, grobe Menschenrechtsverletzungen) geben der Menschenrechtskommission die Möglichkeit, *von sich aus* tätig zu werden, ohne zum Beispiel von Stellungnahmen aus der DDR abhängig zu sein. Die Darstellung *eines* Falles von Menschenrechtsverletzungen in der DDR, der Division of Human Rights in Genf präsentiert, bewirkte bisher lediglich, daß unverzüglich eine Kopie der Angelegenheit zur Stellungnahme der DDR übergeben wurde, und dann war Funkstille.
Da die DDR in null Fällen auf solche Anfragen reagierte, war die Division bis heute nicht in der Lage, die Angelegenheit auf dem Verfahrensweg weiter zu bearbeiten. So wurde jeder Fall zur unerledigten Akte.
Wenn aber jetzt der Fall eintritt, daß mindestens 20 Eingaben *personenbezogen* und *zur gleichen Zeit* in Genf der Weltorganisation der UNO präsentiert werden, wird die Menschenrechtskommission handlungsfähig, wenn sich zeigt, daß diese 20 Fälle auf systematische und glaubhaft nachgewiesene, grobe Menschenrechtsverletzungen hinweisen. Es müssen 20 Fälle sein, es können 100, er könnten 1000 Fälle sein. Notwendig ist nur die Vorlage zur gleichen Zeit.
Zu den Spielregeln gehört, daß diese Eingaben nicht nur in deutscher, sondern auch in englischer Fassung vorgelegt werden, damit die UNO nicht erst eine Übersetzung in englisch anfertigen lassen muß, die eine Verzögerung der Angelegen-

heit um drei bis vier Monate bewirkt.

Im Interesse meines Neffen Klaus Klump (21), Bürger der DDR, und aller Menschen, die nicht hindurchfinden durch das Gestrüpp der Paragraphen *und* Vereinbarungen von Regierungen, werde ich über meine Adresse 20 Eingaben von Bürgern aus der Bundesrepublik für Bürger in der DDR sammeln, um sie bei der UNO zur Prüfung vorzulegen. Damit wird die Methode 1503 zum erstenmal im Zusammenhang mit der DDR Anwendung finden, um die verbrieften Rechte der Person, mißachtet von Autoritäten der DDR, wiederherzustellen.

Ich habe mich entschlossen, die Methode 1503 in meinem Buch zu publizieren, um zusätzlich zur Information in den Zeitungen (siehe »Der Spiegel« v. 1. September 1980) darauf hinzuweisen. Ich will, daß die Methode nicht wieder in Vergessenheit gerät. Wenn sie aus den Zeitungen verschwunden ist, wird sie in meinem Buch nachzulesen sein. Diese Methode ist keine Nachricht tagespolitischer Art. Sie ist eine Hilfe für Menschen. Ein Bürger hilft dem anderen, der sich nicht wehren kann.

BRIGITTE KLUMP   13. September 1980

**Goldmann
Verlag
München**

**Michael Freund
Deutsche Geschichte**

»Die deutsche Geschichte ist immerdar überschattet von Teilungen und Spaltungen.«

Diese Aussage zieht sich durch die sechsbändige „Deutsche Geschichte" von Michael Freund. Sie schließt vor allem eine pseudoobjektive Betrachtungsweise der Geschichte oder das bloße Aneinanderreihen von Fakten aus.

Freund stellt deutsche Geschichte in dem Sinne durchaus subjektiv dar, daß jede ihrer einzelnen Epochen unter dem Blickpunkt der Gegenwart gesehen, in ihren Nachwirkungen auf die Gegenwart beurteilt wird. Geschichte wird zur Problemgeschichte.

Die Kernfrage lautet: „Was ist des Deutschen Vaterland?" Diese Frage drängt sich bereits für die „Geburtsstunde" des deutschen Volkes auf. Konnten die verschiedenen germanischen Stämme, aus denen das deutsche Volk entstand, je ganz in eines verschmelzen? Freund sagt, daß der Prozeß der Entstehung des deutschen Volkes bis heute noch nicht abgeschlossen ist. Die frevelnde Frage sei nie ganz verstummt, ob es dieses deutsche Volk überhaupt gebe.

Professor Dr. Michael Freund (1902–1972) lehrte lange Zeit an der Universität Kiel. Er war Mitherausgeber der Zeitschrift „Die Gegenwart" und ständiger Mitarbeiter der FAZ. Er ist darüber hinaus durch eine Reihe weiterer Buchveröffentlichungen zu historischen Themen bekanntgeworden.

Bd. 1: **Von den Anfängen bis 1492.** (11157)

Bd. 2: **1492–1815.** (11158)

Bd. 3: **1815–1871.** (11159)

Bd. 4: **1871–1918.** (11160)

Bd. 5: **1918–1939** (11161)

Bd. 6: **1939 bis zur Gegenwart.** (11162)

Sachbücher zur Zeitgeschichte

Heinz Höhne

**Canaris
Patriot im Zwielicht**

Admiral Wilhelm Canaris, von 1935 bis 1944 Chef der Abwehr, blieb bis zuletzt undurchsichtig und geheimnisvoll.
Heinz Höhne, Geheimdienstexperte des »Spiegel«, hat nach fünfjähriger Forschung, nach Durchsicht von 150000 Akten und nach Interviews zahlreicher Zeugen die erste große Biographie dieses Mannes vorgelegt.

Sachbuch (11196)

Der Orden unter dem Totenkopf

Geschichte der SS
Sie trugen eine schwarze Uniform und nichts war ihrem Zugriff sicher: Die Männer der SS, des Ordens unter dem Totenkopf. Sie kommandierten Polizei und Geheimdienste, sie bewachten Reichskanzlei und Konzentrationslager, und sie versetzten Europa in Angst und Schrecken.
Spiegel-Journalist und Spezialist in Sachen Zeitgeschehen Heinz Höhne hat ihre Geschichte niedergeschrieben.
»Ihm kommt der Verdienst zu, zum erstenmal ein sachliches Bild des SS-Apparates entworfen zu haben.« FAZ

Sachbuch (11179)

**Goldmann
Verlag
München**

Biographien

**Michael de Ferdinandy
Karl V.**
Biographie. Mit 16 Abbildungen
(11922)

**Ian Grey
Katharina die Große**
Eine Biographie
(11926)

**Theodor Heuss
Deutsche Gestalten**
(11130)

**Lutz Koch
Rommel**
Der Wüstenfuchs.
Eine Biographie.
(11925)

**Walter Henry Nelson
Die Hohenzollern**
Die Biographie eines
königlichen Hauses.
(11928)

**Emil Ludwig
Bismarck**
Eine Biographie
(11923)

**Daria Olivier
Elisabeth von Russland**
Eine Biographie
(11930)

**Walter und Paula
Rehberg
Chopin**
Eine Biographie
(11927)

**Erich Schenk
Mozart**
Sein Leben - Seine Welt.
Biographie. Mit zahlreichen Abbildungen,
Literaturverzeichnis,
Zeit- und Stammtafel.
Sachbuch (11921)

**Paula Rehberg
List**
Eine Biographie
Goldmann Schott
(33005)

Goldmann Verlag

Goldmann Verlag München

**Hans J. Eysenck
Gesellschaft und Individuum**

Die politische Überzeugung eines Menschen ist abhängig von seiner Persönlichkeit, nicht von seiner sozialen Klasse oder von objektiven Überlegungen!

Eine liberale demokratische Gesinnung ist nicht das Ergebnis von Erfahrungen und bewußten Entscheidungen. Jemand ist nicht Sozialist oder Kommunist, weil er einer bestimmten sozialen Schicht angehört oder sich mit ihr identifiziert. Seine politische Meinung ist nicht aufgrund rationaler Erwägungen entstanden.

Diese kühnen Thesen lassen sich nicht als vage Spekulation eines Außenseiters abtun. Im Gegenteil. Hans J. Eysenck ist einer der bekanntesten Vertreter der experimentellen Psychologie. Dies Buch läßt auch den Laien an einer wissenschaftlichen Revolution teilnehmen, einer Revolution, die zu einem entscheidend neuen Verständnis des Verhältnisses Gesellschaft–Individuum vorstößt.

Sachbuch. (11140)

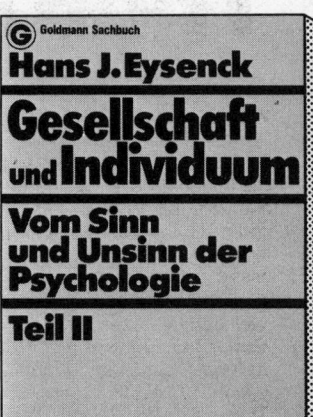

Weiterhin sind im Goldmann Verlag erschienen:

Grenzen der Erkenntnis
Vom Sinn und Unsinn der Psychologie
(111 39)

Ihre Intelligenz auf dem Prüfstand
Mit Tests für Superintelligente und Testbildern
(11133)

Sachbücher

Theo Löbsack

Wunder, Wahn und Wirklichkeit

Naturwissenschaft und Glaube
Die heutigen Aussagen der Kirche über das Wesen Gottes und der Schöpfung werden mit den Erkenntnissen der Naturwissenschaften konfrontiert.
Theo Löbsack schildert, welche Folgen religiöser Fanatismus haben kann, wie Wunderheilungen zustande kommen und wie inhaltslos die Versuche der Theologie sind, Gott zu definieren.

Sachbuch (11164)

Maß aller Dinge

Was die Wissenschaft vom Menschen weiß.
Der Wissenschaftspublizist Theo Löbsack zieht eine kritische Bilanz, er zeichnet nach was Biologie, Soziologie, Psychologie, Parapsychologie und Medizin heute vom Menschen wissen und entwirft ein düsteres Zukunftsbild. Denn der Mensch ist gefährdet - durch den Menschen.

Sachbuch (11213)

Goldmann Verlag

Frankfurter Allgemeine
ZEITUNG FÜR DEUTSCHLAND

Eine
der großen Zeitungen
der Welt